我本日记

耳丰虫 —— 著

下 册

青岛出版集团 | 青岛出版社

第七章
手 术

一吃完饭,简一凌就回简家老宅去了。

因为最近她真的很忙。于希和翟昀晟也看出来她很累了,所以除了吃饭,没有再占用她的时间。

就算于希再想让简一凌带他上分,也不会选在简一凌看起来很疲惫的时候。

于希只是在简一凌下车的时候叮嘱她要好好休息。

然而,接近晚上九点的时候,于希给简一凌打来了电话。

他在电话里十分焦急地说道:"凌神救命!"

这还是简一凌第一次听到于希这么慌张的声音。

"什么事?"

简一凌立刻停下手上的工作,专心听于希讲话。

"晟爷刚才被健身器材划伤了手臂,划出了一道七八厘米长的口子!而且他受伤后还不当回事,继续在健身房里玩器材,不肯好好休息!我……我快疯了!"

于希又急又慌。

这要是一般人,划出来这么长一道口子,于希断然不会这么紧张。

但受伤的人是翟昀晟,事情就完全不一样了。

翟昀晟受的任何伤都不能被当作小事看待。

不仅因为他是翟家的独苗苗,也因为他的身体状况和一般人的身体状况不一样。

而现在,他在于家被划了这么长一道口子。别说于希了,就连于思邈都感觉到了事情的严重性。

翟家老爷子和天兴集团的翟二爷要是知道了这件事,于家父子肯定是要被问责的啊!

更要命的是,翟昀晟根本没把自己的伤当一回事,不仅不肯去医院,还继续在健身房里跑步。

于希都快要哭了,生怕翟昀晟突然间昏过去!

可是,现在他和翟昀晟的保镖们都劝不住翟昀晟。实在没有办法的于希想到了简一凌。

他也不知道简一凌能不能帮上忙,只能死马当作活马医了。

简一凌听完于希的阐述,立刻起身出门。

她一边走一边询问于希:"伤口有多深?出血量怎么样?做过消毒处理吗?"

因为于家就在隔壁,所以简一凌一路小跑着过去,五分钟后就出现在了于希和翟昀晟的面前。

于家有专门的健身房,里面摆放着各种专业的健身器材。

此时,翟昀晟他们就在这里。

简一凌因为一路小跑,喘着粗气,小脸红扑扑的。

她站在门口,望着那个不知死活在跑步机上面跑步的男人。

因为室内有供暖设备,加上运动出汗,翟昀晟没穿上衣,只穿了一条运动长裤。

平日里翟昀晟穿着衣服看起来还挺瘦的。

但现在看着,他上身线条分明,肌理清晰,每一块肌肉都紧致得恰到好处,贴合在他的身体上面。

他看起来既不瘦弱,肌肉也不过分发达。

他的右上臂上缠了一圈纱布,里面有血渗出,染红了纱布。

简一凌就站在门口看着翟昀晟。

翟昀晟也转头看着简一凌。

二人四目相对时谁也没说话,就这么对视了很久。

最终,翟昀晟认输,从跑步机上下来,顺手拿起旁边的毛巾,随意地擦了一下身上的汗水。

然后，他套上了旁边保镖拿着的衣服，接着慵懒地往旁边的沙发上一坐。

他丝毫不在意自己手臂上的伤口。

简一凌走了过来。她知道翟昀晟不在意他自己的死活。

他一向不爱惜自己的身体。如果不是翟家人一直看着他、守着他，他可能早就死了。

想到曾经他最有可能的结局，简一凌有一种无力感。

她不想让他死掉。但是她也不知道自己能否改变他的命运。

因为现在，她连自己的命运都不知道能否改变。

翟昀晟看着简一凌脸上的表情，有些烦躁地说道："爷不就是弄伤了手臂吗，又死不了，干吗皱眉头？小小年纪，皱什么眉头？"

简一凌走上前来，脸上的表情依旧很严肃。

她看了一眼旁边的保镖，说道："拿一条湿的热毛巾、一条干毛巾、一件干净的运动衫过来。"

医药箱因为刚用过，就在旁边，所以不需要去取。

翟昀晟的保镖听到简一凌的吩咐后，就直接去办了，都不用翟昀晟开口。

简一凌跪在沙发上，与翟昀晟之间只有三十厘米的距离。

"把衣服脱掉。"简一凌说。

翟昀晟笑了，饶有兴致地端详着简一凌，说道："你还是头一个跟爷提出这种要求的女孩。"

"你手臂上的伤口需要重新处理。"简一凌补充道。

于希连忙在旁边附和道："对对对，晟爷，你看你的纱布都被血浸透了！"

翟昀晟又看了简一凌一会儿，还是选择了妥协，将自己刚穿上的衣服脱了下来。

他脱衣服的时候，简一凌在旁边看着，不让他碰到伤口。

翟昀晟见她小心翼翼的，嘴角微微上扬。

接着，简一凌开始解翟昀晟手臂上的绷带。

她的手指相对于她的手掌来说，其实算修长了。

奈何她整个人比较小，与其他人的手指相比，她的手指又偏短了。

她白嫩的手指稳稳地解开了翟昀晟手臂上带着血的纱布。

她的动作很熟练、从容，纤细的手指轻巧又灵活。

翟昀晟歪头看着简一凌，不知不觉间耳根微微发红。

接着，他又把头转向了另外一边。

伤口的第一次处理，因为翟昀晟不配合而弄得乱七八糟。加上翟昀晟之后又不当一回事继续跑步运动，血液渗出来了，弄得一片模糊。

简一凌从医药箱里取出消毒用的酒精，给翟昀晟的伤口消毒。

翟昀晟没有反抗，任由简一凌摆弄他。

于希在旁边看着，心中感慨万分。

天知道刚才他们几个为了给晟爷上药、包扎费了多大的劲儿。

早知道凌神来上药晟爷会这么听话，他早就打这个求救电话了！

简一凌重新给翟昀晟处理了伤口后，保镖已经将她刚才说的东西拿过来了。

简一凌先用热的湿毛巾给翟昀晟擦身体。

"你干吗？"当热毛巾擦过后背的时候，翟昀晟喝止了简一凌的行为。

同时，他伸手扯过旁边的毛毯，盖在了自己的腿上。

"你出汗了，需要把汗水擦干净。"简一凌小声解释道。

"等一下洗澡。"

"今天不能洗澡。"简一凌十分严肃地说道。

他的伤口有二三毫米深，他还想洗澡？

翟昀晟对上简一凌那双坚定的眼眸后，将原本要说的话收了回去。

简一凌继续拿着热毛巾给翟昀晟擦拭上半身。

"你让于希来。"翟昀晟要求换人。

于希连忙摆手，并说道："晟爷，我笨手笨脚的，怕弄不好啊。"

于希有生以来还没给别人擦过背。他哪儿会干这个啊？

他干这个活儿怎么都不可能有简一凌干得好。

看看一凌妹子这动作多细致，多温柔！

于希刚说完，就被翟昀晟瞪了一眼。

于希立马认怂了，连忙上前来，说道："凌神，我来吧，这种粗活儿还是让我来做吧！"

简一凌便把热毛巾给了他，并认真地嘱咐道："用湿的擦完后，再用干的擦一遍。"

简一凌从沙发上下来，在旁边看着于希给翟昀晟收拾。

于希是硬着头皮干的，一边擦一边跟翟昀晟说："晟爷，你忍耐一下啊。我这还是头一次给别人擦背呢。"

翟昀晟很不耐烦。他讨厌这种被人当作病人对待的感觉，从小就讨厌。但他一生都不可能摆脱这种境遇。

"差不多得了，把衣服拿来。"

翟昀晟嫌麻烦，更想洗澡，运动完出了汗，不冲澡真的不舒服。

翟昀晟穿好衣服，看到简一凌一副若有所思的模样后，问道："你又在想什么？爷不是已经按照你的意思都弄好了吗？不洗澡就不洗澡。"

为了让她不再皱着眉头，连最后一条不能洗澡翟昀晟都答应了。

"会留疤。"简一凌小声说道。

"留疤就留疤，能有什么？"

翟昀晟可不会把这种事情当一回事。

男人的身上有一两条疤痕不是很正常的事情吗？

"不好。"如果能不留疤，当然是不留疤比较好。

"怎么？嫌爷有疤丑？"

简一凌没有马上回答，脑海里出现的是有关疤痕修复的事情。

随着年龄的增长，人身上的伤口愈合后留下的疤痕会越发明显。像翟昀晟这个年纪的人，划出这样深度的口子，肯定会有疤痕留下的。

简一凌陷入了思索。

简一凌思考的时候，没有注意翟昀晟盯着她看的眼神变得越来越糟糕了。

翟昀晟看着简一凌小脸耷拉下来的模样，以为她真的嫌他留疤了会丑。

他顿时觉得烦躁。

就连于希都以为简一凌是嫌弃翟昀晟的手臂上有疤。

于希在旁边给简一凌解释，给翟昀晟找场子："那个，凌神，其实男人身上有疤也没什么不好的，看起来还挺酷的。再说这道口子也不是很深，位置又在手臂上，问题也不是很大，到时候就算留了疤也不会很吓人的。"

也不知道刚才是谁急得团团转。

"我想将它弄好。"简一凌解释道。

简一凌想到了祛疤药。她曾经经过多次试验曾配出来过，药效很好。配方被她曾经所在的研究所以高价卖给了一家药妆公司。

她想着如果下次去实验室的时候把这个药膏配出来，应该能在翟昀晟的伤口愈合的时候给他使用。祛疤膏是越早使用效果越好。

简一凌还由此联想到了另外一个问题。

简一凌想赚钱，原本的积蓄已经投到了秦川的公司，短时间内是不能变现的。

她还没有正式在慧灵医学研究所入职，所以工资也还没有着落。

最快到手的钱，大概就是她参加化学竞赛获奖的那二十万元了。

她在寻找新的能为她带来收益的渠道。

祛疤膏或许能为她带来一些收益。

"什么？"于希愣了一下，问她，"你不是嫌晟爷留疤丑？"

"不嫌。"简一凌毫不犹豫地回答道。

简一凌都不知道于希为什么要问这样的问题。翟昀晟身上有疤痕，跟她又没什么关系。

翟昀晟的脸色顿时好看了很多。他说："随你，到时候你想怎么弄就怎么弄吧，爷配合你上药总行了吧？"

"嗯。"简一凌点头。他能这么配合，当然是最好的。

翟昀晟又问简一凌："伤口愈合需要几天吧？爷也不能一直不洗澡吧？"

"让人给你贴防水纱布贴。"于家的家庭医药箱里没有这个东西。

从头到尾，简一凌的反应都很冷静。

对她而言，面前的翟昀晟和她曾经医治过的成百上千位病人没有太大的区别。

他裸露的上半身，也只是一具普普通通的躯体而已。

反而是翟昀晟这个大男人，耳根红了两次。

翟昀晟的保镖听到简一凌的话后，就让人去购买防水纱布贴了。

简一凌又以医生叮嘱病人的语气对翟昀晟说："下次注意。"

"好。"翟昀晟答应了。

"这次的伤好好养。"

"好。"翟昀晟这次也答应得很干脆。

于希在旁边听到后，感动得眼泪都快要掉下来了。

老天爷保佑，晟爷能乖乖配合简直太好了！

接着，于希有些好奇地问了简一凌一个问题："凌神，你刚才给晟爷擦背的时候不怕吗？"

于希记得凌神平时是很反感别人触碰她的。

"病人，没事。"

简一凌不习惯"人"与"人"之间的接触，却对医生和病人之间的接触十分熟悉。

面对病人，简一凌扮演的是医生这一角色。她要做的就是对病人有利的事情。

　　这个时候她不需要把他当作一个有感情、有思想的"人"来看待，只需要按照自己所掌握的知识来帮助他就可以了。

　　那么，在她面前的人无论是男人还是女人，有心跳还是没心跳，穿着衣服的还是没穿衣服的，她都不会害怕、不会抵触。

　　听到简一凌的回答后，于希突然想笑，原来这是因为晟爷生病了才这样啊！

　　他刚要笑出声，便看到了翟昀晟冷冰冰的眼神，立马收住笑。

　　于希在心里嘀咕：晟爷这是怎么了？表情怎么这么难看？

　　简一凌和简允卓吵架的视频一被公开，简一凌在学校里的处境就有了很大的变化。

　　之前在班级里，愿意主动跟简一凌讲话的人，除了胡娇娇、刘雯，基本没什么人了。

　　现在知道事情是误会，大家在对待简一凌时就热情多了，至少不会像之前一样有意躲着她了。

　　甚至还有人主动向简一凌示好了。

　　不过，他们的热情只持续了一小段时间就被简一凌的冷漠打了回去。

　　但至少不会再有人在简一凌的背后说她恶毒了。

　　尽管对于大多数同学而言，简一凌依旧不是很好相处。

　　第二天，莫诗韵到学校之后，朱莎凑上前来，小声跟她说道："你知道吗？约利化学材料研究机构的负责人身份很不一般，是京城赫赫有名的大家族里的人。我还听说因为约利化学材料研究机构的权威性，他们举办的竞赛能得到各大高校的认可。"

　　也不知道朱莎这是从哪里听来的小道消息。

　　"嗯。"莫诗韵应了一声。

　　要说她心里一点儿都不难受是假的。

　　一步之遥，三万元的奖金，再加上榜上有名……这种滋味，换谁都不会好受。

　　更别说这三万元对莫诗韵来说还有其他的意义了。

　　朱莎继续跟莫诗韵说："我听说，领奖当天，那位负责人会亲自到场呢。"

　　想想，那可是从京城来的大人物啊，被他亲自接见，可是不小的荣誉呢。

就算是简家，和京城里那些世家大族比起来，还是差了一截的。

莫诗韵艰难地挤出一个笑容，说道："都过去了，我们还是安心准备高考吧。"

有些话，就算她对着朱莎说出来也无济于事，还不如不说。

莫诗韵很早就知道抱怨是没有用的，而她也没有任何能够改变那件事情的办法。

命运早就教会了她要在什么时候隐忍。

"诗韵，你还真是脾气好，要是换成我，这件事情我能生气好一阵子。"

"该上课了。"莫诗韵不咸不淡地转移了话题。

朱莎看着这样的莫诗韵摇了摇头。

而此时，又一篇和简允卓、简一凌事件有关的帖子被发了出来。

这篇帖子是揭露之前那个造谣者的。

帖子里的内容让人唏叹。因为造谣的那个账号的真正主人已经因为意外过世了。

也就是说，有人偷了这个账号，故意在他们学校的论坛上发表诬蔑简一凌的帖子。

这不是摆明了有人想要陷害简一凌吗？

要不然那个人怎么会用死人的账号来发帖？

这样血淋淋的真相摆在众人的面前，由不得大家不相信。

邱怡珍看着这两篇被挂在论坛顶部的帖子，越看越恼火。

"简一凌最近是走了什么狗屎运？为什么对她有利的消息一个接一个地蹦出来？"邱怡珍烦躁地说道。

"邱姐你别生气，大不了就是回到从前嘛。"

"对啊，就算她没推简允卓，也不讨喜。她傲慢自大、目中无人。"

邱怡珍的两个跟班连忙安慰她。

"你们说的有道理。"邱怡珍也认了。

"再说了，这事从某种程度上来说也算好事。虽然简一凌本人很讨厌，但她毕竟是简允卓的亲妹妹，那样简允卓也会很伤心的。"

跟班知道邱怡珍是简允卓的粉丝。从简允卓的角度出发分析给邱姐听，她应该能听进去。

果然，听到跟班的这句话后，邱怡珍感觉心里舒服多了。

"对了，邱姐，你要是真的气不过，想再给简允卓出口气，我倒是有个主意。"

"说。"邱怡珍心里正闷得慌。

"简一凌咱不方便动,但是她那个同桌,我们可以动啊。我看最近简一凌和她的同桌走得挺近的。"

这话提醒了邱怡珍。邱怡珍若有所思地说道:"她的同桌好像是暴发户的女儿?"

"是啊,早些年的时候,拆迁分了很多钱和房子,后来钱滚钱,房滚房,家里有几套楼房。"

邱怡珍开始沉思。

虽然说简一凌的同桌背景简单,但她要是真的出手了,也不能留下什么痕迹。

这件事情还是需要先好好琢磨琢磨,想一个不会暴露自己的办法才行。

前两次的事情,她已经被她爸狠狠地处罚了。要是再惹事,她爸对她的处罚肯定会更狠,那她的日子就真的没法过了。

这个周日就是简允卓做手术的日子。

周六,简一凌提前去研究所给简允卓做手术前的检查。

其他的检查一直是由研究所里的其他人代劳的。但手术前的最后确认,还是需要简一凌亲自做的。

为了方便手术,加上手里有很多工作要做,简一凌打算周六的晚上留在研究所里过夜。

但是,只有十五岁的简一凌不回家过夜,肯定会让简老夫人担心。

于是,简一凌打电话给她的堂哥简宇珉,让他帮忙。

简宇珉一听简一凌要在外面过夜就拒绝了。

"不行,不能在外面过夜。哥给你买好吃的、好玩的,给你唱歌,让哥干什么都行,在外面过夜绝对不行。"

"有……有正事。"简一凌声明自己不是在外面玩。

第一次跟别人提这样的请求,简一凌有些不好意思,也有些紧张。于是,她说话又结结巴巴了。

"有正事也不行,无论怎样都不行,你才十五岁,晚上九点前必须回家!"简宇珉十分严肃地说道。

电话里又传来了洛勋的声音。他此时就在简宇珉的旁边偷听简宇珉跟简一凌打电话。

"什么九点前，她就不应该出门好不好？宇哥，你怎么当哥哥的？"洛勋说道。

"对，洛勋这小子说得没错，晚上就不应该出门！"简宇珉果断地采纳了洛勋的建议。

"知……知道了。"简一凌只能放弃。

接着，她的身后传来了罗秀恩的声音："一凌妹子，我觉得你哥的话有道理，晚上还是要好好睡觉的，没必要继续窝在研究所里。"

坐在简一凌对面的程易拆台："一凌妹子，恩姐为了偷听她偶像的声音，已经在你身后站了好一会儿了。"

罗秀恩不光听到了简宇珉的声音，还听到了小可爱洛勋的声音，非常满足。

"程易，你是不是又皮痒了？"

"没有没有，我工作多，恩姐你继续。"

程易连忙低头看自己的电脑屏幕，假装自己只是一个什么都不知道的路人。

简允卓的病房里。

他这几天待在病房里，每天与书本为伴，远离了手机、电脑，也远离了外面的纷纷扰扰。

他本就不是喜欢热闹的人，所以这份安静对他来说并不是很难熬。

令他感到难过的是他每天要喝中药。

他曾经问过，为什么慧灵医学研究所里的人会给他用中药。

研究所里的医生给出的解释又让他无法反驳。

医生说，他们的中药是给他调理身体的，让他的身体状态更加适合做手术。

程易带着几个身穿白大褂的工作人员来到了简允卓的病房里。

"简允卓先生，今天我们要带你去做几项重要的检查。"程易表情严肃，一副公事公办的模样。

一看到程易，简允卓就感到不安。

大概是程易上一次在他屁股上打的那一针让他有了心理阴影。

两个穿着白大褂的工作人员上前，将一个眼罩戴在了简允卓的眼睛上。

"为什么要戴眼罩？"简允卓不能反抗，但是他的心中满是疑惑。

"因为我们一会儿要带你去做检查的地方会有特殊的光线，对眼睛不好。"

我们给你戴上眼罩是为了保护你的眼睛。"程易在说这些话时语气严肃，所说的话使人信服。

简允卓只能选择相信他。

接着，简允卓躺在病床上被人推出了病房。因为戴着眼罩，他也不知道自己被推去了什么地方。

简允卓被带到了一个放满仪器的房间里。

等了一会儿，他听到了脚步声，知道又来了几个人。

简允卓不知道的是，现在来的几个人当中有一个是简一凌。

简允卓之所以会被要求戴上眼罩，并不是因为要做什么特殊的检查，而是因为程易他们不打算让简允卓现在就知道给他做手术的人是简一凌。

简一凌开始给简允卓做检查。

戴着眼罩的简允卓完全没有想到，这个正在给他做检查的医生是他的妹妹。

房间里除了简允卓之外都是慧灵医学研究所里的人。大家很有默契，没有一个人向简允卓透露一点儿简一凌的信息。

黑暗中，简允卓忐忑不安，不知道自己正在做的是什么检查，躺着一动也不敢动。

四周安静得过分。

"还需要多久？"简允卓小声询问。

程易在旁边公式化地作答："简允卓先生少安毋躁。现在是你的主治医生Dr.F.S在给你做检查，关系着明天的手术，检查自然要仔细一些。还请简允卓先生有耐心一些。"

简允卓听到这话后，心情有了不小的变化。

"Dr.F.S，您真的在这里吗？"简允卓连忙问道。

他问话时尾音微微有些颤抖，难掩激动。

他到现在都没有见过自己的主治医生。

对于自己的主治医生，简允卓的心里充满了期待。

他真的十分期待与对方见面。

简一凌顿了顿，停下手里的动作，抬头向程易求助。

她不方便说话。

程易帮简一凌做出了回答："当然。"

接着，程易还冲简一凌眨了眨眼睛，告诉她这种小事交给他就可以了。她只要做好工作上的事情就行。

"那……"简允卓不知道为何有些紧张。他想听听这位 Dr.F.S 的声音，可又不知道该怎么开这个口。

程易微笑着说道："简允卓先生是有什么话想跟我们的 Dr.F.S 说吗？"

"是。"简允卓定了定心神，说，"Dr.F.S，我，我想跟你道谢，谢谢你接下了我的手术，让我有机会重新弹钢琴，让我还有勇气面对未来的人生。"

简允卓也不知道 Dr.F.S 的真名。研究所里的人都这么称呼他，简允卓也只能这么叫他了。

程易帮简一凌回答了这个问题："简允卓先生不必客气。我们 Dr.F.S 治病是收费的，价格公开，童叟无欺，如果简允卓先生心里感激，那回头结账的时候可以考虑多付点儿钱。"

整那些虚的干啥，有这工夫他还不如给一凌妹子多要点儿钱。

毕竟"谢谢"说多少遍都不用花钱。

"嗯，这个自然。"简允卓答应得很痛快。

这件事情简允卓已经听他的父亲和大哥商量过了。

若是这次手术真的能够成功，他们必然要给予主治医生 Dr.F.S 重谢。

程易又说："另外，简允卓先生若是手好了，希望你回去后能心平气和地看待身边的人和事。切记不要心怀怨恨，即便遇到了不好的事情，也不要放弃对生活的希望，不要忘记你身边那些关心你的人。"

"我记住了。"简允卓也答应了。

他现在拥有希望，便不会再像之前那样钻牛角尖、满怀仇恨了。

半响后，检查结束，简一凌离开了房间。

简允卓被晾了好一会儿才有人过来给他取下眼罩，带他回病房。

简一凌对简允卓的手受伤的情况进行确认之后，便去了另外一边秦川母亲的病房。

接着，简一凌在实验室里待了一下午。

除去和程易跟进秦川母亲的病情，简一凌还调配出了她曾经已经经过反复实验验证有效的祛疤膏。

而她现在需要对这个配方的药膏进行临床试验，获取临床数据。这样之后就能获得审核批准，申请专利。

周六，胡娇娇要接受补课。补课地点就在她家旁边，步行十分钟就能到。

胡娇娇下课的时候天已经黑了。

她从补习班离开，拐进巷子的时候，一个袋子从天而降，套在了她的头上。

"啊！"这突发事件让胡娇娇惊叫出声。

她的眼前一片漆黑。

接着就有一股力量拖着她往巷子更深的地方去。

胡娇娇感觉到身边有很多人，有人在拉扯她，动作很粗暴。

陌生人的触碰，给她带来了深入骨髓的恐惧感。

"救命！救命！"胡娇娇浑身颤抖，惊恐万分。

胡娇娇本能地尖叫起来，身体拼命挣扎，试图摆脱这些人。

但是她的力气与身边的人相比，根本不值一提。

看不见任何东西的胡娇娇能够感觉到有人在触碰她的手臂，在拉扯她。

"啊！啊！放开！啊……"

胡娇娇在恐惧中哭泣、嘶喊，浑身战栗。

她用了最大的力气，可还是没有办法摆脱周围的人。

身旁的人触碰到了她的手和胳膊，甚至还碰到了她的脖子。

胡娇娇被恐惧吞没，发疯般嘶吼。尖叫让她的嗓子变得沙哑。

人生第一次，她感觉到了滔天的恐慌和绝望。

拉扯间，她听到了一道令人作呕的男声。

"别挣扎了，谁让你要和简一凌那种人做朋友呢？活该。"

男人戏谑的语气，像是在嘲讽胡娇娇做的错误选择。

胡娇娇没有放弃挣扎，只是她的力气太小了。

胡娇娇怕极了，恐惧、屈辱、绝望，一系列的情绪将她淹没进而将她吞噬。

就在这个时候，一道女声响起了。

"一群死狗干什么呢？老娘捶爆你们的狗头！"

这道女声浑厚有力。

接着，胡娇娇身旁那些试图欺负她的男人停止了动作。

然后就传来了打斗的声音。

紧接着，胡娇娇听到了男人们的惨叫声，还有物体重重地撞击墙壁的声音，以及男人们痛苦的哀号声。

终于，那个抓着胡娇娇手的男人也被拽开了。

胡娇娇连忙拽掉了套在自己头上的袋子，却因为虚脱和恐惧而瘫软在地。

胡娇娇望向前方,发现周围倒着几个混混儿。他们的手和脚都被捆起来了,正在地上痛苦地呻吟着。

"你没事吧?"

胡娇娇摘下头上的袋子后,罗秀恩才发现这个被欺负的小姑娘她见过,是简一凌的同学。

罗秀恩脱下自己的风衣,披在了胡娇娇的身上,裹住她颤抖的身体。

胡娇娇怔怔地望着罗秀恩,忽然崩溃地大哭了起来。

听到小姑娘绝望的哭声,罗秀恩又火冒三丈,转头就朝着那三个该死的混混儿走了过去。

她朝着三人一顿狂踹、猛捶。

"姐,饶命,饶命啊……"

"姐,我们没想对她怎么样。我们就是吓唬吓唬她,真的……"

"对,姐,我们知道错了。我们就是想要给她一点儿教训而已。若您没来我们也马上就要停手了!"

地上的混混儿连忙求饶,并解释他们今天只是想吓唬胡娇娇,并没打算真对她做出什么事情。

他们只是普通的小混混儿,吓唬吓唬人还行,哪儿敢真做出什么实质性的事情来呀?

他们原以为这是一个比较简单的任务——吓唬吓唬这个胆子本来就不大的小姑娘。

一般来说,小姑娘被他们这么一吓唬,以后就会离那个叫简一凌的人远远的了。

"狗东西!欺负人的时候没想着手下留情,被人欺负的时候才想到,我呸!要点儿脸行不行?"

罗秀恩朝着三个人吐了一口唾沫,接着又一脚朝一个男人踢了上去。

她在不闹出人命的前提下用了不小的力度,确保疼痛感深入骨髓,令他永生难忘。

罗秀恩也没有厚此薄彼,三个人都踢了一遍。

一时,三个男人在地上疼得眼泪横流,倒吸着凉气,连叫都叫不出来了。

罗秀恩觉得还不够,但是又听到了胡娇娇的抽泣声,便又回来先安抚她。

安慰人罗秀恩不是很在行,只能尽力而为了:"妹子,你别怕。我在这儿,他们欺负不了你的!我记得你,你是我家一凌妹子的同学。你还记得我吗?"

胡娇娇抽泣着点头。

她还记得罗秀恩。

罗秀恩又安慰胡娇娇:"今儿个这事,姐既然遇见了,姐就管到底了。你不用怕他们。这群浑蛋,姐让他们后悔多长了两只猪蹄!"

胡娇娇一边啜泣一边点头。

她是真的被吓坏了。

没多久,警笛声响起,警察来到了这条巷子。罗秀恩帮胡娇娇报了警。

罗秀恩抱着胡娇娇上了警车。

罗秀恩身高一米七几,一身肌肉,抱一个胡娇娇毫无压力。

将胡娇娇抱上车之后,罗秀恩还说:"不愧是我家小一凌的同学,真轻。姐抱着你们两个跑马拉松都不是问题。"

当然,要论个子大小,那还是简一凌更小,那小胳膊小腿的,爬个车都费劲。

接着,罗秀恩带着胡娇娇去医院验伤。

小混混儿都被抓了起来。

简一凌在收到罗秀恩发来的消息后赶到了医院。

胡娇娇的身上有很多处瘀青,是她刚才和那些混混儿撕扯的时候弄伤的。

胡娇娇的眼睛是红的。她刚哭过,脸上因为有泪痕看起来像花猫的脸,身体还在发抖。

她本来就不是一个胆子大的女孩子,遇到了这种事情,受到的惊吓可想而知。

简一凌来的时候,病房里还有两名警察在给胡娇娇做笔录。

胡娇娇抽噎着讲了她刚才经历的事情。

对她而言,那是一段既痛苦又恐惧的经历。

简一凌听到胡娇娇说,在她差点儿被几个混混儿欺负的时候,其中一个混混儿说了一句"谁让你和简一凌那种人做朋友"。

所以,今晚袭击胡娇娇的人其实是想找她的麻烦,是她连累了胡椒。

胡娇娇是因为她才遭遇这些事情的。

从胡娇娇的声音和哭泣当中,简一凌能够感受到她的绝望和痛苦。

简一凌不会安慰人,也没有这样的经历。

可是简一凌又觉得自己现在应该说点儿什么。

"对不起。"简一凌的语速有些慢。

她觉得她对胡娇娇遇袭一事有责任。

一句"对不起"苍白无力,却是简一凌唯一能想到的对胡娇娇说的话了。

胡娇娇因为才回忆过一遍,情绪还有点儿激动,还在啜泣。

她没有回应简一凌的道歉。

看着面前啜泣的胡娇娇,简一凌想:我应该走开。胡椒这个时候可能不想看到我。

简一凌刚转过身去,胡娇娇便伸手抓住了她的手。

手被抓住,简一凌回过头来,低头看向胡娇娇的手。

简一凌的眼里有疑惑、惊讶和不解。

胡娇娇的声音依旧颤抖,但她的手牢牢地抓着简一凌的手。她说:"我……我很害怕,但是我知道,错的人不是我也不是你。我……我不想让那些浑蛋如意!他们犯了错,凭什么我还要照着他们的要求去做?我偏不!我偏要跟你做朋友!我才不让他们高兴呢!"

那些人确实是冲着简一凌去的。他们不想让胡娇娇跟简一凌做朋友。

那胡娇娇就不能如他们的意!

错的是那些人,不是简一凌。

胡娇娇虽然很难过、很害怕,可是心里很清楚整件事情的因果。

简一凌望着胡娇娇的手,表情有些呆滞。

简一凌还是第一次这样和别人手牵手。

这种感觉,既陌生又奇妙。

但是简一凌可以确定的是,她并不抵触这样的接触。

"你不用道歉。"胡娇娇继续说,"又不是你害我的,为什么你要道歉,这不合理!我……我是很怕,很生气!但是又不是你干坏事了!我没道理跟你生气!"

胡娇娇说话的时候,情绪还有些激动。才哭过的她,依旧在抽噎。

"谢谢。"两个普通的"谢"字,从简一凌的口中吐出,格外有分量。

胡娇娇红着眼睛摇头,说道:"本来就不是你的错啊。你不用说'对不起'或者'谢谢',真的!"

罗秀恩进来的时候,刚好看到这一幕。

简一凌站在床边,小小的身躯看起来柔柔弱弱的。

在床上躺着的那个女孩虽然看起来比简一凌大一些，但跟罗秀恩比起来差了不是一星半点儿。

两个小姑娘手拉着手，说着话。

罗秀恩笑着走了过来，手里拿着一大堆东西。

罗秀恩出去给胡娇娇买东西了，买回了一些日用品，还有消夜。

因为知道简一凌也过来了，所以她连简一凌的这一份也买好了。

"一凌，你也吃点儿，在不发胖的前提下合理补充能量，有利于健康。"

胡娇娇和简一凌都吃了一点儿。

补充了体能，胡娇娇的情绪也稳定下来了。

接着，胡娇娇望着罗秀恩，既感激又崇拜地说道："你……你真的好厉害！"

上一次在学校门口看到罗秀恩捶那些找简一凌麻烦的混混时，胡娇娇就觉得她很厉害。

今天，胡娇娇的这种感触更深了。

"不用跟姐客气，小事一桩。你是一凌的朋友，就是我的朋友。你一会儿存一下我的联系方式，下次要是遇到危险，就给我打电话！"

不知道为什么罗秀恩的话就是能给人安全感。

胡娇娇有些不好意思，但是又感觉很安心。

于是，她按照罗秀恩说的，保存了罗秀恩的联系方式。

在医院陪了胡娇娇一阵后，罗秀恩和简一凌便离开了医院。

下楼的时候，罗秀恩跟简一凌说："一凌妹子，刚才的那些小混混儿姐已经盘问过了。他们是在暗网上看到了悬赏令，才会找上胡椒的。但具体是谁发布的悬赏令，他们也不知道。暗网上的信息不是很好查，我让研究所里的人联系一个计算机高手来帮你查清楚。只要知道了这人是谁，姐就帮你捶爆他的狗头！"

因为那样的电脑高手不是很好找，所以罗秀恩到现在还没有找到相关的信息。

两个人正说着，简一凌的电话响了。

简一凌拿出手机一看，来电号码是一个陌生的号码。

简一凌犹豫了一下后接通了电话。

电话里面传来了一个年轻男人的声音："小凌凌，我是你霍钰哥哥啊。"

简一凌拿着电话一阵沉默。

"不是吧？小凌凌，你别告诉我，你不记得我了。"

"记得。"

霍钰是简允丞的死党，现在应该在国外，是简允丞创办的游戏公司里的核心成员。

霍钰曾经跟着简允丞来过简家几次，和原先的简一凌见过几次面。

"小凌凌，你叫我一声'钰哥哥'，我就告诉你一个消息，想不想知道啊？"

听完霍钰的话，简一凌果断地挂断了电话。

没过一会儿，简一凌的电话又响了，还是这个号码打来了电话。

简一凌再度接通。

"小凌凌，你怎么比你大哥还无情啊？我不就是想骗你叫我一声'哥哥'吗？怎么就这么困难？"霍钰无奈地说道。

大哥无情，小妹一样无情。

他上辈子欠了他们兄妹多少啊？

为免再次被无情的简一凌挂断电话，霍钰只能自己坦白他打电话来的目的："小凌凌，钰哥哥不逗你了，这是正事。我刚才在暗网上看到了关于你的悬赏令，居然有人花一万块钱悬赏欺负你的同桌！让你的同桌受点儿教训，并且以后一见到你就躲得远远的！这可不是我说的，这是悬赏令上的原话！

"当然，我已经帮你把发布悬赏令的人的 IP 地址查出来了，与 IP 地址对应的信息我发到你的手机上了。另外，那条悬赏令我也帮你撤掉了。"

霍钰在计算机方面是高手，很快就将事情处理干净了。

霍钰的行为让简一凌感到意外。

她知道霍钰是计算机领域的高手，但是没有想到这件事情会引来他出手。

简一凌顿了一下，道谢："谢谢。"

刚才简一凌和罗秀恩还在讨论怎样找到发布悬赏令的人，霍钰就把他查到的信息送到她的面前了。

"不用谢，你现在没事吧？"

"没事。"

"没事就好。你要是出事了，你大哥得弄死我！为了我这条小命，请你务必好好的啊。"

在网络上看到了这种事情，要是不及时处理掉，让简一凌遇到了危险，霍钰的死期也就不远了。

"嗯。"

简一凌答应了一声，然后挂断了电话。

果然，简一凌收到了霍钰发来的一条短信。

短信上是一个地址，还有地址对应的人员信息。

罗秀恩凑过来看。

"户主邱利耀？谁啊？"

"盛华高中的董事长。"

IP 地址是邱利耀家。那么，做这件事情的人是谁就显而易见了。

"啥？你们学校的董事长？"罗秀恩怒吼道，"走，跟姐去捶爆那个浑蛋！"

罗秀恩脾气火暴，遇到不爽的事情就是捶，捶不捶得死另说，反正不能憋着。

简一凌拉住了罗秀恩，说道："我来处理。"

简一凌说这话时语气坚定，脸上的表情格外认真。

胡娇娇的事情虽然没有酿成很严重的后果，但不代表这件事情可以被简单地放过去。

罗秀恩凝视了简一凌一会儿，说道："我知道了。"

她虽然关心这件事情，但也相信简一凌有自己处理事情的能力。

她们是同事，如果不相信同事的能力，那后续的合作就没法进行了。

"不过一凌，你明天下午就要做手术了。"

简一凌现在要处理这件事情的话，有可能会耽误明天的手术。

"嗯。"简一凌知道。

但是她还是要先处理这件事情。

"那好，你自己安排时间。"

罗秀恩尊重简一凌的选择。

罗秀恩回去了。

临走前她再三叮嘱，要是有什么用得着她的地方，就打电话给她。

简一凌先回到了送她过来的家里的车上，让司机送她回老宅。

回老宅的路上，简一凌开始编辑消息。

霍钰此刻正在自己的办公室里。他这边现在是白天。

他的面前高低错落地摆放了七八台显示器。

给简一凌打完国际电话后，他放松地往后面的靠背上靠去。

霍钰想：刚才那事要不要告诉丞少呢？还是不说了吧！万一他捶我呢？

万一他又要给我安排莫名其妙的任务呢？我最近过得已经够像保姆了，还是不给自己找事了吧！

嗯，没错，他还是不多事了。

反正小凌凌要是受了委屈，应该会去找她大哥说的。

还是让小凌凌自己跟丞少说比较好。

他就当个小透明好了。

不过话说回来，小凌凌的声音还是跟以前一样，甜甜的。

不知道她现在长什么样，是不是还跟小时候一样，一生气就鼓着腮帮子，嘟着小嘴，一副"姑奶奶有小情绪了，谁也哄不好"的模样。

哈哈哈哈。

霍钰以前惹过简一凌生气，还因此被简允丞捶了一通。

简一凌还没到家就接到了于希打来的电话："凌神！简奶奶说你去医院了？你怎么了？"

于希的声音听起来很焦急。

刚才他来简家老宅找简一凌，简老夫人告诉他，简一凌去医院了。

简老夫人只说了这么一句话，就跟自己的老姐妹煲电话粥去了，这可把于希急坏了。

晟爷的伤还没好，凌神又去医院了？

那不是要他的老命吗？

于希这是被简老夫人坑了。

他也不思考一下，如果简一凌真的住院了，简老夫人哪儿还能优哉游哉地跟她的老姐妹煲电话粥？

"我没事。"简一凌平静地说道。

"不行不行，马上把你现在所在的位置告诉我，我马上过去。"

于希不信简一凌说的话。她上次肠胃炎犯了也说自己没事，还到处乱跑。

"马上就回来了。"简一凌没想把事情告诉于希。

于希看了一眼旁边的翟昀晟，继续说道："不行，你马上把位置发给我！"

"在回家的路上，马上就到了。"

知道简一凌马上就到家了，于希不追问了，而是直接去简家老宅蹲人。

简一凌到家之后，就看到了坐在客厅沙发上的于希和翟昀晟。

简老爷子和简老夫人已经习惯了他们的到来，都没有特地出来招呼他俩，各自忙自己的事情。只有家里的用人给他们泡了茶。

"凌神，你可算回来了！"于希连忙起身，凑上前来查看简一凌的身体情况。

确定简一凌没什么事情后，他才继续问："凌神，你怎么去医院了？"

"朋友被欺负了。"

"谁欺负你朋友了？"于希皱起眉。凌神的朋友被欺负到进医院，可不是什么小事情。

"没事，我能处理。"

简一凌不想麻烦于希和翟昀晟。

"别啊凌神，大家都是一起上分的好兄弟，有什么事情说出来，让我给你拿拿主意。"于希十分热心地说道。

简一凌摇头，脸上的表情很镇定。

她看起来柔柔弱弱的，但是说话的时候既自信又坚决。

什么事情她都喜欢自己搞定。

坐在沙发上的翟昀晟皱起了眉。

翟昀晟也不向简一凌追问，直接让自己的保镖附耳过来。他说了几句话后，保镖就离开了。

没过多久，保镖回来了，将调查出来的结果汇报给翟昀晟。

接着，翟昀晟起身，大步走到了简一凌的跟前，居高临下地望着她，直接说出了刚才发生在简一凌朋友身上的事情："你的同桌胡娇娇住院了，原因是被一群小混混儿围堵。人没有什么大碍。"

因为情节并不严重，所以那三个小混混儿被罚了款并被拘留十五天。

翟昀晟知道，简一凌肯定还想做点儿什么。

翟昀晟的嘴角噙着笑。他说："这样吧，跟爷做个交易，你帮爷一个忙，爷也帮你一个忙。我们公平公正，互惠互利，互不相欠。"

简一凌仰着头，望着翟昀晟锐利的目光。

翟昀晟补充道："反正你要付报酬找别人，不如和我做这个交易。我比一般人好用。"

找别人是找，找翟昀晟也是找，理论上是一样的。

确实，翟昀晟要比一般人管用。

"什么交易？"简一凌问。

翟昀晟指了指自己被纱布包着的手臂，说道："医好它，不能留疤，不能变丑。"

"可是，我本来……"

翟昀晟打断了简一凌的话："你本来什么？本来就想给爷治好的？不留疤的那种？爷和你一样，不喜欢欠别人的，这件事对爷来说也不算小事吧？这笔交易，爷并不亏。"

严格地算起来确实是这样的，简一凌制作的药膏，外面是没有的。

所以从理论上来说，也不是不可以。

简一凌表情凝重，思考着翟昀晟说的话。

翟昀晟就这么看着她思考。

半晌后，简一凌点了头，答应了翟昀晟提出来的条件。

"好。"

接着，翟昀晟转头看了于希一眼，说道："他就跟着你打下手。"

于希惊呆了。

他还什么都没说呢，怎么就被晟爷安排好了？

为啥他是打下手的？听起来怎么这么廉价？

行吧，打下手就打下手吧，反正他也不是头一次做这种事情了，习惯了！

三个人一起玩游戏的时候，他就是那个打下手的。

于希很快就摆正了自己的态度，说道："对，我打下手。"

说罢，于希又转头问翟昀晟："晟爷，要我做点儿什么？"

"现在先回房睡觉，有什么事情明天早上再说。"

这都晚上九点多了，再重要的事情也要等明天睡醒起来再说了。

说着，翟昀晟又严肃地看了简一凌一眼，说道："别学兔子红眼睛了，先睡够了再处理事情。那事交给爷。"

翟昀晟虽然看起来吊儿郎当的，但说出来的话很让人信服。

"好。"

简一凌也觉得自己确实该去睡觉了，不然不利于明天下午的手术。

至于明天早上事情能不能处理完，会不会影响明天下午的手术，简一凌也不确定。

周日早上，邱怡珍在家里跟自己的两个跟班玩游戏。

最近正火的《虫族入侵》真的很好玩。三个人聚在邱怡珍的房间里玩得不亦乐乎。

忽然，房门被人用暴力打开，砰的一声吓到了房间里面正在玩游戏的三个人。

看到开门的人是邱利耀后，邱怡珍的两个跟班顿时大气都不敢出了。

邱怡珍也紧张地看着她爸。

"爸，你干吗？我们不就玩个游戏吗？你干吗怒气冲天的？"

邱怡珍刚问完。邱利耀就上前来，一个耳光打在了邱怡珍的脸上。

这一次，他用的力气比之前还要大，直接将邱怡珍的嘴角打出了血。

邱怡珍被这一个耳光打得有些蒙。

"你这个败家女！我邱利耀上辈子造了什么孽，生出你这么一个败家玩意儿？"邱利耀怒不可遏，指着邱怡珍的鼻子大骂。

邱怡珍好半天才回过神，大声说道："你干吗又打我？你打我好歹也要有理由啊！我干什么了，你要打我？"

"你还敢问你干什么了？"

"我怎么就不敢问了？你要打我，也得给个理由吧？"

"你这一天天的都在干什么蠢事？你知道我现在面对的是什么样的压力吗？"

邱利耀已经是热锅上的蚂蚁了。

现在这种情况他还要怎么办？

邱利耀正担心着，电话忽然响了。

看清来电显示后，他连忙将电话接了起来，听到电话里传来的声音时，紧张地说道："晟爷，这件事情……我……这件事情是我女儿的错。我保证，我一定狠狠地教训她！"

邱利耀连忙向电话那头的人道歉。

邱利耀点头哈腰加赔笑，态度和刚才判若两个人。

过了好一会儿，邱利耀挂断电话，接着一个耳光又打在了邱怡珍的脸上。

"你这个败家女！我现在算是被你害死了！一会儿晟爷他们过来，看你怎么办！"

"爸，你在说什么？晟爷？他为什么要过来？"邱怡珍望着她爸，不知所措地说道。

翟昀晟是什么人，她是听说过的！

得罪他的人没一个有好下场！

"还问干吗？你还问干吗？"邱利耀一边用手指猛戳邱怡珍的脑袋，一边说道，"老子就想看看你这脑子里塞的是棉花还是狗屎！你惹谁不好，为什么还要去惹简一凌？"

"我……"听到这话，邱怡珍顿时脸色煞白，说道，"不可能的，这次我做得很隐蔽的。她不可能知道的，而且我没有直接对她下手。我只是对胡娇娇动手了！"

在邱怡珍的设想里，胡娇娇受到惊吓之后自然会离简一凌远远的，更别说跟简一凌打小报告了。

再说，就算胡娇娇跟简一凌打小报告了，简一凌最多也就是找到那几个接了她悬赏令的小混混儿，不可能再找到她的。

她这回并没有和那几个小混混儿有过任何正面接触！

"你还好意思说！你自己几斤几两重，你不知道吗？还要去跟人家硬碰硬？你以为你的本事有多大？你要是本事大，也就不会门门功课考不及格了！"

邱利耀看着邱怡珍。不禁怀疑当年女儿出生的时候，他是不是把胎盘留下了！

"你别拿成绩说事行不行？简一凌不也是多门功课不及格吗？你干吗说我！"

"行，你还嘴犟是不是？那好，等一会儿晟爷来了，看你的嘴巴还犟不犟！我可告诉你了，你要死还是要活一个人去，别连累我！"

说曹操曹操到，翟昀晟来了。

简一凌也来了。

邱利耀一见到翟昀晟，就赔上笑脸，说道："晟爷，我这个败家女不听话。你要是生气，我给你把人送过去就行了，怎么还劳烦你亲自跑这一趟呢？"

翟昀晟都不搭理他，越过他，直接走向了邱怡珍。

见此情形，房间里的四个人都急得不行。

这是邱怡珍第一次见到翟昀晟。

她没有想到，这位爷真如传言那般拥有超高的颜值。

同时，他拥有一副玩世不恭、桀骜不驯的姿态。

邱怡珍也曾期盼过见到他。

但是，她从未想过他们的见面会是这样的场景。

翟昀晟只是在旁边的沙发上坐了下来，并未开口。

他只要在这里坐着，就有足够的威慑力。

"晟……晟爷……"邱怡珍光是看着翟昀晟，就觉得害怕，说话结结巴巴的。

翟昀晟并未搭理她，就这么坐着，似笑非笑地看着邱怡珍和她的两个跟班。

简一凌径直走向邱怡珍。

"简一凌，你要干吗？"

邱怡珍本来是不怕简一凌的。但是今天简一凌是和翟昀晟一起来的，那情况就不一样了。

邱怡珍的心里那叫一个郁闷。

简一凌到底是怎么攀上晟爷的，竟然能让晟爷来给她做靠山！

邱怡珍大概忘了，就算简一凌没有翟昀晟这个靠山，也一样可以对付她。

"你失信。视频公布了。"简一凌对邱怡珍说。

邱怡珍可能已经忘记了，她还有把柄在简一凌的手里。

简一凌和她和平相处了一段时间，导致她快忘了简一凌伸出利爪的时候是什么样子了。

邱怡珍愣了一下。

旁边的邱利耀蒙了，问邱怡珍："什么视频？邱怡珍，你干了什么好事？！"

上一次的视频是简一凌给她打了马赛克之后发出去的，并且很快就被撤了下来。

邱利耀还不知道那个视频其实是简一凌发布的。

邱怡珍慌了，瞪着简一凌，说道："简一凌，你别乱来！你答应过我的。我若不再找你的麻烦，你就不把原视频发出去！"

"你找了。"

"我没有！你有什么证据能证明我找你的麻烦了？我明明在家里打游戏，你们突然找上门来了！"邱怡珍想要为自己开脱。

"悬赏令，混混儿，胡椒。"简一凌说了三个词汇，简单明白地告诉邱怡珍。邱怡珍做的事情她都知道了。

邱怡珍的眼睛瞪得有铜铃那么大。

"不是，我……我不是……"邱怡珍彻底慌了。

别说今天来的人还有一个翟昀晟，光是简一凌说的以前那个视频就够她喝一壶了！

邱利耀还没想明白是什么视频，就接到了学校董事会里一个成员给他打来的电话。

电话里，对方狠狠地斥责了他。

因为视频的内容是邱怡珍仗着自己的爸爸是校董，在学校里横行霸道、目中无人。

邱利耀慌了，这事要是闹大了还得了？

他连忙托人找关系删视频和评论。

但是不管他找谁，对方都拒绝帮他。

原因很简单，在他打这个电话之前，翟昀晟就已经跟大家打过招呼了。

很明显，他们是听翟昀晟的。

邱利耀感觉到了一阵头晕目眩。

他再度看向邱怡珍的时候，怒火在心中肆意燃烧。

他直接冲到了女儿的面前，一拳打了下去。

这回就不只是一两个耳光了，他发了疯似的揍邱怡珍。

邱怡珍一开始被揍时是蒙的，回过神后不甘心就这么被打，就还起了手。

两个人扭打在一起，场面变得不堪入目。

父女俩就像几辈子的仇人一般，扭打在一起。

简一凌就在旁边看着，安静地举着手机录像。

半晌后，不知道是打累了还是消火了，父女二人终于停了下来。

这时，邱利耀突然冷静下来，看到了简一凌对着他拍摄的画面，惊得从地上跳了起来，扑向简一凌。

翟昀晟的保镖十分及时地挡住了邱利耀。

邱利耀那点儿力气，在面对翟昀晟的保镖的时候，就跟鸡蛋撞石头差不多。

另外一个保镖又走了上来，他的手里端着一台平板电脑，电脑上开始播放学校里被邱怡珍敲诈勒索过的学生的证词。

邱怡珍被邱利耀扣了生活费，根本没有多余的钱来支撑她平日里的开销。

她却在暗网上花了整整一万块钱来发布悬赏令。

这笔钱的来源十分可疑。

所以，在来邱家之前，简一凌带着翟昀晟去调查了这笔钱的来源。

简一凌的猜想没有错，邱怡珍敲诈了学校里的同学。

于是，简一凌花了一点儿时间找到了被邱怡珍敲诈的同学。

有了翟昀晟的保证，这些同学终于放下心来，将自己被敲诈、霸凌的事情说了出来，也同意一起做证，起诉邱怡珍。

在来邱家之前，翟昀晟已经安排人护送受害者向法院提起诉讼了。

邱利耀彻底傻眼了。

一个坑爹视频就已经够麻烦了，现在还有这么多敲诈、霸凌事件。

这些事情闹开了，后果不堪设想！

到时候遭殃的不只邱怡珍一个人，包括他，甚至他们学校的声誉都将受到前所未有的重创！

"邱怡珍！这些都是你干的好事？！"

邱利耀怒火中烧。

"你横什么横？别告诉我你之前一点儿都不知情！现在出事了，你就想撇清关系了？"邱怡珍破罐破摔地说道。

她一身凌乱，一只眼睛也肿了。

邱怡珍在学校里横行霸道，邱利耀并非完全不知情。但他以为事情不严重，也就睁只眼闭只眼了。

在今天之前，邱利耀不认为那些被邱怡珍欺负了的人能翻出什么浪花来。

直到这一刻，翟昀晟给这些人撑腰，做了他们的靠山。

邱怡珍更是傻了。她的表情既惊讶又恐惧。

这一刻，她就像砧板上的鱼！

她难以置信地瞪着简一凌，这个将她放到砧板上的人！

想明白事情的严重性后，邱利耀也顾不得打女儿了，连忙向翟昀晟求饶："晟爷饶命，这件事情是我们不对，求你大人有大量，饶过我们这一回吧！我保证，以后一定好好管教这个女儿。她不会再犯的。"

翟昀晟的嘴角噙着冷笑，说道："爷不喜欢'大人有大量'这句话。爷偏喜欢做小心眼儿的人。"

邱利耀脸色煞白，目光呆滞地看着丝毫不给他求饶机会的翟昀晟。

他感觉自己的脑袋里嗡嗡地作响。

这个时候，他的手机也疯狂地响了起来。

是董事会的人给他打的电话。很显然，学校论坛里的视频已经被传开了。

接下来的一段时间里，邱利耀和邱怡珍的日子应该会很难熬。

邱利耀能不能保住自己的董事长之位和邱家的地位都很难说了。

从邱家离开时，翟昀晟看到简一凌在编辑短信，于是问道："在给谁发消息？"

"给胡椒，发打架视频。"

简一凌将刚才录的邱利耀和邱怡珍父女俩打架的视频发给了胡娇娇。

"给爷也发一份。"

"你刚看到了。"他明明已经亲眼看过一遍了。

"回头看着乐。"翟昀晟回答道。

简一凌接受了这个说法，给翟昀晟也发了一份过去。

翟昀晟的手机上，最近联系人里出现了简一凌的名字。

他与简一凌首次聊起了天儿。

解决完邱怡珍，简一凌回到了慧灵医学研究所，休息过后准备做手术。

手术开始了。

简家人自始至终没有见到 Dr.F.S 的庐山真面目。

Dr.F.S 依旧充满神秘色彩。

他们本来以为，至少在手术开始的时候能够见到这位神秘的外科医生。

他们现在除了完全相信他之外，别无选择。

简允卓要做的显微神经修复手术属于十分精密的手术，要把受损的神经重新连接起来，难度极大。手术持续的时间也会很长。

在门外等候的简家人，心情一刻都不敢放松。

他们既满怀期待，又满心焦虑。

在等待了五个小时之后，手术室里的灯终于灭了。

接着，还处于麻醉状态的简允卓被人从手术室内推了出来。

他出来的时候，手部被专门的仪器固定着，完全看不到里面的情况。

和简允卓一起出来的程易告诉简家人："手术很成功，简允卓先生需要再休养一段时间，等创口彻底愈合之后开始做复健训练。"

简家人在确定了简允卓安全之后，下意识地寻找主刀医生。

程易见他们不停地望向手术室内，知道他们是在寻找做手术的医生。

"Dr.F.S 已经从手术室的另外一道门离开了。"程易说道。

闻言，简家人虽然有些失望，但想着儿子的手术已经成功完成了，还是喜悦多于失落的。

手术室的另外一道门连接着的房间里，简一凌正躺在床上输液。

她脸色发白，额上有细密的汗珠。

她没有大碍，就是有些虚脱。

因为连续五个小时精神高度集中的手术，是一件十分消耗体力和精力的事情。

而简一凌的身体状况又不是很好。

所以手术一结束，简一凌就站不稳了。

罗秀恩一把将她抱到了旁边的房间里，二话不说就给她输液，补充体能。

"姐警告你，十八岁之前不许再接这种需要长时间精神高度集中的手术了。"

罗秀恩知道这一次的手术简一凌是非做不可的，但是下不为例。

简一凌看着自己被插上了针头的手背，想着自己需要锻炼身体了。

"从下个月开始，锻炼身体。"

"也对。"这一点罗秀恩认可。作为一名健身达人，罗秀恩在这方面很有发言权，"要不这样，从下个星期开始，你就跟着姐。姐带你健身，保证你坚持一段时间之后，不仅身体倍儿棒，吃嘛嘛香，还能暴揍小流氓！"

"恩姐！别！"

程易一回来就听到罗秀恩说要教简一凌武术，吓得他赶忙投反对票。

"程易，你干吗？你不想让一凌健健康康的吗？"

"不是，恩姐，我绝对不是那个意思。我只是想，我们可以换一种方式。"

他心想：换一种温柔一点儿的方式。

他们研究所里好不容易来了这么一个温柔可爱的妹子，这要是跟着罗秀恩变成了恩姐第二，那……那他们的日子还怎么过啊？

"怎么？姐的方式不好吗？"

罗秀恩眯起了眼睛。程易从她的眼睛里面看到了杀气！

"不是不是，恩姐您误会了。我的意思是，一凌妹子的身子比较娇弱，这要是磕了或碰了，咱不是心疼吗？"

罗秀恩的那一套健身方式，免不了磕磕碰碰的。

罗秀恩一想，觉得程易这话也有道理。

她经摔抗打。但是一凌妹子不行啊，这细皮嫩肉的，怎么能那样折腾呢？

"行行行，那照你说应该怎么办？"

"那个，我们研究所里不是有专门的营养师吗？让他根据一凌妹子的身体状况，提出合理的建议，当然也可以配合一些锻炼。"

罗秀恩摸着自己的下巴，说道："你说的方法可行，那就这么办吧！"

"呼——"程易松了好大一口气。

简一凌躺在床上的时候，忍不住想：手术很成功，曾经发生的那些事，是不是就不会发生了？

简一凌不知道，这样的她是否改变了自己的命运。

但是至少，简允卓不会变得阴暗、喜怒无常。

而同时，简宇捷到现在为止都还是乐观、积极的。

她的命运应该也改变了吧？

简一凌输着液，因为疲惫，所以迷迷糊糊地睡着了。

简一凌又梦到了那间熟悉的病房——曾经的简一凌死去前所住的病房。

医生、护士进来看过她，眼神中带着同情。

不知道过了多久，病房的门被推开了，进来一个男人。

简一凌看清了男人的模样。他有着戏谑的神情和看似散漫的姿态。

他是翟昀晟。

翟昀晟站在病床对面，望着简一凌。

"听说你就是那个痴迷秦川，最后在秦川的施压下，被简家人逐出家门的简一凌？"

京城里的人都知道，秦家的现任当权者秦川冲冠一怒为红颜之事。

为了保护自己心爱的女人莫诗韵，秦川给简家人下了最后通牒，让他们立刻和为非作歹企图伤害莫诗韵的简一凌断绝关系，不然就要毁掉整个简家。

"你是谁？"

简一凌的声音已经很虚弱了，她离死期不远了。

"翟昀晟。和你最爱也最恨的秦川有过节。我今天来医院有点儿事情，好巧不巧，听说这里的病房里住着曾经痴迷秦川，最后被秦川弄得半死不活的女人，就过来看看。"

"原来是你。我听过你的名字。"简一凌苍白的脸上已经没有了表情。

死亡就在眼前了，已经没有什么能让她或悲或喜了。

"看样子你没有多久可以活了，弄到这个地步，后悔吗？"

翟昀晟进来前问过医生。简一凌身患癌症，已到晚期，没救了。

简一凌望着翟昀晟，半晌后缓缓开口："后悔有用吗？我做了那么多的错事,都和感情有关系。如果有来生,我想做一个不懂亲情和爱情的人。谁也不爱,谁也不在乎。"

"一凌?"

梦做到一半,她忽然被程易叫醒,回到了现实当中。

"一凌,你怎么了?额头上有好多汗。"

程易是看到简一凌的额头上冒了冷汗,才叫醒她的。

简一凌抬手摸了一下自己的额头,还真的有冷汗。

"没事。"简一凌没让程易为她担心,而且她也确实没什么事情。

她只是做了一个奇怪的梦。

简一凌在慧灵医学研究所里好好休养的同时,简允卓在自己的病房里醒来了。

他一醒来,就问了自己的手术情况。

"手术顺利吗?"简允卓难掩内心的紧张,问道。

简书泞很兴奋地告诉儿子:"顺利,很顺利。医生说你的手部神经修复得很好,之后只要进行一段时间的复健锻炼就可以恢复了。"

闻言,简允卓的眼里蓄满了泪水。

这一回,他是高兴的。

他的手终于可以好了。

他还有未来。

简允丞说:"但是后期的复健也不会太轻松,你要有心理准备。"

"嗯!我知道!没关系,苦一点儿没关系!只要可以恢复,让我做什么都没有关系的!"

"那就好,你好好养病。"

简书泞的脸上露出了欣慰的笑容。

只是一想到自己的女儿,简书泞便无法真正高兴起来,连笑容都变得无比苦涩了。

简允丞把手机和电脑都还给了简允卓。

现在,盛华高中的论坛上依旧挂着那段视频。

只要简允卓登录论坛,就能够看到。

手机、电脑都给他了,他什么时候能看到那个视频就看运气了。

要是直到出院他都没有看到那个视频,简允丞就会亲口告诉他。

第二天晚上,简家的好些人过来探望简允卓。

何燕、简宇珉和简宇捷都来了。

听说手术很顺利,大家都对简允卓表达了祝贺。

简宇捷知道事情的真相,所以在面对简允卓的时候总是有些不自在。

但他也是真心实意地希望简允卓的手能够恢复。

因为这样,大伯父他们就会将事情的真相告诉简允卓了。一凌妹妹也就不用再被简允卓冤枉了。

何燕笑盈盈地说着恭喜,心里却是咬着牙的。

监控视频被找到了,简允卓的手也被治好了,一切朝着她不希望的方向发展着。

病房里的气氛看起来其乐融融的。

这时候,简老夫人来了。她是带着简一凌一起来的。

其实,出门之前简老夫人也犹豫过要不要把简一凌带过来。

但仔细一想,孙女又没做错事情,怕什么?

不来探病还显得简一凌像是心虚了似的。

该来探病就得来,谁怕谁尴尬!

她的小乖乖可没有什么对不起简允卓的地方,凭啥还不敢来探病了呢?

妹妹该对哥哥做的,小乖乖全做了!

要是小卓不领情,可就别怪她直接把事情的真相说出来了!

反正小卓的手术也做完了,早说晚说都是说!

简一凌跟着简老夫人进了病房。慧灵医学研究所里的病房足够宽敞,可以容纳很多人。

她和简老夫人来之前,房间里已经站了很多人。在她们来之前,不知道大家在聊什么,看起来气氛很融洽。

简一凌走进病房后,病房里的气氛瞬间变了。

大家的反应不尽相同。

何燕在心中冷哼,准备看好戏。

听说简允卓还没看到那个视频。

现在简一凌过来探病,可不是有好戏看了吗?

简宇捷连忙跑到简一凌的跟前,笑嘻嘻地跟简一凌说:"一凌妹妹,好久不见!"

他都快有一个星期没有见到一凌妹妹了!

一凌妹妹也不爱发朋友圈,更别说发自拍照了。

"嗯。宇捷哥哥，最近好吗？"

简一凌说到"哥哥"这个词时，还是觉得有点儿别扭。

但是简一凌知道自己得克服这个毛病，所以她正在努力适应。

"好啊，我最近很好！"简宇捷最近是真的挺好的。

何燕不再给他施压，不再束缚他，他过得确实比以前自在、痛快了。

简宇珉也凑了过来，问她："小哭包，你怎么光叫宇捷，不叫我啊？"

简宇珉最近因为要忙演唱会的事情，所以晚上很少回老宅，就算回去也是大半夜了，也挺长时间没有和简一凌碰面了。

听到妹妹光喊宇捷"哥哥"不喊他，简宇珉的心里别提多不痛快了。

按照年纪来算，也是他这个大堂哥排在前面吧？

简宇珉还只是吃醋。

房间里简允丞的脸色就是黑了一片了。

他这个亲大哥都不知道多久没听到妹妹喊他"大哥"了。

简允卓这时候心里也有些异样。

他也说不出来这是一种什么样的心情。

此前他恨简一凌，觉得自己的手没有希望了，就没有再去想别的了。

他甚至将以前和妹妹相处的点点滴滴都忘干净了，剩下的情绪就只有恨了。

而现在，他的手术完成了，人生也有了希望，那些曾经被他埋葬的记忆也就随之跳出来了。

在那一天，她发脾气，不讲道理，把他推下楼梯之前，他们的关系并不糟糕。

他也愿意让着她、护着她。

他是觉得她不许自己跟莫诗韵往来有点儿不讲道理。

可是，如果冷静下来想想，那也是因为她在乎他，才会不想让他和别的同龄女孩子走得太近。

只是，那个时候他喜欢莫诗韵，觉得妹妹这样的举动太蛮横、不讲道理了。

其实，他们是可以更好地沟通的。

妹妹跟他吵闹，他可以选择更好的方式来跟她解释，而不是跟她吵架。

更不用说他现在对莫诗韵的好感已经消失殆尽了。

没有了那种情感的羁绊，简允卓再回过头去审视那件事情时，就觉得那次争吵很不应该了。

他觉得妹妹不该和他争吵。那他何尝不是不应该和妹妹起争执呢?

人有的时候就是这样奇怪,明明他想恨她一辈子的,可是现在……

简允卓看着简宇珉、简宇捷和简一凌。

简宇捷笑嘻嘻地跟简一凌说:"一凌妹妹,你别理我大哥。他就是忌妒。"

简宇珉不高兴,简宇捷就高兴了。

以前他没抢过其他哥哥。现在好了,其他哥哥抢不过他!

"你说谁忌妒?"

小心思被拆穿,简宇珉果断地让自己的小弟知道了什么叫作社会险恶。

简宇珉仗着自己人高马大、肌肉结实,一下子就挤开了简宇捷,占据了最靠近妹妹的位置。

简宇捷在同龄人当中不算瘦削,但是和他大哥比还是差一些。

简宇珉一直练舞、健身,所以腹肌、胸肌、肱二头肌,该有的肌肉都有。

面对简宇珉的"仗势欺人",简宇捷毫无反抗之力,只能乖乖地站在一边,瞪着他大哥。

简宇珉低头对简一凌说:"小哭包,今天你必须公平一些。宇捷有的,我不能没有。"

简宇珉都已经开始耍赖了。

简老夫人上前一步,把简一凌拉到自己的身旁,对简宇珉说道:"你这当哥哥的还想跟妹妹耍赖皮不成?想听小乖乖甜甜地喊你'哥哥'呀?咱小乖乖是讲道理的人,对她好的人才能叫'哥哥'。你总是欺负她,还想听她叫'哥哥',想什么呢?"

简老夫人还以为简宇珉动不动就喊简一凌"小哭包",是因为不喜欢她呢。

简老夫人这话虽然是冲着简宇珉说的,可不知道为什么房间里的许多人听着像是自己被骂一般。

简宇珉被简老夫人说得灰头土脸的。

唉,反正他们几个孙子早就知道了,只有小妹是奶奶的亲孙辈,他们都是捡来的。

简宇捷在一旁偷笑。大哥挤开他有什么用?还不是被奶奶制裁了?

简书泞走上前来,目光灼灼地望着简一凌,试探性地询问道:"小凌,最近学习怎么样?"

因为有一段时间没有一起生活了，所以简书沴对女儿的很多事情不是很了解。

见着面了，他也不知道该从何问起，只能问问女儿的学习情况。

简一凌还没回话，简老夫人就先开口了："小乖乖学习好着呢！你别操心了，说得好像我只知道宠孙女，不知道怎么教似的。也不想想有的人长这么大都是谁教的？"

简老夫人的教育方式，谁敢说"不"这个字？

她的三个儿子都是她带大的！

"妈……我没那个意思……"简书沴面对自己的母亲时，是一点儿办法都没有的。

"没那个意思就成。"简老夫人这才放过了简书沴，允许他继续跟简一凌说话。

简书沴继续柔声跟简一凌说："小凌，爸想过两天请几天假，带你还有哥哥们出去玩几天，好不好？"

简书沴没法说服简老夫人将简一凌从老宅里接回来，只好先采用迂回战术，找机会让简允卓与简一凌在一起相处相处，缓和一下有裂痕的关系。

简一凌看着近在咫尺的简书沴。

不知道是不是受昨天做的梦的影响，简一凌看着简书沴时，心情有了一丝变化。

她回避了简书沴的目光，接着又望向病床上的简允卓。

简允卓刚好也在这个时候看向了简一凌。

二人的目光对上后，简一凌平静地将目光移开了。

这种平静意外得刺人。

简允卓看到的简一凌的眼神是没有温度的，就像没有一点儿风浪的水面。

她很安静，一如最初她接受他的怒火的时候。

简一凌回答道："要学习，没时间。"

面对简书沴，简一凌的心情很复杂。

她知道他是她的父亲。

可"父亲"对她来说，只是一个遥远的、没有温度的名词而已。

她能做的，只是按照她的理性思维来回答他的问题。

简一凌最近是真的没有时间，就算简允卓的手术结束了，后面还有大量的工作要做。

"那……没关系,没关系,爸爸等你有空了再说。"简书沅连忙说道。

女儿以前很喜欢出去玩,总是拉着他,跟他撒娇说想要周末出去玩。

但是他平时工作比较忙,假期又有限。

他没想到现在倒过来了,轮到女儿说忙了。

不管女儿是真忙,还是有心回避他们,他们之间的关系都和从前不一样了。

那段距离怎么都跨越不过去了。

简书沅的心里愈发酸涩了。

何燕倒是觉得挺爽的。

对何燕来说,简一凌变了不是一件好事。现在的简一凌不仅不像以前那么容易掌控了,还变成了一只会扎人的小刺猬。

但是简一凌和简家人的关系也变淡了,这意味着她此前做的事情都是有效果的,是她想要看到的。

温暖走上来,脸上的笑容有些苦涩。

她望着简一凌,说道:"一凌,妈妈还欠你一句'对不起'。"

温暖终究还是将这句话说出来了。

同样是在病房里,同样是简允卓躺在病床上的场景。

温暖终于把这句道歉说出口了。

尽管病床上的简允卓还不知道这个道歉的含义。

尽管这句道歉迟到了。

温暖的这句话,在场的人里只有两个人听不懂。

一个是简宇珉,他并不知道发生了什么事情。简宇捷和简一凌都瞒着他。

还有一个就是简允卓了。

他只当母亲做了什么让简一凌伤心的事情。

面对温暖的道歉,简一凌没有说话。

这一句道歉,或许不应该是对她说的。

简一凌心里清楚,所以她没有选择回应。

简一凌没有回应,宛若有一把利剑刺穿了温暖的心。

看着温暖痛苦的神情,简一凌说道:"不用跟我说。"

简一凌的话落到温暖他们的耳中,却有着截然不同的效果。

他们将简一凌的这句话理解为她对他们的疏离和怨恨。

温暖表情痛苦,可还强忍着这份苦涩。她记得婆婆跟她说过的话。

简书浠及时上前来,轻轻地搂住妻子,安抚妻子的情绪。

他知道,妻子此刻心中有多难过。因为他也是如此。

简一凌看着这一幕,不知该如何处理,转头望向了简宇捷。

简宇捷连忙笑着岔开话题,缓和气氛,说道:"一凌妹妹,我最近新学了一个魔术。我变给你看,你看仔细了哦,可别眨眼哦!"

简一凌点头,并期待地望着简宇捷。

比起和简书浠、温暖他们交流,与简宇珉和简宇捷交流时让简一凌感觉更加放松。

所以,简一凌本能地选择和简宇捷他们说话。

她没有刻意逃避什么,只是选择自己更熟悉、更习惯的事情去做。

程易来到病房内,帮简一凌给简允卓做术后的例行检查。

因为简一凌不是很方便给简允卓做检查,加上程易心疼简一凌太辛苦,所以程易主动帮她揽走了这一任务。

程易一进来就看到了简一凌,高兴地跟她打招呼:"小凌,今天有空过来啊?"

在简家人的认知当中,程易和简一凌是玩游戏时认识的好朋友。

"嗯。"

"一会儿我给简允卓先生检查完,你跟我去办公室里玩会儿呗?恩姐也挺想你的。"

"嗯。"

程易是真的懂简一凌,知道简一凌一有时间就想干活儿。

比起在病房里戳着,简一凌更想去她的工位上。

简书浠十分客气地招呼了程易,并且向他询问了Dr.F.S的事情。

"程博士,我想问一下,Dr.F.S在哪里?手术顺利地完成了,我们很想当面向他道谢。"

问话的人是简书浠,但房间里的众人都期待着程易的回答。

包括在病床上躺着的简允卓。

"傅拾医生最近有些忙碌。她也是抽空才给简允卓先生做的手术。"程易微笑着回答道。

傅拾,这是简家人第一次听到Dr.F.S的中文名字。

原来,这位神秘又有实力的医生名叫傅拾。

"那请问傅拾医生什么时候有空呢?我们不会耽误他太多时间的。"简书洐又说。

程易的脸上挂着笑，眼睛里也含着笑意。

"那请问程博士，知道傅拾医生有什么需要的东西或者有什么兴趣爱好吗？"简书洐继续问。

他总觉得自己应该做点儿什么来表达他们对傅拾医生的感激之情。

"兴趣爱好方面我就不清楚了。"程易说话时用余光看着简一凌。

简一凌此刻看起来像个局外人。让人完全想不到她就是他们正在讨论的那个人。

"那谢谢程博士了。"简书洐还是向程易道了谢。

现在，简书洐他们依旧不知道怎么样才能见到为简允卓做手术的这位医生。

简书洐和简允丞紧接着又找到了许教授，向他表明了来意。

他们想要当面谢谢给了简允卓新的人生希望的傅拾医生。

许教授笑着回答道："傅拾医生的事情你们找我也没有用，我们是同事关系，并非上下级关系。"

这让简书洐和简允丞的期待又一次落空了。

"那我们想在原有的基础上多给傅拾医生报酬可以吗？"

他们不能当面答谢，那么就只能多付点儿钱了。

"这个当然可以。"许教授回答得很痛快。想要他们少收点儿费用可能有点儿困难，但想要他们多收点儿费用，这样的要求他们必须满足。

许教授叫来助理，让她带简书洐和简允丞父子去开单子。

送走简家人后，许教授抱着电脑，脸上满是得意的神色。

手术成功了，简一凌收获的可不只是简家父子给的报酬。

更重要的是，这台手术给简一凌正了名。

Dr.F.S的名号正式在圈内打响了。

当然，他们研究所也沾了Dr.F.S的光。

许教授心里又怎能不美滋滋的呢？

程易正在浏览他们官网上的申请，一边看一边说道："老师，这台手术成功的消息一被传出去，我们研究所的网站上就多了一倍的申请量，而且很多是点名要一凌妹子来做的。"

"是啊，这些人还都不是我们恒远市的，甚至还有国外的。一凌这回真是用实力证明了自己。不过，这些申请暂时都别接了，让一凌先和你忙完罕见血液病的那个案例吧。"

许教授高兴的同时，不忘考虑简一凌的身体情况。

做那台手术直接把自己做得累倒了，小天才的身体真的太弱了。她需要好好休养。

简一凌收到了那位老先生的代理人发来的消息："Dr.F.S，我们家老先生想和你见一面。"

简一凌的回复言简意赅："时间、地点。"

因为简一凌已经两次受到这位老先生的帮助了，是她兑现承诺的时候了。

所以老先生提的要求，简一凌没有丝毫犹豫就答应了。

"这个周末，秦夫人举办的慈善晚宴上。邀请函已经通过快递的方式寄到你家里了。"

秦世轩的妻子办的那场慈善晚宴？

之前秦世轩邀请过简一凌，但是她拒绝了。

既然老先生想要在慈善晚宴上与她碰面，那她就没有理由拒绝。

"好。"简一凌回复道。

秦世轩的妻子在于家名下的酒店里举办了一场慈善晚宴，邀请了恒远市里既有身份，又有心参与慈善事业的人参加。

整个酒店大堂被包下了，璀璨的灯光下，嘉宾们盛装出席。

因为秦夫人是京城秦家的人，所以来参加这场慈善晚宴的人很多，但凡她邀请了的人，都到场了。

何燕在三天前收到了这张珍贵的邀请函，如愿来到了宴会现场。因为她丈夫简书泓公司有事，她便拉上了她的大儿子简宇珉陪她出席。

简宇珉答应了，虽然他平时总跟他妈作对，但母亲的合理要求，他还是会答应的。

"宇珉，你一会儿注意点儿，妈听说今天会有一位十分有地位的老先生到场。"

所以她今天过来，能见到的不仅是秦世轩和他的夫人，还有一位身份更为重要的老爷子。

今天这一趟，可谓来得太值了。

何燕今天精心打扮了一番。

曾是红极一时的女演员的她，容貌和气质自然是不用说的。

生养了三个儿子，已经五十岁的她因为保养得当，看起来像是四十岁出头。

而穿着一身正装的简宇珉同样十分抢眼，在场的很多年轻名媛忍不住向他投来了目光。

许多名门夫人见到何燕后，主动跟她打起了招呼。何燕十分高兴地回应着。

空闲时间，何燕便忍不住朝门口的位置张望，留意着新到现场的人。

看了一会儿，有地位的人物她没看到，却看到了简一凌。

何燕顿时变了脸色，心中纳闷儿，简一凌怎么会出现在这里？

难道温暖也来了？

何燕在过来之前就打听过，温暖并没有收到邀请函，原因是温暖提前跟秦夫人说明了自己的情况，为避免尴尬，就没让秦夫人给她递邀请函。

有时候，何燕忌妒温暖不是没有理由的。

大家都是简家的儿媳妇，但是温暖的交际圈显然要比何燕的好太多了。像秦夫人这样的人，何燕要削尖了脑袋去结交。

而温暖呢？她有自己的渠道和秦夫人取得联系。

简宇珉见到简一凌时眼睛一亮，直接朝着简一凌走了过去。

何燕没有阻拦，而是跟着简宇珉一起走向了简一凌。

大庭广众之下，何燕还是要维护简家的颜面的。

在公众场合见到了自己的侄女还假装不认识，才是有问题的。

当何燕来到简一凌面前的时候，发现简一凌竟然是一个人来的，既没有家长跟着，也没有其他人陪着。

"妹妹，你怎么一个人来了？"简宇珉好奇地问简一凌。

"来看看。"简一凌回答道。

简一凌也不知道那位老先生为什么要约她在今天这个场合见面。

至于她自己过来，也没有别的事情，真的只有看看了。

"伯母呢？怎么让你一个人来了？"简宇珉眉头皱起连忙追问，不知道的人还以为他生气了呢。

在简宇珉的心中，简一凌就是一个小孩子，单独出门可能会走丢。

"对啊，大嫂呢？怎么没见她和你一起来啊？"何燕心中也有同样的疑问，只不过出发点和简宇珉的并不一样。

"我一个人。"简一凌回答道。

"你怎么能一个人出门？还来这种场合！"简宇珉想：妹妹一个人出门

多危险啊？这种场合什么豺狼虎豹都有，更不能一个人来了。

还好这话宴会的主办者秦夫人听不到。

"对啊，大嫂怎么能让你一个人跑来这里呢？"何燕见周围有人，便故意这么说。

"我不是小孩子。"简一凌顶着一张十分没有说服力的脸蛋儿，瞪着忽闪忽闪的大眼睛说道。

"什么'不是小孩子'？还是个小哭包呢！"简宇珉说道，"行了，你跟我在一起，一会儿结束了我送你回去。"

这时候，秦夫人走了过来。她会过来是因为门口的接待人员通知她，拥有特别邀请函的人来了。

秦夫人送出去的邀请函有两种，绝大部分是普通的邀请函，但是有少数的几张邀请函是特殊的。门口的接待人员能够区分这种差别，并且在收到特殊邀请函的时候会通知她。

当她走到门口的时候，却没有见到预期当中的人。

秦夫人是一位四十岁出头的美艳妇人，身穿紫色拼花礼服，端庄典雅，身上有一种独特的古典美人的气质。

虽然事情有些奇怪，但秦夫人的素养让她依旧优雅从容地招待起了在门口站着的三个人。

"不知道这位夫人怎么称呼？"

因为何燕、简宇珉和简一凌看着就像一起来的，并且在秦夫人走过来之前这三个人确实在亲密地聊天，所以秦夫人理所当然地认为持特殊邀请函进来的是这三个人。

"我家先生姓简，在家中行二。"何燕面带微笑，心中很是欢喜。

她没想到秦夫人会亲自过来迎接她，这可是一般人很难享受的待遇呢。

"原来是简二夫人，二夫人看起来好年轻。旁边这位是您的孩子吗？"

恒远市里属于大家族的简家也就只有那一个简家。秦夫人一下便弄明白了何燕的身份。

但是她不明白的是，简家二夫人是怎么弄到那张特殊邀请函的？

她记得自己确实给简家二夫人送去了邀请函，但只是普通的邀请函。

"是啊，这是我的大儿子，没什么出息。"何燕谦虚地说道，"另外这个是我大嫂的孩子。"

秦夫人笑着说："原来是这样。我也听说了，简大夫人没有空过来。"

秦夫人和何燕闲聊了两句，就去招呼别的客人了。

何燕的心里倒是挺美的。

她明确地知道自己今天没有白来。

陆陆续续地有人过来和何燕交谈，也有人朝着简宇珉和简一凌看过来。

这两个人的样貌着实出众。

尤其简宇珉，容貌出众，气质无可挑剔。

最重要的是，此刻他专注地看着妹妹的模样很迷人。

现场的年轻女子看到他这样神情专注地看着自己妹妹的模样，不由得更欢喜了。

会疼女人的男人总是格外有魅力。

有人开始窃窃私语，讨论起简宇珉来。

"他怎么看着像Juptiter男团的谢珉宇啊？"

"对对对，好像就是他。没想到他也来参加今天的慈善晚会了！"

"他本人看起来比电视上还要好看！"

"不知道他身边那个小女孩是谁？他对她好温柔啊，简直不要太迷人了。"

"看这小姑娘的年纪，应该是他的妹妹吧？这个年纪的姑娘，总不可能是女友的。"

"你们猜对了，还真是他的妹妹。不过不是亲妹，是堂妹。而且这女的就是简一凌。简家那个娇生惯养，脾气超级大的简一凌。"

"简一凌？怎么是她啊？就是那个超级讨厌的家伙？怎么看着不太像啊？"

"谁知道呢，可能是在她哥哥的面前装乖巧吧？"

"简一凌不是超级烦人的那个人吗？仗着自己是简家最受宠的小公主，把谁都不放在眼里。"

那些人原本是在讨论简宇珉的，但不知道怎么了，话题就变成简一凌了。

因为简一凌此前得罪过不少人，所以大家讨论起她来，话题是一箩筐接着一箩筐。

简一凌在恒远市世家大族圈子里可谓臭名昭著。

最后，原本羡慕简一凌的人纷纷变成嫌弃了。

就连原本想要上前，在简宇珉面前刷好感的女孩，也因为简一凌而打了退堂鼓。

简宇珉没有留意别人的目光，只专注于逗简一凌。

最近比较忙的他已经好久没跟妹妹相处了，今天算是意料之外的机会。

"小哭包，你今天是有什么想捐的东西，还是有什么想要得到的东西吗？"

一会儿会有慈善拍卖活动，被拍卖的东西都是大家捐赠的，拍卖所得的钱会作为善款用。

"没有。"

简一凌既不是来捐东西的，也不是来买东西的。

"那你若看到了什么喜欢的东西就告诉哥哥，哥哥给你买。"简宇珉小声告诉简一凌，"哥哥这两年卖唱存了不少私房钱。"

简一凌抬头，看到的是简宇珉灿烂的笑容。

"不用，谢谢。"简一凌真没什么想要买的东西。

慈善晚会拍卖的东西多是古玩、珠宝，而简一凌对这些东西没什么兴趣。

秦夫人走开后，找来巡视会场的人询问："怎么回事？那张特殊的邀请函怎么落到了简家二夫人的手里？"

"回夫人，特殊邀请函不是简家二夫人出示的。"

"嗯？怎么回事？"

"简家二夫人进来的时候出示的是普通的邀请函。特殊的邀请函是简家小姐出示的。她是一个人来的。我也很纳闷儿，为什么一个小姑娘的手里会有特殊的邀请函。"

这个回答让秦夫人愈发纳闷儿了。

她记得自己的丈夫说过，简家小姐是一个在化学领域很有天赋的人，是这次化学竞赛中的第一名。

但是这跟特殊邀请函又不是一码事。她可没有把特殊邀请函交给她的丈夫。

"夫人，要不要我去问问那位简小姐？"

"不必，等等看。无论这位小姑娘是从哪里弄到这张邀请函的，都有其原因。我们作为主办方，照顾好每一位到场的嘉宾即可。"

"是，夫人。"

会场忽然骚动起来，大家的注意力都被门口刚进来的人吸引了。

简宇珉见状，也朝着人们关注的方向看去。

一位白发苍苍的老者出现在了众人的视线当中。

何燕见状，连忙拉着简宇珉往前走。

"妈，你干吗？"简宇珉不想凑这个热闹。

"什么干吗？当然是过去啊，那位老先生肯定是很重要的人。"

何燕不认识老者，却能够从周围人的反应中断定老者的身份特殊。

"他重要与否，关我们什么事？我们不是来参加慈善晚会的吗？"

"你以为这些商界精英、社会名流齐聚一堂图的是什么？真是纯图做好事、捐善款吗？那些都是次要的，你知不知道这样的场合是最适合大家彼此认识、增进感情的？"

简宇珉就知道，能让他妈这么上心的事，一定与利益有关。

"那你过去就行了，我在这边陪妹妹。"

简宇珉不想跟何燕去凑这个热闹。

何燕也懒得再说，撇下简宇珉和简一凌自己过去凑热闹了。

简宇珉回头跟简一凌说："我们找个地方吃东西去。"

简一凌点头。

兄妹俩去了角落里，一副谁也不关心的样子。

而会场里的其他人，正因为这名特殊的老先生到场显得格外热情。

何燕从旁边人的交谈当中，知道了老先生的身份。

老先生姓梁，单名一个烁字。

他是国内顶尖的科研领军人物，是科技圈的泰斗。

同时，老先生还拥有一家十分特殊的科技公司，该公司掌握着多项国际领先技术。

梁老先生的身份和地位在圈内十分显赫，他极其受人尊敬。

他不仅仅在国内受人推崇，在国际科技圈内也有不小的影响力。

他拥有这样特殊的身份、崇高的地位，也就难怪大家见到他后会是如此反应了。

梁老先生进门后，除了和秦夫人打了招呼，其余的人一概没有搭理。

在保镖的保护下，他坐到了他的专属座位上。

其他人也不敢贸然上前打扰他，只能远远地望着这位身份特殊的老先生。

这时，简一凌收到了一条信息："老先生想邀请你过来一起坐。"

简一凌回复："如果不是必要的话，我就不过去了。"

隔了一会儿，负责发短信的人在请示了梁老先生后，又给简一凌发来了消息："老先生不勉强，Dr.F.S怎么自在怎么来。"

除了简一凌和梁老先生那边的人，其他人都不知道，那位坐在会场最靠近舞台最中央的位置上,身份最特殊的梁老先生,正在让自己的手下跟坐在会场角落里的简一凌发信息。

他们更不知道的是,简一凌和这位梁老先生有联系已久。

之前帮助简一凌找到监控视频的,就是这位老先生派出去的人。

梁老先生掌握着国际上最顶尖的科技技术,麾下有各种顶尖的科技人员。

简一凌刚在网上崭露头角的时候,梁老先生就找到了她。

简一凌可以对别人隐藏自己的身份,却瞒不住梁老先生。

晚上八点,拍卖会开始。

一件又一件拍品被拿上展台。

大家开始竞拍。

刚开始的拍品还都挺寻常的。

成交的价格也都是几千元到几万元不等,最高的也就十万元出头。

何燕也买了一条项链,一来项链确实不错,二来这种场合,来了若是什么都不买,面子上说不过去。

拍卖进行到一半的时候,一件大家意料之外的拍品被拿到了展台之上。

覆盖在拍品上面的锦缎被掀开时,众人的眼睛顿时被这件特殊的拍品吸引住了。

这件拍品是一颗重约三十克拉的粉色钻石。

工作人员向大家介绍了这颗钻石,不管是颜色、净度、重量还是切工,都是优中选优,十分完美。

最后,工作人员公布了这颗钻石的起拍价格——两千五百万元。

这一下,全场肃静了。

今天,大家来之前都没有这样的心理准备。

一般的慈善拍卖晚会上,不太可能出现这种级别的拍品。

这种顶级拍品,只有在重大的国际拍卖会上才会有,而且往往拍卖前好几个月消息就散播出去了,以此吸引更多的人来竞拍。

谁能想到今天这样一场慈善拍卖会上会出现这样的拍品?

大家没有心理准备,也没有资金上的准备。

何燕看着这颗钻石,心中很是喜欢。

她有不少珠宝首饰,其中相对贵重的都是她的丈夫送给她的。

但是像这种级别、大小的钻石,她是一颗都没有,哪怕是这颗的一半大小的,她也没有。

但是再喜欢，何燕也知道她是不可能买到这颗钻石的。

她没有钱，从来都没有过这么多钱。她现有的条件并不允许她买这样的东西。

所以何燕只能看看，好在在场的大部分名媛、阔太和她一样。

没有人能够出手那么阔绰，一下子买下价值上千万元的东西。

现场安静了整整五分钟。

正当大家以为没有人会出价，这件拍品要流拍的时候，梁老先生开口了。

他用透着沧桑却沉稳有力的声音说道："两千五百万元。"

老先生一开口，在场的人都望向了他。

工作人员沉默了一会儿，询问是否还有人要加价。

没有人应声，大家都没打算花这么多钱买一颗粉钻。

工作人员数了三声后，确定没有其他人竞价了，最后一锤定音，判定这颗粉钻归梁老先生所有。

"这颗粉钻就归梁老先生所有了。"工作人员说。

"我让我的助手去结算，麻烦你们将这颗粉钻送给坐在后面角落里的那位小姑娘吧。这颗粉钻适合她。"

梁老先生此言一出，众人不约而同地转头看向后方。

角落里的确坐着一个小姑娘。

并且她是今天到场的唯一的小姑娘——简一凌。

众人目瞪口呆，目光直愣愣地望着简一凌。

大家的表情出奇的一致。

疑惑、惊讶、不解。

为什么，梁老先生为什么要送那么贵的粉钻给简一凌？

这两个人是八竿子打不着的！

而且，送这么贵重的礼物，可不是小事啊！

何燕更是惊讶得说不出话来。

她想破脑袋也想不明白这里面的关系。

这怎么可能？

梁烁老先生送这么贵重的礼物给简一凌？

秦夫人也震惊了，连忙示意工作人员确认。

工作人员连忙向梁老先生确认："梁老先生，您确定要将这颗粉钻送给那边那位身穿白色上衣的小姑娘吗？"

"对。在场者就这位小姑娘的气质和这颗粉钻最为贴合。"

梁老先生在回答时语气沉稳、平和，但对其他人而言就如同平地起惊雷。

工作人员连忙让人把粉钻送到简一凌的面前。

虽然梁老先生还没有结账，但他们完全不用担心梁老先生会出尔反尔。

粉色的钻石出现在了简一凌的面前。

简一凌皱着眉头，不想收这份礼物。

"多了。"简一凌说。

她已经收到了报酬，不需要其他的东西了。

梁老先生却说："无妨，只是一颗钻石，不算在内，就当是我这个长辈送给晚辈的见面礼。"

见面礼是价值两千五百万元的粉钻？

而且这两千五百万元还只是今天拍卖的价格，如果换一个场合来拍卖，两千五百万元还不一定能将它拍下来！

这么贵重的见面礼，在场的大部分人是生平第一次见到。

"妹妹，你认识那个人吗？"简宇珉轻声询问简一凌。

这事让他感觉有些不安。

简一凌点了一下头，接着在众人的注视下收下了礼物。

众人依旧望着简一凌，还未能从这件事情当中彻底回过神。

工作人员都呆愣了好久，终于在秦夫人的眼神提醒下继续接下来的流程。

接下来的拍品就比较常见了。

而众人在参与拍卖的时候，都显得有些心不在焉。

他们的注意力还在梁老先生送给简一凌粉钻的事情上。

他们更想知道简一凌为什么能够得到梁老先生送的如此厚礼。

就算是简家老爷子，在梁老先生的面前也没有这么大的面子。

区区一个简一凌，到底是怎么做到的？

慈善晚会结束后，简宇珉送简一凌回家。

何燕却追了上来，和他们上了同一辆车。

因为何燕有把柄在简一凌的手里，所以在面对简一凌的时候只能收敛着。

但今天这件事，她无论如何都想追问一番。

"一凌，和二婶说说，你和梁老先生是怎么认识的？梁老先生为什么会送如此贵重的礼物给你？"

两千五百万元啊！

那是什么概念！

简家不是没有两千五百万元，只是何燕还没有花两千五百万元给自己买一件首饰的资格。

何燕知道简老夫人的保险箱里有不少与这颗粉钻价格相当的珠宝首饰。简老爷子的古玩、收藏品中也有与这颗粉钻同等价格的。

但他们不会将这贵重的东西送给别人。

简宇珉虽然不喜欢他妈妈如此在意梁老先生的态度，但是同样想知道简一凌和梁老先生是怎么认识的。

简一凌不搭理何燕，却在对上简宇珉疑惑的眼神之后给了他一个回答："网上认识的，朋友。"

这个回答何燕是不相信的。她又说道："怎么可能？梁老先生是什么人？他怎么会随便在网上认识人呢？还给网友送礼物，这也太离谱儿了。"

大家都在说网上有各种骗钱骗色的人。

怎么到了简一凌这里，却是截然不同的状态呢？

尽管何燕无法相信，但简一凌说的就是实话。

她就是在网上认识梁老先生的，并且今天他们才第一次正式见面。

"妈，是你问小凌他们怎么认识的，怎么小凌回答了你又不相信了？"简宇珉皱着眉说道，"虽然这事有点儿罕见，但小凌认识梁老先生是好事。梁老先生又不是什么不正经的人。"

虽然这件事情很让人费解，但人家梁老先生确实不是坏人。

"我不是那个意思。"何燕和简宇珉在意的点完全不一样。她还想追问简一凌一些更具体的事情。

但是简一凌看向她的目光变冷了。

这让何燕不禁回想起了自己被简一凌毒打的时候。那个时候简一凌也是用这种眼神看着她的。

没错，简一凌看起来柔柔弱弱的，但那股子阴狠劲儿却是何燕比不上的！

何燕被迫将自己所有的疑惑收了回去。

第八章
惩 罚

慈善晚会上发生的事情，很快就传到了简家其他人的耳朵里。

他们的心情有些复杂。

"允丞，你明天和我一起去拜访一下梁老先生。"简书洐思索了许久之后，才做出了这个决定。

本来他们和梁老先生没有什么交集，按理说也不需要特地去拜访他。

但是，现在梁老先生当众送了这么贵重的一件礼物给简一凌，于情于理，他们都应该去拜访一下梁老先生。

至于梁老先生为什么要送给简一凌这样一份礼物，或许等他们见到梁老先生之后，就能有答案了。

简允丞答应了。

他的神色有些凝重。

那个本该躲在他们羽翼下的小丫头，现在离他们远了，不再被他们了解，不再和他们讲述她的事情。

关于她认识梁老先生的事情，他们还是通过这样的方式知道的。

简允丞的手机响了。他看了一眼来电显示，立马接通了。

手机里传出来的声音很有磁性："哥，我刚才在实验室里面，没带手机，所以没有接到你打来的电话。你一连给我打了七八个电话，是有什么重要的事情吗？"

原来是简允丞先打了好几个电话给对方的。
"如果方便的话,你提前回来吧。"
"怎么了哥?怎么突然让我回去?"
"小凌出了点儿事情。"
"小凌怎么了?她是生病了吗?"电话里,简允陌紧张地问道。
"她身体没事。"
"身体没事就好。"简允陌放心了一些。
"但是有些事情,想让你回来。"简允丞重复道。
"哥,如果没有什么事情的话,我还是先不回去了。"
简允陌的声音低了下去,似乎有什么不方便的事情阻碍着他。
"小凌心情不好,你回来了她会高兴一点儿。"
"心情不好?她怎么了?她遇到什么事情了吗?严不严重?"简允陌焦急地问道。
"有点儿严重,如果你方便的话,就回来陪陪她吧。"
"哥,我……"简允陌迟疑了良久。
简允丞察觉了一丝异样,说道:"允陌,你怎么了?以前你听到小凌有事都会马不停蹄地赶回来的,你现在的反应有点儿奇怪。"
"没什么,只是我有些事情。"简允陌嗓音低沉,语气里透着几分自责。
"如果你实在不方便回来,就暂时不回来吧。"
"我再想想。"

莫诗韵终于又见到了秦川。
她这一次见到他,是在回家的公交车上。
有流氓在车上对一个女孩子动手动脚。秦川站了出来。
莫诗韵看着他,觉得这是这一段时间以来,她生活中唯一的闪光之处。
是啊,她最近遭遇了很多不高兴的、让人沮丧的事情。
只有遇见他,让她回想起来的时候觉得有一点点甜。
秦川下车的时候,莫诗韵跟了上去。
感觉有人跟着自己,秦川停下脚步,转过头看到了莫诗韵。
对秦川而言,这是他第一次见到莫诗韵。
因为上一次在盛华高中的大礼堂里,他面对的是整个高三年级的学生。
"秦……秦川学长……"
莫诗韵第一次主动跟人搭讪的时候露了怯,害羞让她的脸颊上多了两片红霞。

她本是个在人际交往中表现得落落大方的人，今天却一反常态，感觉心跳比平时快了不少，无法再从容地应对了。

"你认识我？"秦川的反应很冷淡。

"嗯……你来我们学校做过演讲。"

"抱歉，我想我没有必要认识你。"

莫诗韵的举动让秦川反感。

他并不认为自己有认识一个高中女生的必要。

秦川说罢，转身就走。

莫诗韵怔怔地站在原地望着秦川远去，心情一点点地沉了下去。

莫诗韵心想：算了，我们没有缘分吧。

她正要转头离开时，忽然看到了简一凌。

莫诗韵猛地停住了脚步。

真的是简一凌，和秦川在一起的人真的是简一凌！

虽然隔着一段距离，但莫诗韵还是能够看到秦川对简一凌露出了微笑。

这是莫诗韵怎么都没有想到的一幕。

简一凌今天会和秦川见面，完全是因为她给秦川的母亲治病的事情被秦川知道了。

简一凌给秦川的母亲治病是一个长期的过程，这就决定了秦川的母亲和简一凌有了不少的接触。

时间一长，秦川知道这件事的可能性也就大了。

所以，被秦川发现后，简一凌也不是很意外。

更何况，他们之间还有一份特殊的协议。秦川早晚会知道她给他母亲治病的事情。

秦川在得知这个真相之后，便给简一凌发了消息，希望能和她见面谈谈。

病人的家属要和病人的主治医生进行交谈也不是过分的要求，简一凌就答应了。

虽然简一凌还是想尽各种办法避免和秦川见面。

简一凌和秦川约在了这家咖啡厅里。

两个人选了一个靠窗的位置坐下来。秦川喊来店员点了两杯饮料。

他给自己点了一杯咖啡，给简一凌点了一杯奶昔。

其实简一凌想喝咖啡，但是不太好意思拒绝别人的好意，又不太挑剔，就没换。

秦川看着简一凌，又好笑又惭愧地说道："我竟然给你做了一个月的补习老师。"

"闻道有先后，术业有专攻。"简一凌答。

秦川失笑，说道："你就别安慰我了，你的医学造诣，不是我能够达到的。"

接着，秦川又感慨道："我真的没有想到，你会是救我母亲的人。"

这是秦川怎么都想不到的事情。

"嗯。"简一凌的反应很直接，也很冷淡，一如她从前接受补习的时候。

秦川倒是已经习惯了，不觉得自己遭受了冷遇，继续说道："我今天约你出来，第一件事情是想谢谢你。"

"不客气。"

"第二件事情，是想问问你，关于那份协议的事情。"

在秦川的母亲办理住院手续的时候，秦川签了一份很特别的协议。

这份协议的内容是要秦川的一个承诺。

当时秦川就觉得很奇怪，慧灵医学研究所里的人为什么会向他提出这样的要求？

但秦川当时也顾不得想太多，果断地签了协议。只要能够救他的母亲，要他给出多少个承诺都行。

他在知道母亲的主治医生是简一凌和程易之后，就开始重新思考这份协议的内容了。

简一凌想要他的承诺，这是为什么？

他的身上，有什么是她想要得到的东西吗？

"看好你。"

简一凌当然不能跟秦川说，她知道他很厉害，知道他以后能有成就，还知道他以后会和翟昀晟不死不休。

为了以后翟昀晟不死在他的手上，她先下手为强，找他要了一个虽然没有法律效力，但是有道德约束力的承诺。

秦川轻声笑了起来，说道："你是说真的吗？至少就现在来看，我不过是个穷小子。"

秦川对自己的身份有很清晰的认知。

他虽然现在正处于事业上升期，公司发展迅速，前景可观，甚至像盛华高中这样的机构还将他定义为当代大学生的楷模。但他目前的这点儿成就，比之简家，他依旧只是一个普通人。

"我不是喜欢你。"简一凌连忙说道。

她有点儿怕秦川误会她是因为喜欢上了他，才整这么多事情出来的。

"嗯？"秦川心想：我没这么认为过，不会是我刚才的说法让她有了误会吧？

"我对你没感觉。"简一凌强调道。

秦川又笑了。今天面对简一凌时，他笑的次数比之前一个星期笑的次数还要多。

当然，母亲病情的好转也是很重要的一个原因。

"我也没有那么想过。"秦川说，"我只是好奇，你为什么这么看好我。"

秦川还没有那么自恋。

当然，秦川也不是怀疑自己的魅力，就在刚才进咖啡厅之前，还有女孩子主动和他打招呼呢。想来他的魅力应该不算小。

但是对于简一凌，秦川从来没有那样的想法，确定这个女孩子对他非但没有兴趣，反而都不想搭理他。

正因为如此，秦川才更想知道简一凌做这些事情的目的。

"你有才，我爱钱。"

简一凌一本正经地说出"我爱钱"三个字。她那甜甜的嗓音和她说的话，不知道怎么了，就是这么不搭。

秦川不由得愣了好一会儿，接着又笑了。

秦川的颜值是很高的。他这一笑，惹得邻桌的女生都朝他看了过来。

邻桌的女生眼里的小星星都快要藏不住了。

简一凌这么直接明了的回答，还真是秦川没有想到的，但也确实是最合理的。

秦川不得不感慨，简一凌和她的几个哥哥一样，小小年纪就知道投资理财了。

只不过，她的投资项目有点儿与众不同。

他就是她投资的"项目"之一。

"那我真的要好好感谢简小姐对我这个'项目'的认可。"秦川一半认真一半调侃地说道。

"嗯。"简一凌说，"关于你母亲的病情，你有什么要问的？"

"没有，我相信你们，也只能相信你们。"秦川说，"这不在我的专业范围内，我应该全身心地相信你们，这才是救我母亲的唯一办法。"

秦川没有因为简一凌年纪小，就有过多的纠结。

从他将母亲送进慧灵医学研究所的那天开始，他就已经选择并且必须选择相信慧灵医学研究所里的人了。

简一凌是慧灵医学研究所里的正式成员，那他就同样相信简一凌的能力。

"另外，你的事情我不会跟别人说的。"秦川又说。

秦川是个聪明人，他已经从简一凌此前的种种表现中推断出来，简一凌并不想让别人知道她的这个秘密。

这个"别人"里，甚至包括了她的家人。

如果简一凌的家人知道她的真实情况，就不会有花钱请他来给简一凌补习功课这件事了。

简一凌的各科考试也就不会不及格了。

"谢谢。"简一凌回了一句。

虽然她并不担心秦川会说出去，但如果秦川能够帮她保守秘密，那就再好不过了。

秦川和简一凌在咖啡厅里聊了好一会儿，才一起离开咖啡厅。

秦川没有车，所以也就没有送不送简一凌这一说了。

他只是在门口与简一凌告别，目送她离开。

两个人离开咖啡厅的时候，莫诗韵在对面的书店里看着。

秦川在和简一凌聊天的时候，频频露出来的笑容让莫诗韵也看见了。

因为秦川和简一凌坐的是靠窗的位置，即便隔着一条马路，莫诗韵也能够清楚地看到他们的一举一动。

莫诗韵的心里有一种她自己也说不明白的苦涩滋味。

她不知道为什么会这样。

她最近遇到的事情，似乎都和简一凌有些关系。

莫诗韵的手机里有一张她刚拍下来的照片，照片里的秦川笑容灿烂。

而他灿烂的笑容正是对着简一凌露出来的。

莫诗韵刚才鬼使神差地按下了快门键，记录下了这一幕，希望能在这定格的一幕里找到他们之间并没有那么亲密的证据。

但是莫诗韵看得越久，事实就越偏向她所不希望的那个方向。

她生平第一次对一个男生怦然心动，就要这样无疾而终了吗？

莫诗韵最近有些心不在焉，又一次在手机相册里翻到了那张照片。

她也不知道自己是怎么了？这件事情就像缠绕在她的脑海里了一般。

朱莎走到莫诗韵的身后，看到了那张照片。

"这女的不是简一凌吗？"朱莎一眼就认出了照片里的女子。

莫诗韵发现朱莎在自己的身后，连忙将手机收了起来。

"你让我再看看，那个男的我好像见过。"朱莎伸手想要去拿莫诗韵的手机。

"没什么好看的。"莫诗韵没有把手机给朱莎。

"不是，这男的好像是上一次来我们学校做讲座的那个……秦川！对，是秦川！"朱莎还是认出了照片里的男人。

莫诗韵没有接话。

朱莎纳闷儿地说道："简一凌怎么会和秦川坐在一起？他们两个难道有什么猫儿腻？"

"没有。你别胡说。"

"不是啊，诗韵，不管这两个人是不是情侣，你将这张照片一发出去，就会有人觉得他们有问题的。"

朱莎的话让莫诗韵愣住了。

朱莎继续劝说："咱们只把照片发出去，什么话都不说，就不存在冤枉谁一说了。照片是真的，我们是实事求是。"

朱莎见莫诗韵已经开始动摇，又加了一把劲儿，说道："要不这样，你把照片发给我。你将一张你拍到的照片发给朋友应该没什么问题吧？至于要不要发出去，就是我的事情了，跟你没关系。"

莫诗韵被说动了。

朱莎那句"实事求是"将她原本的排斥心理打消了。

朱莎没说错。就算照片被传出去了，她们也只是发了一张照片出去，而且发出去的照片是真实的。

在这样的心理安慰下，莫诗韵做出了她此前不会做的事情——把照片发给了朱莎。

朱莎拿到照片后，立刻去校园论坛上编辑帖子了。

已经回到学校的简一凌，并不知道自己和秦川的那一次见面被人误会了。

她有很多事情要做。

虽然完成了简允卓的手术，但摆在她面前的还有秦川母亲的项目，以及梁老先生的事情。

同时，她的药膏开始进行临床试验了。

下课后简一凌都在做各种工作，没有空去管别人对她的看法。

"一凌，你快看，论坛上又有人发跟你有关的帖子了。"

胡娇娇替简一凌鸣不平。明明一凌每天都忙着做自己的事情，但是大家对她的非议还是没有停下来。

好像自从简允卓受伤事件之后，一凌就被当成了妖魔鬼怪。

哪怕后来事件被澄清，还是有人想咬着一凌不放，证明自己以前的观点都是对的。

简一凌才看到，论坛上面多了两篇热门帖子。

一篇是关于莫诗韵的。

"盛华女神，又拿物理竞赛奖，回顾女神历年的优秀表现"。

帖子里的内容是莫诗韵上高中后取得的各项优秀成绩。

她不光是平时的考试成绩名列前茅，在各种竞赛上也拿过奖。

除去上一次有高额奖金的化学竞赛，其他的竞赛，她只要参与了，都获奖了。

不光如此，莫诗韵还有校运动会跳高、跳远的奖状，还得过青少年刺绣奖。

楼主对莫诗韵的评价：德、智、体、美、劳全面发展的真女神。

下面的评论也是一片赞美。

虽然之前发生过何建军到学校里大闹的事情，但是大家觉得有这样的父亲莫诗韵还能有这样的成绩，就更加难能可贵了。

尤其对于学校里那些出身不够好的同学来说，毫无疑问，莫诗韵是他们的榜样。

而另外一篇热门帖子，则是和简一凌有关的。

"就算没有推简允卓，简一凌依旧是盛华高中的耻辱"。

帖子里是一张照片。照片里简一凌和秦川一起坐在咖啡厅里，聊着天儿喝着饮料，看起来很亲密。

秦川来盛华高中做过讲座，曾经引起过轰动，大家都记得他，知道他和简一凌不存在亲戚关系。

如果光看照片还好，照片后面的文字解说很精彩。

那些文字描述了简一凌怎么和秦川建立的关系，两个人是怎么发展的，每一步都讲得十分详细。

在这段描述里，简一凌是包养小白脸的富家女。秦川则是为了自己事业的进一步发展牺牲色相的小白脸。

而且，因为简一凌的年纪还小，更显得她不知检点。

胡娇娇看着这描述都被气到了，大声说道："这是什么人呀？怎么说得好像他亲身经历了似的！"

简一凌还在看帖子里的内容。她不想和秦川有太多的牵连。

帖子里的内容是她非常不想看到的。

这时，王向重走了过来。他也看了今天两篇热门帖里的内容。

"有时候真是有对比才有伤害，有些人不仅长得好看，学习成绩也好，还多方面发展。而有些人呢，没有拿得出手的东西，只能天天在那儿显摆自己的出身，年纪不大，倒是先学着别人追星、谈恋爱了。"

和简一凌有关的帖子与和莫诗韵有关的帖子被放在一起，形成了鲜明的对比。

莫诗韵是大家学习的榜样。

简一凌毫无疑问是反面教材。

胡娇娇气呼呼地反驳道："王向重，一凌刚拿了化学竞赛的第一名，你不要选择性失忆！"

"我可听说了，那次竞赛若获奖了，能见到一个很有地位的人。我看是有些人家为了让自己家的人见到那位有地位的人物，砸钱买'入场券'吧？"

王向重既不点名也不说明白，就喜欢将话说一半，让别人找不到他的错处。

简一凌转头看了王向重一眼，冷漠地说道："管好你自己。"

"哟，大小姐这是在威胁我吗？仗势欺人吗？"王向重用厌恶的语气说道。

简一凌没再搭理他。

上课铃声响了，王向重不得不回到自己的座位上去了。

论坛上面，和王向重有类似看法的人不在少数。

莫诗韵是当之无愧的女神，在校期间人气很旺，口碑也很不错。

对此，简一凌既不意外也不关心。莫诗韵一直就是这样的人设。

简一凌只是不想和莫诗韵、秦川他们扯上关系。

今天的两篇帖子，却将三个人放在了一起。

简一凌在手机联系人一栏里找了一个人，告诉对方，自己想要删掉校园论坛上关于她的那篇帖子。

另外一边，简允丞也看到了关于简一凌的那篇帖子。

在那次被翟昀晟劈头盖脸地骂了之后，简允丞对盛华高中的校园论坛有了关注。

照片里的人他当然认识，男的是秦川。

他蹙眉。秦川应该已经不再给小凌补课了，为什么他们还会约在咖啡厅里见面？

但重点是这篇帖子的内容明显是诽谤小凌的。

简允丞打了国际电话给霍钰。

电话刚被接通，霍钰就先开口了："丞少，我知道你为什么打电话给我，小凌的帖子对不对？我刚才就看到了！你上次交代之后，我就一直在监控'简一凌'这个关键词。我的系统只要检索到了有这个名字的新信息，我就会立刻收到提醒。"

霍钰做的系统自动检索到网络上有关简一凌的信息后，就会进行筛选，然后将确定是和简允丞他们家的简一凌有关的信息推送给他。

这也就是上一次暗网上出现与简一凌有关的悬赏令后，他会第一时间知道的原因。

霍钰说话时语速很快。简允丞还能听到他那边有快速敲击键盘的声音。

"那还不赶快处理？"简允丞有些不耐烦地说道。

"丞少，你这是在嫌我办事效率低吗？"

"不然呢？是你自己说的，盛华高中校园论坛的安全级别很低。"

"是很低！我用脚指头都能给你搞定！但是！为什么我现在遇到了一个跟我一样的天才'程序猿'？"

"你遇到什么了？"

"简单翻译一下，就是我在动关于你妹妹的帖子的时候，跟别的黑客撞上了，然后我们现在在打架！"

所以霍钰现在很忙，手指根本停不下来。

简允丞没有催他，耐心地等了五分钟后，听到他再次大叫了起来。

"你输了？"

"丞少，你不能这样怀疑我！"

"那你赢了？"

"倒也没有。"

"那你鬼叫什么？"

"我俩没分出胜负。盛华高中的校园论坛被我俩搞崩了。"

简允丞语气严厉地告诉霍钰:"限你在一个小时内恢复它。"

"不是,丞少,这论坛挂了也不是什么大事吧?刚好你妹的帖子也看不到了。"

"话不要太多,做事。"

"好吧。"霍钰含泪答应了,心里却在咒骂:死黑脸,就知道让我干活儿,无情地压榨我这个优秀的员工,没人性!

霍钰暗暗地诅咒简允丞以后娶不到老婆!

霍钰最后还是成功地删掉了那个帖子,并且设置了权限,让发帖人无法继续发帖。

简一凌被教导主任李老师叫去了办公室。

"简一凌,你怎么回事?你才多大,就想谈恋爱了?你知不知道你这样做既影响学习又损害学校的声誉?"

教导主任一看到简一凌就来气。

学校最近已经发生了太多的事情。校董事长被爆出丑闻,校董事会的成员连续召开了好几次重大会议,采取了一系列的危机公关措施,至今还官司缠身。

这种时刻简一凌还要来添乱,做一些对学校不利的事情。

他就说上次他接待那个叫秦川的人的时候,秦川怎么一个劲儿地为简一凌说话呢。原来问题出在这里!

"你再看看人家莫诗韵。怎么同样是我们盛华高中的学生,差别就这么大呢?"

上次的化学竞赛之后,教导主任特地关注了一下简一凌的学习情况。

他发现她最近的作业依旧错误率很高,就连化学作业也不例外。

这让他相信自己的判断,简一凌的获奖不过是富豪们玩的一场戏。

那个约利化学材料研究机构的负责人说到底也是大家族里的一员,哪里会正儿八经地搞研究?

教导主任正说得带劲,他办公室的门忽然被人打开了。

教导主任看到从门外进来的是一个长相俊朗的年轻男人,年轻男人的身后还跟着一群身着西装制服的男人。

"你们是谁?这里是学校。我的办公室,你们怎么可以一句话都不说就闯进来?保安呢?"

翟昀晟没说话，直接走到了教导主任的椅子旁边，一屁股坐下。

他的动作懒散，一脸傲慢。

同时，他的目光落在了站着的简一凌的身上，他不自觉地皱起了眉。

"你到底是谁？你这么胡来，我现在就叫保安了！"

教导主任刚要上前，就被翟昀晟的保镖拦住了。

"你们这么无法无天吗？"教导主任很生气，掏出手机就要报警。

后进来的于希及时对教导主任解释道："别喊了，晟爷现在是你们学校的董事，出入自家学校不算乱闯的。"

因为邱利耀、邱怡珍父女俩的事件，盛华高中出现了很大的危机，有不少股东想要转卖自己手中的股份。

翟昀晟就趁机买了盛华高中的大量股份，成了盛华高中的股东。而董事会又投票确定了翟昀晟的董事长身份。

校董事会的成员看到翟昀晟后，就跟看到了救星一般。

翟昀晟成了盛华高中的股东，对他们来说是有极大的好处的。

背靠大树好乘凉。

教导主任正准备打电话的手停住不动了。

此时，门外进来了一位与教导主任比较熟悉的校董。

那位校董是一个长相平平的中年男人。

在那位校董的介绍下，教导主任彻底接受了翟昀晟是他们学校新任董事长的事实。

"原来是新来的董事，是有什么事情吗？"教导主任一改刚才的态度，对翟昀晟露出了和善的笑容，并说道。

"没什么重要的事情，过来随便看看。"翟昀晟找了把椅子，慵懒地坐了下来。

然后翟昀晟的目光落到了简一凌的身上："刚才李老师是在训这位同学？"

"是的。"教导主任笑着回答。

"原因呢？"翟昀晟问。

"她小小年纪不学好，刚上高中就顾着谈恋爱，对学校里的其他同学造成了很不好的影响，也会影响我们盛华高中的学习风气。"教导主任回答道。

"你们盛华高中现在还有什么好的学习风气？"翟昀晟问道。

教导主任表情尴尬："那都是理事长和他女儿做的，无关学校本身的教学质量。等这波风头过去，我们盛华依旧是全市最好的高中。"

"有道理。"翟昀晟认同了教导主任的说法，接着又问，"既然这小丫头早恋，她的恋爱对象呢？怎么没一起挨训？"

"男方不是我们学校的学生，所以我管不到。"教导主任解释道。

于希提出疑问："既然男方不是你们学校的学生，那李老师是怎么发现他们早恋的？"

"我们学校论坛上有人发了帖子，上面有照片，还有详细的事情经过。"

教导主任一边解释，一边将电脑屏幕转过来让翟昀晟和于希能够清楚地看到帖子的内容。

文字内容很精彩，但只有一张两个人一起坐在咖啡厅里的照片。

于希看完后问教导主任："李老师，这照片没什么吧？要是男人和女人坐在公共场合一起喝杯咖啡就是谈恋爱了，那我应该有一百多个前女友了。"

教导主任解释道："这不是下面还有知情人的爆料吗？上面讲得清清楚楚的！"

于希笑着说："李老师，只是文字描述不能当作证据吧？李老师提前找发帖人核对过上面的内容吗？"

教导主任回答："这还需要核对什么？都讲得这么清楚了，肯定是简一凌的问题！"

于希继续说道："李老师，这样做不合适吧？你是学校的老师，如果你怀疑学生有品行问题，应该先弄清楚事情的来龙去脉，而不是稀里糊涂地就把人一顿骂，这有违师道吧？"

听到这话教导主任的脸色有些不好看，但因着对方的身份，没有发作，继续解释道："事情的来龙去脉没什么需要了解的。这个简一凌前科累累，帖子上说的那些事情就是她会做出来的事！"

于希反对："可这都是李老师你的猜想。你没有确凿的证据，也没有亲眼看到过，甚至都没有找你怀疑的简一凌的早恋对象核对过。"

教导主任反驳道："我当老师三十年了，这些事情我比你清楚。有些学生我看一眼就知道有没有问题，不需要再去调查什么！"

"是吗？教导主任的眼睛这么犀利吗？就是不知道如果我将刚才您说的这些话发给教育局的领导，教育局的领导会怎么看呢？他们会不会认同李老师的说法呢？"

于希一边笑着说，一边用手指了指自己胸口的微型摄像头。

刚才他跟教导主任的对话全部被记录下来了。

教导主任脸色骤变："你……你这是在干什么？"

于希微笑着回答:"没干什么。既然李老师这么自信自己的做法没有问题,自信自己的目光犀利、慧眼独具,那就应当让领导了解,以便日后嘉奖李老师。"

教导主任试图去抢于希胸前的微型摄像头:"你把摄像头给我!"

于希哪儿会让他轻易得逞?他一个灵活的侧身就躲了过去。

"李老师你着什么急呢?你不是自觉你没有错吗?既然没有错,给领导看看又有什么问题呢?"于希一边躲一边反问教导主任。

"谁允许你私自拍摄的?你这是侵犯他人隐私权和肖像权!"教导主任怒斥道。

"李老师你放心,我不会轻易将这段视频放到网络上的。我只给领导们看看,真要放网络上我也会给你打马赛克的。"于希回答。

教导主任气坏了。他想喊学校保安过来帮他,但是保安们看着翟昀晟不好动手。

人家是校董,来学校没什么问题!

这时候坐在椅子上许久不开口的翟昀晟开口了:"如果你真的那么确信自己没有错又为什么会如此着急地想要回录像?"

他冰冷的目光落在教导主任的身上,嘴角扬起的笑里充满了讥讽。

不知道是翟昀晟的气势有些吓人还是翟昀晟的话戳到了他的痛处,教导主任没有反驳。

翟昀晟指着旁边的简一凌对教导主任质问道:"这么一个小丫头,你居然就凭你的直觉断定她行为不检点,还说不需要证据不需要求证。你可真是个眼明心亮的好老师!"

被称作"小丫头"的简一凌蹙眉,小声反驳道:"我不是小丫头。"

她的反驳被翟昀晟无视了。

于希在一旁说道:"晟爷别跟他一般见识了,视频我一会儿就给相关部门的领导发过去。"

教导主任已经回过神来了,忙说道:"别!别把视频发给教育局的领导!简一凌的事情我会重新调查取证的!"

于希面无表情地说道:"已经晚了,早干什么去了?你现在这么心虚不就说明你内心深处其实知道这么做是欠妥的吗?但你还是这么做了,丝毫不管别人会因为你的行为受到的伤害。那你现在就不要怪别人不给你机会了!"

教导主任一时哑然。

不等于希和教导主任说完话，翟昀晟就喊上简一凌离开了教导主任的办公室。

"剩下的交给于希就可以了。"翟昀晟对简一凌说。

简一凌点了一下头，然后一双眼睛专注地看着翟昀晟。

发觉她目光灼灼地看着自己，翟昀晟轻咳了两声，说："爷还有事，先回去了。"

简允卓除了每天做复健训练、按时服药，剩下的时间也没闲着。一来他想补上这段时间落下的功课，二来他也有了自己的娱乐生活。

最近，他的心情是真的很好。

简允卓觉得自己的手指比刚受伤的时候灵活多了，因此脸上的笑容也渐渐地多了起来。

如果要说这段时间里还有什么让他觉得不舒服的事，那可能有两件事情。

一是他每天都要喝的苦到让人不自觉反胃的中药，那股味道让简允卓每次喝完都忍不住打寒战。

但是慧灵医学研究所里的医生和工作人员都说这是用来促进他手部神经康复的。

为了手能彻底恢复，中药再苦简允卓都忍了下来。

二是他的心里时不时会产生的那种失落和揪心的感觉，是因为简一凌。

简允卓拿出手机，打开了盛华高中校园论坛的 App。

这是两个多月以来，他第一次打开他们学校的论坛。

他打算过一段时间再回学校，所以今天想先看看学校里的最新消息。

论坛的 App 被打开后，他第一眼看到的竟然是与他妹妹有关的帖子。

帖子的标题很醒目："被冤枉的简一凌——简允卓受伤真相，事发现场监控视频公开"。

这个标题一下就戳中了简允卓的心。

他受伤的真相？

不知道为什么，简允卓的心里有了奇妙的反应。

他还不知道这篇帖子的内容是什么。

可是他有一种预感，这篇帖子的内容会对他的生活造成巨大的影响。

他迟疑了好一会儿，才缓缓地点开了帖子，入眼的是一段视频。

视频里的场景，简允卓一眼就认出来了。

视频里的那两个人也是他熟悉得不能再熟悉的。

这就是一切灾难发生的地点。

这还是事发之后，他第一次看见这个场景。

所以，这个视频记录了事情的经过？

简允卓感觉自己的脑袋嗡嗡作响。

这个静止的视频，简允卓看了很久，就是没有点开。

半响后，简允卓鼓起了很大的勇气，才点了"播放"键。

视频开始播放，一开始是两个人在吵架。你一言我一语，表情十分激动。

视频虽然没有声音，但是简允卓的脑海里响起了那个时候两个人争吵的内容。

"简允卓，你马上给我跟那个叫莫诗韵的用人断掉联系！我不管、我不许，我就是不让你跟那个莫诗韵走得那么近！她只是我们家的用人而已！"

简一凌生气的时候都不喊简允卓"三哥"了，而是直呼他的姓名。

"小凌，你不要一口一个'用人'，说得那么难听好不好？诗韵的妈妈莫嫂是我们的用人，她又不是！"

"她怎么不是？她住我们家的房子、吃我们家的食物，明明就是我们家的用人！她做着我们家的用人，却想着怎么引起你的注意！是她不对！就是她不对！我不管，我不许你再跟她走得那么近！"

"你这是无理取闹！她做过什么伤害你的事情吗？她什么都没做过。你每次都不给她好脸色看也就算了，凭什么要限制我的交友自由？"

简一凌和简允卓的争吵越来越激烈。

"你是我哥！你当然要听我的！现在是她重要还是我重要？"

"这怎么能比？你是我的妹妹，她是我的朋友，这并不矛盾。我不可能一辈子不交异性朋友！你不能这么不讲道理。"

"反正我不允许！你现在为了她还凶我！我不要她继续留在家里！我要去告诉奶奶，让奶奶把她们都送走！"

"简一凌，你别乱来！"简允卓拉住了简一凌，说道，"这份工作对诗韵母女很重要！不能因为你不高兴，就要毁掉她们的家！"

"我就毁了怎么了？我是简家的小姐！我看不惯的用人，凭什么不能辞退？我就是不同情她！我就是看她不顺眼！简允卓！你要是还认我这个妹妹的话，现在就去跟那个用人说清楚！不然，你就跟那个用人过一辈子去吧！"

这个时候简一凌很激动，面红耳赤，说出的话也有些伤人。

随着视频内容一幕一幕地播放过去，回忆也在简允卓的脑海里浮现。

他记得他们争吵时说的每一句话，但是那个时候他太激动了，记不清楚其他的细节了。

最后，画面来到了最重要的那一幕。

他一脚踩空，从楼梯上滚了下去。

砰——

视频没有声音，但是简允卓的脑海里回荡起了一声巨响。

巨大的撞击声，伴随着玻璃碎裂的声音传来。

接着，他的手上传来剧烈的疼痛感……

"啊——啊——"

这是简一凌的尖叫声。她的声音很凄厉，那时的她很恐惧。

她被吓傻了。

她蜷缩在原地，茫然失措。

视频播放完了。

简允卓的心像被人高高地举起来，又狠狠地摔了下去！

巨大的冲击让简允卓的大脑一时反应不过来。

他完全呆住了。

房间里没有其他人。

他一个人长久地保持着这个动作，久到视频又播放了两遍他才有了反应。

不知不觉间，他的脸颊上有了泪痕。

妹妹没有推他，没有。

是他自己踩空的，是他自己掉下去的！

他们有争执，有拉扯，有身体上的触碰。

但是他之所以会掉下去，完全是因为他太激动了，没有注意到身后的情况。

那他之前……

想到之前发生的种种，想起简一凌被他冤枉、辱骂，甚至被他用饭盒砸脸的画面，简允卓感觉像是被人掐住了喉咙一般。

他感觉自己没有办法呼吸，感觉肺里的空气都被抽干了。

小凌，妹妹。他都做了什么？

他都对他的妹妹做了什么啊！

简允卓想见简一凌,而且这个想法很强烈。

虽然他现在也不知道见到简一凌之后自己要做什么。但是他知道自己必须去见她。

简允卓先打了电话给简允丞。

简允丞刚接起电话,就听到了简允卓颤抖的声音:"大哥,我,我想见小妹……"

听到简允卓颤抖的声音后,简允丞就知道他已经看到了关于真相的视频,知道了事情的真实经过。

"想好了吗?"

整件事情给简允卓的打击不会小。

简允卓需要准备好的不仅仅是心情,还有去见简一凌的时候所要面对的种种情况。

"我想好了。"

"晚上带你去老宅。"

简允卓出门不影响他后期的复健,想要出门随时可以。

当天晚上,简书洐、温暖和简允丞带着简允卓来了简家老宅。

结果他们从简老夫人的口中得知,简一凌今天和简宇捷、于希他们一起出去了。

他们再追问,才知道今天Juptiter在恒远市有演唱会。简一凌他们是去看Juptiter的演唱会了。

简老夫人还说,简一凌今天晚上估计要到半夜才能回来。

听到这话,四个人都很失落。

尤其简允卓。他从进门开始,就半垂着头,都不敢抬头看简老夫人。

简书洐皱着眉头,想说女儿怎么能在外面待到这么晚才回来呢?

可话到嘴边,他又不得不将话咽了回去。

因为他说这话肯定会被简老夫人骂,而且会被骂得一点儿反驳的余地都没有。

现在的他们,根本没有资格干涉女儿的事情。

简老夫人都答应了的事情,他们就不能说半个不字了。

简允丞掏出手机打电话。他要找人给他买Juptiter演唱会的门票。

结果,简老夫人在旁边说道:"别想了,小乖乖他们拿的是宇珉送的亲友票。你即使买到票了,也不可能跟他们在一块儿,见不着他们的。"

简老夫人拆起自己孙儿的台来,是一点儿都不客气的。

简允丞还是让人给自己买了门票。

他说:"我也想看看宇珉的演唱会。"

简老夫人心里说道:骗鬼呢,你会想看宇珉的演唱会?你连音乐细胞都没有!你从小就不听流行音乐!在这方面,你还不如我呢!

简老夫人还算给简允丞留了一点儿面子,没有直接拆穿他。

简允丞买到了门票。

简允卓想一起去。

简允丞不同意,说道:"演唱会的现场可能会很拥挤,现在你的手还没好,不允许你做这样的事情。"

简允卓那好不容易才被治好的手,要是因为人挤人而再次受伤,那就追悔莫及了。

简允卓犹豫了一会儿还是坚持要去,但改变了最初的想法,说道:"那我跟你一起过去,我在车里等你们。"

他不进去,他在外面等他们。

简允卓的执着源于此刻他心里翻江倒海的悔意和愧疚。

若不做点儿什么,他会难受死。

"也行。"简允丞同意简允卓在车里等他们。

于是,简书洐和温暖留在老宅里陪简老夫人,简允丞则带着简允卓去了Juptiter的演唱会现场。

简老爷子和简老夫人也都看得明白,自己的大儿子和大儿媳的心思根本就不在陪他们两个老家伙聊天上,所以没说几句就赶他们回去了。

人都走后,简老夫人问简老爷子:"老头子,你说小卓会怎么跟小乖乖道歉?"

简老夫人对这件事情还是很关心的。

"你问我我问谁啊?"简老爷子没好气地白了简老夫人一眼。

简老爷子说话的时候,手里还捧着一盆兰花,端详来端详去,看起来十分在意。

"你这个死老头子,孙子孙女的事情你不操心,光操心你的破兰花有什么用?"简老夫人生气了。

"什么破兰花?这是小乖乖给我培育出来的新品种!杂交技术懂不懂?基因工程懂不懂?很难的!小乖乖花了很多时间和心思的!这世上独一无二的!我能不爱吗?"简老爷子气呼呼地说道。

兰花可贵，孙女的爱更可贵！

"你这个死老头儿，小乖乖都帮你培育出新的兰花品种了，你还不多关心一下她的事情？"

"你这个老太婆，你这么关心怎么不去帮忙牵牵线搭搭桥？"

"这个我可不管。"简老夫人说道，"他们伤我小乖乖的心，还指望我帮他们？没门儿！"

简老夫人关心归关心，但是绝对不出手帮忙。

这事她干吗要帮忙从中调和？当初他们处罚小乖乖，押着小乖乖给小卓道歉的时候，都没有问过她的意见！

简允丞和简允卓到了 Juptiter 举办演唱会的体育馆前。

果然如简老夫人预料的那样，简允丞虽然拿到了门票，但在偌大的演唱会现场，根本看不到简一凌他们的身影。

今天 Juptiter 的演唱会很成功，粉丝们很热情。

简一凌是第一次看演唱会，有些不适应，但还是坚持下来了。

散场后，简一凌他们去了后台。

简宇珉从舞台上下来，直接奔着简一凌而去。

刚才在舞台上，简宇珉又唱又跳，消耗了大量的体力，现在还满头大汗、气喘吁吁的。

简宇捷在旁边吐槽自家哥哥："大哥，你今天的表现很一般。"

他觉得对自家哥哥必须有高要求，不能随便夸，不然哥哥就飘了。

简宇珉不理简宇捷，转头问简一凌："小哭包，怎么样？哥哥的表现还可以不？"

"很好。"简一凌如实回答。

简宇珉笑盈盈地说："还是我妹妹有眼光。"

接着，他瞪了一眼旁边的简宇捷，臭弟弟就是不可爱。

简宇捷哼了一声，说道："妹妹那是不忍心让你觉得太丢人。"

几个人正在后台打趣，助理过来跟简宇珉说："环游科技有限公司的总裁要找你。"

"你让他进来吧。"简宇珉一听这头衔就知道这人是简允丞。

简允丞被带到了后台。

"允丞哥，你怎么过来了？"简宇珉记得简允丞对流行音乐不感兴趣，对吵闹的场合更不感兴趣，看演唱会不是他会做的事情。

"来等小凌。"简允丞回答简宇珉的问题时,视线是落在简一凌的身上的。

简一凌因为怕冷,今天穿得有点儿多。

她被软软的蓬蓬的衣服裹着,原本就小的脸显得更小了。

"允丞哥放心好了,我一会儿和小凌一起回老宅。"

简宇珉今晚回老宅住,会亲自护送简一凌回家,根本不需要简允丞特地跑这一趟。

演唱会完美落幕,简宇珉可以休息一段时间了。

简一凌现在一直住在老宅,而不是简宅。

"我知道,也顺便来看看你的演出。"简允丞又说。

简宇珉都不知道,简允丞什么时候这么关心他的事业了。

"允丞哥既然来了,等一下就和我们一起去吃消夜吧?"简宇珉说道。

演唱会完美落幕,他和其他的团员要出去办庆功宴。

简允丞没有马上回答简宇珉的话,而是望向简一凌所在的位置,问简一凌:"太晚了会不会不好?要不要回去休息?"

这样商量的语气,简宇珉和简宇捷还是头一次听到从简允丞的嘴里说出。

太难得了!

一直保持沉默的于希都忍不住想说:允丞哥今天是怎么了?这不是平时的他啊!

大家的视线都落到了简一凌的身上。

简一凌伸手,扯了扯简宇捷的衣服,说道:"饿了。"

她饿了,所以还是要吃消夜的。

她觉得觉可以晚一点儿睡,但是能量必须补充,一定要善待自己的胃。

简宇捷连忙说:"好,我们去吃消夜,庆祝大哥今天的演唱会完美落幕!"

接着,他又对简宇珉说:"大哥,你们什么时候出发啊?妹妹都饿了。妹妹已经这么瘦了,你还让她挨饿!"

"行了行了,就你知道!"

简宇珉白了简宇捷一眼,臭弟弟就是讨厌!

简允丞对简宇珉说:"那再加我一个。"

"好。"简宇珉也不能说"不好"。

简宇珉还指望以后让简允丞打理简家的企业,年底给他们这些占了股份的人分红呢。

简允丞在去吃消夜前给简允卓打了电话，告诉他，如果困的话就在车里睡一觉，或者打电话给家里的司机，让司机接他先回去。

简允丞没让简允卓过来一起吃饭是考虑现场人太多了，不仅有简宇珉、简宇捷这兄弟俩，还有 Juptiter 的其他成员。

这种场合，简允卓想对简一凌说什么都不合适。

大家选择在办演唱会的体育馆旁边的餐厅里吃消夜。

这家餐厅是于家的，于希十分豪爽地给大家免了单。

Juptiter 的一众团员都十分热情。

大家聚在一起，嘻嘻哈哈的。

尤其洛勋这个年纪最小的成员，他不仅话最多，也是最喜欢跟简一凌说话的人。

他眉眼弯弯，活脱脱一只黏人的小奶狗。

于希看着都替洛勋着急，没看见一凌妹妹的身边围着三个哥哥吗？

没看见他这个邻居哥哥都往旁边靠，没敢离她太近吗？

这小子真是一点儿眼力见儿都没有！

吃饭的时候，简一凌拿了一个纸袋子出来，递给简宇珉。

"恭喜你，演唱会顺利。"简一凌说道。

简一凌给简宇珉准备了贺礼。

刚才在后台，场面比较混乱不适合送礼物。这会儿在餐厅里吃饭，有了时机，简一凌就把礼物拿出来了。

简允丞看着这熟悉的纸袋子，眼神都变了。

简宇珉先是愣了一下，没有料到自己会收到简一凌送的礼物。

惊喜来得太突然，他有些反应不过来。

接着，简宇珉的笑容便怎么也藏不住了。

"小哭包，你居然给哥哥送礼物了！"

她终于不是一把眼泪一把鼻涕地往他身上抹的"小哭包"了！

此前，简宇珉收到的来自简一凌的"礼物"，不是她的眼泪、鼻涕，就是被她尿湿裤子。

今天之前，简一凌送给他的最好的礼物是五个每个价值八块八毛八的红包。

"宇哥，我好羡慕你！"洛勋凑过来，十分好奇地望着简宇珉手里的纸袋子。

"我也是，太刺激人了！为什么没有人给我们送贺礼？太受打击了！"

"有对比就有伤害，今天的庆功宴突然不香了。"

团员们纷纷表达着自己的羡慕之情。

他们没有妹妹，更没有一个会准备礼物送给哥哥的贴心小棉袄似的妹妹！

洛勋赖在简宇珉的身边不肯走，非要看看简一凌送给简宇珉的是什么礼物才肯罢休。

在洛勋锲而不舍的追问下，简宇珉终于在大家的面前打开了这个纸袋。

纸袋里放着两件东西，一件是毛衣，深红色的高领毛衣。

深红色一般男人驾驭不了，但是简宇珉驾驭起来毫无压力。

还有一件是用黑色的毛线织的帽子。

帽子的款式不复杂，但是很耐看。

"一凌，我很喜欢！谢谢你！"简宇珉的心里美滋滋的，脸上的表情同样美滋滋的。

有妹妹真好。

"都是妹妹亲手织的。"简宇捷怕简宇珉以为这是简一凌买的，所以特地强调了一句。

因为他收到过同款毛衣。

"天哪！"洛勋发出惊呼。

有礼物收已经够让人羡慕了，这礼物还是送礼的人亲手织的。可想而知他有多羡慕简宇珉了！

简宇珉的双手摸着毛衣，表情很是得意，得意得让其他团员觉得他有点儿欠揍！

简允丞不禁也有些吃醋。

毛衣他也有一件，但是帽子是简宇珉独有的。

接着，简一凌又从她背着的小包包里拿出了一个小一点儿的纸袋子。

她还有纸袋子？

简一凌把这个小一号的纸袋子递到了洛勋的面前，说道："给你的。"

洛勋惊讶地指着自己的鼻子跟简一凌确认："给我的？"

"嗯。"简一凌应了一声。

洛勋连忙接过纸袋子。

他打开一看，竟然是一项手工织的毛线帽子，和简宇珉的那一项是同款同色的。

洛勋有一种受宠若惊的感觉。

"我也有一凌妹妹送的手工毛线帽了!"

这下换成简宇珉不开心了。他说:"小哭包,你给我送就行了,干吗给这个臭小子也送?"

Juptiter 的其他两名团员就更加不开心了,异口同声地说道:"为什么洛勋这小子也有?"

简宇珉是简一凌的哥哥,血缘关系摆在那儿。他们比不了,只能羡慕忌妒恨。

但是洛勋跟他们两个一样啊,凭什么洛勋有?

难道,这小子老少通吃的本事发挥作用了?

于希都看傻了,心道:这是什么情况?凌神居然给一个跟她没有见过几次面的男人送了一顶自己亲手织的毛线帽!

他认识凌神这么久了都没有收到!

难道,长得好看、会唱歌、会跳舞真有这么大的魅力吗?连凌神的心都被他俘虏了?

于希再次看向其他人,发现简允丞、简宇珉和简宇捷三个人的脸色都不太对劲儿,眼神都不太友善。

他们不友善的眼神集中在洛勋的身上!

"小哭包,你跟我说,你为什么要给这个臭小子送礼物?"简宇珉非常严肃地问简一凌。

"要谢谢他。"简一凌回答。

曾经,洛勋守护了简一凌很久,最后也算是被简一凌连累,才被封杀的。

众人不约而同地看向洛勋,就像一群警察看着犯罪嫌疑人。

洛勋自己也蒙了,不知道自己干了什么值得简一凌感谢的事情。

但他还是挺享受这种被大家忌妒的感觉的。

"我长得可爱嘛!"洛勋说道。

此言一出,洛勋立刻遭到了其他团员无比嫌弃的白眼。

简宇珉回过头来跟简一凌说:"小哭包,你别被这个臭小子的笑脸忽悠了!"

简宇珉现在不得不怀疑,洛勋凭借他那张人见人爱的脸蛋儿骗到了简一凌。

这可不行。

"对，我大哥说得对！"简宇捷和简宇珉在这件事情上观点十分一致。

一凌妹妹织毛衣也好，织帽子也罢，都是很辛苦的！

大哥拿到了也就算了！怎么这个讨厌的洛勋也有？

简允丞阴沉着一张脸，看着简一凌和洛勋，不悦的情绪一下子就冒了出来。

尤其洛勋收到简一凌送的礼物时露出的那张笑脸，让他觉得格外不顺眼。

如果在平时，他早就开口了，要说的话或许比简宇珉说的话更加直接，并且要警告洛勋远离他的妹妹。

然而现在，他的理智控制住了这份冲动。

他和小凌的关系已经疏远了，如果在这个时候还做与她意愿相反的事情，可能会让情况变得更加糟糕。

忍住自己的情绪并不是一件容易的事情，但是他还是忍住了。这种想要干预却强忍着不去干预的心情既难受又苦涩，以至于这一顿消夜让他觉得索然无味。

于希抽空给今天没有过来的翟昀晟发了一条消息过去，还配了一张他偷偷拍下的照片。

"Juptiter的演唱会完美落幕。贴心的凌神送上亲手织的毛衣和帽子做礼物。不仅简宇珉收到了凌神送出的礼物，还有一个团员也收到了。"

他将消息发出去后好半晌没有得到回应。

于希想：可能是太晚了，晟爷睡了。

众人在餐厅里吃消夜的时候，简允卓一直孤身一人待在车里。

虽然简允丞说了他可以先回去，但是他还是不甘心，选择了留在车里等大家回来。

凌晨一点，简允卓终于见到了简允丞。

"大哥！"简允卓看到简允丞后眼睛一亮，紧接着看向简允丞的身后，却发现他的身后空无一人。

"小凌呢？"简允卓问。

"宇珉带她回去了。"

简宇珉要回老宅，他们是要回简宅的。

从理论上来说，简宇珉送简一凌回去是最合理的。

简允丞找不到理由来反驳，只能自己回来了。

简允卓的脸色沉了下来。

简允丞蹙眉,但终究没有说安慰简允卓的话。

兄弟二人回到简宅的时候,简书沥和温暖并没有休息,他们在等儿子们回来。

结果,简允丞并没有带回来任何好消息。

"爸、妈,我想回学校。"

简允卓在回来的路上思考了许久,终于做出了选择。

"你已经请了很久的假了,不差这几天。"简允丞沉声说。

简允卓摇了摇头,说道:"学校里发生的事情我都知道了。事情是我弄出来的,不管消息是谁传播出去的,源头都在我这里。妹妹因为我而被大家冤枉、辱骂,我不能不做点儿什么。"

简允卓不知道自己现在还能做什么来弥补妹妹。但至少在这件事情上,他应该给妹妹一个交代。

简书沥和温暖对视了一眼,然后同意了简允卓的提议。

简允卓回学校了。

他受了伤的那只手上还戴着一个蓝色的特殊材质的外壳。

这是慧灵医学研究所里的研究人员为他制作的。这个外壳既具有保护作用,里面的装置又可以帮助他随时进行复健训练。

简允卓回学校这件事引起了同学们的广泛关注。

"简允卓竟然回学校了!他的手好了吗?"

"太棒了,我们的钢琴小王子终于回来了!"

"可是,他是不是不能再弹钢琴了?"

"楼上的,你的消息滞后了。我听说有一位特别厉害的外科医生给简允卓的手做了手术,他的手已经好了。"

"真的吗?真的吗?太棒了!这是哪里来的神医啊?想见!"

"哇哇哇,真的是激动人心的好消息。不知道简允卓本人对之前被传得沸沸扬扬的他妹妹把他推下楼梯的事情是怎么看的?他们简家人有没有找到事情的幕后黑手?"

"留个脚印,等待后续。若有什么消息,小伙伴们记得踹我两脚。"

同学们在论坛上热议的同时,简允卓出现在了高三重点班的教室里。

两个月不见,这个少年消瘦了不少,也憔悴了不少。

但是,他终于回来了,真真切切地回到了学校。

莫诗韵再见到简允卓时，心情很矛盾。

她已经很长一段时间没有见过简允卓了。

她给他发的消息，他也回得很冷淡。

莫诗韵不是一个喜欢用自己的热脸去贴别人冷屁股的人。

当她从简允卓的回复里感受到冷漠和疏离之后，就不再主动找他了。虽然她并不知道他们之间到底出了什么问题。

再见到简允卓的时候，她不知道自己该以什么样的身份去对待他。

莫诗韵在思索这些问题的时候，班级里的其他同学已经围在了简允卓的身边，纷纷向他表达了对他手术成功的祝贺。

"谢谢，谢谢大家的关心。"简允卓回应了众人的祝贺。

趁着人多，简允卓严肃地跟大家说道："网上的帖子我都看到了。我妹妹是被冤枉的，她是想救我而不是想害我，希望大家不要再恶意揣测她，更不要用语言去伤害她了。"

说这些话的时候，简允卓的心里是苦涩的。

他何尝不知道这么多人里面，伤害简一凌最深，冤枉简一凌最多的人其实是他自己？

简允卓的话打消了大家的最后一丝怀疑。

如果之前还有些冥顽不灵的人坚持说监控视频存在造假的可能性，那么现在受害人自己说的话应该是可信的吧？

"原来是一场误会，我们错怪简一凌同学了。"

"是啊，都怪那个最开始发帖子的人。他太坏了，编故事编得跟真的似的，我们都被他骗了。"

"简允卓同学你放心，这件事情我们不会再弄错了。"

"我们之前弄错了，实在是不好意思，有机会得跟简一凌道歉，希望你们兄妹俩不要介意。"

大家纷纷跟简允卓表态。

其中也包括朱莎这个直到昨天还在跟莫诗韵吐槽简一凌的人。

朱莎喜欢简允卓，简允卓说什么她都觉得对，不放过任何一个可以在简允卓面前刷好感的机会。

莫诗韵的心情很复杂。她看着简允卓，心里有一种说不出来的滋味。

简允卓如此坚定地说不是简一凌推他的。可是她妈妈说过自己亲眼所见就是简一凌把简允卓推下楼梯的。

简允卓到底怎么了？是家里人对他的要求，还是他真的宠溺简一凌到了即便被她推下楼梯,也要选择维护她的地步?

莫诗韵不理解。

上午最后一节课下课后,同学们都去食堂吃午饭了。

简允卓的同学看了看简允卓的手,想帮他带饭。

他却坚持自己去食堂里吃。

因为现在对他而言,食堂成了为数不多的可以光明正大地见到简一凌的地方。

简允卓的几个好朋友、好兄弟陪着他去食堂。他们让简允卓去找位置,他们负责去排队买饭。

食堂里的空位置还有很多,但是简允卓在食堂里来来回回地转悠了好半天。

他不是在找空位置,而是在找简一凌。

终于,简允卓在食堂的角落里找到了简一凌。她正在和她的朋友一起吃午饭。

除了食堂里的饭菜,简一凌还带了一个饭盒来。

粉红色的饭盒里面放着的是简一凌前两天有空的时候卤好的牛肉。她带来是和胡娇娇分享的。

另外两个保温瓶里的五谷杂粮豆浆,也是简一凌提前准备好带来学校的。她和胡娇娇一人一瓶。

简允卓找了一个可以清楚地看到简一凌,但又不会与她距离太近的位置。

等他的同学回来后,他就一边吃一边偷看简一凌。

有一个同学发现了不远处的简一凌,问简允卓:"允卓,那不是你妹妹吗?要不要过去打个招呼?"

"不用了。她和她的朋友吃得正开心,我们不要去打扰了。"

简允卓说这话的时候有些心虚。

"那算了。"同学也没有勉强,接着又看了简一凌两眼,说道,"不过允卓,你妹妹长得是真好看,跟从漫画里走出来的似的。"

"不许乱想!"简允卓立马瞪着他的同学。

"我就是说说,没别的意思。"同学连忙解释道。

同学解释完又忍不住感慨:"也真是的,你那么在意你妹妹,你们兄妹的感情这么好,之前居然会有她害你的流言被广泛流传,唉!"

简允卓心虚地垂下头,眼睛只敢看面前的饭菜,说道:"是……是啊……"

他也曾这样怀疑过她。

简允卓见简一凌吃完饭要走了,便匆忙吃了几口之后跟了上去。

简允卓一直目送简一凌回到教室,才回了自己的教室。

莫诗韵是和朱莎一起吃的午饭。吃饭的时候,朱莎跟莫诗韵说:"没想到还真不是简一凌推的。不过这样也好,简允卓开心比较重要。"

莫诗韵只是吃饭没接话。

"对了诗韵,之前你不是和简允卓一起吃午饭的吗?怎么今天没去找他?"

朱莎还打着能够借莫诗韵的东风和简允卓多接触的主意。

简允卓住院以前,经常和莫诗韵一起吃午饭。简允卓住院后,莫诗韵才跟朱莎一起吃午饭的。

莫诗韵顿了顿,说道:"他妹妹会不高兴的。"

"你管她干吗?她就那大小姐脾气。好像她哥哥只能是她的,谁都不能靠近似的。我看她啊,是恨不得她哥哥打一辈子光棍呢!"

朱莎眼神鄙夷,光听语气就能感受到她对简一凌的厌恶。

"别说了,多说不好。"莫诗韵劝朱莎。

"我才不怕她呢。"朱莎不服气地说道。

朱莎又想起了一件新鲜事,连忙跟莫诗韵分享:"对了,你知道我们学校新来了一个董事长吗?"

"不是挺正常的吗?"

"普通的董事长当然没什么,但是这位新来的董事长超级帅!"

朱莎圆润的脸上浮现出了花痴一般的神情。

"嗯。"莫诗韵的心思都在秦川的身上。她对这位新来的董事长没有兴趣。

而且董事长一般年纪比较大。

"不过,我觉得还是我们班的简允卓更帅,希望他康复后能继续弹钢琴!"朱莎提到简允卓时的表情透露了她的小心思。

"嗯。"

莫诗韵跟朱莎说了两句话后,手机忽然响了。

上课时她的手机都是关机状态。现在是吃午饭的时间,她就把手机开机了。

是她妈妈打来的电话。

看到来电显示的一刹那,莫诗韵有一种不好的预感。

妈妈最在意她的学习,如果没有什么要紧的事情,绝对不会在她上学的时间给她打电话的。

莫诗韵刚接听电话，就听到了莫嫂焦急的声音："诗韵，我……我……"莫嫂急得哭了。

莫诗韵一听到这样的声音，心就被揪了起来。

"妈，怎么了？出什么事情了？你冷静一下，是不是那个烂人又来找你了？"

"不是他，是……是……是大少爷把我解雇了。"

"你说什么？解雇？怎么会这样？"莫诗韵的脸上露出了震惊的表情问道。

接着，她看了一眼对面正用好奇的眼神看着她的朱莎，便起身走到食堂外面的花坛边，继续跟母亲对话。

"妈，你先别哭。你告诉我，大少爷是怎么跟你说的。"

莫嫂的哭声让莫诗韵的心都揪成了一团。

"大少爷只是说，现在小姐回老宅住了，他和二少爷也不常在家，家里需要照顾的人只有三少爷。安嫂一个人足够了，不需要我了。"

最早的时候，简宅里只有安嫂一个用人。莫嫂是后来安嫂年纪大了体力跟不上之后才找的。

简宅找新用人的时候，莫慧琴的竞争对手很多。本来也轮不到她进简宅，是何燕在背后帮忙，她才得到了这份薪水很高的工作。

简允丞的这番话让人无法反驳。

他要是说因为莫嫂做错了什么事情才要解雇她，那莫嫂还能解释。

现在，他只是说他不需要她了，莫嫂连为自己再争取一下的机会都没有。

莫诗韵呆住了，这件事情发生得太突然了，让她不知所措。

她们最近的日子本就不好过。她妈妈还打算等着下个月拿到工资后再开始攒钱。

现在妈妈丢了工作，没了糊口的生计。

电话里，莫嫂抽噎着说道："诗韵，我们现在该怎么办？大少爷把我解雇了，我们得从简宅里搬出来了。"

这一时半会儿的，她们要到哪里去找住的地方？

"妈，那你这个月的工资大少爷给你结算了吗？"

"结算了，大少爷是按照当初的合同结算的。"

"那……那也还行。有这一个月的工资，我们还可以出去找房子住。然后找工作，都还来得及的。"

"可是只有六千块钱。"

"怎么会？你平时的工资不是一万六千块钱吗？还有一万块钱呢？被大少爷扣了吗？"

"我签的合同就是六千块钱,还有一万块钱是先生、夫人额外给我的。当时我过来工作的时候,夫人说基础工资给六千块钱,只要一个月结束的时候我没有犯错,就额外给我一万块钱的奖金。"

恒远市住家保姆的工资是四千块钱至六千块钱不等。六千块钱的基础工资本来就不低了,而这一万块钱的额外奖金,更是其他家庭不会给的。

简家人对用人是真的很好。对简家人来说,每个月多花这一万或两万块钱不是问题,只要用人能好好工作就行。

"可是妈妈上个月没有犯错。"

"我……我也不知道。大少爷没说我哪里犯错了,但是他只给了我六千块钱的工资。"

现在简允丞只按照合同给莫慧琴结算了六千块钱。莫慧琴心里难受,但是没地方说理。

本来那一万块钱是先生、夫人口头承诺的,不存在合同上的约束,主人想不给就可以不给。

"妈,那你现在在哪儿?"

"我刚收拾完东西出来了,现在还在简宅门口。"

简允丞要求莫慧琴搬出简宅,一天都没让她多留,一点儿缓冲的时间都没有给她留。

莫慧琴现在带着大包小包,站在简宅的大铁门前。

"是不是没有车?我帮你叫车吧?"

简宅门口的公交车班次并不多。

"不是,我想再等等。我想等先生、夫人回来后,亲口问问他们。"

现在,简宅里只有简允丞这一个主人在。莫慧琴还没有见到简书沂和温暖。

"妈……"莫诗韵的心里苦涩不已。

母亲这样想,无非是还抱着一线希望。

莫诗韵想劝母亲放弃,可又说不出口。

她现在什么都做不了,连劝母亲放弃的底气都没有。

劝母亲放弃后,她也给不了母亲退路。

"诗韵,你放学后就进不了家门了。"莫嫂的心里也很苦涩。

想到女儿放学回家后,不能再回到她温暖的房间里安心地做作业,莫嫂就恨自己无能。

"妈,我不怕的。没事,我们以前那么难的日子都过来了,现在这样不算什么的。我们今晚住酒店。明天你就开始找房子,然后找工作,会好起来的。"莫诗韵努力地安慰着莫嫂。

"我知道了，我会的。"

莫诗韵看了看时间，不能再跟莫嫂说了，于是说道："妈，我的同学还在等我。我得先挂了。"

"好，好，你先顾好学习。"

莫诗韵挂断和莫嫂的通话后回到食堂。朱莎已经吃完了，正在等她。

"怎么了？是有什么事情吗？"朱莎关切地问。

"没事。"莫诗韵不打算跟朱莎讲她家里的事情。

放学后，莫诗韵回到了她熟悉的简宅。

莫嫂还站在简宅门口，身边的几个旅行箱、塑料袋里装满了她们两个人的行李。

"妈……"

看到在寒风中站着的莫嫂，莫诗韵悲从中来。

她冲上前去，抱住了母亲。

"诗韵！妈妈对不起你，妈妈对不起你……"

莫嫂看着上了一天的课，疲惫的女儿，心里愧疚极了。

"妈，我没事的。"

莫诗韵强忍住心中的悲痛，好让莫嫂的心里舒服一些。

这时候，简家接简允卓放学的车子回来了。

由自家车子接送的简允卓本来应该比坐公交车回来的莫诗韵早到家的。但是他先让司机带他去了一趟简家老宅，后来才回的简宅。

车子驶来的时候，简宅的大铁门自动打开了。

同时，车子后座上的简允卓打开了车窗，正好和在朝车内张望的莫诗韵对上视线。

简允卓看到了莫嫂和莫诗韵，也看到了她们脚边大包小包的行李。

简允卓皱了一下眉头，接着收回了视线。

简允卓的这一反应就像一根针，刺到了莫诗韵的心里。

如果之前她还只是猜测，那么现在她已经可以断定，简允卓和她的关系破裂了。

而他们关系破裂的原因，简允卓没有说过，连质问和争吵都没有。

他就这样无声无息地，单方面地宣布了她的死刑。

莫诗韵还是有傲骨的。如果只是简允卓的态度变了，她是不会允许自己低声下气地询问他为什么要这样做的。

但是今天在场的还有她的母亲，所以她一改之前的作风，突然上前，来到了车窗边，问简允卓："允卓，发生了什么事情？至少让我知道为什么。"

"我也不知道为什么。"简允卓也是看到她们带着行李站在家门口才知道她们被请出简宅了。

"允卓，我们认识两年多了，你确定要这样断掉和我的联系，甚至连一个理由都不给我吗？"

"认识两年多了……"简允卓重复了一遍，又说道，"莫诗韵，我说了我不知道你和你母亲的事情。我不管我家请用人的事情。"

请用人的事情？！

他一句话就让莫诗韵回到了最刺骨的现实。

用人！原来在简允卓的心里，自己只是他家用人的女儿。

她还以为在简宅，至少他是不一样的。

"好，我知道了。"莫诗韵倔强地不让自己露出一点儿难过的神情。

用人的女儿也有自尊。

莫诗韵回过头去，准备拉着自己的母亲离开。

"妈，我们走！"

"诗韵……"莫嫂被女儿拉着走，有些不甘心地回头。她还没有等到先生、夫人回来，她还没有完全死心。

"妈，不要再说了，我们走吧。"莫诗韵坚定地说。

就算离开了简宅，她们也是能够生活的。哪怕生活得苦一点儿，但至少活得有尊严。

莫诗韵和莫嫂只走了十米左右。她们有一大堆行李，是没法走远的，只能等车子到。

莫诗韵回头看向简宅的大门时，简允卓的车子已经先一步开了进去，门口的大铁门再度关上了。

因为要等车，所以母女俩还不知道要在冷风中等多久。

这时，一辆豪车在母女俩的跟前停了下来。

一开始母女俩都没有去看车子，只以为车里的人是去简宅找简家人的。

直到一个衣着整齐的中年男人从车上下来，走到了母女二人的面前。

"请问，您是莫诗韵小姐吗？"中年男人对着莫诗韵问道。

莫诗韵诧异地看着面前这个彬彬有礼的男人。

"我是，你是谁？"

"莫诗韵小姐两年前可有在路边遇到过一个出了车祸的孕妇？"

莫诗韵点头，说道："我确实遇到过，送她去医院了。医生说她没事了我就离开了。"

"莫诗韵小姐救的那个孕妇是我家少夫人。因为您的帮助，不仅少夫人自己没事，肚子里的孩子也保住了。我家少爷和少夫人很感激莫小姐当年的帮助，所以特地派我来找您。但是因为当年您留下的信息很少，所以我们花了不少时间才找到您。"

莫诗韵回答道："当时的那种情况，换成别人我也会帮忙的，这是我应该做的。"

莫诗韵知道自己的境况不好，但是不想拿那件事情来要求别人给予她帮助。

男人笑了笑，接着看了一眼莫诗韵和莫慧琴。她们身边的行李清楚地说明了她们现在的境况。

男人笑着对二人说道："那天之后，少夫人一直惦记着您。不如您就受累跟我走一趟，让少夫人了却心愿，同时去看看当年被您救下的孩子。"

男人充分考虑了莫诗韵的自尊心，让莫诗韵没有任何心理负担。

莫诗韵犹豫了一会儿，想到母亲现在的情况，选择了答应，说道："好，有劳您了。"

男人恭敬地邀请莫诗韵母女上了车，还帮她们搬了行李。

今天发生的事情对莫嫂和莫诗韵来说，是一秒地狱一秒天堂。

她们今天的遭遇真是大落大起。

简一凌迎来了她高一第一学期的期中考试。

考试结束的第二天。

简允卓特地准备了礼物带去学校，打算送给简一凌，理由就是庆祝简一凌顺利考完期中考试。

虽然成绩还没有出来，但这不是重点。重点是简允卓找到了给简一凌送礼物的理由。

虽然他也不知道自己能不能成功地将礼物送出去。

中午，他趁着大家休息的时间，来到了高一（8）班的教室门口。

他在教室门口徘徊了好久，望着教室里的简一凌，好半天没有喊出口，也没有让高一（8）班的同学帮忙叫简一凌。

此时，简一凌和胡娇娇都在自己的座位上坐着。

简一凌在忙自己的事情。她连午休的时间也充分地利用起来了。

"一凌。"胡娇娇趴在桌子上,没精打采地叫着简一凌。

简一凌转过头看向她。

"一凌,你说人生为什么会有做不完的作业和考不完的试呢?我感觉第二次月考没过去多久,怎么期中考试就来蹂躏我了呢?"

一想到过两天期中考试的成绩就要出来了,胡娇娇就彻底没了力气。

王向重过来给胡娇娇发数学作业,听到她的话后,一脸嫌弃地说道:"干啥啥不行,抱怨第一名。"

"哼。"胡娇娇趴在桌上没动,冲着王向重哼了一声。她现在都懒得跟他争辩了。

王向重给简一凌发数学作业的时候,又对简一凌说:"有些人别忘了和我打的赌。不过看你数学作业的错误率,我觉得你还是尽早认输比较好。"

简一凌平时的作业可以用"一塌糊涂"来形容。

王向重说完,期待看到简一凌气急败坏的样子。

结果简一凌好像没有听见他的话一般。

王向重继续说:"你就继续装吧。"

简一凌无视王向重。王向重反倒没法继续说了,只能离开。

胡娇娇继续小声说:"我想玩游戏,我想做一条彻头彻尾的咸鱼。不是我不爱学习,而是单方面的爱恋太痛苦了。一直都是我爱学习,学习这个'死渣男'从来不回头看我一眼,也不眷顾我一点儿。痴心不改终究换不来它的倾城一顾。我何不早点儿觉醒,离这'死渣男'远一点儿?"

看来,胡娇娇最近没少受学习上的刺激,导致她现在浑身上下散发着怨念之气,仿佛真被渣男伤透了心。

刘雯就在她的旁边,说道:"你游戏也玩得不好。"

这下胡娇娇更加伤心了,说道:"雯姐,我觉得你就是上天派来折磨我的!你每次都能准确地扎伤我的心!我的那颗心已经百孔千疮了,其中有八十个孔是你扎的。剩下的二十个,十个是我妈扎的,十个是老师扎的。"

胡娇娇趴在桌上彻底起不来了。

"简一凌,你哥找你。"

坐在靠近教室门口位置的同学帮忙喊了简一凌。

简一凌抬头,看了看教室门口。

简允卓的手里拿着什么东西。他看起来有些紧张。

此时,高一(8)班的教室里有很多学生注视着简一凌。

真相视频被公开之后,简一凌兄妹俩的事情被大家议论了很长一段时间。对于他们如今的相处模式，大家还是有一些好奇的。

在同学们的注视下，简一凌走到了教室门口。

简允卓将礼物送到了简一凌的面前，说道："祝贺你考完了期中考试。"

简允卓不敢直视简一凌的眼睛，害怕在她的眼睛里看到嫌恶。

简一凌看了一眼递到面前的礼物，顿了顿，伸手接过。

"谢谢。"她说。

一声"谢谢"很客气，虽然让他觉得哪里都不对，但是又挑不出半点儿毛病。

接着，简一凌就转身回了教室。

简允卓看着简一凌回教室的背影，心中无比苦涩。

他之前准备了一肚子的话想对她说，现在一句都没能说出口。

简允卓又在门口犹豫了好一会儿后才离去。

高三重点班里的同学们能隐约感觉到，他们班里的简允卓和莫诗韵的关系变僵了。

但因为这是他们的私事，大部分同学也就没好意思深入地问。

只有朱莎好奇心很重，追着莫诗韵询问。

莫诗韵只说许久不见关系淡了。

朱莎又问："你昨晚在朋友圈里发的那些照片是不是真的？你真的去拍广告了？"

莫诗韵昨晚发了一条朋友圈："第一次站在专业摄像机前，感觉还是有点儿紧张的，希望拍摄能够顺利。"

"嗯。"

莫诗韵没有告诉朱莎，这件事情是她曾经帮助过的一位夫人给她安排的。

莫诗韵长相出众，十分上镜。

钱少夫人的手里有人脉也有资源。作为对救命恩人的报答，她推荐莫诗韵拍了一支普通的广告。

有些广告的重点在广告创意，不请艺人代言，只要找符合产品形象的人来拍就行。

莫诗韵就得到了拍这种广告的机会。

钱少夫人告诉莫诗韵，拍完这支广告，她不仅可以拿到一笔对她来说很丰厚的广告费，靠自己的能力解决她和母亲的困难，而且拥有了进军演艺圈的机会。

当然，也只是机会而已。

演艺圈的水很深，靠拍一支广告就成功进圈的概率是很低的。

得到莫诗韵肯定的回答后，朱莎一脸羡慕地说道："诗韵，你真是太棒了！你还在念高中就有这样的机会！别人拼死拼活，做什么实习生、跑龙套，好多年才有拍广告的机会！"

"我也只是运气好。"莫诗韵的神情还算平静。她并没有因为自己拍了一支广告就得意扬扬。

"你可别这么说。你说自己运气好，别人怎么就没有这种运气？我看，运气只是一小部分的原因，你自身的条件才是主要原因。"朱莎一个劲儿地夸赞莫诗韵。

简家老宅。简宇珉拦住了简一凌的去路。

简一凌想绕开他，他却不依不饶。

简一凌绕向左边，简宇珉就挡左边；简一凌绕向右边，简宇珉就挡右边。

"妹妹，你就答应哥哥吧！"

简宇珉为了让简一凌答应做他们新歌 MV 的女主角，开始耍赖。

"不会。"简一凌还是不肯答应。

简宇珉的要求超出了她的能力范围。

"哥哥教你嘛。别怕，哥哥手把手地教你！"

简宇珉已经脑补完教妹妹拍 MV 的场景了，越脑补就越想要把它变成现实。

"真的不会。"

简一凌不会表演，不会唱歌，也不会跳舞。

"真的没有关系！你要是不答应，哥哥就来抢你了，扛起你就走！"

"……"

"哥哥给你偷偷带甜点！好不好？"

简一凌最近被简老夫人控制了甜食的摄入量，现在一个星期才能吃到一点儿甜食。

所以，简宇珉才拿甜点引诱简一凌。

简一凌："……"

她虽然偏爱吃甜食，但是还没有到能为一点儿甜品折腰的地步。

她不是小孩子了。

简一凌最终还是妥协了。

她答应了简宇珉，跟他一起去一趟。

反正到时候他们发现她根本不可能配合表演之后，就会放她回来。

周末，简宇珉接简一凌去了影视公司。他们的新歌开始录制 MV 了。

不巧的是，莫诗韵今天也在这家影视公司。

承接 Juptiter 新歌 MV 的影视公司和承接莫诗韵这次要拍的广告的影视公司刚好是同一家。

所以，莫诗韵和简一凌出现在了同一家影视公司里。

这件事情纯属巧合。

虽然 MV 和广告的拍摄工作是同一家影视公司承接的，但是两边的录影是分开进行的，并不会相互影响。

在去卫生间的路上，简一凌和莫诗韵面对面地相遇了。

看到简一凌后，莫诗韵停下了脚步。

"简一凌，是不是无论我做什么，你都跟着做什么？你为什么非要跟我争？"莫诗韵质问简一凌。

她不明白，简一凌这样做到底有什么意思。

以前她和简允卓无论做什么事，简一凌都要跟上。

之前她参加化学竞赛，简一凌也报了名。

简一凌看了莫诗韵一眼，转过头，打算绕开她。

简一凌并不想跟莫诗韵起冲突。

如果她来之前知道莫诗韵会来这里拍广告，她今天就不会过来了。

莫诗韵接拍广告的事情简一凌是知道的。

简一凌还知道，莫诗韵两年前救过一位有钱人家的少奶奶。这位少奶奶有演艺圈背景，手上的人脉资源十分丰富。

为了感谢莫诗韵的救命之恩，这位少奶奶为莫诗韵搭桥铺路，一路护送莫诗韵在演艺圈里发展。

简一凌既不想参与莫诗韵和秦川的感情，也不想干预莫诗韵的事业发展。

莫诗韵伸出手拦住了简一凌的去路，说道："简一凌，我妈已经不是你们家的用人了，我和你已经没有任何交集了。你为什么还要死咬着我不放？"

以前，因为她妈妈在简宅工作，所以，在面对简一凌的刁难和恶意辱骂时，她都忍了下来。

但是现在，她没有理由继续容忍简一凌的针对。

"你想多了。"简一凌面无表情地说道。

"我也希望是我想多了。"莫诗韵不信这一切只是巧合。

简一凌没有再解释，看了一眼莫诗韵拦在她面前的手，说道："拿开。"

莫诗韵咬了咬牙，最终还是将手收了回去。

简一凌头也没回地走开了。

拍摄开始了，简一凌换上了哥特洛丽塔风格的裙子。

简一凌虽然个子矮，但是身材比例没有任何问题。

换上这条裙子后，她露出了细长的白腿。

在黑色裙子的衬托下，她的皮肤看起来更加白皙、娇嫩了。

而简一凌那平日里一直被扎成马尾辫的长发也被放了下来，柔软的长发垂到了她的腰部。

她的头上戴了一个倾斜了四十五度的镶钻小皇冠。

简宇珉突然有点儿后悔让妹妹来拍 MV 了。

录影棚里的其他几个男人，简宇珉越看越不顺眼了。

简一凌以为拍摄会不顺利，但是导演对于她的面部表情没有任何要求。

因为 Juptiter 新歌 MV 的女主角就是一个暗黑系少女。

拍摄进行得出乎意料的顺利。

导演对简一凌的表现十分满意，连连夸赞她。

几个小时后，拍摄告一段落，简一凌和 Juptiter 的四名成员一起在休息室里休息。

洛勋提议大家一起玩游戏。

于是大家起哄，要拉着简一凌一起玩。

"吵死了！"简宇珉毫不犹豫地投了反对票，"你们玩的游戏这么恐怖，不适合我妹妹玩！"

简宇珉拿出手机，打开一款换装游戏，递给简一凌，说道："妹妹，你玩这个，不跟他们一起玩。这里面我给你充了两万颗钻石。"

洛勋不干了，说道："宇哥你别这样，这种换装游戏小凌一个人就可以玩，难得大家凑在一块儿，当然要一起热热闹闹地玩组队游戏了！"

其他两名团员附议："对啊宇哥，我们就想带一凌妹子玩游戏。你这么小气就不好了。"

"谁小气了？我哪里小气了？"

他不就是不许他们这几个浑蛋离他妹妹太近吗？这叫小气？

洛勋说："兄弟们，你们打开笔记本电脑，直接登录游戏账号。至于宇哥，我帮你们按住他！"

施柏杨拆台："洛勋，你有出息了啊，居然想要按住宇哥？你确定你按得住他？别反过来被他放倒。"

众所周知，洛勋的身板是四人当中最弱的。

"那让尧哥上！"洛勋很快就想到了团员当中身材最高大、最孔武有力的乐尧。

简宇珉以一敌三，被轻松地压制住了。

最后，他只能眼睁睁地看着三个人当着简一凌的面打开《虫族入侵》这款带有恐怖色彩的游戏。

简宇珉放弃挣扎，妥协了，同意简一凌跟自己的三个狐朋狗友一起玩《虫族入侵》。自己则陪在简一凌的身边，随时准备让简一凌退出游戏。

如果妹妹没有被游戏内容吓到的话，他就在旁边教她玩，确保她有一个不错的游戏体验。

简宇珉问简一凌："妹妹，你有账号吗？没有的话，就用哥哥的账号。"

"有。"

"你有？那你登录吧。"简宇珉说道。

简一凌登录了自己的账号。

洛勋问："一凌妹妹的昵称是什么？我们加一下好友，然后组队。"

简宇珉看了一眼简一凌的电脑屏幕，回复洛勋："J10。"

"嗯？"洛勋一脸惊诧，说道，"宇哥，你看清楚一点儿，是不是还有其他符号什么的？"

"什么其他的符号？就一个英文字母'J'和一个数字'10'。"

"不是啊，你是不是看错地方了？"洛勋再次询问。

"你小子什么意思？我不是跟你说得很清楚了吗？这么简单的三个字你都不会打吗？"简宇珉颇为嫌弃地说道。

"不是，宇哥，你确定是这个账号吗？这个账号是……"

洛勋一边觉得诧异，一边尝试添加这个账号的主人为好友。

然后，简一凌那边弹出了来自洛勋的好友申请。

简宇珉看到了洛勋发来的好友申请，说道："你看，你这不是已经搜索到了吗？真是笨死了！"

简一凌通过了他的申请。

洛勋看到自己的好友栏里多了一个"J10"。

他反复确认。

这个"J10"不是模仿名，而是原版。

把简一凌拉进队伍后，洛勋还是有些难以置信。

"洛勋，你小子干吗呢？还不快点儿开始？怎么还磨磨蹭蹭的？"简宇珉对洛勋很嫌弃。

洛勋问简宇珉："宇哥，你妹妹的账号，你真的没觉得哪里有问题吗？"

"没什么问题啊，这个形象很符合我妹妹的现实形象啊。"

简宇珉说的是简一凌的模型——美少女。

简宇珉不知道这个美少女是翟昀晟和于希抢救过来的，简一凌差一点儿就选了一个大叔作为自己的模型。

"我不是说人物模型！"洛勋也是服了简宇珉了，宇哥的眼神怎么这么不好使？就宇哥这样的人，以后真的能找到女朋友？

他不禁开始替宇哥担心。

"那你说的是什么？"

"昵称！你仔细看看小凌的昵称！"

"我都看了多少遍了！"

"那你再看看游戏大厅里的大区排行榜！"

"看那个干吗？"简宇珉一边说，一边瞄了一眼大区排行榜。

榜首处的昵称十分醒目——J10。

"咦？小凌，你们区榜首的名字和你的一样呢！"

洛勋叹了一口气，说道："宇哥，你没救了。"

简宇珉愣了一下，后知后觉地反应过来了，大声说道："妹妹！你是你们区的第一名啊？"

"嗯。"简一凌十分平静地应了一声。

"不是，你……你怎么成第一名了？"

"不知道。"

简一凌记得自己之前是第二名的，不知道为什么突然成第一名了。

她不知道原来在榜首的"ZYS"是什么时候掉分掉下去的。

Juptiter 四名成员的表情十分一致。

"咳咳，别管那么多了，我们先开始吧。"简宇珉说。

简宇珉认为是别人帮简一凌把账号打到这么高的段位的。

毕竟妹妹怎么可能会玩这种射击游戏呢？

于是，洛勋点了"开始游戏"键。

游戏开始了，简宇珉刚才的想法立刻被颠覆了。

屏幕上不断有消息弹出：

"您的队友'J10'使用 M416 步枪击杀了一名虫族成员，获得六十积分。"

"您的队友'J10'使用炸弹击杀了一名虫族成员，获得六十积分。"
…………

房间里的其他四个人都看傻了。

简宇珉就在妹妹的旁边看着妹妹操作。妹妹那两只白嫩的小手，一只放在鼠标上，另一只放在键盘上。

她的两只手灵活地操作着，她的表情淡定、从容。

简宇珉担心的事情没有发生。因为虫族成员们被她杀得让人担心。

一局游戏结束，他们小队拿到了第一名。

其他三个人基本没怎么出力，简一凌一个人就完成了大部分的击杀任务。

Juptiter的四名成员终于接受了一个现实———凌妹子是个游戏高手！

"一凌妹妹，求让我抱住你的大腿。"

"一凌妹妹，带我上分。"

"一凌妹妹，你还缺小弟吗？腿部挂件也行！"

"……"

简宇珉不干了，说道："去去去，谁是你们的'一凌妹妹'？她是我的妹妹！"

家里那群兄弟跟他抢也就算了，这三个与他没有血缘关系的家伙也好意思一口一个"一凌妹妹"地叫？他们真是臭不要脸！

这时，洛勋收到了一条申请："玩家'ZYS'申请加入队伍。"

洛勋看着申请消息，又吃了一惊。

接着，他反复确认了发来申请的账号的昵称。

"ZYS"不就是他们区的第二名吗？

于是，洛勋果断地把施柏杨踢出了队伍，加了"ZYS"进来。

施柏杨转过头，一脸诧异地看向洛勋，问他："洛勋，你小子这么绝情？"

"柏杨哥息怒，这不是咱们区的第二名要进来吗？想不想看第一名和第二名一起乱杀？"

施柏杨想了想，觉得有道理，就答应了。

施柏杨不玩了，就凑过来看简一凌玩，直观地感受一下大神的操作。

简一凌的手指白白嫩嫩的，看着无力，实际上她按下键盘和鼠标时干出来的事情令人觉得毛骨悚然！

翟昀晟是循着简一凌的行踪进来的。

他能从好友列表里看到简一凌正在玩游戏。

简一凌一结束游戏，他就申请加入简一凌所在的队伍了。

洛勋还特地开了队伍语音，但是翟昀晟并没有跟大家交流。
新一局游戏开始了。
简一凌和翟昀晟开始乱杀。
屏幕上不断地弹出"J10"和"ZYS"击杀虫族成员的消息。
洛勋本想跟着一起混点儿积分，结果不知道怎么了，被带到了虫群里，自己挂了。
临死前他还在队伍语音里喊"ZYS救命"。
但是翟昀晟丝毫没有救他的意思，就这么眼睁睁地看着他的血条归了零。
游戏结束，早早就挂掉的洛勋成功躺赢。
第二局，洛勋又早早地挂了，被一名跟着翟昀晟来的虫族成员从背后袭击了。
第三局，洛勋依旧死得很惨。这一次他明明以保命为主，时刻跟随一凌妹子的步伐，结果还是莫名其妙地掉进了陷阱，光荣地牺牲了。
三局游戏玩下来，洛勋毫无游戏体验。
虽然他的分数蹭蹭地往上涨，但他一点儿都没有体会到赢的快感。
洛勋一脸茫然，不知道自己的运气怎么会这么差，总是莫名其妙地死去。
无论自己的队友如何大杀四方，他们最后的成绩如何优秀，他都逃不过早早挂掉的命运。
简宇珉现在更关心另外一个问题，于是问简一凌："妹妹，这个'ZYS'是谁？你认识吗？"
"嗯。"
"是男的还是女的？你小心一点儿，现在网上有很多骗子，专门骗钱的。"
简宇珉不方便直接跟自己年纪尚小的妹妹说有人骗色。
"没事，他有钱。"
"是他自己说的吗？你不要随便相信这些鬼话。有些人就喜欢在网上装大款，实际上就是一个死肥宅（网络流行词。形容不爱运动，爱吃高热量的零食，喜欢长时间对着电脑屏幕的青年肥胖人群）。"
"他不肥，他没说。于希认识。"
"于希认识？那我回头好好盘问盘问他去！"

周末，简允丞接到了简允陌打来的电话。
电话被接通后，简允陌说："我回来了，现在在从机场回家的路上。"
简允陌给简允丞打电话的时候，就快要到家了。
简允陌没有提前通知简允丞，也没有让家里人去机场接他。

"我去楼下等你。"简允丞说。

"还有一个小时。"

"好。"

一个小时后,一辆出租车停在了简宅门口。

一个身穿浅色格子大衣,身形修长,面容俊秀的男人从车上下来了。

这个男人是简允陌。

简允丞和简允陌在长相上相似度不高,气质也不同。简允丞偏冷漠,简允陌偏温润。

兄弟俩见面后,四目相对,一时无言。

有时候兄弟之间不需要太多的言语。

简允丞和简允陌在客厅里坐了下来。

简允丞将最近发生的事情告诉了简允陌。

简允陌听完之后良久没有开口,但是眼睛通红。

"允陌。"简允丞等了许久没能等到简允陌开口,便叫了他一声。

简允丞心想:你想说什么就直接说吧。

简允丞知道简允陌应该会生气,生气他们没有照顾好小妹,生气他们让小妹受了委屈。

"你让我一个人待一会儿。"简允陌说话时好像在忍着什么。

简允丞能够感觉出来,他在隐忍怒气。

简允丞如果在这个时候继续和他说话,兄弟俩可能会大吵一架。

简允丞让简允陌一个人待一会儿,等他冷静下来之后,他们再来谈论接下来的事情。

简允陌一个人走进了二楼他的书房。那里很早之前就被改造成了实验室。

简允陌的脑海里浮现出了他和妹妹一起窝在实验室里的一幅幅画面。

往日里的那个小丫头,又清晰地出现在了他的眼前。

"二哥,我要吃棉花糖。妈妈不让我吃,你给我买好不好?我亲你一口,你给我买嘛!"

"二哥,我的门牙掉了。呜呜呜,我变丑了。

"二哥,大哥打我的屁股。我不喜欢他了!我要和他冷战!

"二哥,三哥今天哭鼻子了,可丑了。不过我把你给我的小熊糖给他后他就不哭了。"

那个时候,妹妹还是一个小萝卜头。

后来她长大了一些,开始上学。

一到周末，她就和他一起待在实验室里，看着他做实验，眼睛里经常充满了疑惑。

她每次看到奇怪的实验反应时，就一脸欣喜，高兴得又蹦又跳。

那一年，他们种了一株据说不容易种活的热带花。

后来，那花不仅活了，还开花了。

但是花很快就谢了。

"二哥，我们种的那株花谢了，不开心。"

"傻瓜，花当然会谢，哪儿有常开不败的花？"

"那我们研究出一种常开不败的花来好不好？"

"好好好，等你长大了，跟二哥一起研究好不好？"

"嗯！"

画面一转，回到眼前，简允陌想到刚才简允丞说的种种，心情便沉入了谷底。

他明白大哥让他回来是想让他修复他们和小妹之间的关系。

可是她的翅膀被折断了，他也没有能力把它复原。

简允陌一个人在实验室里待了一个多小时。

简允陌终于整理好自己的心情，来到隔壁他大哥的书房里。

他一进门，就跟简允丞说："我不想发脾气。因为我知道现在发脾气没有任何用处，我不能改变小凌受的委屈。"

"你想骂就骂吧，不用忍着。"

简允丞知道二弟最疼小妹。现在小妹受了很大的委屈，二弟肯定心中有气。

"小凌是冲动易怒，也有些任性，但是她有最起码的是非观念，害人之心是没有的。你们怎么能那样给她定罪？哪怕这是小卓说的，哪怕小卓是更不可能说谎的那个人……"

简允陌还是想为简一凌辩解两句。

"是，你说得对。"简允丞承认错误，"这件事情最大的错在我身上。你不要生爸妈的气。尤其妈妈，她性子柔弱，小卓受伤后，她的心就乱了。"

"怪谁都没有用。"简允陌说道，"你们应该早点儿告诉我的。"

简允丞沉默了。

他还不知道事情的真相时，想着即使让简允陌回来也只是多一个人，所以瞒着没说。

如果早知道事情是这样的，他们是应该早点儿让简允陌回来。

兄弟俩又沉默了一阵。

简允陌又说:"短时间内不要让我见到小卓。"

"我知道了。"简允丞说,"你也去老宅里住吧,正好陪陪小凌。"

简允陌没有说话。但是简允丞知道他这是同意了。

简一凌回到老宅后,发现客厅里坐着一个身穿浅色格子大衣的年轻男人。

男人模样儒雅,皮肤白皙,面容俊朗,身形颀长。

男人正在和简老爷子聊天,二人相谈甚欢。

简一凌正要离开,却被简老爷子喊住了:"小凌,你二哥回来了,怎么不跟二哥打招呼?"

一声"二哥"让简一凌后知后觉地得知了男人的身份——本该在国外进修的简允陌。

简一凌没有想到他会来老宅,因为她所知道的是,他要明年才会回来。

显然有什么事情影响了简允陌,让他提前出现在了简一凌的面前。

简一凌再度回过头去望向简允陌,二人的视线对上了。

简一凌的三个亲哥哥颜值都很高,但气质上差别很大。

简允丞比较冷峻,简允陌比较温和。

二人只对视了几秒钟,便不约而同地移开了目光。

兄妹二人的反应出奇的一致。

这个反应在简老爷子看来,是很奇怪的。

简家人都知道简一凌和简允陌的感情最好。

难道是因为兄妹俩太久没有见面疏离了吗?

简允陌的房间在简一凌房间的左边。

简一凌房间的右边是简宇珉的房间,虽然简宇珉不常过来住,但房间一直给他留着。

入住后,简允陌和简一凌没有预期中的亲近,甚至连交流都没有。

这天吃晚饭时,两个人也是沉默的。

简一凌闷头吃饭。

简允陌时不时地抬头看她几眼,但也没有说话。

后来两个人在楼梯上遇到,也只是停顿了一下,接着就沉默地走开了。

简老爷子和简老夫人看着这样的奇怪现象满是疑惑。

晚上,两位老人坐在客厅里。简老夫人有些纳闷儿,问简老爷子:"老头子,这是怎么回事啊?小乖乖和宇珉一直处不好我知道,但是她和允陌的关系不是一直挺好的吗?允陌回来之前还一连打了好几个电话给我,一个劲儿地追问小凌的心情如何，那着急、担心的语气可不是假的。怎么与小乖乖见了面之后，他却变得冷淡了？"

"我怎么知道？你最近怎么老爱问我一些奇怪的问题？"简老爷子没好气地说道。

"你怎么什么都不关心？允陌和小乖乖闹了别扭你都不管！"

简老夫人又开始嫌弃简老爷子了。

"你以为我是不想管吗？其实我是管不了。我总不能把两个孩子叫到跟前来，问他们'你俩是不是闹别扭了'吧？"

"那怎么办？"

"我看你就不用担心了，你没看到刚才吃晚饭的时候允陌虽然一句话也没跟小凌说，但是在小凌入座前，他很自然地把她爱吃的菜移到了她的面前吗？他的心思可比我们两个老东西细腻多了。"

简老爷子这么一说，简老夫人就想起来了，说道："对，他住过来的时候带了几个行李箱。我瞥见其中一个行李箱里装的是粉粉嫩嫩的东西，怎么看都不像是他自己的东西，多半是带给小凌的。"

"这不就行了？你操什么心？还拉着我跟你一起折腾。你要是真想操心，还不如去操心小乖乖和允丞、小卓的关系。"

"那两个我说了不管了，随便他们怎么着！不惹我的小乖乖生气就成。"简老夫人没好气地说道。

简老爷子和简老夫人说着说着，就看到简允陌回来了。

简允陌还拿着从城里一家甜品店里买来的那家店里的招牌甜点。

简允陌把甜点拿到了简老夫人的面前。

不等他开口，简老夫人就没好气地说："我可不喜欢吃甜点。一不小心血糖就会升高。"

简允陌觉得有一丝尴尬，接着解释道："给小凌的。"

"给小凌的就自己拿去给她，给我干吗？她就住你隔壁房间。"

"不了。"简允陌说，"就放在楼下吧，她要是看到了就吃，看不到就算了。"

说罢，简允陌就上楼进了自己的房间，一秒钟都没有在简一凌的房门口停留。

简允陌的反应依旧让简老夫人摸不着头脑。

简老夫人没好气地跟旁边的简老爷子嘀咕："咱家这些孙子都怎么了？一个比一个烦人！"

"都是你的三个儿子生出来的，要算账找他们去。"

"照你这么说，三个儿子都是咱俩生出来的，最终还是要找咱俩？"

"当我没说。"

对于简允陌对她的态度,简一凌并不意外。

因为,简一凌和简允陌的关系一直是这样的。

这个问题,原来的简一凌自始至终没有弄明白。

两个人的关系以前是很好的,好到了形影不离的程度。

对简一凌来说,大哥太冷酷,她有点儿怕他;三哥和自己年纪差得不太多,没有那种大哥哥的感觉。

简允陌则具备了所有哥哥的优点,对简一凌百依百顺。

但是后来,兄妹俩不知道是不是闹了什么矛盾,关系变得疏远了。

简一凌思索过后,决定找一找简允陌和简一凌之间关系发生变化的原因。

虽然她也不知道自己能找到些什么。

简一凌给联系人当中的一人发出了信息,让对方帮她查找大概两年前发生在简允陌身上的较为特殊的事情,以及和简一凌有关的事情。

没过太久,她就收到了对方的回信。

对方直接给她发了一个文件过来。

文件里的内容是简允陌吃穿住行等各方面的信息。

那一年发生在简允陌身上的特别的事情,都是和他的学业有关的。

他的一项研究取得了卓越的成果;他的论文发表了;他被国外的大学录取了;他成了国际顶尖的生物学家的学生。

简一凌注意到,两年前简允陌去看过医生,而且持续了一段时间。

简一凌忽然想起来,简允陌是比简一凌先死的。

这其中是否存在着什么关联?

如果她可以看到医院的诊断结果,或许可以知道答案。

但现在简一凌看不到诊断结果,因为医院的诊断记录都是严格保密的。

就连她现在看到的这个记录都是通过特殊渠道获取的。

简允陌在国内的时候就诊的这家医院就在恒远市内。简一凌或许能从这家医院入手,寻找她想要的资料。

这天夜里,简一凌又做了那个梦。

梦里还是一样的场景,那间冷色调的病房。

还是一样的医生和护士。

就连梦见的场景也和上一次梦中的一模一样。

翟昀晟出现在了她的病床前,做了自我介绍后问她后不后悔。

简一凌回答完,翟昀晟沉默了片刻。

"你的身体已经撑不住了,该走就走吧,死了就什么事情都没有了。你的后事我帮你办。你有什么要求现在说。"

翟昀晟跟简一凌之前并没有交集,所以在面对简一凌死亡的时候,他没有什么情绪。

但他愿意帮简一凌处理后事,这已经算给了孤身一人的简一凌最后一点儿关怀。

"谢谢。"简一凌那因为病重而没有血色的脸上忽然有了一丝笑意。

在她曾经拥有很多人关心的时候,这样的一个承诺并没有什么。

但是在她孤立无援的这一刻,有人愿意替她处理后事,已经是她能感受到的最大善意了。

简一凌告诉翟昀晟:"你让人将我的骨灰送去海边,抛入海里就行了。"

简一凌知道她死后也不会有人来祭奠她,所以也就不需要墓地了。

而简家的墓地,她就更没有资格入了。

"好,我答应你。"翟昀晟答应了。

他在离开前跟简一凌的主治医生打了招呼,让对方在简一凌病危的时候通知他。

然后简一凌开始慢慢失去意识。

她的耳边传来一阵阵医疗仪器的报警声,还有医生、护士们着急抢救的声音。

然后她觉得自己的身体越来越轻。

她醒了。

简一凌猛地睁开了眼睛。

她的身上出了很多冷汗。

她伸手擦了擦自己额头上的冷汗。

她不知道为什么又一次梦到了这个场景。

那种感受,那么真实。

那种死亡的窒息感仿佛就在眼前。

第二天一早,简一凌起床后从房间里出来时,发现自己的房门外侧门的把手上挂了一个物件。

这物件的外层是一个半球体的玻璃罩子,玻璃罩子里面是一朵盛开着的橙色蔷薇花。花朵十分漂亮,看起来也很新鲜,像是刚被采摘下来的一样。

这是一种较为罕见的蔷薇花的品种。

简一凌观察后发现，这玻璃罩子里的蔷薇花是被特殊处理的永生花。

市面上出售的很多永生花是假的，但简一凌手里的这一朵毫无疑问是货真价实的永生花，是用真花制作的。

简一凌看到玻璃罩的底部贴着一个标签，标签上的字迹遒劲有力，是简允陌的字迹。

简一凌在简允陌的实验室里待了好长一段时间，看过他以前做的很多笔记，认识他的字迹。

标签上的内容是关于这朵蔷薇花品种的介绍。

简一凌拿着手里的永生花看了许久，接着将它放到了自己的卧室里，然后才出门。

第二天，简一凌去了慧灵医学研究所。她在工作之余，将自己想要看某个病人在某家医院的就诊记录的想法告诉了罗秀恩和程易。

程易直截了当地告诉简一凌："按照规定是不可以看的，但是如果是符合规矩的调档则可以看。简单来说，就是把病人转交到我们研究所，那我们就有权查看这个病人的所有就诊记录了。但如果你说的那个病人他自己没有这样的意愿，这个方法就行不通了。"

将病人转到他们研究所需要病人同意。研究所里的人是不能强行要求对方成为他们研究所的研究对象的。

罗秀恩想了想，问简一凌："你知道他是在哪家医院就诊的吗？"

"同德私立医院。"

"同德私立医院啊？"

罗秀恩和程易对视了一眼，然后同时露出了诡异的笑容。

简一凌疑惑地看了两个人一眼。

罗秀恩接着跟简一凌说："一凌妹子，这事咱帮你。那家医院的院长洪百章不是跟咱们挺熟的吗？或许能有办法！"

罗秀恩心想：别人或许不好忽悠，这个老洪嘛，还是很好忽悠的！

简一凌也见过这个洪百章好几次了，上次她肠胃炎发作住院的时候，还请他过来给看病了。

程易帮简一凌将洪百章约了出来。

过程十分顺利，程易只是说要约洪百章吃顿饭，谈点儿工作上的事情。洪百章立马就答应了，表现得十分积极。

程易还告诉洪百章，他会带他们研究所里的一位十分重要的成员过来。

洪百章就更加激动了。

"难道是那位著名的 Dr.F.S 吗？"洪百章兴奋地问道。

如果是他，那就太好了！

在简允卓的手术完成之前，Dr.F.S 的名声就已经在圈内传开了。

简允卓的手术成功后，Dr.F.S 更是一跃成为圈内炙手可热的外科医生。

"你猜。"程易故意卖关子。

程易不肯明说，洪百章也没有办法，只能乖乖地等待着他们约好的晚饭时间的到来。

到了晚上六点，洪百章早早来到慧灵医学研究所。

因为程易跟他约好的吃饭地点就是他们研究所的食堂。

他们研究所的食堂一点儿都不比外面的餐厅差，就连装修也像极了高级餐厅。

最重要的是简一凌不用特地跑一趟了，省事。

见到了程易和罗秀恩，洪百章笑得很灿烂，说道："程博士、罗博士，今天找我来，是想跟我谈论什么工作上的事情？"

"先别急，先带你认识一下我们的傅拾医生。"程易面带微笑地说道。

"傅拾医生？傅拾医生是哪位？"洪百章虽然没有听说过这个大名，但是知道慧灵医学研究所里的研究人员就没有一个是简单的。

"傅拾医生就是 Dr.F.S 啊，'FS' 是'傅拾'的简写。"

"啊！"洪百章恍然大悟，说道，"原来如此，原来是傅拾大神啊！"

洪百章表现得比刚来的时候更激动了。

接着，洪百章开始四处张望，并问道："傅拾医生呢？傅拾医生现在在哪里？他还没有来吗？他是不是有事在忙？"

程易回答道："她已经来了。"

"来了？他在哪儿？"洪百章没看到他的跟前除了程易还有别的男人。

"在这里。"简一凌说道。

洪百章低头，看到了跟在程易身边的简一凌。

这个动作洪百章保持了一分钟之久。接着他又抬头看向程易，结结巴巴地说道："程博士，这个……简小姐她……"

"简小姐就是傅拾医生。"程易直接揭晓答案，一点儿缓冲的时间都没给洪百章留。

"不是，程博士，你是在跟我开玩笑吧？简小姐怎么会是傅拾医生呢？这不可能！"

他不相信，这完全没法让他相信。

"她怎么就不可能是傅拾医生呢？"

"因为……因为……"

洪百章好半天后才开始列举他觉得不可能的几个理由："第一，她年纪太小了，才十五岁！

"第二，简小姐的哥哥简允卓的手术不是傅拾医生做的吗？如果简小姐是傅拾医生，简家人为什么还绕那么大一个圈子？"

洪百章列出的理由还是挺充分的。

程易也简单明了地反驳了洪百章的这两个疑问："第一，年龄小不代表能力弱，我还比你年轻呢。

"第二，傅拾医生的事情简家人并不知情。至于简允卓先生的手术，是另外有缘由的，不方便与你细讲。"

程易说不方便细讲，只是不想再在简一凌的面前提这件事情。

其实，洪百章还是知道一些内情的，毕竟他曾是简允卓的主治医生。

"不是，程博士，这个……"

洪百章还是有点儿接受不了这个事实。

确实，遇到这种情况，大部分人就是需要挺长的时间来适应的。

见洪百章半天没反应过来，罗秀恩没好气地说道："洪百章，你这是什么意思？你以为我和程易吃饱了撑的，把你叫到这里给你讲笑话呢？"

"这……"

"我告诉你，我没这闲工夫。程易没有，我家小一凌也没有！我们仨都忙着呢，没有这闲情逸致逗你开心！小一凌是傅拾医生，傅拾医生是小一凌。你是相信也得信，不相信也得信！再磨磨叽叽的，我削你！"

罗秀恩直接将洪百章骂清醒了。

对啊，这罗秀恩和程易真不是会跟他开这种玩笑的人。

"那……那……"洪百章再度望向简一凌时，眼神彻底变了。

他一个劲儿地打量着简一凌，试图看出点儿端倪来。

十分钟后，洪百章彻底接受了简一凌是傅拾医生的事实。

然后他又花了几分钟时间整理了一下自己的情绪。

最后，他激动地对简一凌说："傅拾医生，从前我有眼不识泰山！您可千万别往心里去！"

"行了行了，我家小一凌才没有那么小气呢。"罗秀恩嫌洪百章啰唆，果断地切入正题，将他们今天找他的事情跟他讲了一遍。

听完罗秀恩的描述后，洪百章神秘兮兮地说："这个嘛，其实也不是不可以给傅拾医生看。"

"你这是有要求的意思是不是？"罗秀恩一下子就听懂了洪百章话里的意思。

"嘿嘿嘿……不算要求，不算要求，算请求！请求！"洪百章反复强调。

"呵呵，还不是一回事！"罗秀恩没好气地说道。

"什么要求？"简一凌言简意赅地说道。

"也不是什么大不了的事情，就是咱们医院里的资料，按照规矩，只有我们医院内部的人员才有资格查看。如果被传了出去，那么做不符合规定。傅拾医生不是我们医院里的人，我当然不能将资料随便给她看了。但如果傅拾医生成了我们医院的顾问，那这件事情就好办了！"

"不行。"简一凌还没有开口，罗秀恩就先一步帮她拒绝了，"小一凌已经够忙了，还给你们医院当顾问，你想累死她啊？"

"只是当顾问，每天也没有什么事情，只挂个名也行，名誉顾问！我保证，绝对不会有太多问题劳烦傅拾医生，就偶尔会有一两个问题要向她请教。当然，如果傅拾医生实在比较忙，也可以不回答。我保证不给傅拾医生增加额外的负担，不累着她！"

洪百章噼里啪啦地说了一堆，再三强调这个顾问的职务不会给简一凌带来太多的困扰。

"我说你这个……"

罗秀恩还是不想同意。但是程易打断了她："如果不辛苦的话，还是看一凌妹子自己的意思吧。"

程易觉得，多一个同德私立医院顾问医生的身份，对简一凌来说也没有什么坏处。

毕竟同德私立医院在业内也是小有名气的。

加上洪百章这个人虽然医术远没有他们研究所里的人高，但是综合能力强，能当院长，在医学界的人脉资源便是不用说的。

罗秀恩想了想，也就没再反驳，等着简一凌自己做决定。

简一凌思索了一会儿，选择答应洪百章开出来的条件："好，我答应。"

因为他开出来的条件确实不过分，而且也只有这样，她在查阅同德私立医院的相关资料时才能名正言顺。

洪百章顿时乐得合不拢嘴。

他得意啊！

他们医院请到了如今风光无限的傅拾医生做顾问！

他还有了和傅拾医生接触的机会！

他还能名正言顺地向傅拾医生请教！

完美！

这时候罗秀恩又开口了："老洪，一凌答应做你们医院的顾问医生了，那报酬你可得照样给啊！甭管一个月一凌帮你解决了多少问题，光是'傅拾医生'这个名号挂在你们医院里，就能给你们医院带来不少好处。所以工资你得照着别家医院给顾问医生的给！"

罗秀恩可不许别人亏待他们研究所里的人。

"是是是，罗博士您放心，这点儿规矩我还是懂的，工资肯定按照市场行情开，绝对不会坑傅拾医生的！"

简一凌和洪百章谈妥了，接着她就获得了查看同德私立医院内部资料的权利。

同德私立医院里的很多机密资料没有电子档，而是由一个专门的档案室来存放。

这也就是之前简一凌找的科技高手没能获取这些资料的原因。

简一凌跟着洪百章进了档案室，随后找到了自己想看的档案。

简一凌打开档案后，看到了简允陌的病情诊断书。

看完后，简一凌明白了，也松了一口气。

简允陌看的是心理医生。他得的是躁郁症，一种会让原本性情温和的人变得暴躁易怒的心理疾病。

得了这种疾病的人，有可能伤害自己身边的人，给身边的人带来痛苦。

还好他没有得严重的疾病，没有生命危险。

他疏远简一凌的原因也找到了。

他既害怕自己伤到妹妹，也害怕自己在妹妹心目中的形象被毁掉。

因为犯病的时候，他根本无法控制自己的行为。

他依旧是疼爱着简一凌的二哥，那个会将她捧在手心里的哥哥。

他们的兄妹情没有变。

第九章
忌 妒

　　由莫诗韵作为主角拍摄的广告上线了，效果十分不错，一时间她的微博里增加了几百个粉丝。

　　这虽然不能跟那些一线艺人比，但对学校里的普通学生来说，这已经足够让他们羡慕了。

　　朱莎此刻就一脸羡慕地对莫诗韵说道："诗韵，你也太棒了吧？照这个趋势，你很快就能成为知名艺人了呀！"

　　"没有的事，只是一支广告，我不会有什么知名度的。"

　　莫诗韵没有因为这几百个粉丝的增长量而骄傲自满。

　　两个人正说着，教室里忽然有人开始惊呼。

　　"我的天哪！我不会看错了吧？Juptiter的新歌发布了！MV的女主角就是我们学校的简一凌啊！"

　　"真的假的？"

　　其他人连忙去网上看。

　　这部MV在音乐平台上是免费播放的，大家都可以点开观看。

　　果然，他们看到了炫酷的MV里，除了他们熟悉的四个人唱歌跳舞的画面之外，还有一个穿着哥特洛丽塔裙子的暗黑系美少女。

　　这个美少女正是简一凌。

　　"我的天哪，简一凌这么好看吗？"

"她不是一直长这样的吗？"

"她以前凶巴巴的，所以我没觉得她有多好看。最近的话她穿得太朴素了，头发也一直扎成马尾辫，所以没有MV里面那么惊艳！"

"确实确实，这个造型真的太适合她了，让人眼前一亮。"

教室里，同学们围在一起，你一言我一语地讨论着Juptiter新歌的MV，以及让他们惊艳无比的简一凌。

莫诗韵拍了广告固然是学校里十分少见的事，但是相比于简一凌和当红的男团成员们一起拍摄MV，就显得不那么让人羡慕了。

"啊，太羡慕简一凌了，居然能和Juptiter的四位大帅哥这么近距离地接触！"

"洛勋也好好看，笑起来的样子太迷人了！"

"不知道简一凌能不能拿到Juptiter的签名照，简直太想要了！"

"对了，简一凌是怎么成为Juptiter新歌MV的女主角的？我好好奇啊！主要是太羡慕了！能和偶像近距离接触！这是我的梦想啊！"

谢珉宇就是简宇珉这件事情，盛华高中的学生们都不知道。

所以他们对简一凌会成为Juptiter新歌MV的女主角一事充满了好奇。

很快，简一凌做了Juptiter新歌MV的女主角的消息就在校园论坛上引发了热议。

同学们羡慕不已。

虽然偶尔还是有那么一两个嘲讽简一凌是靠关系和钱得到机会的人，但大部分人还是很羡慕她的。因为他们看到MV里，简一凌的形象确实十分贴合这首新歌。

MV的效果好，骂简一凌的人也就少了。

要是MV的效果不好，估计骂简一凌的人就多了。

相比之下，莫诗韵拍了广告的事情，就显得无足轻重了。

就连朱莎也明显对简一凌拍MV那件事情更加有兴趣，只不过她依旧与众人唱着反调。

"简一凌有什么了不起的？就她这种不能自食其力的人，等哪一天简家倒了，她连饭都要不到。"

朱莎的心里很不舒服，什么好事都被简一凌占了！

莫诗韵虽然没说什么，但心里也对简一凌生出了异样的情绪。

以前面对简一凌的刁难和冷漠，她都能很淡定地应对。

以前她知道自己不应该去和这样一个被惯坏了的富家小姐计较，也就没有什么情绪,但是现在,这份淡然没有了。

高一(8)班的同学们此刻也在议论 MV 事件。

"一凌,你居然是 Juptiter 新歌 MV 的女主角!我好激动!虽然我不是 Juptiter 的粉丝,我还是很激动!因为我的同桌和他们这么近距离地接触过!我和他们有了共同好友!"

胡娇娇虽然不追星,但是看综艺节目、听歌,知道 Juptiter,也挺喜欢这个男团。

现在胡娇娇心中的偶像排行榜第一名是罗秀恩,第二名、第三名空着。恩姐的地位不可撼动。

班级里的其他女生也陆陆续续地围到了简一凌的身边。

"简一凌同学,你就行行好,告诉我们与 Juptiter 四位大帅哥有关的事情吧!要是能弄到他们的签名照就更好了!我们花钱买!"

"对啊简一凌同学,我们好喜欢 Juptiter 的四名成员!我超级喜欢谢珉宇。他太帅了!"

"我喜欢乐尧!"

"……"

她们你一言我一语地追问简一凌有关 Juptiter 的事情。

之前简一凌被冤枉把简允卓推下楼梯的时候,别说她们围着简一凌不肯走了,就是简一凌的座位她们都不肯靠近。

简一凌没有抬头,也没有回答这些人的问题,只是专注地看着自己平板电脑里的英文论文,这是别人发表的优秀文章。

女同学们没有被简一凌的冷漠反应击退,反而坚持追问。

"你们干吗呢?"刘雯走了过来,开口赶人,"别都挤在一起了,怪吓人的。"

追星的事刘雯不管,但是她们这样太吵了,既影响了简一凌也影响了其他同学。

雯姐开口了,女同学们的声音小了一些。但她们还是不死心地跟简一凌说:"简一凌,你要是拿到了他们的签名照,记得跟我们讲一下。当然你要是愿意讲讲你和 Juptiter 的团员们一起拍 MV 时的事情,就更好了。"

众人说完后,便不情愿地散去了。

人走后,简一凌转过头问胡娇娇:"签名照你要吗?"

如果胡娇娇要的话,简一凌还是可以尝试着向简宇珉要一下的。

"真的有吗？"胡娇娇眼睛一亮，接着思考了两秒钟，说道，"如果可以的话，我更想要恩姐的！"

"好。"简一凌答应了。

接着，简一凌就给简宇珉发了信息："你们的签名照，多少钱一张？"

简宇珉看到消息的时候哭笑不得，回道："八块八毛八一张，童叟无欺。"

"四个人的都是这个价钱？"

"我的那张比其他三个人的贵一毛钱。"

这样显得他的地位比其他三个人的高那么一点儿。

简宇珉回完消息后，过了一秒钟就收到了简一凌发来的红包。

他点开红包，发现红包的金额是 35.62 元，也就是三个 8.88 元，加上一个 8.98 元。

"好，晚上回家的时候给你带过去。"

简宇珉回完消息后，就去找他的三个好兄弟索要他们的签名照了。

团员们得知签名照是简一凌要的，都十分配合地奉上了。

他们和简宇珉一样，不知道其实简一凌是要拿他们四个人的签名照，去换罗秀恩一个人的签名照。

得到简宇珉的肯定回答后，简一凌又给罗秀恩发了消息："Juptiter 四个人的签名照，换一张你的签名照。"

罗秀恩愣了好一会儿才给简一凌回了消息："小一凌，你要姐的签名照干吗？"

"胡椒要的。"简一凌也没有隐瞒。

"哈哈哈哈哈，你那个胆子很小的同桌？她想要姐的签名照直接说就行了，姐肯定给。但是既然 Juptiter 四个人的签名照你已经拿到了，就不要浪费，下次带给姐啊！"

"嗯。"

期中考试的成绩陆陆续续地出来了。

一天之内，胡娇娇接连遭受打击。

"为什么我又没有及格？最惨的是我的化学居然是五十九分！五十九分啊！化学老师就不能在大题上多给我一分的安慰分吗？就差一分我就及格了啊！"

比考试不及格更让人崩溃的是，差一分及格！

悲戚的胡娇娇转过头看向简一凌的化学试卷，然后看到了十分鲜艳的数字——100。

胡娇娇愣住了。

她拿起简一凌的试卷，反反复复地确认。

简一凌真的得了满分！

这次化学考试的最后一道题难度很大，内容超纲了。

刚考完的时候大家都直呼不会做，就连刘雯都觉得郁闷，说自己没做出来。

确定完了之后，胡娇娇差点儿泪崩，那种心情既伤感又欣慰。

伤感的是，说好的一起进步，但是简一凌悄悄地变成了学霸，留她一人继续在学渣堆里痛苦挣扎。

欣慰的是，一凌考了满分，超级棒，超级解气。让那些没有证据就怀疑一凌作弊的人通通闭嘴！尤其那个说话很奇怪的王向重！

"一凌，你现在是我的第二偶像了。"胡娇娇将自己心中偶像排行榜上第二的位置给了简一凌。第一的位置还是罗秀恩的。

接下来，其他科目的试卷也陆陆续续地发下来了。

数学、物理、英语，简一凌的每一科成绩都好得让人瞠目结舌。

满分，满分，还是满分。

胡娇娇几乎是跪着看完简一凌的试卷的。

最后，充满了悬念的语文试卷也发下来了。

基于上一次的经历，胡娇娇满是好奇地去偷看简一凌的阅读理解题。

然后她看到了一个大大的鸭蛋。

零分！简一凌的阅读理解题，又一次被扣光了分数。

还是熟悉的味道，还是原来的配方。

一凌的阅读理解能力，依旧让人大跌眼镜。语文成绩和她其他科目的成绩十分不匹配！

但是这次简一凌的语文总分还是不低的。

150分的总分，简一凌得了116分。

被扣掉的34分，20分扣在了阅读理解上，8分扣在了作文上，还有6分扣在了其他的细节上。

胡娇娇还特地看了看。简一凌其他地方被扣掉的6分，也是扣在了跟阅读理解有关的题目上。

但是简一凌在需要背诵的题目中得分很高。比如让胡娇娇十分头痛的文言文解析题。

而简一凌写的作文也让胡娇娇充满了好奇。

作文题的满分是 60 分，能得 50 分以上的就是大神！

胡娇娇很好奇，阅读理解得了 0 分的简一凌是怎么写出能得 52 分的作文的。

胡娇娇很快就得到了答案——简一凌写的是议论文！

期中考试的成绩出来之后，成绩排名也随之被公布了。

简一凌的名字被排在了高一年级的第一位，十分醒目。

简一凌这次的成绩对比她前两次的月考成绩，进步大到让人难以置信。

因为有上一次化学竞赛的成绩做铺垫，所以她这一次的成绩就没有多令人难以接受。

但有一部分同学依旧不能接受。

最不能接受的人，就是和简一凌有赌约的王向重了。

简一凌的成绩全年级第一名。

王向重的成绩全班第三名，全年级第五十一名。

简一凌赢得彻彻底底。

按照之前简一凌和王向重的赌约内容，王向重要当众给简一凌和胡娇娇道歉，还要给她们写一千遍"对不起"。

这个惩罚虽然不重，但是对王向重来说十分屈辱。

胡娇娇难得主动找王向重一回，对他说道："王向重，你们男生说话应该要算话的，现在成绩出来了，一凌总分比你高。"

"谁知道她这分数是怎么来的。"王向重回道，说话时底气很足。

"你怎么又乱说？你要么拿出证据来，要么就不要乱说！"胡娇娇又一次被王向重气到了。

"我一个老实人，不像某些人那么擅长作弊。"

"王向重，你太可恶了！说话不算话！"

"某些为了赢而不择手段的人，才是真的可恶好不好？"

胡娇娇气得跺脚，说道："那你去告诉老师啊！让老师查啊！查不出来你就乖乖地给我们道歉！"

"不用你说，我吃完午饭就去！"

王向重也不想让简一凌的名字继续挂在年级第一名的位置上。

所以等到吃完了午饭，趁着午休时间他便去了教导主任的办公室，向教导主任说出了自己的怀疑。

他只去了一会儿,就回到教室喊简一凌了。

"简一凌,跟我去一趟教导主任的办公室吧!"

王向重的脸上有着明显的笑意。

因为教导主任让他回来把简一凌叫过去。这个行为让他认定自己今天的举报是有效果的,校领导还是很重视这件事情的。

"一凌……"胡娇娇担忧地看着简一凌。

"没事。"简一凌很淡定地说道,起身就往教导主任的办公室所在的行政楼走去。

简一凌与王向重进了办公室。出现在简一凌面前的是一道熟悉的身影。

翟昀晟!他也在教导主任的办公室里。

原教导主任李老师已经被开除了,新的教导主任是一个四十岁出头的男老师,姓张。

张老师看起来很和善,不像原来的李老师那么吓人。

王向重是向张老师告状的,至于翟昀晟他并没有太注意。

王向重跟张老师汇报:"我说的那个作弊的同学我叫过来了,就是她。简一凌,她之前的考试成绩一直很差,这一次突然变成了年级第一名,成绩存在大量的水分。"

张老师没有立刻给出回答,而是转头看向翟昀晟。

翟昀晟的目光则落在了简一凌的身上。

简一凌也在看翟昀晟。

简一凌的表情很平静。

翟昀晟的眉眼间藏着笑意,眼神依旧锐利。

"哦?你说她作弊?有证据吗?"王向重等了片刻,翟昀晟开了口。

王向重犹豫了一下要不要回答翟昀晟提出来的问题。在看到张老师默许的态度后,王向重才开始回答。

"我没有。"王向重在回答"没有"的时候并不心虚,"但是你们可以让人查一查。因为对这件事情持怀疑态度的不是我一个人。您可以看看我们学校论坛上面的评论,很多人有这样的怀疑。"

就因为不是一个人怀疑简一凌作弊,所以王向重在说出自己的怀疑的时候显得十分有底气。

三人成虎,当他发现这么做的人不是他一个人的时候,底气便渐渐变得足了起来。

"所以你是想告诉我,虽然你没有证据,但是你有群众基础。法不责众,只要犯错的不是一个人,你就毫不担心这是一个错误,是吗?"翟昀晟的语气里透着几分讥诮。

"你……"王向重诧异地看着翟昀晟。

他嗅到了一丝不对。

"继续解释,若你给不出合理的解释,就按照诽谤算。"

"不是,明明是简一凌通过不合理的手段获得了现在的成绩,作弊是可耻的。我举报她是合情合理的。我们见到不公平的事情时不是应该踊跃举报吗?"

"嗯,你说得很对,见到不公平的事情要踊跃举报,就是不知道你是哪只眼睛见到的?"

见到不公平的事情,首先得有一个"见"字。

翟昀晟看向王向重的眼神里都是嘲讽。

王向重被问住了。

没有人见到!

只是成绩出来后,大家觉得简一凌的成绩不合理,就这么认为了。

王向重想了又想,找不到好的理由反驳翟昀晟,便又辩解道:"那你也不用逮着我一个人不放啊!你有本事就拿出证据,向大家证明简一凌没有作弊啊!"

"你都没有证据证明她做错了事情,为什么要别人先拿出证据证明简一凌没有作弊呢?"

王向重虽然理亏,但并不想就此认输,继续梗着脖子说道:"咱们学校的每一间教室里都有全方位的监控设备,简一凌到底有没有作弊,你们心里清楚。"

翟昀晟被气笑了,说道:"你以为我会中你的激将法?不过,我还真想让你看看视频,也好让你输得心服口服。"

王向重看完视频后,震惊得好半响回不过神。他万万没想到,简一凌不但没有作弊,还每科都早早就交卷了!

王向重终于回过神了,垂头丧气的,连礼貌都顾不上了,没有跟任何人打招呼就直接出了办公室。

张老师也在翟昀晟的眼神示意下,说自己有事情要处理离开了办公室。

办公室里还剩下简一凌和翟昀晟。

"过来。"

翟昀晟向简一凌招手。

"你要干吗？"简一凌望着翟昀晟，小声询问道。

"这边有一张小床，你睡一会儿。"

可折叠的小床在办公室的角落里摆着，床上还有一床粉色的小被子。

简一凌看着翟昀晟，半晌没有动作。

"别让爷抱你过来，一天天地学兔子？兔子肉好吃，但兔子不好看。"

翟昀晟又发现简一凌熬夜了。

其实，简一凌最近已经睡得早了不少。

但在翟昀晟看来，简一凌现在的睡眠时间依旧不够。

她正在长身体，每天还不睡够八个小时，这怎么长高？

最后，简一凌屈服了，为了长高，选择了在办公室里的小床上睡午觉。

翟昀晟就在小床旁边的办公桌前忙自己的事情，时不时低头看一眼蜷缩成一团的简一凌。

她本来就只有那么小，蜷在被子下的时候被子就只隆起了一个小包。

就是这么一个小人儿，却倔强得要命，什么事情都自己一个人撑着，从来不跟任何人讲。

简一凌睡了半个小时。

她睡醒后，翟昀晟又给她拿了点儿甜点。

简一凌也没有拒绝。在吃东西这样的事情上，她已经不会跟翟昀晟客气了。

离开教导主任办公室的时候，翟昀晟跟她说了一句"没事也别织那些手套、围巾、帽子了"。

简一凌的成绩被公布后，感到震惊的人不仅仅是王向重，也不仅仅是高一（8）班的同学。

高一年级的学生都对此感到惊讶。

甚至连其他年级的学生，也因为简一凌的知名度，而对这件事情有着不低的关注度。

从年级倒数直接蹦到了年级第一名，这是多少学困生一辈子都不可能实现的梦想啊！

高三重点班里。

其他同学得知简一凌的期中考试成绩后，纷纷跑到简允卓的面前，夸赞道："简允卓，没想到你妹妹这么厉害！上次化学竞赛还只是前菜，这次期中考试才是主菜啊！"

"对啊，你妹妹前两次月考的成绩都不怎么样。我还以为她是你们简家的异类，没想到她其实是大学霸啊！"

听到同学们夸赞简一凌，简允卓的心里不由得有了一股自豪感。

他刚要开口回答，眼前浮现出来的简一凌冷漠的模样如同一盆冷水从他的头上浇下来。

他顿时高兴不起来了，情绪低落地回应旁边的同学："是啊，我妹妹以前就很聪明，很喜欢和我二哥一起待在实验室里。"

"这么说来，你妹妹是真的学霸啊？"

"当然是真的。"简允卓毫不犹豫地给出了肯定的回答。

"果然是血统压制啊，我们羡慕都羡慕不来。"同学摇着头感慨道。

莫诗韵听着同学们的议论，说不出自己是什么样的心情。

盛华高中三个年级的期中考试是同时进行的，成绩也是同时出来的。

简一凌获得了高一年级第一名，莫诗韵获得了高三年级第三名。

能长期在盛华高中位居年级前十名的学生，进全国顶尖的两所大学基本就是稳了的。

如果是平时，莫诗韵对于自己这次的成绩排名还算满意，毕竟获得第一名和第二名的同学是高三年级的两个顶级学霸。她很难超越。

但是现在，莫诗韵高兴不起来。

她也说不出来这是一种什么样的心情。

她知道简一凌在高一年级的成绩和排名是不会影响她的。

但是简一凌的举动又好像在讽刺她的努力。

朱莎在得知简一凌的成绩后朝莫诗韵走了过来，说道："诗韵，你看那个简一凌，也太过分了吧？为了出风头，真是什么事情都做得出来。上次是化学竞赛，现在又是期中考试，这还有完没完？"

朱莎在说这些话时声音很小，因为简允卓已经回学校了，她怕自己说得太大声会被简允卓听到。

"不要多想了。"莫诗韵终于冷静下来了，说道，"反正我们也改变不了什么，就由着她去吧。"

"唉，"朱莎叹息一声后说道，"是改变不了什么，谁让我们没她那么好的命呢！之前我还能发发帖子，现在我连发帖子的权限都没了。"

"我们顾好自己吧。"莫诗韵说。

莫诗韵现在已经强迫自己不去想和简一凌有关的事情了。

她现在要做的就是在顾好学习的同时多赚钱，多发展事业，让自己和母亲过上安定的生活。

简老夫人大概是跟简允陌杠上了。

他不肯说出为什么别扭，简老夫人就偏要让他说出来。

为了逼简允陌"就范"，简老夫人干脆把接送简一凌上下学的任务交给了简允陌。

"我最近身体不舒服，接送小乖乖的任务就交给你了。你要是不能圆满地完成任务，那以后也就别说自己姓简了。"

简老夫人态度强硬，不给简允陌拒绝的余地。

面对简老夫人丢过来的任务，简允陌没有办法拒绝。

其实，简允陌也想多陪在简一凌的身边。

只是，他不想伤害她。

简一凌早上起来的时候，门口照旧放着永生花。

今天的永生花是曼陀罗，其品种十分罕见——深紫色的曼陀罗。

这两天，简一凌每天早上都能在房门口看到永生花。每天的永生花的品种都不一样，并且都是罕见的品种。

简一凌知道这些永生花都不是买的，而是简允陌自己制作的。

光是收集这么多罕见的花朵，就需要花费不少的时间。

每次收集到的还必须是正好盛开的花朵。

这其中要花费的时间和精力必然是不少的。

和之前的几天一样，简一凌将永生花收到了卧室里。

简一凌下楼吃早餐的时候，发现简允陌也在餐桌边坐着。

之前几天吃早餐的时候，简一凌都没有见到他。明明他在她起床之前放了永生花在她的房门口。

"今天我送你去学校。"这是这几天里简允陌第一次主动和简一凌说话。

他的声音很温和，语气很轻柔。

"嗯。"简一凌已经知道他会出现这种矛盾态度的原因了。

只是简一凌暂时还不知道要怎么去改变这件事情。

吃完早餐，简允陌开车送简一凌到学校。简一凌下车后，简允陌一直目送简一凌进校门，直到看不见她的身影了才收回视线。

下午，简允陌又按时来接简一凌放学，他在车上给简一凌准备食物、小毯子、游戏机。但是两个人之间没有更多的交流。

晚上，简一凌拿着她制作的药膏去了于家。

翟昀晟成了简一凌制作的祛疤药膏的第一个临床人体试验者。

在此之前，简一凌的所有实验数据还是从动物身上得到的。

因为按照规定，药品必须在取得了足够多的动物实验数据之后才能应用到人类的身上。

而简一凌之所以敢让翟昀晟做第一个人体试验者，是因为她的这个配方曾经被广泛应用，实际上的人体实验数据早就足够多了。

简一凌让于希帮翟昀晟涂药膏。

翟昀晟的伤口还比较新，很适合使用这个药膏。

在简一凌的要求下，于希又一次贡献了自己的某个"第一次"——第一次给别人上药。

翟昀晟露着一条胳膊，一双眼睛看着简一凌，问她："这个药膏是你自己调配的？"

"嗯。"简一凌如实回答道。

一听这话，正在给翟昀晟涂药膏的于希吓得双手颤抖了一下。

凌神自己调配的药膏？那不会出什么问题吧？

晟爷的胳膊可金贵了呢！这要是涂出了什么问题……

于希不敢想。

光是想到翟老爷子和翟二爷那吓人的眼神，于希就觉得腿软。

于希不禁在心中开始祈祷：老天爷保佑，晟爷涂了这药膏后别出问题！我不求它真的能够消除晟爷身上的疤痕，但求晟爷身体无碍！

"你这个药膏缺不缺投资人？"翟昀晟问。

"缺。"

这药膏现在还处于临床试验阶段，将它拿给身边的人用用可以。若真要大规模地生产，还需要更多的临床试验数据作为支撑，简一凌再申请专利和许可，才能规模化生产。

所以投资的事情还早，简一凌还没有考虑过。

"爷来投资怎么样？"

"不好。"简一凌拒绝了。

"为什么？"

"我们有其他关系，不适合一起做生意。"

简一凌觉得，做生意不能牵扯感情，因为谈钱伤感情。

简一凌不知道该怎么处理感情方面的问题，但是知道该怎么处理赚钱方面的问题。

所以她不希望自己赚钱的时候被感情牵扯，那样对她来说是将原本简单的问题弄得复杂了。

"其他关系？什么关系？"翟昀晟追问。

简一凌犹豫了一下，不知道该怎么形容他们之间的关系。

她若说他们是朋友，好像不太好。

简一凌记得翟昀晟很少承认别人是他的朋友。

对于那些自称是他朋友的人，翟昀晟会毫不留情地拆台。

"你是于希的朋友。"简一凌找到了一个相对合理的回答。

这个回答让翟昀晟的脸色一下子就变得阴沉了。

就连正在给翟昀晟上药的于希都呆住了。

"所以，弄了半天，你这又是给爷处理伤口，又是给爷祛疤的，是看在了于希的面子上？"

翟昀晟说这些话时是笑着的，可是这笑容格外瘆人。

于希看得腿软，连忙看向简一凌，却见简一凌一脸镇定，双眸清澈，似乎并未察觉危险。

"凌神，你……你……"

于希试图挽救，但是不知道该怎么说。

于希再看翟昀晟的眼睛，顿时想要逃跑。

不对，他要跑也得把凌神拉着一起跑。

他不能这么不讲义气。凌神这小身板，可经受不住晟爷的怒火啊！

简一凌对翟昀晟说道："你没承认我是你的朋友，我不能乱认。"

简一凌说这话时一本正经，眼神认真，语气更加认真。

翟昀晟的脸上顿时浮现出了真正的笑。

"嗯，那爷承认了。"翟昀晟说道。

于希在旁边感觉自己心脏病都要发作了。

于希心想：晟爷变脸跟翻书似的！凌神真是厉害，泰山崩于前而面不改色！佩服佩服！我要多多向凌神学习！

于希刚给翟昀晟上好药，门就被推开了。简允陌疾步走了进来。

"允陌哥？"于希一眼就认出了简允陌，正要跟他打招呼，却发现简允陌的神色不对。

他走上前来，既没有跟于希打招呼，也没有搭理翟昀晟。

他低头看着简一凌，眉头紧锁。

"该回家了。"简允陌声音低沉,望着简一凌,语气虽然温和,但是透着几分凝重。

"好。"

简一凌跟在简允陌的身后离开了于家。

路上,简一凌注意到简允陌垂下来的手是紧握成拳头的。

简一凌知道,他这是在与他的躁郁症对抗。

一个性格温和的人,突然得了这种和他平时的形象截然不同的心理疾病。

但心理疾病就是这样,一些平日里很开朗的人也可能得抑郁症。他们白天对着大家笑,晚上回家后独自悲伤。

心理疾病是会吞噬掉一个人原本的理智的。

简允陌知道自己得病后,为避免伤害妹妹,选择主动拉开和简一凌的距离。

这两年他虽然在国外,但是一直关心着简一凌,也记得和简一凌之间的约定。

他为她准备了一朵又一朵永生花,把这个世界上各种美好的事物带到她的面前,却让自己和她保持着距离。

如果不是这一次的事情,他短时间内并不会回来。

兄妹二人回简家老宅时,简允陌步伐缓慢,有意放慢速度好让简一凌跟上他。

简允陌不知道跟在自己身后的简一凌在想什么。他能听到她的脚步声,知道她跟在他的身后。

两个人就这样安安静静地走回了简家老宅。

《虫族入侵》全球性线上选拔赛拉开了序幕,引起了这款游戏玩家的高度关注。

于希来找简一凌,表情兴奋,眼神里闪烁着期待的光。

"凌神,我们组队吧!"于希说道。

"昨天组过。"简一凌说道。

"不是,我不是说这个组队。我说的是我们组队参加比赛吧!《虫族入侵》开始举办官方比赛了!从海选开始,层层晋级!你、我、晟爷三个人,再找一个人,凑四个人,就可以组建一支队伍了!"

简一凌看着于希,看到了他满眼的希冀,没有立刻拒绝他。

于希继续哀求简一凌："凌神，你就答应我嘛，拜托拜托！"

"还缺一个人，找谁？"简一凌问了一个很实际的问题。

"简宇捷！"于希脱口而出，"那小子现在虽然还不会玩，但是我可以教他。反正有凌神和晟爷带着，宇捷只要不是玩得太差，问题就不大！"

于希越想越觉得找简宇捷加入他们这个队伍主意不错，所以在和简一凌说完之后就找到了简宇捷。

一开始听于希说要打游戏，还要跟他组队，简宇捷没什么兴趣，并准备拒绝。

但是等听到于希说已有的成员是他、翟昀晟和简一凌之后，简宇捷立马答应下来，并且提出了将翟昀晟换掉的意见："我答应你的请求，和你们一起玩游戏。但是能不能换掉那个翟昀晟？他不是京城人氏吗？他和我们不是一个地方的人，早晚得回京城去，加上他不方便。"

"没事，除非打到前二十名，海选开始都是线上赛，就算他回了京城，我们也可以远程组队玩。我跟你说，晟爷玩这款游戏很厉害，有他和你妹妹两个人带着我们俩，我们赢的可能性才比较大。"

于希没觉得这是什么问题。

晟爷这么关键的人当然是不能少的，二拖二才有可能进前二十名。

好不容易找到的借口被于希否决了，简宇捷闷闷地说："也行，你把游戏的下载链接给我，我晚上就开始玩。"

简宇捷心想：不就是玩个游戏吗？等我练熟了，让于希知道，我们根本就不需要那个翟昀晟。

简宇捷回家后立刻在自己的电脑上面下载了《虫族入侵》这款游戏。

他妈妈现在对他管得松了。他回家后她不逼着他学习了，也不再逼着他学金融和工商管理方面的知识了。

甚至他的零花钱她也按时给了，让他有了充足的时间做自己喜欢做的事情。

不管是他在网上看魔术表演，还是买魔术道具，她都没有提出异议。

简宇捷高兴的同时，也知道这是妹妹为他做的事。

妹妹为了照顾他的心情，没有揭露他妈妈故意藏起视频的事情。

晚上，简宇捷和于希、简一凌、翟昀晟组队，四个人第一次一起玩游戏。

于希本来打算在简宇捷面前表现一下的。

从前三人组队时，他是最弱的那个，只能被带飞。今天来了个新手，他可算有表现的机会了。

简宇捷的表现却不像新手。

虽然他的操作比不上翟昀晟和简一凌，但是比于希要好不少。

这让于希郁闷了，在语音里大喊简宇捷骗人："简宇捷，你明明说你之前没有玩过这款游戏的！居然骗人！你太可恶了！"

"我今天是第一次玩啊。"简宇捷没说谎。

"不可能，第一次玩怎么可能玩得这么好？"

凌神也就算了，怎么连简宇捷这个臭小子玩游戏也这么有天赋？

不承认，他坚决不承认。

"没有啊，我觉得我玩得很一般啊。"简宇捷确实觉得自己玩得还挺一般的，都不如妹妹呢，还有很大的提升空间。

简宇捷的手是很灵活的。虽然他目前只学了一些小魔术，但手指的灵活程度一直不错，这让他在玩电脑游戏时占了一些优势。

简宇捷的这句"很一般"戳了于希的心窝子。

于希很想哭，玩不过晟爷和凌神，现在连新来的简宇捷他也玩不过，还让不让他活了？

但是没过多久，于希就想通了。

反正都是被带飞，多一个人带他不是更好吗？

三带一，他能躺得更加彻底了！

简宇捷有天赋，他不仅跻身宗师之位指日可待，而且他们进入《虫族入侵》全球选拔赛前一百名也大有希望！

人员确定下来了，接下来就是报名了。

这些工作都由于希包办了。

在填战队名字的时候，于希犯愁了。

起什么名字好呢？

战队的名字必须霸气一点儿，最好还能体现他们这一队人的特色。

忽然灵光一现，于希很快在"战队名"一栏里输入：晟气凌人。

他觉得这个名字既霸气，又能涵盖晟爷和凌神两位大神的名字。

于希看着这个名字，越看越满意。

他真的是太有才了！

晚上，四个人上线看到这个战队名的时候，除于希外的其他三个人都觉得有些尴尬。

这个战队名果然和于希自己的游戏昵称"刚枪界扛把子"是一个风格

的——中二（对青少年叛逆时期自我意识过剩的一些行为的总称）。

简宇捷对这个名字尤其不满，强烈要求改名字："这个名字不好，一点儿都不好。"

"晟"是翟昀晟，"凌"是一凌。把妹妹的名字和翟昀晟的名字放在一起是什么意思？

于希解释道："宇捷你不懂，被带飞就要有被带飞的觉悟，咱俩靠谁上分？不就是靠晟爷和凌神吗？那咱战队的名字放晟爷和凌神的名字就没什么毛病。你就不要忌妒了！什么时候你能带着我躺赢了，我保证把你的名字也写到战队的名字里去！"

翟昀晟也在战队频道发了消息："我觉得这个名字不错。"

于希得意了，说道："宇捷你看，晟爷就很满意。两票对一票！"

简宇捷连忙喊简一凌出来表态："一凌妹妹，你说这个名字好不好？"

简一凌回复道："听宇捷哥哥的。"

简宇捷顿时比于希还得意，说道："看吧，我妹妹不满意，两票对两票，打平！"

于希说："那你想一个新名字。要是你起的新名字比我起的这个好，我就同意改名字。"

简宇捷开始思索。

翟昀晟不耐烦地催促道："别浪费时间，比赛已经开始了，先打游戏。"

线上赛只在规定的时间里进行，错过了时间就不能参加比赛了。

简宇捷只能暂时妥协。

几场比赛打下来，他们"晟气凌人"战队的得分都是最多的。

历时两个小时的比赛结束了。

"晟气凌人"这个名字被挂在了整个大赛第八名的位置上。

而且排在他们战队前后的其他战队都是英文名字，很有可能是国外赛区的战队。

"晟气凌人"四个汉字十分醒目。

而改战队名字的事情也就暂时被搁置了。

游戏结束之后，简一凌又处理了一些日常事务，在关掉电脑前打开了待做事情的清单。

这个清单是她来到这个世界后，给自己列出来的。

排在前面的两条，已经被她删去了——给简允卓治手以及找到证据证明简一凌的清白。

接下来她要做的除了原主留下的一些小心愿，还有阻止原本的悲剧和遗憾发生，不让简老夫人那样死掉，然后就是赚钱。

还有三年，三年后她满十八岁。成年了，按照最初的计划，她就要离开这个家了。

但是最近简一凌有了一丝动摇，动摇的原因是简老夫人他们，以及她最近时不时会做的一些奇怪的梦。

这天下午，简允陌看到简一凌一个人在庭院里的大树下不知道在做什么，那一团小小的身影似乎很忙碌。

简允陌走了过去。

简允陌走近后，看到简一凌挖出了被埋在树下的一个铁盒。

看到沾染了泥土、锈迹斑斑的铁盒后，兄妹俩的神情都有一丝变化。

简一凌看着眼前的铁盒，心中一颤。

真的有。

所以，她的梦不仅仅是梦吗？

这个认知让简一凌有些震惊。

简允陌想起了他和妹妹一起埋下盒子的那天。

小丫头非要弄一个时间胶囊，拉着他一起去埋。

然后他们就在老宅的这棵树下，埋下了这个铁盒。

这件事已经过去十年了。

简一凌回头和简允陌对视了一眼。

二人沉默了一会儿，简一凌抱着盒子靠着树干坐了下来。

停顿了几秒钟后，简允陌也在旁边坐了下来。

简一凌打开盒子，看着里面摆放着的各种老旧的小物件。

简一凌将它们一件一件地拿出来看。

简允陌就在旁边静静地陪着她。

时间胶囊里面的东西勾起了简允陌的回忆，也刺痛了他的心。

他们的妹妹曾经是那么活泼可爱、天真烂漫。

而现在她变得乖巧、懂事，却也沉闷了。

"小凌，对不起。"

简一凌转头看向他。

没等简一凌开口，简允陌就继续说道："我没陪在你的身边，让你一个人面对了那么多的指责和谩骂。作为哥哥，我没有在你受到伤害的时候保护好你，没有在你最无助的时候为你挡风遮雨。哥哥很失职。"

"不怪你。"简一凌回答道。

"哥哥应该在你身边的，应该再多关心你一些。"

"你病了。"

他得的病是心理疾病。心理疾病都是真真实实的病，人为不可控，主观意识不可控。

原来她知道了。简允陌顿了顿，凝望着简一凌的眼眸，心中涌上酸涩又温暖的情绪。

"害怕吗？"简允陌的心里有一丝紧张。

"不怕。"

她不怕吗？他以为他会吓到她，破坏她心目中哥哥的形象。

简一凌又说："你现在很好！你不会伤害我。"

简允陌笑了。

妹妹的一句"不怕"，如一缕阳光照进了他的心房。

他缓缓地靠向身后的树干，眼神暖了许多。

"小凌，哥哥会好好吃药，会尽快好起来的。"简允陌向简一凌承诺道。

为了信任他的妹妹，他也要让自己尽快康复。

"你不用有心理压力，我理解。"简一凌说。

"好，哥哥听你的。"简允陌心里的担忧消失了。

"嗯，你是听话的好病人。"

说着，简一凌将铁盒里的一枚小勋章贴在了简允陌的袖子上。

五岁时，简一凌喜欢给家里人贴勋章作为她对他们的奖励和认可。大家陪着她、逗她，都以被她贴上勋章为荣。

简允陌望着袖子上的勋章，脸上浮现出比在科学界得了大奖时还要高兴的笑容。

这是妹妹认可他、哄他的方式。

过了一会儿，简允陌柔声对简一凌说："小凌，二哥不会劝你原谅小卓。因为二哥没有资格那么做，其他人也没有资格那么做。二哥只想你过得开开心心的，不受到伤害。"

简允陌接着说："二哥暂时不走了。你不怕我我就不走了，陪着我们家的小公主，不让我们家的小公主被外头的狼崽子叼走。"

"没有狼崽子。"

"傻丫头，狼崽子还能被你一眼就看出来？"

"我不傻。"

"那哥哥傻好不好?"简允陌笑着说。

"也不好。"

"不过,要是狼崽子来叼你了,哥哥的暴躁脾气可能就控制不住了。到时候哥哥要是揍人或者摔东西了,你不许怕哥哥哦,不许说哥哥的形象破灭了哦。"

"好。"

《虫族入侵》的比赛正式开始之后,秦川的室友们也拉着他想要报名。

"秦川,我们平时工作已经够辛苦的了,玩玩游戏放松放松嘛!"

秦川答应了。他也确实很久没有痛快地玩游戏了,之前玩游戏是为了更好地了解圈子里的文化。

因为那个时候他真没有心思玩游戏,母亲的病情、经济上的压力,都要求他必须把更多的精力放在处理正事上面。

现在公司的发展步入正轨了,他母亲的病情也稳定下来了。

想起母亲的事情,秦川就不可避免地想起了简一凌。

最近一段时间秦川总是这样,想事时总会想到简一凌身上去。

他承认自己一开始对简一凌有误解,以为她胆小,以为她是一个普通的学习成绩不好的学生,一个被家里人娇宠着长大的大小姐。

但是,现在简一凌在他心目中的形象已经彻底改变了。

他甚至在想到简一凌的时候,嘴角会控制不住地往上扬。

秦川的室友兼创业伙伴白又骞发现了秦川的异样,问道:"秦川,你这是怎么了?思春了吗?"

"别瞎猜,没有的事。"秦川果断地否定了白又骞的猜测。

"那你为什么笑得这么开心?"

"我妈妈的病情有了好转。"

秦川为自己不错的心情找了一个十分合理的借口。

然而一转头,他就给简一凌发了一条信息。

"我妈妈的身体情况最近明显好多了,谢谢你和程博士的努力。"

秦川在给简一凌补课的时候,就和简一凌成了微信好友。

但是,他们以前基本没有给对方发过信息,现在因为要及时就他母亲的病情进行沟通,所以他们之间的联系变得频繁了。

当然,基本上是秦川发一大段信息给简一凌,简一凌回一两个字,最多的时候也才回三个字——"知道了"。

这次果然也是如此,秦川收到了简一凌的回复:"不客气。"

秦川看着这三个字,不由得想起了简一凌那张严肃认真的小脸,以及她一本正经地说这三个字时的画面,不禁又笑了。

这时候,秦川的宿舍外来了一群身穿西装制服的男人。

他们见到秦川后态度恭敬。

秦川既惊讶又疑惑。

"秦先生,有些事情我们要向你和你的母亲确认一下,还请秦先生跟我们走一趟。"

恒远市最近出了一个大新闻:京城秦家的人在恒远市找到了秦家现任家主的亲生儿子。

这新闻一出,恒远市里的人都震惊了。

京城秦家现任家主的私生子竟然就在恒远市?

要知道京城秦家的现任家主膝下只有一个女儿,并没有儿子。

而且家主夫人去年已经过世了。

也就是说,这位私生子很有可能是秦家的下一任家主!

秦家私生子这身份、地位,也就与如今同样在恒远市的晟爷一样了!

晟爷这个人不好相处,他们连他的影子都见不到,更别说跟他搞好关系了。

这位秦家未来的家主,他们或许可以见一见,趁着他羽翼未丰向他示好,无疑是与他搞好关系的好办法。

何燕在得知这个消息的第一时间,就让人去调查了这个秦川。

然后她惊讶地发现,秦川竟然跟简家人有过交集。

他曾经受到简允丞的雇用,给简一凌做过补习老师。

何燕嗤笑。这简一凌的命是真好,竟然随随便便找的一个补习老师就是京城秦家未来的家主。

再想到简一凌和翟昀晟也有交情,何燕的心里就更不是滋味了。

简一凌在看到这个消息的时候很疑惑。

因为她记得,还要再过三年秦川才会被秦家的人找回去。

现在,这件事发生得早了整整三年,是有什么地方不一样了吗?

简一凌思来想去,自己改变的和秦川有关的事情,就是他母亲的病。

曾经,这个时间段秦川的母亲已经去世了。

会不会是因为秦川的母亲还活着,所以秦世轩才提前找到了秦川母子?

秦家的现任家主是想立刻接秦川去京城的。但是秦川以母亲的健康状况还不稳定为理由留了下来。

秦世轩在得到了远在京城的堂哥的指示后,打算在恒远市举办一场宴会,并在宴会上公布秦川的身份。

这场宴会,秦世轩邀请了恒远市里的很多人,有些是和秦家有些生意往来的,有些是和秦家沾着亲带着故的。

简家人收到了秦川发来的邀请函。

实际上,秦川是想将邀请函给简一凌的。

简一凌与程易治好了他母亲的病,这份恩情他是不会忘记的。

但是,他说过不会向别人透露她的身份,所以他不能直接邀请简一凌。

于是,他干脆邀请了简家的所有人。

因为简家是恒远市里数一数二的大家族,邀请简家人来合情合理。

收到邀请函后,简家人中何燕是最高兴的。

而原本兴致不高的温暖,也一改此前的愁容,精心装扮了一番。

因为今天她要带女儿去参加宴会。这是难得的能和女儿相处的机会,她要好好表现。

温暖看着镜子里的自己,不自信地问丈夫:"书洐,我这样还行吗?"

温暖想在女儿的面前留下美好的一面。

简书洐称赞道:"你很美,不用担心。"

温暖又说:"我不是怕我不够好看,而是想让小凌喜欢。这身衣服是小凌夸过的,还有首饰也是她喜欢的。"

听到这里,简书洐心里有些酸涩,有些话不知道该怎么说才好。

半晌后,他才出声安慰妻子:"会好起来的,我们的小凌会回来的。"

温暖打扮完毕,和丈夫一起去老宅接简一凌和简允陌。

简允陌拒绝了,只说自己有一篇论文需要修改,要和在国外的导师、同学在线上探讨。

简爸简妈也就不勉强他了。

简一凌出门前给简允陌留了一个盒子。这个盒子构造特殊,不是能被轻易打开的。

简允陌拿着盒子笑了。小妹这是怕他在家无聊,给他留了一个益智小玩具。

这是他们兄妹俩小时候就爱玩的小游戏——给对方出难题。

宴会在郊外的一栋别墅里举行。

简一凌他们到了没多久,简书泓一家人也到了。

简书洐和温暖今天只带了简一凌过来,而简书泓和何燕则是一个孩子都没带。

其实何燕是想带孩子过来的。但是简宇珉说自己要忙新专辑的事情,简宇捷则说自己要学东西,连房门都不想出,更别说来参加宴会了。

兄弟俩都不知道简一凌今天也要来,如果他们知道的话,说不定就有时间了。

何燕一看到人群当中的温暖,忌妒心就开始作祟了。

在这种场合,温暖总能游刃有余。这家的夫人、那家的千金都喜欢找温暖说话。

相比之下,何燕就被冷落在一旁了。

"简夫人,这是您的女儿吗?好漂亮呀!"

其他夫人见到简一凌后纷纷夸赞。

温暖有礼貌地微笑着一一回应,在注意到女儿并不是很想应付这种场合之后,就带着女儿去了旁边的角落,给女儿拿了吃的。

钱少夫人也出现在了这次宴会上,身旁还跟着一个年轻漂亮的女孩。

众人看到钱少夫人她们后,纷纷好奇地说道:"钱少夫人,您能不能向我们介绍一下您身边这位美丽的女子呢?"

钱少夫人笑着回答道:"她叫莫诗韵,是我的干妹妹。"

钱少夫人向众人介绍莫诗韵。

其他人闻言,纷纷跟莫诗韵打起了招呼。

钱少夫人今天带莫诗韵出席宴会的目的很明确,让莫诗韵认识更多上层社会的人,为她的将来打好基础。

如果不是由钱少夫人陪着,以莫诗韵的出身,可能这辈子都很难接触宴会上的这些人。

莫诗韵在宴会上看到了简一凌,但是很快就把目光收了回去。

莫诗韵不想再和简一凌有任何交集。

她今天只想陪着钱少夫人参加宴会,和简一凌能避开就避开。

莫诗韵收回目光后,以微笑面对着自己面前的各位夫人、小姐。

她表现得落落大方,有礼有度,加上有钱少夫人在旁边为她说话,所以大家对她的印象都很不错。

不多时,今天的主人公——秦川出现在了众人的面前。

众人看到穿着一身浅灰色西装,一副精英打扮的秦川以后,便不由得在心中感慨:虽然是秦家的私生子,但是这模样和气度都是贵族才有的。果然龙生龙凤生凤,秦家的孩子就算被生养在了外面,也没有差到哪里去。

秦川的身边还有一位年轻的女子,该女子打扮得时尚又干练,看起来很有气质。

经人介绍众人才知道,这位女子正是秦川同父异母的妹妹,京城秦家家主唯一的女儿——秦瑜凡。

秦瑜凡今年十八岁,只比秦川小了一岁。

她不管是出身还是样貌都是超越常人的。

众人的好奇心顿时更强烈了。

如果没有秦川,秦瑜凡就是秦家家主唯一的继承人了。

现在凭空冒出来一个秦川,分走了她继承人的位置。照常理来说,她和秦川应该是敌对的关系。

今天她却陪着秦川出场,像是在变相地为秦川正名。

秦瑜凡一出现,在场所有人的注意力就被她吸引了过去。

出席宴台的这些人虽然在恒远市算有地位了,但和京城秦家的人比起来,差得就远了。

在秦瑜凡这样的顶级名媛面前,恒远市里的这些夫人、小姐,就成了普通人。

简一凌也只能在恒远市里当小公主。到了秦瑜凡的面前,她也不够看。

简一凌因为众人的骚动,也注意到了秦瑜凡。

她知道秦瑜凡。

严格来算,秦瑜凡也是反派。

就在大家的注意力都在秦家兄妹身上的时候,又有新的宾客到了。

翟昀晟和于希来了。

翟昀晟一出现,今天的宴会现场就彻底热闹起来了。

秦家在恒远市办宴会,肯定是要给翟昀晟递邀请函的,不仅要递,而且要最先递。

恒远市里的其他人家,秦家人都不看在眼里。

唯有翟家是与秦家实力相当的京城大家族。翟家人是他们秦家人必须邀请的。

翟昀晟一进来，就有一半的人将注意力放在了他的身上。

这个人实在太耀眼了。

翟昀晟今天的穿着依旧于考究中透着随意，一双手插在裤兜里，看起来很散漫。

不同于秦川的正派，翟昀晟看起来总是亦正亦邪的。

翟昀晟出现后，秦瑜凡的视线就一直停留在他的身上。

她喜欢翟昀晟，这一次会来恒远市也不是为了她同父异母的哥哥，而是为了同在恒远市的翟昀晟。

于希率先找到了宴会角落里的简一凌，想也没想就朝着她走了过去。

翟昀晟看于希过去了，便不紧不慢地跟了上去。

两个人刚走到简一凌的面前，秦瑜凡就走了过来。

"翟少。"秦瑜凡有些兴奋地对翟昀晟说道，"我还以为你不会过来呢。"

翟昀晟的脾气向来古怪。他在面对邀请时，会不会接受完全看心情。

哪怕邀请他的人是秦家的人，他也不一定会给对方面子。

秦瑜凡很期待今天能在宴会上见到翟昀晟，然而他真的来了。

她是真的很高兴。

翟昀晟看了秦瑜凡一眼，嘴唇勾了一下，笑容里有一丝轻蔑的意味。

然后他转身找了一个位置坐下，并没有搭理秦瑜凡。

翟昀晟这样的行为虽然看起来很无礼，但是秦家人已经习惯了。秦瑜凡更没有觉得翟昀晟的行为有什么失礼之处。

秦瑜凡不气馁，继续主动跟翟昀晟说话："翟少这次打算在恒远市待多久？"

翟昀晟眯着眼睛，目光没有在秦瑜凡的身上，说道："秦小姐，今天的主角不是我，你确定不用去陪你的哥哥吗？"

秦瑜凡脸上的笑容不减，眸色却变深了不少。

"他是今天的主角，其他人他都应付不过来了，不需要我。"

秦瑜凡没有称呼秦川为"哥哥"。可知，她虽然陪着秦川一起出席了今天的宴会，但是心里并没有承认秦川的身份。

秦瑜凡又邀请翟昀晟："翟少，可否赏脸与我去舞池里共舞一曲？"

翟昀晟嗤笑，说道："这种事情不应该是男士邀请女士的吗？"

确实是这样，但秦瑜凡知道，翟昀晟是不可能主动邀请女孩子跳舞的。

所以她就主动邀请他了。

她不介意主动一些。

秦瑜凡浑身上下透着自信。她不怕被人拒绝，也不怕别人异样的目光。

不管做什么事，她都不需要用别人的评价来断定好坏！

"那翟少要邀请我吗？"秦瑜凡问这个问题时，眼中满是期待。

翟昀晟说了这样的话，是不是意味着他今天有主动邀请别人跳舞的可能性？

此时，简书沔和温暖夫妇有些尴尬。他们本来打算陪着女儿在角落里待一会儿，没想到大家都往这个角落来了。

尤其这站着的人是翟家和秦家的人，无形之中给了他们不小的压力。

简书沔和温暖想要带着简一凌换个地方待着。

翟昀晟忽然转过头问简一凌："简小姐，可否陪我跳一支舞？"

翟昀晟此言一出，周围人的目光齐刷刷地落到了简一凌的身上。

其中秦瑜凡的目光尤其冰冷。

恒远市的人不清楚，但是秦瑜凡很清楚。翟昀晟从来没有邀请过女孩子跳舞！

这个女孩是谁？翟少为什么要邀请她跳舞？

简书沔和温暖的心都快跳到嗓子眼儿了。

他们怎么都没有想到翟昀晟会当众邀请他们的女儿跳舞。

众人都在等简一凌的回应，包括翟昀晟。

"我不会。"简一凌委婉地拒绝了翟昀晟。

"没事，我教你。"翟昀晟不介意当她的社交舞老师。

翟昀晟在说这句话的时候已经起身，站在了简一凌的面前，做出了绅士邀请女士跳舞时的邀请动作。

都到这一步了，简一凌要是再拒绝，场面就真的尴尬了。

尤其这个人还是翟昀晟，全场的焦点人物。

如果今天站在她面前的只是一个陌生人，简一凌并不会考虑对方是否会没有面子。

但是现在站在她面前的人是帮助了她很多次的翟昀晟，她就不能完全不顾他的面子。

权衡过后，简一凌起身，将自己的一只手放在了翟昀晟的掌心里。

两只手掌相触的一刹那，简一凌的手瑟缩了一下。

翟昀晟低头看着自己掌心里那只柔软白嫩的小手，轻轻地将它拉住，然后带着她走向了舞池。

简书沔和温暖的心情很复杂。他们看着女儿被一个明显很危险的男人邀请去跳舞，不由得担忧起来。

两个人心里着急，却也只能看着。在这种场合，男士邀请女士跳交谊舞合情合理，简一凌自己答应了，他们夫妻俩也就不能说什么了。

秦川刚才也打算过去邀请简一凌跳舞的，但是被几个前来道贺的人拦住了。等他和几人寒暄后，就看到简一凌和翟昀晟一起进入了舞池。

秦川问了身边的人，才知道那个男人是翟昀晟。

秦瑜凡不介意翟昀晟拒绝她，但是介意翟昀晟在拒绝她之后立刻邀请别的女孩。

秦瑜凡第一次这样看一个女孩子，一个看起来比她小好几岁的女孩子。

秦瑜凡的心中第一次有了忌妒的感觉。

从来不让女人靠近自己的翟昀晟，拉着一个小姑娘跳起了舞。

何燕看着这场面，心里说不出来是什么滋味。

只能说简一凌是个有手段的人，看着柔柔弱弱的，其实特别会算计，要不然也不会小小年纪就能把翟家的小祖宗拿捏得死死的了！

何燕又看了一眼旁边的温暖，看到温暖一脸焦虑的模样后，在心中嗤笑不已。

她的这个大嫂可真的是能装啊！女儿这么有本事，连晟爷都攀上了，温暖还在这里装担忧，明明心里不知道有多高兴呢！

现在，整个宴会厅里的人的注意力就在翟昀晟和简一凌的身上。

稀罕，太稀罕了。

晟爷竟然拉着简家那个横行霸道的大小姐跳起了舞。

进入舞池后的翟昀晟和简一凌没有在意其他人的目光。

简一凌是真的不会跳舞。翟昀晟开始耐心地教她。

然后翟昀晟发现，简一凌在跳舞这件事情上，显得十分笨拙。

他好像发现她的短板了。

翟昀晟轻声笑了起来。

他低下头，在简一凌的耳边轻声说道："你要是实在跳不好的话，就把脚踩在我的鞋子上，我带着你跳。"

翟昀晟突然的靠近让简一凌变得浑身僵硬起来。

"不，不要……靠得太近……"

她的声音细若蚊吟，说明她是真的不好意思了。

翟昀晟的笑意更浓了。他问："莫非，这也是你第一次跟异性跳舞？"

"嗯。"

翟昀晟脸上的笑容更浓了。他对简一凌说："其实，爷也是第一次跟异性跳舞。"

"那你以前跟谁跳的？"

明显翟昀晟是会跳的，而且很熟练。

"和于希。大学里有交谊舞会，他是我的固定舞伴。"翟昀晟如实回答道。

简一凌转过头看了一眼还在原地的于希。

于希此刻不仅不伤心，甚至还想出去放鞭炮庆祝。

上大学的时候，那么多漂亮妹子就在他的眼前，他多么想在舞会上和她们跳上一段啊。

然后那一次，当着全校女生的面，晟爷拉着他跳了一段！

自那之后，他就再也没有参加过交谊舞会了！

他怕晟爷又拉他跳舞！他要脸！尤其在学校里众多妹子的面前！

于希开始在宴会厅里搜寻合适的目标。他要和女孩子一起跳舞！

于希很快就凭借于家太子爷的身份，和他还算英俊的外表、彬彬有礼的态度，找到了一位女士做自己的舞伴。

接着，两个人顺利地进入舞池，开始愉快地跳舞了。

和其他人不同，莫诗韵的目光一直在秦川的身上。

几乎从秦川出现的那一刻开始，她就时不时地望向他。

她不敢看得太明显，但又忍不住去看他。

她对秦川本来就有些好感。

现在看到他比之前更加耀眼，她的目光便愈发不由自主地跟着他移动了。

莫诗韵身旁的钱少夫人望着舞池当中的简一凌，微笑着感慨道："简家的大小姐真是有福气。"

莫诗韵抬头望向钱少夫人，不知道她说的这句话是何意思。

"你是不是不知道那个和她跳舞的男人是谁？你大概也看到了，他进来之后所有人在看他吧？"

"好像是这样。"莫诗韵刚才没太注意，现在听钱少夫人这么一说，想了想，好像还真是这样。

"那人正是这段时间里一直被恒远市的人热议的翟家少爷，从京城来的晟爷。"钱少夫人跟莫诗韵介绍道。

很多人没有见过晟爷，莫诗韵又不是这个圈子里的，没见过他很正常。

他就是翟昀晟？

"可是我好像听说，他的身体……"

邱怡珍跟她讲过关于翟昀晟的事情。

"别说。"钱少夫人连忙打断莫诗韵的话头，接着严肃地交代她，"诗韵，听着，不管是演艺圈还是上层社会，那些不可以说的话，你就一个字都不要提，尤其在公众场合里。私底下，也必须是在自己信任的人面前说，知道吗？"

莫诗韵有些发愣，顿了几秒钟才回应："好。"

因为钱少夫人的话，莫诗韵多看了翟昀晟两眼。

此时，翟昀晟正在认真地教简一凌跳舞，这个时候的他比平时少了一些痞气，眼神和动作都多了一分温柔。

莫诗韵不否认他是一个很出众的男人。

简一凌确实有福气，而这些福气有不少是她一出生就注定了的。她人生的起点就是很多人人生的终点。

简一凌在翟昀晟的教导下，动作越来越熟练了。虽然与做其他事情相比，跳舞这件事情简一凌没有天赋，但她学着学着也能跟着跳一跳了。

"你学会了。"翟昀晟的脸上笑意很浓。

简一凌抬头看向翟昀晟。

"别看了，你这么仰着头，脖子不累吗？"

他在说她个子矮。

简一凌连忙把头低了下去。

然后她的头顶上又传来了翟昀晟轻轻的笑声。

她被他笑话了……

两个人在舞池里翩翩起舞。

两个容貌十分出众的人，跳起舞来也比其他人更加引人注目。

秦瑜凡是第一次看到翟昀晟对一个女孩子这么有耐心。

这已经不单单是和一个女孩子跳一支舞的问题了。

而且，刚才翟昀晟在教那个女孩子跳舞的时候，眼神和动作都出奇的温柔。

秦瑜凡确定不是自己看错了。他确确实实是比平时要温柔。

秦川也在看翟昀晟和简一凌跳舞。秦家的管家走过来告诉他："少爷，您也应该去邀请一位女士跳一支舞。"

"知道了。"秦川皱了一下眉头，虽然不是很想，但也没有拒绝。

他很清楚自己认祖归宗后，就需要面对这些烦琐的事情。

莫诗韵在人群里站着。秦川突然走到了她的面前，邀请她跳舞。

秦川并不记得莫诗韵，只是随机在人群当中寻找了一位与他年纪差不多的女士。

而莫诗韵又是距离他最近的一个。

突如其来的邀请，让莫诗韵愣在了原地。

这惊喜来得太过突然了。

还是钱少夫人在旁边提醒，莫诗韵才回过神。

接着，她把手伸了出去，放在了秦川的手上。

秦川带着莫诗韵进入舞池。

秦川和莫诗韵都会跳舞，而且都跳得很好。

俊男靓女舞姿动人，风头一下子压过了原本的焦点人物翟昀晟和简一凌。

莫诗韵有一种不真实感。

她做梦也没有想到，自己竟然会和秦川共舞。

这一瞬间，她感觉自己像踩在了云朵上，心中的喜悦快要溢出来了。

周围的人一边看一边小声地讨论了起来："那个和秦少爷跳舞的女孩子是谁？好漂亮，怎么之前都没有见过她？"

"不知道啊，我也是第一次见到她。她确实很漂亮，而且舞跳得很好，看得出来素养很高，应该是哪家的千金小姐吧。"

"有些羡慕啊，秦家少爷一表人才，和这位小姐看起来很是般配呢。"

"可不是吗？郎才女貌，不过我还是有些忌妒。"

"你们说秦少爷为什么选她做自己的舞伴？"

"因为美呗！你看她端庄大方，舞姿优美。我要是男人也选她啊！对比之下，那边那位简家大小姐跳得就有点儿难看了。"

一曲舞罢，大家从舞池当中离开。

莫诗韵正要开口对秦川说什么时，秦川已经松开了她的手，快步朝着简一凌走了过去。

他将提前准备好的一个盒子递到了简一凌的面前。

"谢谢你。"他说。

秦川以前没有钱，没法送简一凌贵重的礼物。但他一直记得简一凌对他的恩情。

最近几次他去慧灵医学研究所探望母亲的时候，都没有遇到过简一凌。

他问过程易。程易说简一凌每周至少去研究所一次,但是平时比较忙,抽不出空来。

所以今天逮到这个机会,秦川就把谢礼送到了简一凌的面前。

"不用的。"简一凌回复道。

她想要的谢礼已经到手了。

"这是我的一点儿心意。"秦川的嘴角噙着温柔的笑,眼神于温和中透着期待。

虽然研究所的人说了,只要那一纸协议。但是对他来说,那个承诺太轻了,不足以和他母亲的性命相比。

秦川伸出的手没有收回。他说:"给我一个面子,拜托了。"

他明明是给人送礼物,用的却是恳求的语气。

此时,大家散开了,没几个人注意到秦川的举动。但是莫诗韵的注意力一直在秦川的身上没有移开过。

莫诗韵站在原地没动。这一刻她真切地体会到了从云端坠落的感觉,就好像刚才与秦川在舞池里起舞只是一场幻觉。

简一凌停顿了好一会儿,伸手接过礼物。

秦川松了一口气。

简一凌身后的翟昀晟眯了眯眼睛,轻嗤一声,然后转身走开了。

简一凌回到了简书洐和温暖的身边。

简书洐拉着简一凌,小声跟她说:"小凌,翟少爷很危险,我们不要跟他走得太近好不好?"

简书洐用的是商量的语气。

他表情凝重,心中担忧。

他真不希望女儿跟一个充满了危险的男人走得太近。

更别说女儿现在还这么小了。

简一凌看着简书洐,然后回答道:"他是朋友。"

简书洐虽然眉头紧皱,却还是不忍心反驳女儿,只好说道:"好,那爸爸不反对了。"

简书洐知道自己现在不能操之过急。女儿不信任他了,他在这个时候在勉强她听从他的,只会将她推得更远。

何燕这个时候走了过来。

她笑着问简一凌:"一凌啊,跟二婶说说,秦少爷给了你什么东西啊?今日这么多人在场,秦少爷唯独给你送了礼物,可见你在他心中的地位很不一般呢!"

不等简一凌回答,温暖就先反驳了:"秦少爷原先是我们一凌的补习老师,两个人有些交情,比之其他人,他们相识得更早一些。送个礼物也没有什么奇怪的,二弟妹不要多想了。"

温暖的声音很温柔,但是她把何燕的问题堵回去了。

"大嫂,我就是问问,也没有别的意思。"何燕说。

"二弟妹,我知道你只是问问,但是现在是在外头,有些问题可能会引起不必要的误会,不如等回到家里后再问。"

何燕赔着笑说道:"大嫂,你想得也太多了。我也没说这里头有什么啊,我们小凌还小,谁会没事往那个方向想啊?"

"没有最好。"

何燕的脸上挂着笑,心里面却一片冷意。

她想:装什么装?你这个女儿一会儿和翟家的晟爷跳舞,一会儿又收秦家少爷的礼物,手段不知道有多高明。还小?呵呵,真是会伪装。我以前还真是小瞧这个小丫头了!

宴会结束后,简书洐立刻打了个电话给简允丞,问他:"事情办得怎么样了?"

简书洐很关心那件事情的进展。

"正在处理。"简允丞回答道。

"尽快问出来。"简书洐一想到女儿和他们的疏离,就更迫切地想要追查那件事情的幕后之人了。

"马上就能有结果。"

简允丞的声音里透着冷意。

简允丞说罢,便挂断了电话。简允丞的面前有一个正在哭泣的女人。

这个女人不是别人,正是莫诗韵的妈妈莫慧琴。

面对气场十足的简允丞,莫慧琴颤抖着站在他面前。

"大少爷,我……我错了……求你不要报警……"

"把你知道的都说出来。"简允丞要的是整件事情的真相。

那一天,监控录像被送到了他们的面前,但是送来监控录像的人不愿意透露监控录像的来历。

毫无疑问,这件事情的背后一定有人在藏匿着监控录像。

不然为什么他们一开始找不到监控录像?

莫慧琴就是这个线索。在确定了真相之后,他们可以肯定莫慧琴在说谎。

她这么做的目的是什么?

之前,简允丞通过安嫂诱导她炒股,发现她所拥有的存款多得不正常。

按照莫诗韵在盛华高中就学的情况来看,莫嫂不可能有那么多存款,甚至她应该还有贷款需要还才对。

她有那么多存款就说明有人在背后给她钱。

给她钱的人很可能就是幕后之人。

简允丞一想到自己变得冷漠的小妹,眼神就变得越发冰冷了。

"大少爷,我把钻石还给你。我知道错了,求求你不要报警!"

莫慧琴面对简允丞时,心里的恐惧被放大了。

她到今天才知道,原来之前发生在她身上的那些事情,都是简允丞在幕后操控。

从她跟着安嫂炒股开始,她就落入了简允丞设好的圈套。

简允丞故意让安嫂在她面前提炒股的好处,引诱她,让她把自己这些年攒下来的钱全部放了进去。

包括何建军,也是他找回来的!

就连开除她也是他的一步棋!

在她离开简宅的前一天,安嫂故意把一包钻石撒在了地上,然后捡起来的时候漏捡了一颗!

而整个过程,被简允丞安装的监控拍了下来!

他甚至故意等到她女儿开始在演艺圈发展了,才来找她!

如果这件事情被传出去,她女儿的前途就毁了!

"我要知道所有的事情,不然就报警处理。"简允丞不是来跟莫慧琴商量的。

"不要!大少爷,我知道错了。我求你不要报警啊!"莫慧琴连忙跪下来向简允丞求饶。

她不能去坐牢!她不能毁掉女儿好不容易得来的前途!

现在有钱少夫人帮着她女儿,她女儿很快就能进军演艺圈!

"我说,我说,我什么都说!"莫慧琴终于不再抵抗了。

她说出真相可能会遭到何燕的报复。但是现在若不说,她和女儿就会立刻变得一无所有!

"是何燕,是何燕!"

何燕。

一听到这两个字，简允丞脸上的寒意就更重了。

他们的二婶！

莫慧琴用颤抖的声音解释道："她是我前夫的姐姐，我们以前见过面。我真不是故意的，大少爷，我也没有做别的事情。我只是将家里的事情汇报给她，然后按照她的指示，说一些误导三少爷的话。"

莫慧琴哭着说："大少爷，我向你发誓，这件事情我的女儿不知情，是我一个人做的，就连偷东西也是，是我贪心，千错万错都是我的错！你要罚就罚我一个人好了……"

简允丞说道："就罚你？呵，你现在有资格跟我讨价还价吗？"

简允丞给简允陌打了个电话过去，说道："允陌，查完了，何燕。"

简允陌沉默了一下，说道："所以小凌在知道真相之后，才没有透露录像是从哪里得来的吗？"

这件事情中间还隔着他们的二叔，以及宇珉、宇博和宇捷三个兄弟。

"你比较了解小凌，你怎么想？"

"这样的事情何燕都做了，留着也是个祸害。就算不能对她本人做什么，也不能让她继续留在简家了，想个办法让她和二叔离婚吧。虽然这样对宇珉他们不好。"

"同意。"

在这件事情上，简允丞、简允陌兄弟俩的意见达成了一致。

简允陌补充道："但理由不能是这次的事情，我不想让二叔和宇珉他们因为这件事情恨小凌。"

"知道。"简允丞挂了电话，继续看向自己面前这个跪在地上瑟瑟发抖的女人。

见简允丞挂了电话，莫慧琴小心翼翼地询问："大少爷，我都说了。那些年从何燕手里拿到的钱也都没了，你是不是就不会将这件事情说出去了？"

"我刚才说过这样的话吗？"

简允丞从来没有说过只要她说出幕后的主使他就放过她。

简允丞说完，便起身离开了。

"大少爷！"莫慧琴突然不知道哪里来的力气，扑上去抓住了简允丞的脚。

"求你，求你放过我女儿！是我做错了事情，我一人做事一人当！我女儿真的什么都不知道！她是无辜的啊！"

简允丞低头看了一眼这个满面泪水却让他一点儿都同情不起来的女人，说道："你的女儿是无辜的，那我们的妹妹不无辜吗？"

莫慧琴脸色煞白，结结巴巴地说道："可是……可是小姐……小姐她只是被冤枉了一次，还有那么多人疼她……"

简允丞听到她这句话后猛地蹲下身，揪住莫慧琴的头发，说道："所以呢？我们就活该被你们算计？你们就可以肆意妄为？你可真是让我长见识了！"

说完，简允丞猛地松开手，走到门边，拍了拍站在门口的何建军，说道："既然还没有离婚，一家人就应该住在一起，离婚官司我会找最好的律师帮你打的。"

"是，是，多谢大少爷，多谢大少爷！"何建军连连道谢，这样的安排他求之不得。

"你和我家二婶是姐弟？"

"那个，大少爷，我也不知道啊。我和她没有联系过，我要是早知道她是……"

像他这样的人，要是早知道何燕是简家的二少奶奶，肯定不会放过这种要钱的好机会。

"那你现在知道了？"

"知道了！知道了！"

何建军已经明白自己要怎么做了。

简允丞虽然没有指望何建军做出什么大事情来，但他的存在有着不可替代的作用。

简允丞离开莫家母女住的地方后，就接到了简允卓打来的电话。

"大哥，查得怎么样了？"简允卓焦急地问道。

"我和你二哥会安排，你专心复健。"

"不是的，大哥，我也想帮忙，这件事情我有很大的责任，我……"

"你二哥说不行。"

"大哥，你是大哥。你不能……"

"这件事情听你二哥的，他说了算。"

"好吧。"简允卓没办法，"那，那要是有什么我可以帮忙的事，你一定要告诉我啊！"

"知道了。"

何燕觉得自己要被气死了。

原本不怎么喜欢出席公众场合的温暖最近不知道怎么了，频繁出现在各大公众场合。

但凡有何燕的地方，温暖必定到场。

而且温暖每回都打扮得花枝招展的，故意抢她的风头。

以前温暖不喜欢出席那种场合，大家见到的简家的夫人多是何燕，夫人、小姐们说的"简夫人"必然指的是她。

但是现在，她从"简夫人"变成了"简二夫人"。

温暖不仅频繁地出席各种活动，还要求接手简家的慈善基金会。

简家的家族慈善基金会原先一直是由简老夫人打理的，后来简老夫人年纪大了，就想把慈善基金会交给自己的儿媳们来打理。

其实简老夫人心目中的第一人选是温暖。但是温暖说自己有四个孩子，小卓和小凌都还小，比较忙，推荐由三弟妹来接管。

结果三儿媳表示自己不太喜欢管这种事情。

最后，家族慈善基金会的管理权就被交到了何燕的手上。

现在温暖主动跟简老夫人提出要管理家族慈善基金会，相当于在何燕的心窝子上挖肉！

"大嫂，这事我管了好几年了，这时候你说要接过去，不太好吧？"何燕皱着眉头，说话不敢太直白，但是不满是肯定要表现出来的。

何燕觉得温暖最近的行为实在是奇怪。

简老夫人看着温暖，也有些纳闷儿。

简老夫人不疾不徐地说道："阿暖，你怎么突然想要接管家族基金会了？"

温暖拿出一沓文件和账簿，说道："妈，本来基金会交给二弟妹来管我也没有什么意见，但是最近有人跟我反映账目对不上。我作为简家的长媳，不能不重视。我查看账目之后，果然发现了不对劲儿的地方。妈，您过目一下。"

温暖把账簿拿到了简老夫人的面前。

何燕见温暖拿出了账簿，有些震惊。

温暖居然查了基金会的账簿！

简老夫人看过账簿后，脸色沉了下来。

"何燕，这到底是怎么回事？"

"妈，我也不清楚啊，账目是有哪里不对吗？"

"账目对不上你竟然不清楚？"简老夫人皱起了眉。

这可不是一件小事。

"我……我真的不知道。"何燕小声辩解。

"那好吧,"简老夫人说,"既然你管理不到位,那家族基金会就暂时由你大嫂管理吧。"

无论何燕是否知情,基金会的账目出现了问题,她都有责任。

她做得不到位,简老夫人就有理由换掉她。

"妈,我……"何燕还想为自己争取一下。

"这件事情就这么定了。"简老夫人拍板定案,不想再听何燕狡辩。

何燕的心一下子沉到了谷底。

老太太也太偏心了吧?

老太太还真是一点儿机会都不给她!

其实,老太太就是想把家族基金会给温暖来管吧?

账目不对就是一个理由!就算没有理由,老太太也会把基金会交给温暖来管的!

说到底,温暖才是老太太最看重、最喜欢的儿媳!

她就是老太太怎么都瞧不上的人!

这顿饭,何燕吃得索然无味。

离开的时候,何燕是和温暖一起去的停车场。

何燕质问温暖:"大嫂最近是怎么了?是弟妹有什么地方得罪大嫂了吗?"

温暖转过头,面带微笑,说道:"二弟妹若是行得正坐得端,何来这样的猜想?还是二弟妹觉得我今天哪里做得不妥当了?"

何燕的表情顿时变得僵硬,她说道:"大嫂如果对我哪里不满意,直接说出来会更好一些。"

温暖脸上的笑容没有丝毫的变化,她说:"二弟妹别忘了,这基金会原本就是要交到我手上的。是我不要,三弟妹也不要,才到了你的手上。"

她的嗓音依旧软绵绵的,但她说出来的话,让何燕觉得无比刺耳。

何燕气得咬紧了牙齿。

什么叫她们不要才到她手上的?

难道她在她们的眼里就是捡破烂的?

温暖说完就上了自己家的车,直接让司机开车离开了简家老宅。

简一凌回来的时候,温暖和何燕都已经走了。

只有简允陌坐在客厅里,面前放着一个保温壶,正在喝从保温壶里倒出来的汤。

简一凌看着这汤,感觉怪怪的。

简允陌看出了简一凌眼中的疑惑,向她解释道:"妈今天炖的,说是拿来给我们俩喝的。但是你也知道,我们的妈不会做饭,炖的汤味道不是很好。"

简允陌告诉简一凌:"偏偏试喝员老爸昧着良心说好喝,妈就真的以为好喝了,便给我们俩拿来了。所以妹妹,这种苦你哥我一个人吃就够了。厨房里有奶奶让人给你炖的补汤,你喝那个去,这个不是给人喝的。"

简一凌有点儿不信邪,拿起旁边的勺子,舀了一小勺喝了下去,然后赶紧喝了一杯白开水。

这汤的味道有点儿怪。

简允陌看着简一凌又吐舌头又狂喝水的模样,笑了,说道:"我都说了不好喝,你还怕我吃独食呀,小笨蛋!"

"那你还喝?"

"据老爸和大哥说,她战斗了一早上,毁了一箩筐的食材。我还是要给她一点儿面子的。"

简允陌说的都是实话。

何燕真的要疯了,快被温暖逼疯了。

她以为基金会的事情已经结束了,结果温暖又找到简老夫人告状,说要她填补基金会账目上的漏洞。

温暖接管基金会后是一会儿都没有消停。

她直接把相关人员查了一个遍,账目一条条地对过去,算得清清楚楚。最后,被查出的漏洞她全部算在了何燕的身上。

温暖也不问何燕,而是直接去找简老爷子和简老夫人了。

简老爷子最在乎这种事情了。他不允许家里人做对家族不利的事情。

何燕立刻被叫去老宅问话了。

现在在简家老宅里,面对简老爷子和简老夫人的盘问,何燕没法为自己辩驳,只能一个劲儿地认错、道歉。

"爸、妈,我知道错了,是我没有管理好。我认罚。"

何燕连忙承认自己的错误。

简老爷子没说话,基金会的事情一向是简老夫人管的,这事还是让她来定为好。

简老夫人问:"你真的知道错了?"

"妈,我真的知道错了。我也不是故意的,是我能力不够,没管好。"

这个时候说自己能力不够比说自己明知故犯罪名要轻得多。

明知故犯是态度问题，无法得到简老爷子和简老夫人的原谅。

简老夫人长叹一声，这事得罚，但不能罚得过了，就算不看她二儿子的面子，也得看她三个孙子的面子。

"一，基金会的事情你以后都不能插手；二，补上所有的漏洞；三，作为处罚，今后一年里你每个月给基金会捐赠二十万元。"

"我知道了，知道了……"

何燕又生气又憋屈。

她抬头，看了一眼在旁边面无表情的温暖，心里头仿佛被一把火烧着。

温暖这个贱人！

温暖看着眼前的何燕，却并不觉得解气。

几百万元而已，根本不够。

简宅的客厅里。

简家父子三人静静地看着今天又忙碌到很晚才回来的温暖。

"妈最近早出晚归，每天戴的首饰都很贵重还不重样。爸，你的私房钱快用完了吧？"简允卓小声询问。

"那不是我给你妈买的。你妈原来就有。"简书沂解释道，"那些东西好多是古董，是你们的外婆在你妈嫁给我的时候给她的嫁妆。你妈原来不喜欢戴，有些搁在家里的保险柜里，有些存放在银行里，好多年没动过了。有些年代久远，都不能估算价格。"

"古董？这么多？"

"还不止，她每天换着戴一整套，可以一个月不重样，还有一堆古玩字画。"

温家祖上就出书法家和画家。家里人喜欢收藏，家中藏品无数，还开了一家博物馆来展出自家的藏品。

温暖有两个哥哥，没有姐妹。她爸妈就把家里的一大半珠宝首饰给她做嫁妆了。

温暖以前觉得无所谓，不爱显摆，如今跟何燕较上劲了，掏出她的嫁妆，随便一件就价值不菲。何燕即使铆足了劲儿也比不上。

何燕一直觉得家里的其他人要和她抢简家的财产，跟防狼似的防着其他人。

殊不知温暖根本没惦记简家的家产。她自己的小金库里的财富就够她和她的儿女们吃喝不愁了。

父子三人正说着话,温暖就进门了。

"明天盛华高中开家长会,大家都去。"温暖对一家人说道。

"妈,为什么要一家人都去?"简允卓小声问道。

现在在他们家,他是最没有发言权的人,有问题都要小声提问,能不能得到回答要看家人的心情。

"你们班的我去,小凌他们班的你爸和你大哥一起去。"

说罢,温暖又转头跟简书洐和简允丞说:"你们两个好好表现。我今天下午在妈那儿磨了好久,她才同意把参加小凌班上家长会的机会给我的!"

简一凌班上的家长会,简老夫人本来打算自己亲自去的。

温暖跑到老宅,在简老夫人的面前软磨硬泡了好久,简老夫人才将这个机会让给了温暖。

简书洐觉得温暖应该更想去参加简一凌的家长会,于是说道:"如果你想去参加小凌的家长会的话,小卓那边你可以让允丞去。"

温暖确实想去参加简一凌的家长会。但是她有别的想法,于是说道:"还是让允丞去小凌班上,过去给小凌撑撑场子,也好让小凌班里的男生知道小凌的哥哥看起来很凶,不好欺负。"

"妈,我们班的家长会你不用参加的。我上半学期没去上课,老师也没什么要说我的。你们都去小凌班上也行。"

简允卓对于自己班上的家长会没有任何的想法。

"我不单是为了参加你的家长会,我还有事情要做。"温暖没明说,但是简书洐和简允丞都能很快想到原因。

明天的家长会,莫慧琴作为莫诗韵的家长肯定也是要去的。

简允卓已经念高三了,和莫诗韵做同班同学也已经是第三年了。

之前的两年里,学校举办过很多次家长会,简爸简妈和莫嫂在家长会上相遇时,他们从来没有提过莫嫂是他们家的用人。

但是这一次,温暖就没有这么客气了。

第二天一早,简家的三个人准时抵达了盛华高中。

温暖去了高三的教学楼。简书洐和简允丞则去了高一的教学楼。

莫慧琴这两天日子很难过。简允丞来找她的事情她没有告诉莫诗韵,只为让莫诗韵安心上学。

何建军的事情就瞒不住了。他三天两头地往她们家里跑,虽然不吵不闹不骂人,但是光在她们家里待着,就足够让她们母女难受的了。

莫慧琴宁愿他动手,这样她还能多得到一点儿证据,到时候离婚官司好打一点儿。

他现在这样做，只会让她们母女觉得恶心。

今天这场家长会是女儿上高三后，学校召开的第一次家长会，她是绝对不能缺席，也不能给女儿丢脸。

所以不管最近日子有多难过，莫慧琴还是打扮妥当，穿上了她的最得体的衣服，出现在了女儿的教室里。

每次参加家长会的时候，就是莫慧琴觉得最自豪的时候。

老师会夸奖她的女儿。其他的家长会向她投来羡慕的目光。

她这一辈子生活在社会的底层，没有什么拿得出手的东西，只有这件事，是别人都要仰着头看她的。

不管他们是社会精英，还是企业老板，在这个时候都得向她投来羡慕的目光，羡慕她生了一个成绩优秀的女儿。

但是今天，莫慧琴没法真正高兴起来。

因为她知道，一会儿简允卓的家长也会来。

她害怕来的人是简允丞，她现在很怕简允丞。

当她看到打扮得优雅端庄的温暖从教室的前门进来的时候，她的心情缓和了一些。

温暖是简家这么多人当中性子最柔软的一个，就连说话都是轻声细语的。

莫嫂在简宅做了几年工，温暖一直很好说话。不管她是请假，还是犯了小错，温暖都不会计较。

虽然，如今温暖应该不会再温柔地对待她了，但至少会比简允丞那个黑煞星要好不少。

在温暖快要来到莫慧琴身边的时候，莫慧琴低下了头，不敢直视她。

在看到温暖越过她，走到了贴有简允卓名字的课桌前坐下时，莫慧琴的心里松了很大一口气。

看来温暖不会做什么，她这样的人，在这么多人的面前，应该是不会做什么过激的事情的。

家长会的前半段进行得很顺利。

家长会进行到一半的时候，班主任请优秀学生的家长到讲台上发言，让他们讲讲教育子女的心得。

这是每次家长会都会有的环节，作为高三学生的家长，大家已经习以为常了。

莫诗韵一直是班里成绩数一数二的好学生，所以每次家长会的家长发言环节，莫慧琴都会被点名。

今天也不例外，在听到班主任说"请莫诗韵的家长上台发言"时，莫慧琴的心情既激动又紧张。

她慢慢起身，刚走了两步，温暖就站了起来。温暖打断了莫慧琴上台发言的举动。

"莫诗韵同学的家长没有资格上台发言。她品行不端正。她女儿的成绩再好，她也没有资格上台发言。"

温暖的突然开口，让教室里的其他家长都看向了她。

孩子们同班三年，教室里的家长都认识温暖，知道她是简夫人。

往年不管是她先生来，还是她来，夫妻俩在家长会上说的话都不太多。

今天她突然开口，着实让人没有料到。

莫慧琴的身体顿时僵住了。她不敢直视温暖，心里紧张不已，一颗心怦怦直跳。

班主任连忙问温暖："简夫人，这是怎么回事？"

温暖不紧不慢地解释道："莫慧琴原先是我家的用人，在我家工作了也快三年了，最近刚被我们开除了。原因是她手脚不干净，还企图做危害我们家庭关系的事情。"

"这位莫夫人原来是你们家的用人？"

有家长对此感到惊讶。

"之前一起开了那么多次家长会，怎么从来没有听你说过？"

有家长提出疑问。

温暖解释道："我从前不说，是觉得她是不是我家的用人和学校里的事情没有关系；我现在说，也不是因为她的职业是用人，而是因为她在做用人期间出现了品行不端的行为。"

说着，温暖拿出了一个U盘，继续说道："说话是要讲证据的，我不会随便冤枉人。如果大家有疑问的话，老师可以当着大家的面播放U盘里的视频。"

温暖是有备而来的。

温暖都这样说了，就算还没有看U盘里的东西，大家也基本能够想到事情的全貌了。

莫慧琴的脸上毫无血色。她感觉有无数道并不友善的目光看着她。她的身体轻轻地颤抖了起来。

屈辱、害怕，一股脑儿地袭上她的心头。

而让莫慧琴最害怕的是，这里是学校，在她面前的人是老师和其他学生的家长。

温暖今天这么一闹，以后她女儿在学校里要被人怎么看待啊？

"简夫人，你为什么要在今天这种场合说这样的话？这是家长会，我跟你们之间的事情跟我女儿没有关系。你要是觉得我工作有没做好的地方，你冲着我来就好了，不应该借题发挥，当着老师和其他家长的面毁坏我女儿的名声。她没有做过任何对不起你们家的事情。"莫慧琴满脸委屈，声音颤抖着说道。

"莫慧琴，如果我刚才说的那些话里有一句是假的，你可以反驳我。但如果我说的都是真的，你就没有资格说我毁你女儿的名声。你能做，我就能说。不是我不说出来，就代表你没做过。真正毁坏你女儿名声的人是你，不是我。"温暖并不理会莫慧琴的哭声，转而对班主任说："还请班主任老师采纳我刚才的意见，取消品行不端的家长上台发言的环节。"

班主任老师当然同意。老师请家长代表上台发言，是让家长代表给大家分享教育优秀子女的经验。家长本人品行都不端正了，那还有什么好分享的？

班主任赶忙宣布家长会进入下一个环节。

莫慧琴在教室的过道里尴尬地站了好一会儿，然后颤抖着迈开腿，一步一步艰难地走回自己的座位。

教室里的其他家长时不时地向她投来嫌恶的目光。

莫慧琴全程如坐针毡。

本是她最喜欢的家长会，如今却变成了她的受刑场。

另外一边，简书沥和简允丞也来到了高一（8）班的教室里。

因为班主任只给每个家长准备了一个座位，而简一凌的座位被简书沥坐了，所以简允丞就只能在门口站着了。

班主任进门的时候，看到门口站着一个大帅哥时还愣了一下。

班主任是一个年轻的未婚女性，看到这样的大帅哥后，脸颊不自觉地红了一下。

家长会开始后，班级里的不少家长朝简允丞投来了别样的目光。

今天留在学校里做志愿者，帮忙组织家长会的同学还偷拍了简允丞的照片放到了学校的论坛上。

"高一（8）班门口惊现超级大帅哥，求问这是谁的家长！"

该帖子一发，下面立刻跟帖无数。

"高一（8）班的，有知道的快出来认领一下啊。要是没人认领的话我就要了！我要将他拐回家去！"

大家猜测了好半天后，终于有个知情人出来说话了。

"别猜了，这是简允丞，简一凌的亲大哥。"

"啊啊啊，我现在跟简一凌做朋友还来得及吗？"

众人正兴奋地议论着，忽然来了一条歪楼的评论。

"你们别想了，这个男人脾气差得要死，十分自恋、自大、自以为是！从小到大都是那副鬼样子！要不然你们以为他为什么长这样还没有女朋友？"

这个人的描述和其他人的描述有点儿不一样。他好像对简允丞比较熟悉。

家长会结束的时候，简书沨和简允丞父子俩还特地找了简一凌的班主任谈话。

面对一老一少两个大帅哥，班主任都有点儿不好意思了。

简书沨客客气气地跟班主任交代了一些事情，拜托班主任帮忙多照顾照顾女儿身体方面的情况。

班主任连连答应了。

接着，简书沨和简允丞在高三教学楼下等温暖，等了好久才等到温暖。

"阿暖，你做什么去了？怎么这么晚才下来？"简书沨关心地询问妻子。

"我刚才遇到家长委员会的主席了。我跟她谈了谈，接下来我会以家长代表的身份加入家长委员会，下一次选家长委员会主席的时候我也是候选人。"

简允卓念高三了，明年就毕业了。简一凌还有两年多才能毕业，温暖加入家长委员会很有必要。

简书沨明白妻子的意思，轻拍妻子的背，安慰道："别太辛苦了，如果实在不喜欢做，就不要勉强。"

"不勉强，以前我不爱做这些事，是我觉得没必要。要是早知道我一让再让会让我的孩子受到伤害，我是绝对不会让步的。"温暖眼睛微红，回答得很坚定。

真不是辛苦不辛苦的问题，而是如果她不去做，就有人要欺负到他们的头上来了！

简书沨正要开口再安慰妻子两句，就听到温暖说："对了，我得回去煲汤了。"

听到温暖说她要煲汤，简书沨瞬间慌了，接着心疼了一下自己和简允陌。

莫慧琴担心的果然没有错。周一莫诗韵再次来到学校的时候，大家看她的眼神彻底变了。

这一次的事情比上一次她爸爸到校去闹的事情更严重。

莫诗韵的爸爸虽然是个烂人，但是不常和莫诗韵生活在一起。

莫慧琴不一样。她是一直和莫诗韵生活在一起的人，而且母女俩的关系一直很好。

莫慧琴的品行不端让更多人对莫诗韵有了看法。

再加上莫慧琴是简家用人的事被揭穿，莫诗韵和简允卓之前一起上下学的原因也就被同学们知道了。

而且他们之间关系的变化也证明了简夫人在家长会上说的话是真的。

这一次，莫诗韵不能再像上一次那样通过其他方面的成绩来掩盖她母亲的事情了。

莫诗韵被大家用异样的目光看着，被同学们在论坛上用奇怪的言论讨论着。

这种百口莫辩的感觉，将她心中的最后一根弦崩断了。

她不想招惹简一凌，她已经在躲避简一凌了。他们却步步紧逼，不给她和妈妈一点儿退路。

这时，莫诗韵的手机响了，是一个男生发来的关心她的信息："莫诗韵同学，你没事吧？不要太在意同学们的言论，你爸妈做错的事情不应该归咎到你的身上。而且现在根本就没有证据证明你妈妈做了不好的事情，都是你妈妈以前的东家的一家之言，不可以全信的。"

给她发消息的男生念高二，名叫安洋。

安洋长得并不差。在同学们上一次评选校草的时候，他以十九票之差落后于简允卓。

他与简允卓相比，差的不是长相而是学习成绩。

在大家都开始怀疑莫诗韵并且对她产生意见的时刻，安洋主动安慰起了莫诗韵。

和之前不同，莫诗韵今天给了安洋回复："谢谢关心！但是这件事情没有人能帮我。哪怕是你，也只是觉得我爸妈的事情和我无关，没有人相信我妈妈是无辜的。"

"你的意思是，你妈妈是被冤枉的？"

"算了，说再多也没有用了。"

"那不一定，或许有什么地方是我能够帮到你的。"

"这事是我妈妈以前的东家传出来的。他们伪造了证词和证据，别人说什么都没有用的。"

"他们为什么要这样害你们？是你妈妈有什么地方没做好吗？还是她看

到了不应该看的东西?"

"我知道他们这么做是为了保护他们的女儿。我妈妈也答应过不会把事情说出去的。"

安洋很快明白了莫诗韵话里的意思,说道:"难怪,你妈妈在他们家都做了三年了,他们到现在才说你妈妈有问题。其实问题出在他们自己的身上,对不对?"

"算了,都过去了,我和妈妈斗不过他们。"

"你别这么想,你们只要没有做错事情,就不应该受到这样不公平的待遇。"

"安洋同学,你的好意我心领了,但是这件事情你不应该插手。"

"没事的,没什么是我不能插手的。你先别难过,这件事情我会帮你的。"

安洋决定帮莫诗韵一把。

莫诗韵一直是个很有上进心又很让人心疼的女孩子,这是安洋一直很喜欢她的原因。

他是不会看着自己喜欢的女孩子成为别人的垫脚石,受委屈让人踩踏的。

简一凌收到了一个陌生的手机号码发来的挑战书。

挑战书字数颇多,简单来说,就是对方要跟简一凌做一个一对一的公平对战。比赛的内容是玩游戏,具体玩什么游戏由简一凌来挑选。

如果简一凌输了,她就要澄清莫诗韵母亲的事情,并且向莫诗韵母女道歉。

这个人不仅给简一凌发了短信,还在学校的论坛上发了帖子,让全校的学生为这件事情做证。

安洋的兄弟们看到安洋发的帖子后问安洋:"洋哥,你这战帖下的,万一简一凌选一款《消消乐》之类的游戏,你可咋整啊?"

"那不然怎么着?她虽然可恶,但毕竟是个女孩子。我总不能直接去欺负一个年纪比我小的女孩子吧?那我以后还怎么在外面混?"

不同于邱怡珍的仗势欺人,安洋是出了名的仗义、讲规矩之人。

他虽然不能算好学生,但是坏得很有原则。

那个简一凌再怎么差劲,他也不能直接跟她动手。找一伙人把女孩子围堵在角落里,这种事情安洋干不出来。

若简一凌是男生,他保证已经用拳头伺候简一凌了。

"那你至少指定一下游戏类型啊。洋哥,你现在不是《虫族入侵》的忠实粉丝吗?这款游戏现在最受欢迎,也最有技术含量,适合你做挑战。"

"你以为我不想？那全让我一个人说了，不是显得我欺负人吗？赢了也不光彩！我这是在给我的女神找场子！不是来砸我自己的场子的！再说，就算她选《消消乐》《俄罗斯方块》之类的游戏，我也有信心赢她！只要是游戏，就没有我不擅长的！"

他旁边的小弟小声提醒道："洋哥，你在《虫族入侵》中目前还只是你们大区的第三名，前面还有两个人你没超越呢。"

"别提那两个变态，那不是人。我只跟人比！"

"不管怎么说，安洋哥你这次为了你的女神牺牲太大了。回头我可能要看到你抛弃《虫族入侵》拼命玩《消消乐》的场景了。我该庆幸那什么暖暖的换装游戏没有比赛。"

战帖下面有好多人在@简一凌，要求简一凌出来接受挑战。

大家都是看热闹不嫌事大的人，已经开始帮简一凌挑选她可能赢的游戏了，还提议对比赛的过程进行线上直播。

就算是比《消消乐》，他们也想要围观。

甚至有人开了一篇帖子，对比赛的结果进行竞猜，输了的人做一套卷子。

更有好事之人追问安洋："楼主楼主，你赢了让简一凌澄清并道歉，那你要是输了呢？虽然这个可能性几乎不存在，但我们还是应该先问清楚。"

"对对对，楼上的说得对。"

过了一会儿，安洋上线回复："如果我输了，我就认简一凌做大姐大，为她当牛做马。"

安洋此言一出，论坛里就更加热闹了。

虽然大家觉得简一凌赢的概率很低，但是架不住这件事情好玩啊！

因此，论坛上热闹不已，简一凌的回复显得格外重要。

胡娇娇很担心。因为她知道安洋是个不好惹的人。

全校除了那个邱怡珍，就数安洋最不好招惹了。

如果严格来算的话，应该是安洋比邱怡珍更难招惹。

现在邱怡珍休学了，那盛华高中最可怕的人就是安洋了。

"一凌，我们不比了吧？"胡娇娇说，"听说那个安洋玩游戏很厉害的，什么游戏都玩得很好。比《消消乐》我们都不一定能赢的！"

"想比。"简一凌说。

"什么？"胡娇娇的嘴巴张得老大。她问，"为什么啊？"

"想做大姐大。"简一凌回答道。

简一凌觉得她在学校里的小麻烦有点儿多。如果有个小弟，或许她可以避免很多不必要的麻烦。

胡娇娇惊讶地看着简一凌，发现她的表情特别认真。

她好像真的想做大姐大！

在胡娇娇惊讶的时候，简一凌已经在回复安洋的消息了。

"《虫族入侵》，晚上七点。"

简一凌的回复简明扼要，直接写明了比赛的内容和时间。

收到回复的安洋都愣了。简一凌竟然选了《虫族入侵》！

而且她将比赛的时间定在了今天晚上的七点！

这女孩是什么情况？她想不开？她想输？还是她压根儿就不知道他玩这款游戏有多厉害？

为此，安洋还发了消息跟简一凌确认，问她是不是发错了。

简一凌回复确定没错后，安洋才彻底接受了这个结果。

看到简一凌发出去的消息后，胡娇娇都惊了，问道："一凌，你怎么选《虫族入侵》啊？"

胡娇娇心想：完蛋了，这回彻底完蛋了。选《消消乐》，一凌或许还有点儿胜算，这选了《虫族入侵》，还怎么玩啊？

"只玩过这个。"简一凌解释道。

她没什么时间玩游戏，也只玩过这款游戏。因为于希总邀请她，所以她玩的次数比较多。

"啊……"胡娇娇欲哭无泪，说道，"早知道我就该带你多玩玩其他的游戏……"

一凌今晚死定了。

安洋将简一凌的回复截图后上传至学校论坛，作为简一凌接下他战书的证据。

这张截图一被传至学校论坛，帖子下面就炸窝了。

"简一凌什么情况？她这是想不开了吗？"

"她是不是不知道安洋是玩这款游戏的高手啊？"

"安洋不仅是高手，我听说这次《虫族入侵》的线上比赛，安洋他们战队已经挺进全国前一百名了！"

"简一凌这不是找死吗？她这么想给莫诗韵道歉？"

"我觉得她可能是傻了。"

"不管是什么原因，反正今天晚上有好戏看就对了。我要观战！我要看直播！"

"调好闹钟，搬好小板凳，前排出售花生、瓜子！"

"来来来，赌一张试卷，安洋与简一凌的比分为十比一！"

"我赌一本《五年高考三年模拟》，有没有人敢接下？"

"我要把我钉钉上的作业都押了，来一个敢接的人。"

同学们都摆出了一副看好戏的姿态。一边是他们学校的男校霸，一边是他们学校的话题女王。

这两个人之间的"斗争"，不管谁输谁赢，都值得一看。

事情闹得这么大，莫诗韵当然也知道了。

刚开始，她觉得安洋的方法有点儿傻。简一凌只要不接受挑战，就什么事情都没有。

结果简一凌接受了，那么，傻的人就是简一凌了。

因为只要她接受了挑战，等她输了，不管她道不道歉，错的人都是她。

如果简一凌道歉了，莫诗韵和妈妈就可以洗刷罪名。

即使简一凌不道歉，也会受到唾弃。

胡娇娇拉着简一凌，问："一凌，你的账号里装备是不是不够多，是不是有些限量款的枪没有买？要不这样，你用我的账号吧，我的账号之前借给我一个表哥打过。他打到'钻石'了，账号里有很多枪了。"

《虫族入侵》的不同型号的枪和装备是通过达成成就获取的，不能通过充值的方式获取。

等级高的玩家肯定是有所有装备的。

但是等级低的玩家，很多装备还没有拿到手。

胡娇娇以为简一凌很少玩这款游戏，段位是"青铜"或"白银"，那样的话绝大部分的装备简一凌是没有的。

为了让简一凌输得不那么难看，胡娇娇果断地把自己的账号、密码给了简一凌。

"一凌，这个账号你随便用，不用客气！今天晚上一定要加油，就算输了也不要难过！我们尽力就行！"

胡娇娇现在也只能这么安慰简一凌了。

简一凌已经接受了挑战，再后悔也没有用了，只能勇敢地面对接下来的比赛。

第十章
较　量

晚上七点，简一凌在家里准时上线。

她登录的是胡娇娇的账号。

胡娇娇的账号的段位是"钻石"。

安洋拉她进了房间。

这是自定义房间，参与比赛的人就他们两个，而观战席的十个位置坐满了。

其他进不来的同学只能通过观看观战席上的同学的视频直播，来获取与比赛有关的消息了。

众人看到简一凌的账号是"钻石"段位的，而安洋的账号不仅是最高段位"宗师"，更有全区排名第三的标志和战队赛百强的标志。

这两个账号根本就不是一个级别的。

这要是游戏开始了，简一凌还不得被碾压？

看来，等一会儿会有好戏看。

安洋在房间的聊天界面上打出一行字："准备好了的话就开始。"

"好了。"

看到简一凌的回复后，安洋按下了"开始"键。

游戏开始了。

两个人同时进入到处潜伏着强大虫族的地图。

游戏刚开局，安洋就爆发了击杀，拿到了开门红。

果然二人的实力差距摆在那里，不服都不行。

直播平台上刷过去诸多弹幕："突然觉得简一凌有点儿可怜。"

"她会不会被虐哭啊？"

"自己接下来的战帖，就是跪着也要打完比赛。"

"安洋大神真厉害！"

众人正刷着弹幕呢，忽然，游戏界面上开始弹出与简一凌有关的消息。

"玩家'只求考试不挂科'使用 M416 步枪爆头击杀了一名虫族成员，获得六十积分。"

"玩家'只求考试不挂科'使用炸弹击杀三名虫族成员，完成三连杀，获得四百二十积分。"

如果同时杀死了多名虫族成员，积分是会比一名一名地击杀高很多的。

但是一次性击杀多名虫族成员的难度要比一次击杀一名高太多了，一般人很难做到。

弹幕停了一会儿。

过了好一会儿，弹幕上飘过来了一堆问号。

满屏的问号把直播界面遮挡得严严实实的。

简一凌这是什么操作？

她这是找人代打了吗？

不对啊！为了确保比赛的公正性，简一凌和安洋都用手机对准了自己，在另外一个直播间里是可以看到这两个人的操作画面的。

操作着"只求考试不挂科"这个账号的人的的确确是简一凌啊！

众人目瞪口呆，看着简一凌的分数猛涨，很快便将安洋甩在了后面。

这怎么可能？

安洋可是本区的第三名啊！

怎么会有人能碾压他？

弹幕里画风骤变，众人直呼不敢相信。

最蒙的人还属安洋。

本来他以为这是一场轻轻松松就能赢的比赛。

可是现在，他的分数被简一凌甩开了快一倍！

这是他纵横游戏场这么多年以来第一次遇到的情况！

而且这个碾压他的人竟然还是简一凌！高一那个看着风一吹就能倒的小姑娘！

在安洋身后站着的几个小弟这会儿大气都不敢喘。

他们不敢出声，怕影响已经处于劣势的安洋发挥。

就算他们没有影响安洋，安洋也已经手心冒汗了。

比赛进行到第十五分钟的时候，全地图的虫族成员的死亡数量已经超过百分之八十了！

而其中的百分之六十是被简一凌击杀的！

游戏进行到这里，胜负基本已经可以分出来了。

因为就算剩下的百分之二十的虫族成员都被安洋击杀，他的积分也不可能超过简一凌了，除非他能像简一凌一样连续连杀。

但这显然是不可能的。

比赛进行到第二十分钟的时候，全地图的虫族被消灭了，游戏正式结束。

简一凌击杀数：73；安洋击杀数：27；简一凌积分：6570分；安洋积分：1220分。

二人的分数虽然没有相差十倍这么夸张，但也已经足够打击人了。

终于有人回过神了，在弹幕上写道："老天爷啊！爆冷门啊！简一凌竟然赢了！"

"简一凌是什么神仙游戏玩家？她也太厉害了吧？反正我刚才是跪着看直播的！"

"还好刚才没有人跟我打赌，不然我就输惨了！"

安洋和简一凌从结算界面出来，回到自定义房间里。

简一凌在公屏上打出了一行字："叫'大姐大'。"

不等安洋做出反应，弹幕上刷过去一片"大姐大"。

更有人厚着脸皮跪求当简一凌的小弟："大姐大求带，我躺赢的姿势十分标准！"

"大姐大，你介不介意再多收两个小弟？特别恭敬的那一种！"

"大姐大，求带上分啊！我是你的小迷弟，虽然我比你大两岁！"

"……"

安洋这边。他身后的几个小弟都觉得很尴尬，不知道该怎么开这个口。

安洋是他们认的老大，现在老大输了，要认别人做大姐大了。

更要命的是，这个大姐大怎么看都不像大姐大。

"洋哥，要不，这事咱就这样算了吧？"

"对啊对啊，洋哥，咱就当开了个玩笑，认个输也就完了，没必要真管她叫'大姐大'！"

兄弟们一起劝安洋。虽然出尔反尔有违他们洋哥的行事准则，但是总比以后要听一个小丫头片子的差遣好吧？

他们也是真的没有想到，他们的洋哥竟然会在自己最拿手的游戏上面栽跟头。

本来洋哥是想替自己的女神找场子的，现在却直接把自己的场子砸了。

"不行，我安洋一向说话算话！我自己承诺的事情，怎么能不算数呢？"安洋在这一点上很坚持。

"要不，我们另外找一个借口？比如再比一场之类的？"小弟又建议。

"不行，这是要流氓！我不干这种事！"

"你不会真的想认那个简一凌做大姐大吧？"

"不然怎么办？话是我自己说的！我安洋说话算话！"

"可是她不是你的女神讨厌的人吗？你要是认她做了大姐大，那你的女神怎么办？"

这的确也是一个很严重的问题。

"我回头再跟她解释去！"

反正安洋不能做言而无信的人。

安洋咬了咬牙，在公屏上打出了三个字："大姐大"。

观战的人又疯了，在弹幕上疯狂地打字："天哪，安洋认简一凌做大姐大了！"

"不行了，我已经在脑补那幅画面了！安洋对着简一凌鞠躬喊'大姐大'的画面！"

"那画面太美，我太想看了！"

现在，安洋只是在网上叫了一声，大家就已经这么激动了，等到明天大家在学校里见面的时候，那还得了？

大家都很期待第二天的到来。

这个时候，安洋又在公屏上发了消息："我点了'人物关系申请'，你确认一下。"

《虫族入侵》系统提供自定义人物关系设置。

安洋说到做到，直接将简一凌操作的账号设置成了"没事别烦老子的大姐大"，等待简一凌确认。

简一凌回："这个号不是我的，我换一个号。"

这个账号居然还是她借的？

安洋没多想，又在公屏上写道："那你换成自己的账号后，我再设置。"

简一凌退出了胡娇娇的账号，同时关掉了她这边的直播。

安洋等了一会儿，收到了一条请求加入房间的申请："玩家'J10'请求加入房间。"

"J10"这个名字安洋不可能不熟悉。

"J10"是被他定义为非人类的玩家之一，如今他们区的第一名！

看到这个名字的一瞬间，安洋怀疑自己看错了。

安洋身后的小弟们更是一脸惊讶地说道："洋哥，'J10'不是你们区的第一名吗？"

"你们区的第一名申请加入房间？这是什么情况？他是想跟你比赛吗？"

"这也太刺激了吧？"

因为安洋还没有关掉直播，他的游戏界面还在直播当中，观众席上的同学们也看到了这条申请。

又有人在疯狂地刷弹幕了："啊啊啊，我也是这个大区的。这个大区的第一名和第二名特别变态。"

"洋哥，快接受申请，让他进来！我们要看大神操作。"

"不对，我想看你的大姐大和他比赛！"

"附议。"

"附议。"

安洋犹豫了一下，点了"确认"按钮。

接着，大家就看到"J10"出现在了房间里。

"J10"段位：宗师；排名：第一；所属战队：晟气凌人（全赛区十强战队）。

这一对比，安洋的那个账号就显得很弱了。

"合影合影，我要和大神合影！"

"啊啊啊，你们弹幕发太多了，影响我和大神同框了。"

"大区第一名真的出现了！我也是这个大区的。这个大区的第一名真的是怪物级别的玩家，战绩全胜！每局的积分都高到无法想象！"

这个区的第一名、第二名和后面的玩家拉开了很大的积分差距。

其他的玩家在玩这个游戏时，想的是如何在确保自己的血条不空的情况下尽可能多地杀死虫族成员；而这个区的第一名和第二名在玩这个游戏时，想的是如何一次性多杀死几名虫族成员，完成连杀，获得成倍的积分。

连杀积分翻倍，但是难度太大，一般人偶尔做到一次就不错了。

想要凭自己的能力频繁地实现连杀，除了有走位、预判，还要布局良好，以及拥有好的枪法和对出手的时机有着准确的把控。

安洋愣了好一会儿，然后在公屏上打字询问："大神进来做什么？"

"做你的大姐大。"

虽然简一凌只打了六个字，但看得到这个回复的人都傻了。

这……这……

这是简一凌的台词啊！

"你是简一凌？"安洋惊讶地打出这行字。

"嗯。"

"'J10'是简一凌？"

这个问题一发出去，安洋自己都愣了。

J10，简一凌，读音都是一样的！

"J10"真的是简一凌的账号！

安洋又在公屏上打出一行字："你刚才为什么不用这个账号？"

"帮朋友达成一下成就。"

简一凌刚才和安洋比赛时，达成了很多次连杀、爆头击杀的成就。

达成成就可以解锁新装备。刚才的比赛结束后，胡娇娇的账号里多了很多之前没有的装备。

同学们又开始发弹幕："大姐大，我的账号也需要解锁新装备。"

"大姐大，你还想玩游戏吗？我的游戏账号嗷嗷待哺。"

"我要用什么办法才能引起我大姐大的注意，让她临幸一下我的账号？在线等，挺急的。"

"大姐大，我是你失散多年的小弟啊！"

安洋又受了一些刺激，竟然觉得叫简一凌"大姐大"也不是那么难以接受的事情了。

安洋赶紧申请了和简一凌之间的称谓。

简一凌点"确定"的同时，给安洋设置了称呼——"J10的小弟"。

安洋接受了这个设定，并把这个设定挂在了自己的名字上。

做惯了大哥的人去做别人的小弟本来是挺伤感的事，但是前面的人物换成"J10"之后就好像没有那么难受了。

干完这些，简一凌就下线了。

围观的群众还有点儿意犹未尽。

安洋看着屏幕发了好一会儿呆。

"洋哥，你还好吧？"小弟们有点儿担心安洋接受不了。

"好像做大神的小弟也不是很难接受的事情。"安洋跟自己的小弟们说。

小弟们面面相觑。

洋哥这是刺激受多了,开始自我安慰了?

可怜的洋哥!明天他还要去学校亲自拜见他的大姐大呢。

那画面他们简直不忍心看!

第二天一早安洋就去了学校,还买了一些水果和零食,拎着到了高一(8)班的教室门口。

座位离门很近的同学一看见安洋来了,就喊简一凌:"大姐大,你的小弟来了!"

这一喊,教室里的同学们纷纷抬起了头。

大家都是昨天看了热闹的人,都等着今天的线下大场面呢。

教室里的同学们表面上不动声色,其实都在围观,眼睛不停地瞄向简一凌和安洋。

安洋也不啰唆,直接进了高一(8)班的教室,把自己买的水果、零食往简一凌的桌子上一放,说道:"说吧,想要我干点儿什么?"

安洋虽然认了大姐大,但是还没习惯真的把简一凌当成大姐大,说话时还是带着原来的傲气。

"为什么向我发起挑战?"简一凌问安洋。

"你问我为什么?我在挑战书里不是写得很明白吗?我想让你澄清你们家的人冤枉莫诗韵和她妈妈的事情。"

"你为什么觉得我们冤枉她了?"

简一凌并不清楚现在的莫诗韵的事情。

曾经,她自认为和莫诗韵之间并没有什么冲突和交集。

甚至在安洋找上她之前,她都不知道温暖在参加家长会的时候做的事情。

曾经,这些事情都没有发生。

莫诗韵的出身虽然不好,她一路走来也很辛苦。但是她此前一路都是顺风顺水的。

一路上有很多贵人帮助她,每次遇到困难也都能在关键时刻化险为夷。

而简一凌是莫诗韵一开始就瞧不上的人。

莫诗韵并不想搭理这个娇生惯养的大小姐。任由简一凌怎么跟她过不去,她都是一笑置之。

现在简一凌不去找莫诗韵的麻烦了,理论上两个人之间就不该有什么牵连了。

安洋看着简一凌,耐着性子说道:"就算不是你冤枉她们的,那也是你们家的人做的。你出来澄清，她就没事了。不是我说，你们简家的人干吗要跟她过不去？她从小就很难，一个人熬到现在不容易。她吃了很多苦，付出的努力是别人的很多倍。你们这样毁了她真的不好。"

安洋的语气里满是对莫诗韵的心疼。

"理由、证据。"简一凌说。

安洋要简一凌澄清，就要拿出理由和证据。

"这……这要什么理由？莫诗韵不是那样的人！"

安洋很相信莫诗韵。他认识她好几年了，也把她的努力看在眼里。

对于有人质疑莫诗韵，安洋表现得很烦躁。

安洋刚说完，他的手机就连续响了好几次，一个陌生的手机号码给他发来了几条消息。

安洋打开未读消息，发现是好几段视频。

这几段视频是温暖那天准备好的U盘里的东西。

视频里，莫慧琴跟别人说简一凌把简允卓推下楼梯的内容也在。

视频既有声音也有画面。

简允丞在知道莫慧琴有问题后，依然让她和莫诗韵在简家继续待了那么多天，其间录下的各种证据十分齐全。

发件人不是简一凌，是一个陌生的手机号码，好像还是一个国外的手机号码。

安洋点开视频，看着那一个接一个的视频，脸色一点点地变了。

他看完视频，再看看简一凌，想到自己刚才说的话，脸突然红了。

安洋觉得自己刚才太丢人了。

同时，愤怒之情袭上他的心头。

羞愤交加的安洋习惯性地低声咒骂了一声。

接着，他看了一眼自己面前的简一凌，解释道："我不是在骂你。"

安洋这会儿没有心情对简一凌做更多的解释。

他的女神骗了他，为什么？

安洋越想心里越不痛快，直接掉头离开了教室，朝着高三重点班的教室走去。

安洋向来直来直去，有了想法就一刻也等不了。

隔着大洋的M国，某高级公寓里。

霍钰正看着自己的电脑屏幕咯咯笑。

盛华高中的校园论坛现在可是他的地盘，这上面出现了什么跟小一凌有关系的东西他都会第一时间知道。

不过这次有人向小一凌挑战的事他没有直接干预，因为他看到挑战的内容是玩游戏。

啧啧啧，这人真是不知道天高地厚啊。他们小一凌可是《虫族入侵》天下无双大区的第一名啊。

《虫族入侵》是他们环游科技公司开发的游戏。

霍钰是环游科技公司的核心成员，能看到所有游戏玩家的资料，自然也就知道"J10"就是简一凌。

不过，这件事情他没有告诉简允丞。因为最近简允丞又虐待他了，给他安排了一堆活儿。

气得他根本就不想搭理简允丞，也就不想将简一凌是《虫族入侵》游戏高端玩家的事情告诉简允丞。

哼！

而刚才，有同学将安洋去简一凌的教室里"拜见"大姐大的照片传到了校园论坛上。

霍钰看准了时间，将那些视频都传到了安洋的手机上，让安洋看看他在讨的所谓的公道。

干完这些，霍钰优哉游哉地坐在他的电竞椅上。想着下次见面的时候，一定得告诉小一凌，她的霍钰哥哥在幕后为她辛苦干的这些事情，让她喊他一声钰哥哥。

安洋直接冲到了高三重点班的教室里。教室里的同学们看到安洋进来，既惊讶又好奇。

安洋不是去拜见他刚认的大姐大了吗？怎么跑来他们班了？

安洋径直走到了莫诗韵的面前，质问她："你为什么要骗我？"

安洋的眼里冒着怒火。

如果是其他人骗了他，他或许还不会这么生气。

正因为骗他的人是莫诗韵，他才这么生气。

"什么？"莫诗韵看着怒气冲冲的安洋，有些不知所措。

"你说呢？你说简家人冤枉了你，可是他们明明有确凿的证据，就是你妈妈不光手脚不干净，嘴巴也不干净。你竟然还说是他们冤枉了你，还跟我哭诉。你是在耍我吗？"安洋气愤地说道。

他一心想要好好保护的女孩，竟然这样欺骗他。

"我没有……"莫诗韵咬住下唇。安洋的质问、周围同学的目光，让她浑身发凉。

直到这一刻，莫诗韵依旧认为自己的母亲没有错，认为外面的议论是简家人蓄意为之。为了简一凌，他们不惜伤害她和她的妈妈，不顾她们的死活。

她求助无门，难得安洋愿意帮她。

她确实是故意让安洋去找简一凌的麻烦的，可这也是被简家人逼的。

他们这样对她和她的妈妈，她反击有什么错？

"你还说没有？"安洋痛心地说道，"莫诗韵，我真是瞎了眼了！我不知道当年那个在路边吹了几个小时冷风，帮迷路的小女孩找到家长的善良女孩去哪里了？"

安洋对莫诗韵的喜欢就是从那个时候开始的。那对安洋来说是一段很美好的回忆。

那个善良、认真的女孩从那一天开始住在了他的心里。

"安洋，你说话要有证据。"莫诗韵不容自己露怯，这样会显得她心虚了。

"莫诗韵！你别告诉我昨天不是你跟我哭诉你和你妈妈被简家人冤枉了，让我去帮你讨回公道的！"

"我没有让你帮我讨回公道！我确实说了我和我妈是被冤枉的，你不信是你的事情，反正我们没错，我没有什么好承认的！至于去找简一凌，那是你自己的事情。我从来没有说过让你去找简一凌的话！你现在怪到我身上来是什么意思？我知道你现在认了简一凌做大姐大。你现在听她的话了，也不用这样帮她对付我吧？这是她在收你做小弟后让你做的第一件事情吗？"

莫诗韵一番反质问的话，把安洋气笑了。

他笑着笑着，眼睛就红了。

这是他一直以来想要守护的女神，是他曾经发誓要保护好的女孩。

他刚才冲过来找她的时候，还期望听到她解释一句。

有一瞬间他还希望是自己弄错了。

他记忆中那个温柔、善良、干净、美好的女孩子，已经无法和眼前这个人重叠在一起了。

她虽然满脸泪水，可他一点儿都同情不起来。

安洋转过头，走出了教室。

"洋哥！洋哥！"

他的小弟们担忧地追了上去。

他们还是第一次看到他们的洋哥这个样子。

安洋走后，莫诗韵在同班同学们心目中的形象彻底坍塌了。

当着莫诗韵的面，大家没有说什么，但是论坛上满是关于她的负面评价。

"莫诗韵真是做得出来，居然利用了安洋对她的喜欢。"

"是啊，听他们俩的对话，安洋完全是被她骗了。"

"可怜的洋哥。"

"真是没想到啊，我一直觉得莫诗韵人挺好的，性格温和、好相处，唉，真的是……"

不管是男生还是女生，对于给自己留备胎、煽动备胎为自己做事都会感到厌恶。

大家一面倒地批判着莫诗韵。

班级里的同学们也开始有意无意地疏远莫诗韵。

这样的场景，和当初简一凌被诬蔑把简允卓推下楼梯的时候十分相似。

面对这些，莫诗韵咬着牙，内心恨意泛滥。

晚上回到家后，莫诗韵找自己的母亲问了事情的经过。

"妈，现在你只有把全部事情告诉我，我才能知道应该怎么做。"

在莫诗韵的劝说下，莫慧琴对莫诗韵吐露了实情。

莫诗韵听完后愣了好一阵。她妈妈说的这些事带给她的冲击很大。

莫诗韵感觉自己的内心世界有一角崩塌了。

莫诗韵想了很多，想到了自己被简一凌、简家人夺走的种种。

她想到了化学竞赛，想到了她们被赶出简宅的那天，想到了和简一凌在一起的秦川，想到了她被替换掉的角色，想到了现在校园论坛里同学们对她的各种评价……

莫慧琴心慌了，说道："诗韵，你别吓妈妈。都怪妈妈不好，是妈妈害了你。"

莫慧琴不停地跟女儿道歉："对不起，妈知道错了。妈想一个人承担的，可是现在还是连累你了！妈跟他们道歉，妈求他们原谅。但是没有用，他们根本不听。现在害得你也被连累了，是妈妈不好，妈妈对不起你。"

说完，莫慧琴痛哭不已。

莫诗韵回过神，说道："妈，你别哭了。我知道你做这些事情都是为了我，我又有什么资格来怪你呢？而且你也只是说了一个谎，真正弄错的人是简允卓自己。现在是他们简家人在咄咄逼人。"

莫诗韵为自己和母亲找到了合适的理由。她不承认她和母亲是恶人，那么恶人就只能是站在她们对立面的简家人了。

莫诗韵冷冷地说道："妈，从前都是你为我挡风遮雨，今后换我为你挡风遮雨！你放心，我会保护好你的！我不会再让你这么痛苦！"

这个周末是简家人每月一次家庭聚会的日子。

除了不在恒远市的老三一家人，老大简书洐一家，老二简书泓一家都来老宅陪简老爷子和简老夫人了，大家坐到一起吃饭聊天。

到老宅的时候，简允卓一眼就看到了简允陌穿着的白色毛衣。

这件毛衣和他大哥身上穿着的黑色毛衣是一模一样的款式。

很显然，简允陌身上的毛衣也是简一凌织的。

简允卓的心里不是滋味，可他也不敢问二哥，上次被二哥揍的情景还浮现在眼前。而且二哥说了，二哥现在脾气不好，可能还会揍他，让他离二哥远点儿。

简书洐一家到了没多久，何燕就带着简宇珉、简宇捷来了。

也不知道是不是堂兄弟几个商量好了，今天穿的毛衣都是简一凌亲手织的。

四件毛衣是一模一样的款式，只是颜色不同。

简允丞的：黑色；简允陌的：白色；简宇珉的：深红色；简宇捷的：浅灰色。

简一凌从楼上下来了。简允卓刚想要上前，简宇珉、简宇捷就已经先他一步上去了。

然后，简允卓看到简一凌跟他们两个说着话，时而点头，时而温柔地说一句话，看起来很乖巧。

简允卓不禁想起了小时候妹妹拿着小熊糖哄他的场景。

"三哥哥不哭，小车车坏了让大哥哥给你再买，我的小熊糖糖给你吃。二哥哥偷偷给我的，我都没舍得吃！别让妈妈知道了。妈妈不许我吃糖糖，会打我的屁屁的！"

柔软、白嫩的小手把一整包小熊糖塞到了他的手里，她咧开还没有长齐牙的嘴笑了。

回忆里的画面闪过之后，他却站在了离她很远的地方。

明明他是小凌的亲哥哥，宇珉、宇捷只是她的堂哥，可是现在小凌和他们更亲近。

他们三个在一起的画面和谐又美好。

当他再看到他们身上穿着小凌亲手织的毛衣时，脑补小凌白嫩的小手一针一线编织的画面，简允卓的心情格外复杂。

吃午饭的时候，简一凌的左右两边分别坐着简允陌与简宇捷，对面坐着简宇珉。

简允卓和简一凌隔得很远,他连给简一凌夹菜的机会都没有。

吃完午饭,简宇捷、简宇珉、简允陌和简一凌去打游戏了。

至于简允丞,虽然没有和他们一起玩,但他们玩的游戏是他的公司开发的。

简允卓一时不知道该去哪里,只能在房间的另外一边看着,自己做做手部的复健锻炼或者看看书。

然而,玩游戏的四个人动静很大。他的注意力想不被吸引过去都难。

"妹妹,冲冲冲,我们杀光它们!"

"啊,妹妹救我!我被臭虫包围了!"

简宇珉一玩游戏就形象全无,动不动就大喊大叫。

他这个样子要是被他的粉丝看到了,估计会有很多人脱粉(娱乐粉丝圈用语。表示艺人有黑料或出现负面新闻,脱离粉丝组织不再是他的粉丝)。

"一凌妹妹你别救他。他水平太差,没什么好救的!"

简宇捷一点儿面子都不给自己的亲大哥留。

"臭弟弟,你这是忌妒你哥我!"

"我才不忌妒你呢。你的分数都没有我的高!"

"你这个臭弟弟,你给哥哥等着!"

兄弟俩拌起了嘴。

最后,简一凌还是救了简宇珉。这可把简宇珉高兴坏了。

接着,简宇捷又发现简允陌全程在划水,于是说道:"允陌哥,你太过分了,一直跟着妹妹,你就不能自己走走位吗?"

简宇捷发现简允陌全程跟着简一凌形影不离,只混助攻,一次击杀都没有完成。

呜,果然允陌哥在的话,他就抢不到妹妹了。

呜呜呜,允陌哥什么时候回国外的学校去啊?

简宇珉也跟着吐槽:"允陌你看你,积分是我们队里最低的。"

简允陌浅笑着回答道:"没事,妹妹最高就行。"

简宇珉一脸嫌弃的表情。简允陌就是用这种臭不要脸的方法霸占妹妹的,他才不会学简允陌呢。

简允卓在不远处听着,手里的书是一个字都没有看进去。

另外一边,简书洐、简书泓兄弟俩和简老爷子去书房里讨论家族企业的事情了。

温暖和何燕则陪着简老夫人喝茶闲聊。

何燕现在一看到温暖心里头就冒火。

偏偏前面的事情她都没占到理，在简老爷子和简老夫人的面前，她只能忍着。

她不仅得忍着，还得赔着笑，表现得自己很感谢大嫂替她接过了这么大的一堆活儿。

"大嫂，最近真是辛苦你了，都怪我本事不到家，没有把基金会的事情处理好，让你受累了。"何燕笑容满面地说道。

她的笑容和言辞都让人挑不出半点儿毛病来。

"基金会是整个简家家族的，我是简家的儿媳妇，有责任，二弟妹尽管放心，基金会我会打理好的。"温暖声音虽柔，底气却足。

很快，温暖反过来问何燕："听说二弟妹投资的项目出了点儿问题，如果需要帮助的话尽管开口。"

何燕的存款用得差不多了。她本来就没有多少存款，做了简家的二夫人后为了维持表面上的风光，花销一直很大。

要不然她也就不会偷偷挪用家族慈善基金会里的钱了。

她也有做投资。她将很大一笔钱投在了一家科技公司里。这家科技公司正在生产的高新技术产品遇到了瓶颈，停滞不前好长一段时间了。

更要命的是，这家科技公司的竞争公司最近不知道走了什么运，请到了一个很厉害的技术人员，帮他们解决了一个高分子材料方面的技术难题。

如果竞争公司的产品顺利上线，那么她投资的这家科技公司就可能会破产。她的投资就打了水漂。

如果投资失败，对她来说无疑是雪上加霜。

何燕暗暗咬牙。不知道怎么回事，大嫂说话也开始绵里藏针了。

何燕微笑着对温暖说道："大嫂从哪里听来的消息？我投资的项目正在稳步发展，前景十分美好，如果顺利的话，年底的分红少不了的。"

基金会的事情已经让二老觉得她能力有问题了。她当然不能再上温暖的当，让二老觉得她的投资眼光有问题。

"前阵子我和那家公司的总裁夫人吃饭的时候，听她说起的。"温暖回答道。

何燕暗暗咬牙，温暖这个贱人是故意来拆她的台的！

要不然温暖为什么会去找她投资的那家科技公司的总裁夫人吃饭？

"或许是那位夫人哪里弄错了，没有的事。"何燕的脸上保持着微笑，心中却是一片冷意。

"你投资的那家科技公司的竞争公司是梁老先生的,你知道吗?"温暖说罢,慢慢地品起了茶。

"梁老先生?梁烁?"何燕的神情变了。

"没错,看来二弟妹事先没有了解清楚。"

何燕脸上的笑容有点儿挂不住了,但她还是强撑着说道:"就算是梁烁老先生的公司,在新产品开发方面也不一定就比我投资的那家公司厉害,长江后浪推前浪,没有谁一直是一个行业的霸主。"

虽然何燕嘴上这么说,却明显底气不足。

温暖真的加入了盛华高中的家长委员会,并且在加入家长委员会后做的第一件事情就是,提议校园论坛显示用户的真实姓名。

因为账号注册需要用到学生的学号,所以在校园论坛的服务器上肯定是有每个账号的实名信息的,只是在论坛上显示的是用户的昵称,并没有显示用户的真实姓名。

这个提议被家长委员会的其他成员认可了。

于是,家长委员会的主席向校方提出了诉求。他们觉得校园论坛是学生交流的地方,既然大家都是学生,就不需要相互隐藏身份,直接用自己最真实的身份来交流就可以了。这样既有利于校方对校园论坛的管理,也能优化校园论坛的环境,希望校方能够处理这件事情。

校方很快做出了回应,认为这个诉求合情合理,于是让校园论坛的管理开发人员进行修改,从显示昵称改为显示学生的真实姓名。

经过一系列的改变,各种网络喷子当即现了原形。

而在一众网络喷子里面,朱莎成了最为醒目的那一个。

因为此前她骂简一凌骂得很凶狠。

而现在,她完全暴露了。

简允卓看到后,气不打一处来。

他直接走到朱莎的座位旁质问朱莎:"你为什么要这么做?上一次你说你冤枉我妹妹是因为想要维护你的好朋友,那么网上的这些言论呢?那篇诬蔑我妹妹和男人早恋的帖子呢?"

朱莎彻底傻眼了,面对自己暗恋对象的质问,一句话都说不出来。

"我,不是的,这个不是我,我……"朱莎试图狡辩,试图给自己找一个合适的借口,"是莫诗韵,是她让我帮她发的!"

说着,朱莎看向莫诗韵的座位。莫诗韵这几天请假了。

不知道她请假是因为拍戏比较忙，还是想要逃避之前的事情。

正因为莫诗韵不在教室里，朱莎才敢把锅扔给她。

"呵，她让你发你就发，你毫无立场？你可真厉害！"简允卓被朱莎气笑了。

朱莎又急又恼。

好端端的，校方为什么要突然更改校园论坛的规则呢？

早知道这样，她就应该提前一步删掉以前发的这些东西！

朱莎急得哭了起来，边哭边说道："简允卓，我不是故意的。我真不是故意的。"

就在朱莎求简允卓原谅时，安洋来了。

她看到安洋后，心里咯噔一下。

她当然知道安洋最近认了简一凌做大姐大。

"洋……洋哥……"

"别，你比我老，别这样叫，把我叫老了。"安洋可不吃这一套，"简单点儿吧，我安洋不跟女人动手。但是我管简一凌叫一声'大姐大'，按照道理，有人这么对她，我是必须管一管的。"

朱莎一听这话更慌了，说道："洋哥，我错了，我道歉。那时候我是鬼迷了心窍了，才会发那种帖子。我发誓，那张照片是莫诗韵给我的！真的！"

朱莎一边道歉一边甩锅。

"我不要听你道歉。我要你去给我的大姐大道歉，明白吗？"

要不是因为朱莎是女人，安洋早就动手了，哪儿还会跟她说那么多废话？

"明白，明白！"朱莎连忙点头答应。

"明白了还不快去？"安洋猛地拍了一下旁边的课桌，发出一声巨响。

这声巨响把朱莎吓得抖了一下，然后她颤颤巍巍地在安洋和他小弟们的注视下，走向高一（8）班的教室。

朱莎进了高一（8）班的教室，连忙跟正在写作业的简一凌道歉："简一凌，我知道错了，求求你原谅我。"

"不原谅。"简一凌依旧不给别人面子。

朱莎带着哭腔问："那你要我怎样才肯原谅我啊？"

"不原谅。"简一凌头都没有抬。

"我……我……"朱莎不知道该怎么办了，转头看向旁边的安洋，又说道："洋哥，我道歉了。她……她不原谅我……"

"不原谅你你不会继续道歉啊？不用我教你怎么求一个人原谅吧？"

安洋就在旁边的课桌上坐着，双手在胸前交叉着，看起来像个痞子。

朱莎没办法,只能继续跟简一凌道歉:"简一凌,你告诉我,我怎么做你才肯原谅我?只要你说我就照做。"

"转学或消失,选一个。"简一凌回答道。

她的语气十分平静,她一点儿都不像在生气。

朱莎听到这话后眼泪就止不住了,圆润的脸上布满了泪痕。她说:"你……你这算什么要求?你……你这不是想要逼死我吗?"

然后朱莎哭的声音更大了。

教室里的同学都看着这一幕。

大家并不同情朱莎。因为朱莎在网上造谣的事情他们都看到了。

她自己做的事情就要自己来承担相应的后果。

她当初发表那些中伤简一凌的言论的时候,就该想到不可能一辈子躲在那个网络身份的后面。

简一凌面无表情地看了朱莎一眼,然后对旁边的安洋说:"她太吵了。"

安洋问简一凌:"那我给你把人请出去?"

简一凌点头。

于是,安洋开始赶人:"滚吧滚吧,道歉都不会,只知道哭,你的眼泪真不值钱,看得人都心烦了。"

别说简一凌觉得朱莎烦了,安洋看着都烦。

"那……那洋哥,我……"朱莎担心地看着安洋,模样委屈又害怕。

安洋的一个小弟见状,说:"你别拿那种眼神看着我们洋哥好不好?怪恶心的,搞得好像我们洋哥会对你做点儿什么似的。你也不看看你自己是什么德行,你觉得我们洋哥会对你有兴趣吗?"

"就是啊!"安洋的另外一个小弟说,"道歉都不会,就知道哭,哭得还贼难看,洋哥要不是为了我们大姐大,可能连看都不会多看你一眼,没看到我们洋哥和我们大姐大都嫌你烦了吗?"

那小弟说完,周围一圈人都忍不住笑了。

朱莎在众人的嘲笑声中,慌乱地跑出了高一(8)班的教室。

莫诗韵这几天的确请假了,她除了想要逃避学校里面的流言蜚语,还有一些事情必须做。

莫诗韵先是主动找到了何建军,告诉他,他现在骚扰她们能够得到的钱很少,而她以后有能力了可以赚到更多的钱。到时候他能得到的钱也会更多。

她知道何建军不是真想要跟她们母女在一起生活,否则当初就不会跟小三跑了。

所以他这么闹的最大一个原因就是钱。

何建军看着眼前的女儿，有些被她的话打动了。

简允丞给他的钱有限。如果女儿将来有出息了，他能拿到的就是源源不断的金钱。

而且他现在年纪也大了，之前的情人也没有给他生孩子，他就这么一个女儿，将来还指望她给他送终呢。

最后何建军答应了。反正他也不是为了烦他的老婆和孩子，而是为了钱，多到足够让他吃喝不愁的钱！

莫诗韵当然不是真想以后做何建军的提款机，她只是想暂时稳住何建军。

至少在现阶段，她不能让何建军继续捣乱。

接着，莫诗韵又与何燕取得了联系，告诉何燕，简书洐一家人已经知道了她对他们做的事情。

莫诗韵很清楚，势单力薄的自己怎么做才是对自己最有利的。

听了莫诗韵的话，何燕才知道自己最近被温暖针对的原因。

原来温暖已经知道了全部的真相，为此何燕气不打一处来。

莫诗韵还告诉何燕，她已经帮何燕稳住了何建军。何建军短时间里不会来找何燕的麻烦。

仅这一条，就让何燕不得不重新审视起莫诗韵来。

莫慧琴是个蠢货，但是她生出来的女儿明显比她聪明不少。

接着，莫诗韵对何燕说："我需要你帮我。"

"帮你？"何燕问，"你说说看，你想要我怎么帮你？"

"第一，给我人脉和资源，你以前是艺人，我知道你在演艺圈里有很多人脉资源。"

"你不是有那个钱少夫人帮忙吗？"何燕对莫诗韵的事情还是知道不少的。

"没有人会嫌自己的资源多。"莫诗韵解释道。

"不错，是这个道理，你很有想法。"何燕认可莫诗韵的这个观点，说道，"行吧，我答应你。我会将我的人脉资源都给你，希望你自己能够争气点儿。"

何燕不介意帮莫诗韵一把。如果莫诗韵能在演艺圈里闯出一条路来，以后对她来说也会是一个助力。

莫诗韵继续说："第二，我需要你帮我做一些安排……"

莫诗韵跟何燕详细地说了她需要何燕帮忙做的事情。

莫诗韵说完之后，何燕笑了，说道："你比你妈妈要聪明。"

何燕没想到，何建军和莫慧琴这两个蠢货生出来的孩子还挺有脑子。

"大姐大，你出事了，网上有人说你抄袭，抄一个很著名的外科医生的文章。"

安洋给简一凌打电话，将网上的事情告诉了简一凌。

安洋这几天的心情都不是很好。但是他还记得自己已经认简一凌做了大姐大，所以看到和简一凌有关的事情后，还是在第一时间联系了她。

"抄袭谁？"简一凌追问。

她的文章都是自己写的，不可能存在抄袭的问题。

"抄袭一个英文名字的，你让我再看看啊。"安洋的英语成绩奇差无比，水平大概在仅仅能够把二十六个英文字母认全的地步。他说，"D、R、F、S，四个字母的。"

简一凌："……"

简一凌又听到电话里安洋的小弟跟他说："洋哥，'dr'是'doctor'的简写。"

"什么道可特，管它呢，反正就是那么一个人就行了，可能是国外的一个外科医生吧。"

安洋懒得管这四个字母搁在一起怎么念。

安洋继续跟简一凌说："怎么样，你认识这个人不？你真抄他的文章了？"

"没抄，没事。"简一凌平静地说道。

刚听安洋说她抄袭的时候，她还以为是她以Dr.F.S的名义发表的正式文章被指控抄袭了其他人的学术文章呢。结果是有人说她抄袭了Dr.F.S的文章。

"真没事还是假没事啊？"安洋有些拿不准，忘了是谁跟他说的，女人说"没事"不一定是真的没事，要是男人听了以为真的没事就会出事。

"真没事。"简一凌没把这事当一回事，挂断电话后就忙自己的事情去了。

她最近主要忙的是两件事情，一是秦川母亲的后续治疗，二是她答应了梁老先生的那件事情。

简一凌没将抄袭当回事，事情却在校园论坛和外网上持续发酵。

因为证据确凿，大家都开始严肃地批评起简一凌来了。

等周一简一凌到学校的时候，这件事情已经被彻底传开了。

安洋一早就在简一凌的教室里等她了。

简一凌用疑惑的眼神看着他。

"看什么看？我不是认你做大姐大了吗？你有事情我就不能不管啊！"

安洋虽然有些不耐烦，但依旧没走。

他觉得这大姐大不只是嘴巴上叫叫，更是要有行动的。

如果大姐大出事了，做小弟的躲得老远，那传出去是会被笑话的。

"嗯。"

"嗯什么嗯？你倒是赶紧说句话啊，别老'没事''没事'的。你说说，现在外头都把你说成什么样子了，都说你抄袭！"

安洋是个"直肠子"，想做什么、说什么都直截了当。

简一凌这才打开了校园论坛，看到了指控她抄袭的帖子。

因为简一凌想要提前参加高考，所以最近开始以自己的真实姓名进行了一些投稿。

简一凌把握好了度，确保自己投稿的这些文章不会太过专业，但水平又是超出她这个年龄段的人所具有的。

简一凌想通过这种方法，达到高校自主招生的标准。

而现在，她投的这些稿子中有一篇被人替换了。

那篇文章被替换成了她之前作为 Dr.F.S 发表过的一篇文章。

她作为 Dr.F.S 发表的那一篇文章毫无疑问是水准更高、更严谨的。

偷偷给简一凌替换文章的人，应该是进行了一系列的调查研究之后才选择 Dr.F.S 的文章的。

首先，Dr.F.S 最近在医学界声名大噪，影响力大，抄袭他的文章会引起更大的反响。

其次，他一直保持着神秘的状态，一般人没有办法直接联系到他。而且他性格古怪，从他接手术看心情这一点可知，他是不会被金钱、权势影响的人。

那么，简家人就很难依靠金钱来摆平这件事情。

这样，简一凌试图通过投稿来为自己获取高校自主招生名额的想法就会破灭。而且她之后参加高考也会被各大高校嫌弃。因为没有哪所大学会接受学术不端的学生。

即便她成绩再好，以后也没有办法被大学录取了。

"大姐大，怎么样啊？"安洋关切地等待着简一凌给他一个回应。

"没事。"简一凌依旧很淡定。

安洋有一种"皇帝不急太监急"的感觉。

安洋深吸一口气，说道："大姐大，你这个'没事'是真没事的意思对吧？那我真不管你了？"

安洋现在十分怀疑自己做的不是"小弟"，而是"老妈子"。

他好累。

"嗯。"简一凌给了安洋一个肯定的回答。

安洋觉得很无奈。算了，大姐大自己都说没事了，他也就不管了。

安洋刚走，简一凌的手机就响了。

她看了看来电显示，发现是简允丞打来的电话。

简一凌犹豫了一下后接通了电话。

电话里传来了简允丞略显急切的声音："小凌，这件事情你别担心，大哥会处理好的。"

"不用。"简一凌立刻拒绝了。

简允丞以为简一凌是对他们不信任，才会这样果断地拒绝他。

"小凌，哥哥相信你没有抄袭。哥哥会把做这件事情的人找出来的，不会再让你……再让你被冤枉了。"简允丞说到中间的时候哽咽了一下。

"不用。"简一凌再次拒绝了。

面对简一凌的拒绝，简允丞没办法了，只能搬出简允陌来，说道："那我告诉你二哥，让他来帮你处理好不好？"

简允陌在学术圈里有一些人脉。

"不要告诉他。"简一凌皱了一下眉，语气也有了一丝变化。

听到这声音，简允丞放缓语气又说道："小凌，那大哥应该怎么办？你是不是还不相信大哥？是不是不想再依赖大哥了？"

后面那句话问出口的时候，简允丞感觉心中一阵酸涩。

曾经的小凌抱着他的大腿望着他，眼里是对他满满的信任。

简一凌确实不相信、不依赖简允丞，但这只是因为她很少相信别人，也很少麻烦别人。

她习惯了自己处理自己的事情，因为这件事情和简允丞没有关系。

对她而言，不管是父母还是兄弟，都是一种"关系"。

"我想靠自己。"

简一凌犹豫了一会儿，给了简允丞一个回答。

靠自己是独立的表现。

他们的小丫头独立了，却独立得太早了。

她才十五岁，还可以跟她的爸爸、妈妈、哥哥撒娇。

她受到伤害、委屈的时候，还有哭的权利，而不是说一句"想靠自己"。

当一个人遇到困难后的第一反应是"靠自己"的时候，也就意味着，她的心里已经没有了可以依靠的人，又或者是那些她曾经依靠、信任的人让她失望了。

是的，他们让她失望了。

从那件事情开始，她就选择了靠自己。

那个时候她明明有机会告诉他们酒店视频丢失的事情，可以要求他们去查丢失的视频。

但是她没有。她选择了一个人去找证据。最终她一个人把所有的事情搞定了。

面对她不信任的人，她不再要求他们为她做什么。

两个人沉默了好一会儿，简允丞说道："小凌，大哥会一直在，什么时候有需要了，就来找大哥。"

简允丞没办法再勉强简一凌，能说的只有这一句了。

他也不知道他要等到什么时候，才能重新等来简一凌的信任。

信任的坍塌只在一个瞬间，而信任的重新建立，却需要一个十分漫长的过程。

简一凌回答了一声"好"之后就挂了电话。

电话那头的简允丞却听着电话里的嘟嘟声久久不能回过神。

不知道过了多久，霍钰的电话将简允丞的思绪拉了回来。

"丞少，一个好消息和一个坏消息，你想先听哪一个？"霍钰习惯性地卖关子。

"不要废话。"

"丞少，你今天的声音怎么听起来有点儿怪？你感冒了吗？"

"让你不要废话。"

"好好好，我直接说吧。好消息是你让我查的内容我查完了，坏消息是我没有找到任何跟这件事情有关的黑客记录。"

"没有黑客记录？"

"对，没有，也就是说，如果一凌妹妹提交的是自己写的文章的话，那么修改的方式一定不是外部人员侵入该机构的系统。做这件事情的人十分高明，知道直接在网络上动手脚会被发现，所以选择了线下操作。换句话说，很可能是爆出文章有问题的那家机构里的人动的手脚。"

"我知道了。"

简允丞不等霍钰再往下说，就直接挂断了电话。

接着，他开始查找关于那家机构的信息。

虽然小凌不让他们继续帮忙，但是他不能真的什么都不做。

哪怕他们的帮助对她来说很可能已经是多余的了。

简一凌刚挂掉和简允丞的通话，就接到了罗秀恩的电话。

简一凌刚接起电话，就听到了恩姐豪爽的笑声："哈哈哈哈哈哈，大宝贝，你知道吗？刚才你的大堂哥给我打电话了！你知道他跟我说了什么吗？他说他要见 Dr.F.S，求我帮他引荐。他说他要让 Dr.F.S 帮忙澄清一下，你没抄袭。哈哈哈哈……"

罗秀恩笑得停不下来。

令罗秀恩感到高兴的事情有两件：一，偶像主动打电话给她了！二，有人想让简一凌澄清她没有抄她自己的文章。

然后罗秀恩就给简一凌打电话来分享这两件高兴事了。

"然后呢？"简一凌问罗秀恩。

听到简一凌的询问后，罗秀恩的笑声戛然而止。她说道："我没说话。我本来想跟他说让他放心，我们的 Dr.F.S 会帮忙澄清的。但是我听到他的声音后紧张了，然后我啥也没说就把电话挂了。"

她把电话挂了！

简一凌跟罗秀恩说了一句"我打电话给他"后就先把电话挂了，然后拨通了简宇珉的电话。

简一凌怕简宇珉误会，不想让他继续担心。

电话刚拨通，简一凌还一句话都没说，就听到了简宇珉很难过地跟她说道："小哭包你别急啊，别哭！虽然刚才哥哥找罗秀恩失败了，她没理我直接挂了电话，但哥会再努力的。"简宇珉怕极了电话一接通就听到简一凌的哭声。

只要她不哭，别的都好说。

这要是她的金豆子一掉，他就彻底没辙了。

"不用了。"

"什么不用了？小哭包，你放心好了。我们一会儿就到慧灵医学研究所去。"简宇珉已经准备就绪。

"解决了。"简一凌连忙说道。

"小哭包你不许骗哥哥哦！你要是敢骗哥哥，就……就……就越长越丑！"

"没骗。"

"可是我看还没澄清啊。"

"快了。"

"这样啊，那你真的没有哭鼻子？"

"没有。"简一凌坚定地说道。

"那就好。"

简宇珉终于放心了。

慧灵医学研究所这边，众人对这件事情也挺上心的。

这事从理论上来说肯定不算大事，在他们学术圈子里也没掀起多大的浪花。

但这件事对一个高中生来说不小。

这事若是处理不好，一个孩子的前途就会被毁掉。

那这件事就是他们研究所的大宝贝被人欺负了呀！

那怎么行？当他们研究所的其他人是不存在的吗？

研究所的负责人当即决定联系记者。通知记者，他们研究所将会对Dr.F.S被抄袭一事做出回应。

"干吗不直接召开记者招待会呢？"罗秀恩有些不解。

程易连忙给罗秀恩解释："恩姐别急，得循序渐进。这事在我们圈子里不算什么大事，你直接举办记者招待会，人家就觉得奇怪了。"

"我们可以不专门为这件事情开记者招待会，我们可以就别的事情开记者招待会，难道我们研究所最近没有什么东西可以发表？随便对外发表点儿什么都行啊！然后顺便把这件事情在招待会上讲一下，不就行了？"

程易和几位教授恍然大悟，原来还可以这么操作！

"恩姐厉害！"程易甘拜下风。

"那还不赶紧去办！别每一步都要姐教你！"

"是是是，我们马上就去办！"

一听说慧灵医学研究所的人要召开记者招待会，还会在记者招待会上对抄袭事件做出回应，何燕就笑了。

公开处刑，不过如此。

何燕知道现在简书沅和温暖一定很着急。他们的宝贝女儿的前途要毁了，他们还不得急得求爷爷告奶奶？

何燕光是想想温暖那副着急上火、泪眼婆娑的样子，就觉得痛快得不得了。

到时候她一定去好好地安慰安慰大嫂！

不光温暖，就连简一凌那个贱丫头也是一样。

一想到简一凌那个贱丫头绝望的样子，何燕就觉得自己这段时间里受的气消散了不少。

果然还是学生懂什么事情能毁掉学生。

不管简一凌现在的改变有多大，只要有了这样一个污点，今后做什么都白搭。

她此前付出的努力都将付诸东流。

拼命学习了这么多年，结果倒在了考试前，光是想想，何燕就知道简一凌会有多崩溃。

而且，这样一个污点，会将她以后进演艺圈的希望也掐灭。

简一凌的事情在盛华高中闹得还是很大的。

校园论坛里也有人开了帖子专门来探讨这件事情。这篇帖子的热度一下子就超过了此前批判莫诗韵的那篇帖子。

校园论坛现在已经显示用户的真实姓名了，大家的戾气也就收敛了很多。大家在发表言论时也开始注意措辞了。

"不行，我现在不随便站队了。尤其我凌神的队我不随便站，上次打游戏的事情我到现在脸还疼呢。"

"可是这次的事情好像是某家权威机构爆料的，应该是真的。"

"有消息了，那个神秘的外科医生好像今天中午就要做出回应了。我们到时候看看他是怎么说的吧。"

"他还能怎么说？他当然是说简一凌抄袭了啊。那篇文章本来就是他发表的，他总不可能说那篇文章是他与简一凌合作完成的吧？"

"我觉得简一凌有没有抄袭，还得看那个机构的人是怎么回应的。他们确定简一凌提交的就是那篇文章的话，那简一凌抄袭的罪名就跑不了了。"

"……"

外网上面的人对这件事的讨论就没有这么客气了。

外网上依旧显示用户们的昵称，其他学校的一些学生开始在网络上狠狠地批评简一凌。

外网上有很多学生家长将简一凌这个他们没见过的学生骂了个狗血喷头。

这个时候，慧灵医学研究所举办的记者招待会在恒远市中心的酒店里开始了。

慧灵医学研究所的影响力一直很不错。他们一开记者招待会，相关的杂志、报纸、媒体的记者都来了。

慧灵医学研究所这次召开记者招待会，主要是为了发布一款新药的研究成果。

此次记者招待会在网上进行了同步直播。

这次直播引来了无数观众。

以往观看这种直播的都是医生、相关医学机构里的人和科研人员。

今天来了很多看热闹的人，主要以学生为主，还有一些学生家长和老师。

请了假的莫诗韵此刻正坐在电脑前，通过网络直播观看这场记者招待会，等待着一会儿将会出现的慧灵医学研究所的相关人员的回应。

她觉得，简书沥一家人都应该为他们对她们母女做的事情付出代价。

她和妈妈受到的屈辱，将会在这场记者招待会后尽数还到简一凌及其家人的身上。

招待会的前半场都是学术上的内容，大多数人听不懂，对这些看热闹的人来说有点儿枯燥、乏味。

到了记者问答环节，就有记者向研究所的人问起了最近 Dr.F.S 的文章被抄袭的事情。

提问的记者不见得有多关心 Dr.F.S 的文章被抄袭这件事，主要是因为被抄袭的文章是一直以来很神秘的 Dr.F.S 发表的，难得有跟这个人有关的消息，记者们当然不想错过。

"请问这两天网上疯传的 Dr.F.S 的文章被一名中学生抄袭的事情，Dr.F.S 本人是怎么看待的？"

记者一提问，直播平台的弹幕就热闹起来了。

"来了来了，重头戏来了！"

"坐等那个抄袭的学生受到应有的惩罚。"

"我是盛华高中的学生。我相信我们学校的这位同学没有抄袭！"

"得了吧，证据都被甩在脸上了，还说没抄袭？等着吧，看 Dr.F.S 是什么态度，要不要起诉。"

"Dr.F.S 要是起诉的话就有好戏看了，估计那名同学肠子都会悔青的。"

慧灵医学研究所这边，负责回答记者提问的人是程易。他彬彬有礼，回答问题的时候态度谦和，声音沉稳。

"抄袭确实是很严重的事情，我们对学术抄袭是零容忍的。"

程易此言一出，弹幕刷过一排"律师函警告"。

"Dr.F.S 该不会想要较真儿吧？那样的话那个学生就惨了！"

"那个学生是活该好不好?"

"支持 Dr.F.S 起诉,对学术抄袭零容忍!"

"支持 Dr.F.S 起诉,有些人应该为自己做的事情付出代价!"

记者继续问程易:"那按照程博士的意思,Dr.F.S 是否会通过法律途径来对抄袭者提起诉讼呢?"

"你在说什么?"程易反问记者时,嘴角挂着浅浅的笑。

"程博士刚才不是说,你们对学术抄袭零容忍吗?"记者不觉得自己这样推断有什么问题。

"我们是对学术抄袭零容忍,但是现在并没有出现所谓的抄袭事件,所以 Dr.F.S 为什么要提起诉讼?"程易反问提问的记者。

弹幕这个时候沸腾了。

"怎么回事?研究所的人说不存在抄袭事件?我怎么听糊涂了啊?"

"对啊,他们不是在举办记者招待会之前说今天会对抄袭事件进行公开回应吗?怎么现在又说不存在抄袭事件了?"

"我的天哪,我怎么觉得事情朝着完全预想不到的方向发展了呢?"

"难道那位抄袭者会被洗白?不是吧!我不想看她被洗白啊!"

直播间里的观众都惊了。

现场,记者连忙追问:"程博士,你说的'并没有出现所谓的抄袭事件'具体是什么意思?"

程易不紧不慢地说道:"简单来说,这件事如果发生在别人的身上,我们还会怀疑一下,但是简一凌同学是与 Dr.F.S 合作完成那篇文章的人。"

程易此言一出,现场和直播间里的人再一次被震惊了。

现场鸦雀无声,直播平台上弹幕一条接着一条。

"我没有听错吧?刚才这个男人说简一凌和 Dr.F.S 合作完成了那篇文章?"

"你没有听错,因为我也听到了。"

"这怎么可能?她只是一个高中生啊!"

"对啊,Dr.F.S 可是在国内甚至国际上都顶尖的外科医生啊!"

"这两个人是不可能凑到一起去的呀!"

众人此刻的心情:怀疑、震惊、难以置信!

同样觉得难以置信的还有正在看直播的莫诗韵。

这不可能。慧灵医学研究所的人不可能听从简家人的安排帮简一凌圆谎!

当初他们在学术界里这么多精英当中选中 Dr.F.S,就是看中了这个人不为权势所动!

莫诗韵知道这个人虽然给简允卓做了手术，但完全是因为简允卓的手术对他有帮助而且有挑战，并不是因为简家人对他产生了什么影响。

莫诗韵还知道，京城秦家的人也在试图与Dr.F.S取得联系，想找他帮忙给一个很重要的人做一台手术，但至今没有得到他的同意。

这样的一个人，是不可能因简家的权势而折腰的。

这样，莫诗韵他们就确保了一件事情——在抄袭事件发生之后，Dr.F.S不会出来坏事。

但是，现在情况朝着他们以为不可能发生的方向发展了！

莫诗韵怔怔地看着直播，心情不再轻松。

记者招待会现场，程易还在回答记者的问题："当时Dr.F.S就想将简一凌同学的名字一起写上去，但是简一凌同学拒绝了。如果她想借助那篇文章为自己提升名誉的话，当时就可以署名了，根本不需要做这种事情。"

记者连忙追问："可是，简一凌同学有能力对Dr.F.S的文章提出一些见解吗？"

程易语气平静地说道："关于这个问题，我觉得你们需要进一步去了解简一凌同学的个人能力。你们可以去看看简一凌同学提交的其他文章，那些文章也是十分有见地的。"

接着，程易又说道："在这里，我想问一下站出来指控简一凌同学抄袭的那家机构的人，你们确定你们收到的文章是Dr.F.S发表过的那一篇吗？你们是觉得简一凌同学傻吗？麻烦你们提供一下相关的证据，因为我们现在也想知道问题到底出在哪里。"

直播间里的弹幕停了好一会儿，大家都被程易的话震惊了。

过了好一会儿，弹幕才陆陆续续出现。

"我的天哪，剧情的发展好像和我预想的完全不一样！"

"简一凌不仅是无辜的，好像一不小心还暴露了她很厉害的事实！"

"所以，简一凌本来就是这篇文章的作者之一，就算她真的发表了也不存在抄袭一说？"

"这么说来，现在的情况是有人想陷害简一凌，结果弄巧成拙，陷害到自己的身上了？"

"我是盛华高中的学生。我刚才说什么来着！简一凌没抄袭！刚才说证据已经甩在脸上的人，还在吗？在的话，麻烦出来道个歉。"

所谓的证据，其实一点儿都经不起推敲，是那个机构的人单方面说简一凌抄袭的。

他们贴出来的图也是那个机构自己网站上的图。

有几个昵称为某某大学招生办的人紧跟着出来发弹幕了。

"京城大学欢迎简一凌同学来参加我校的自主招生考试。"

"恒远大学欢迎简一凌同学明年成为我们学校的新生！"

"求简一凌同学看我一眼！我们学校里帅哥超级多！"

"楼上的别跟我抢。我们学校的环境超级棒！我们学校里帅哥超级多！我们学校食堂里的饭菜超级好吃！"

坐在电脑前的莫诗韵，脸色阴沉到了极点。

简一凌不仅没有身败名裂，还被慧灵医学研究所的人公开表扬了一番。

有了慧灵医学研究所的认可，那接下来简一凌参加大学自主招生考试的计划还不是水到渠成？

莫诗韵此举真乃偷鸡不成蚀把米！

盛华高中的同学们此刻很激动。安洋也在关注这件事情。

看到反转后，安洋的小弟们纷纷跟安洋说："洋哥，咱大姐大是个厉害人物啊！那个 Dr.F.S 我可是听说过的，是一个超级厉害的外科医生！国内外顶尖的！很多人想请他都请不到的！"

"那我们和 Dr.F.S 的距离岂不是很近？他是老大的大姐大的朋友！"

小弟掰着手指头一数，他们和 Dr.F.S 的关系还真的不远！

安洋摸了摸自己的下巴，说道："照你们这么说，我喊她一声'大姐大'还真的不亏？"

"对啊洋哥，好像还赚到了呢！"

"难怪大姐大之前一直说没事，她是真有底气啊！"

安洋听了小弟们的话，心里舒畅多了。

何燕也在看这场直播。

在看到慧灵医学研究所的人不仅没有如她所愿准备起诉简一凌，还帮简一凌正名，让简一凌成为各大高校争抢的香饽饽的时候，何燕气得胸口剧烈起伏！

何燕越看越生气，最后直接一甩手，将桌上的茶杯扫到了地上，摔成了数块。

这时，从门外进来了一个身穿深色西装的男人，男人默默地开始捡地上的茶杯碎片。

何燕看着眼前的男人，一脸诧异地说道："宇博，你什么时候回来的？"

男人不说话，继续捡碎片，直到把最后一块碎片捡起来才起身。

男人身量很高，一米八七。

他面容俊秀，肤色白皙，鼻梁高挺，眼睛明亮却幽深，脸上没有丝毫表情。

他一贯就是这样，脸上的表情很少。

不仅如此，他整个人给人的感觉也比较阴郁。

他以前不是这个样子的。

他小时候也是一个活泼开朗的小男孩。但是何燕在教导老大简宇珉失败之后，就把所有的精力倾注在了老二简宇博的身上。

她想让儿子成为能继承简家家业的人，对简宇博进行高压约束，限制他的行动。如果他不能达到她的要求，她就动手打他。

渐渐地，简宇博的性格变了，变得不爱说话、不爱笑，脸上也没有什么表情。

即便如此，他还是和他的大哥简宇珉一样没有按照何燕所期望的选择金融方向的专业，而是选择了下围棋，成了一名专业棋手，还得了不少奖。

"你出事了？"简宇博问何燕。

"没什么事。"何燕的脸色有些不好看。

"你把你的房产都卖了。"简宇博用的是陈述句而不是疑问句。

"你……你怎么知道的？"何燕很诧异。他不是一直在忙着参加围棋比赛吗？

"你太蠢。"

"宇博，我……"面对简宇博的指责，何燕觉得很丢人。

"我会帮你。"简宇博对何燕说。

"宇博，你……你在说什么？"

何燕怀疑自己听错了。

她以为儿子是来嘲笑她的。现在他却说他会帮她。

"你不是想要得到简家的财产吗？我帮你。"

简宇博说这些话的时候语气平静得如同没有一点儿风浪的湖面。

"宇博，你说真的？"

何燕不敢相信。她求了这么多年，三个儿子没一个听她的安排，没有一个理解她。

现在宇博突然告诉她，他愿意帮她？

"你陷害简一凌的事情做得不干净。"简宇博说。

"你……你知道这件事情?"

"我已经帮你处理干净了,在简允丞他们查到之前。"简宇博回答道。

何燕先是惊了一下,接着喜笑颜开,说道:"宇博,你真的愿意帮妈妈?妈妈真的很高兴!"

这一刻,何燕的心情是无比高兴和欣慰的,刚才的不愉快被一扫而空。

简宇博全程面无表情。在离开何燕的书房的时候,他的手习惯性地摸了一下戴在他左手手腕上的手钏。

那是一串黄花梨木手钏,其中一颗珠子与其他的不一样,不像佛珠,更像是小女孩的物件。

慧灵医学研究所举办的记者招待会结束后,简允丞还在追查那家宣称简一凌抄袭的机构。

不等别人找过来,那家机构的人就自己站出来道歉了。

那家机构的相关人员发表声明,说当时处理简一凌文章的人是一名临时工,因为操作不当弄错了文章,才会出现这样的误会。

这样的解释虽然很难让人信服,但是因为目前没有证据,而这家机构又不在恒远市内。想要深入调查会有一定的难度,短时间内还不能得到结果,所以大家还是接受了这个解释。

网友们对简一凌的质疑彻底消失了。

简一凌不但摆脱了抄袭的嫌疑,想要提前参加高考的事情也被提上了日程。

盛华高中的校领导表示想要将简一凌安排到高三重点班里,让她去听高三的课。

简一凌拒绝了这个提议。

她接受提前参加高考的安排,但是拒绝了更换班级的建议。

对此,校方也不勉强,表示尊重她本人的决定。

从此,简一凌成了盛华高中众多学生心目中的新晋学霸女神。

这是不曾在曾经的简一凌的身上发生过的事情。

而在这个时候,莫诗韵来学校上课的时间愈发少了。她把更多的时间用在了拍戏上,似乎一心想要发展自己的演艺事业。

这和曾经是不一样的。

曾经的莫诗韵只在念高三的时候接拍了一两支广告,没有接拍剧集。

曾经的莫诗韵分得很清楚,她现阶段最重要的事情还是上学。

拍戏的事情等到她上了大学再进行也不迟，而错过了高考，那就是一辈子的事。

所以，她一直等到自己上大学之后，才真正开启自己的演艺事业。

但是不知道为什么她现在的做法完全改变了。

秦瑜凡因为上次的事情，对简一凌这次的抄袭事件给予了关注。

但看到最后，她觉得无聊至极。

秦瑜凡自己就是一个天才，十五岁就考上了国内顶尖的大学，所以对于简一凌想要提前参加高考的行为，并不感到惊讶。

如果不是因为那天翟少对这个女孩子特殊对待，她是不会在这个女孩子的身上浪费时间的。

她通过这段时间的观察，确定那天翟少的举动有特殊含义的可能性很小。

或许那天他只是单纯地想让她难堪，又或许只是玩心大起。

因为这段时间里，她并没有看到翟昀晟和简一凌有过其他的交集。

尤其抄袭事件发生时，翟昀晟一点儿行动都没有。

按照翟少的性格，如果他真的在意一个女孩子，对方遇到麻烦了，他是绝对不会袖手旁观的。

因此，秦瑜凡放心了不少。

现在她想要将她准备了很久的一份礼物送给翟昀晟。

前段时间，秦瑜凡知道了翟昀晟在玩《虫族入侵》的游戏。因此她特地出钱组建了一支战队，来参与《虫族入侵》的战队赛。

她邀请了各大赛区的前几名进入她的战队。

这支战队从海选开始，一路打到了全赛区的前二十名，取得了参加线下赛的资格。

现在，她要将这支战队作为礼物送给翟昀晟。她觉得翟昀晟会喜欢这份特别的礼物。

秦瑜凡和简一凌在于家相遇了。

很明显秦瑜凡精心打扮过了，妆容精致，头发刚到她肩膀的位置，看起来干练又有气质。

简一凌依旧扎着马尾辫，穿着配色单调的衣裤。

秦瑜凡注意到简一凌拿着一个卡通饭盒，不禁想道：真是不能再幼稚了，居然拿着卡通饭盒。

于希有点儿不知所措。简一凌是他请过来的,为的是商量他们战队接下来的比赛。

秦瑜凡是不请自来的。但他不能不让她来,人家是京城秦家的大小姐,他得罪不起!

但是秦瑜凡在这里,他没法跟凌神说正事。

于希也知道秦瑜凡多半是来找晟爷的。

问题是晟爷根本不肯见她。于希可不敢为了她而去把正在楼上睡午觉的晟爷叫起来。

秦瑜凡也不着急,耐心地跟于希说:"于希,我准备了一份礼物想要送给翟少,你能不能帮我把翟少叫下来?"

"秦小姐,谢谢你的好意了,晟爷什么都不缺,也不会随便收别人的礼物。"于希有礼貌地回答道。

这也是事实,晟爷根本不会收别人的礼物,尤其女人送的礼物。

听到于希这样说,简一凌犹豫了一下,然后默默地把手里的饭盒放到了自己的小包包里。

秦瑜凡继续跟于希说:"我的这份礼物很特别,相信翟少会喜欢的。"

秦瑜凡说这些话时语气笃定。

如果不是做足了准备,她也不会贸然过来。

于希为难地说道:"秦小姐,这事我真没办法。晟爷的脾气你也是知道的。"

"我明白。"秦瑜凡也知道为难于希是没有用的,于是说道,"那这样吧,你让我在这里等他,他下楼后我自己跟他说。"

于希心想:我也不能说"不好"啊。可让你在我家的客厅里坐着,我还怎么跟凌神说事啊?

于希望向旁边的简一凌,却见简一凌已经起身准备走了。

"你要去哪里?"突然传来的有磁性的嗓音喊住了简一凌。

简一凌抬头,发现二楼站着刚睡醒的翟昀晟。

他穿着黑色的长裤、白色的衬衫。衬衫的扣子又不好好扣,露出胸口处的一片肌肤。

他的双手在裤兜里插着,他一步一步地走下楼梯。

他半眯着眼睛,不知道是不是心情不好。

"翟少。"秦瑜凡起身,目光灼灼地望着翟昀晟。

翟昀晟越过秦瑜凡,径直走到简一凌的跟前,伸出手,向她讨要着什么。

"什么？"简一凌问翟昀晟。

"饭盒。"翟昀晟刚才看见了。简一凌带了一个饭盒过来。

这个饭盒和被他放在床头柜里的那个是同款，都是她的。

简一凌又将饭盒拿了出来。

翟昀晟直接接了过去。

"要还我。"简一凌补充，上一次的那个估计已经被他丢到垃圾桶里了。

旁边的于希觉得自己的脸有点儿疼。他才跟秦瑜凡说过晟爷不收礼物，结果一转身晟爷就主动管凌神要东西了。

翟昀晟"嗯"了一声后，就拿着饭盒到旁边的餐桌边去吃饭盒里东西了。

秦瑜凡全程看着，也被翟昀晟晾着。

秦瑜凡此刻看向简一凌的眼神很不友善。

秦瑜凡觉得简一凌就是故意的。

简一凌小小年纪就学着给男人送饭吃了。

于家又不是没有厨子。

简一凌年纪不大，心眼儿倒是不少。

难道简一凌以为翟少喜欢这种女孩子？

秦瑜凡坚信翟少不会喜欢娇娇弱弱、贤妻良母型的女孩子。

秦瑜凡走到餐桌前，对翟昀晟说："听说翟少在玩《虫族入侵》这款游戏。我前阵子组建了一支战队。这支战队现在已经打进了全赛区的前二十名，按照官方比赛的规则，前二十名将会作为正式战队进行线下比赛，并且还会进行多平台的网络直播。"

秦瑜凡以为自己说的这些话能够引起翟昀晟的注意。

秦瑜凡趁热打铁，跟翟昀晟解释道："我想把这支战队送给翟少。如果翟少喜欢玩这款游戏的话，可以去体验一下这款游戏的线下比赛，顺便和那些职业选手较量一下。"

对于男人玩游戏，秦瑜凡不仅不讨厌，而且全方位地支持。

她绝对不会问男人她和游戏哪个更重要。

她现在做这些就是想让翟昀晟知道，她是适合做他女朋友的人。

他喜欢的东西她也会喜欢，他想做的事情她会陪着他做。

秦瑜凡的这番话让旁边的于希感到惊讶。

如果是以前，听到这样的话，于希这个游戏爱好者估计会激动得跳起来。

但是现在，于希没有表现得太过激动。

《虫族入侵》线上比赛的前二十支战队的名单已经出炉了。

其中三支战队是国内的,剩下的十七支战队是国外的。

而他们的"晟气凌人"战队就是这三支国内战队中的一支。

所以,现在于希最多惊讶一下,那剩下的两支国内战队,其中一支的幕后老板竟然是秦瑜凡。

其他的,他觉得实在没什么好激动的。

比起秦瑜凡的那支战队,他们的"晟气凌人"战队是他们几个人凭自己的本事亲自打上去的!

那可比出钱养一支战队有意义多了!

不过于希不否认,秦瑜凡准备这份礼物时很用心。

如果这份礼物是他的女朋友给他准备的,估计他会感动得立马跪下求婚。

翟昀晟头也没有抬,依旧专注地对付着眼前饭盒里的食物。

他觉得东西确实好吃,就是素了一点儿,分量也少了一点儿。

秦瑜凡等了好一会儿,始终没有等到翟昀晟给她一个回应。

秦瑜凡不敢相信翟昀晟会是这样的反应。难道自己精心准备的这份与众不同的礼物,竟然比不上简一凌做的一顿饭吗?

秦瑜凡思索片刻后,继续对翟昀晟说:"翟少,我觉得你游戏玩得很好,和那些职业选手比也不一定会输,你站到职业比赛的舞台上的时候一定十分耀眼。"

翟昀晟依旧没有回应秦瑜凡。于希看气氛有点儿尴尬,于是说道:"秦小姐,你准备的这份礼物真的很有意义,但是我们晟爷真的不需要。"

于希正给秦瑜凡解释着呢,就听到翟昀晟跟简一凌说:"下次多放点儿肉,不要胡萝卜,爷不是兔子。"

简一凌没说话,默默地伸手去拿空饭盒,却被翟昀晟先一步拿走了。

"我让于希洗干净了再还给你。"翟昀晟说道。

简一凌的手抓了个空,她只能将手默默地收回。

于希小声嘀咕:"我又不会洗饭盒,洗袜子我都不会洗。"

他嘀咕了两句后,翟昀晟看了他一眼。他立马改口:"其实,我洗碗的潜力还是很不错的!"

于家的太子爷沦落为洗碗工,究竟是道德的沦丧,还是人性的扭曲?

翟昀晟要是多瞪两眼,于希就能说自己上辈子是个洗碗机。

秦瑜凡还在旁边等着翟昀晟的回答,结果他只顾跟简一凌讲饭盒的事情。

秦瑜凡心想:一个破饭盒,值得他们讲这么半天?

"翟少真的没有兴趣?"秦瑜凡不死心地追问。

如果今天在她面前的是其他人,她肯定不会这么有耐心。

但翟昀晟一贯如此,不仅仅是对她,对别人也是这样。

她对他有足够的了解。她也有足够的心理准备。

翟昀晟今天对她的态度她本就没有太意外。唯一让她觉得意外的是他对简一凌的态度。

翟少对这个小女生的态度太特殊了。

"没有。"翟昀晟终于理秦瑜凡了。

"翟少是单纯地对战队的事情没有兴趣,还是对我送的礼物没有兴趣?"

秦瑜凡想要知道是这份礼物没有送到他的心坎儿上,还是只要她送的东西他就不想要。

"都没有兴趣。"翟昀晟嗤笑一声,说道,"秦小姐,我要是看上了什么会自己要,不需要别人给。人和东西都一样。"

这么果断、无情的拒绝,一般的脸皮薄的女生已经受不了了。

但秦瑜凡不是一般的女生,如果是,今天就不会主动过来了。

她始终坚信,自己想要的东西就要主动去争取,不能放任机会白白流失。

她喜欢翟昀晟,就会直接表现出来,并付诸行动。

她不会像那些畏畏缩缩的小女生那样,处心积虑地找一个与他偶遇的机会。

"看来我是真的不讨翟少的喜欢,那么这个小女生呢?"

秦瑜凡想听翟昀晟对简一凌的评价。

她可以接受自己不得翟昀晟的喜欢,但是不能接受这样一个臭名昭著的小女生会得到翟昀晟的青睐。

翟昀晟看了简一凌一眼,发现简一凌也在等他的回答。

简一凌也不是很清楚翟昀晟为什么一次又一次不求回报地帮助她。

翟昀晟望着简一凌,眉头微微蹙着,眼眸明亮,却好半天没有回答。

翟昀晟的保镖上前,隔开了翟昀晟和秦瑜凡。

"秦小姐,请你离开,我们少爷要休息了。"翟昀晟的保镖说道。

翟昀晟的保镖睁眼说瞎话的本事已然炉火纯青。简一凌还在,翟昀晟怎么可能休息?

莫诗韵的演艺事业发展得格外成功,就连她自己都没有想到自己会红得如此迅速。

她在钱少夫人和何燕的共同帮助下,得到了原本只让她做女三号的那部网剧的女一号的角色。

因为该剧有原著粉丝基础,所以一播出热度就迅速上涨,一度成为全网收视率最高的一部剧。

然后,作为女主角的莫诗韵迅速走红,粉丝数量暴涨,各种各样的通告也就来了。

她现在拍一支广告就能有上百万元的报酬。这是莫诗韵和莫慧琴以前根本不敢想的事情。

莫诗韵现在已经与经纪公司签约了,有了自己的经纪人和助理,生活和以前比发生了巨大的变化。

莫慧琴现在也不用出去工作了,专心照料女儿的生活起居就可以了。

何建军看到女儿果然有了成就赚到了钱,觉得自己的选择是正确的,也就不来骚扰女儿了。

他不知道莫诗韵表面上维护着和他的关系,暗地里正在加急收集证据,准备接下来的离婚官司。

没有了后顾之忧,莫诗韵的工作就越发顺利了。

经纪人帮莫诗韵接了一档真人秀节目。

这档真人秀节目每周播出一期。嘉宾们每期会去不同的地方,玩类似荒野求生、寻宝的游戏。

摄像师会将嘉宾们在这段时间里的行为全部记录下来,直播给观众看。

莫诗韵知道真人秀节目是一个为自己积累人气和粉丝的绝佳途径,而这档节目的主办电视台又是在做综艺节目方面非常有一套的。这家电视台的工作人员制作了很多档综艺节目,而且由他们制作的综艺节目的收视率都很高。莫诗韵参加的这一档节目也有望成为下一个收视冠军。

所以,很多大牌艺人想要得到这个机会。

莫诗韵能够得到这个机会,得益于何燕在演艺圈里的人脉关系。

莫诗韵问了一下还有谁也参加了这档节目,发现Juptiter的谢珉宇也在其中。

Juptiter是很出名的偶像男团,谢珉宇受到节目组工作人员的邀请是很正常的事情。

真人秀节目为了吸引不同类型的观众,需要这样的帅哥做嘉宾。

莫诗韵不知道谢珉宇就是简宇珉,只知道Juptiter的成员和简一凌一起拍摄过MV。

她觉得简一凌与他们只是单纯的合作关系,私下不一定会有交情。

她拍戏以来,遇到过很多这种点头之交。他们连联系方式都不会交换。

所以，莫诗韵也没有太在意谢珉宇这个人。

第一期节目播出后收视率很高，莫诗韵在节目中的表现格外好。

这档节目主要考验嘉宾们的智慧和他们在野外生存的能力。

莫诗韵在这方面的表现远胜过其他嘉宾。

她从小跟着妈妈吃的那些苦、学的那些生活技能，在这个时候都派上用场了。

从出发前的装备选择，到荒野里的种种生存技能，再到破解节目组的人事先安排的谜题，莫诗韵都表现得很优秀。

因此她吸引了一大批粉丝，人气又涨了很多。

按照这个局势发展下去，莫诗韵很快就能成为一线演员，到时候更是前途无量。

简宇珉就难受了。

倒不是说他表现得太差。他虽然在节目中的表现不突出，但是依旧凭借耿直的性格和良好的外形让粉丝们尖叫。粉丝反响很好，经纪人为此还夸奖了他。

但是简宇珉心里不舒服。他不想输！输了太丢人了！

玩游戏当然是要赢的，这么输算什么？

"大哥，你冷静点儿，观众的反应很好啊，大家很喜欢这个样子的你。"简宇捷劝简宇珉。

"不行，我要赢。"简宇珉不想在第二个星期还这么惨。

"可是大哥，比智商的话你不占优势，比生活技能的话你也不占优势。"简宇捷毫不客气地拆自家大哥的台。

他大哥的优势是颜值、歌喉、跳舞、身材。

简宇珉说："节目组的工作人员让我们带一个家属参加下一期节目。我要带一个智商高的家属去！"

"哥，你要带我吗？我没空啊。"

"你想什么呢？谁要带你了？你的智商有我的高吗？我当然是要带你二哥啊！"

"大哥，二哥又不在恒远市，你该不会是想喊他回来吧？"

"也不是不可以。我二弟怎么说也是在围棋圈得了很多奖的人，参加这档节目也能给他增加人气！"

简宇珉说干就干，立刻给他的二弟简宇博打了电话。

电话里，简宇博声音低沉地说道："不好意思，最近没空。"

"那行吧，我不打扰你了。"

简宇珉也没跟简宇博多说。简宇博说没空他就不勉强了。

本该在外地的简宇博，此刻其实就在恒远市的一家酒店里。

他站在酒店的落地窗前，刚洗完澡的他上半身还没有穿衣服。

光线照在他清瘦的后背上那块很明显的烫伤上面。

他拿起洗澡时摘下来的手钏，重新戴回去，大拇指习惯性地摩挲过其中那颗不一样的珠子。

他的眼前出现了许久之前的一幅画面。

春日阳光明媚的午后，简家老宅的庭院里，阳光透过树丛，照到地面上，落下斑驳的树影。

俊秀、青涩的少年背靠着树干坐在草地上，手里捧着一本厚厚的书籍。

一个小女孩迈着小短腿走了过来，嘟着小嘴，说道："宇博哥哥，你有没有看见我的头绳？那是我最喜欢的头绳，上面的小兔子珠珠我超喜欢的。"

小女孩的头发散着，蓬松地披在她的肩膀上。

她的小嘴微微嘟着。她有些不开心。

"没有。"男孩才十岁出头，声音却十分沉稳，不像是他这个年纪该有的声音。

"好吧。"小女孩露出了失望的表情。

小女孩转头要走，犹豫了一下又回过头来，说道："宇博哥哥，你也来陪凌凌玩好不好？我们不看书书了！书书不好看！"

"我不玩。"男孩面无表情地拒绝了。

"好吧。"小女孩失望地抿了抿嘴，然后跑开了。

小女孩走后，男孩微微抬头，望向远处那个欢快地奔跑着的小女孩。

紧接着，他的目光落回到手中的书籍上。他的左手掌心里握着一根头绳，头绳的串珠上雕刻着一只小兔子。

一阵门铃声打断了简宇博的思绪。

简宇博按了一下房门锁的遥控器，房门被打开了。

门外走进来一个打扮干练的职场女性。她的手里拿着一堆资料。

"老板，这些是你要的资料。另外，你手里的简家的机密材料已经按照你说的，放给简家企业的竞争对手了，应该会对简家的生意造成一定的损失。"女人目不斜视地汇报着。

"另外，按照你母亲的吩咐，我们已经将演艺圈内最好的资源给了那个叫莫诗韵的女生。莫诗韵母亲偷盗的证据也已经被销毁了。"

"知道了，继续盯着简允丞。"简宇博开口，脸上的表情和他的语气一样冰冷。

"是，老板。"

女人说完，便离开了房间。

简宇博拿起了旁边桌子上的资料翻看起来。

他的脸上没有一点儿表情。

简宇珉最后找上了简一凌，让简一凌陪他参加第二期节目。

简宇珉来找简一凌，看中的不仅仅是简一凌的智商，还有他和妹妹周末独处时间。

简允陌回来后，就霸占了简一凌周末的时间。

简允陌和简一凌不是在老宅的书房里做实验、进行学术研究，就是在爷爷的花房里种花、研究植物，别人根本插不上嘴。

就算他回了老宅，也分不到妹妹多少的注意力。

但是妹妹和他一起参加节目就不一样了。

他们一起在荒野中求生，一起解谜闯关，他光是想想就很爽。

简宇珉哄了简一凌半天，要了老半天的赖皮，外加找简老夫人帮忙说话，才让简一凌松口答应了。

简老夫人愿意帮简宇珉说话，是因为她是这档节目的粉丝！

第一期节目简老夫人和简老爷子一起看了。

本来是因为节目里有他们的孙子他们才看的。但看的时候简老爷子嫌弃自己的孙子蠢，简老夫人则全程笑个不停，尤其看到简宇珉犯蠢的时候。

简老夫人的老姐妹也在看这档真人秀节目，看完后还不忘跟简老夫人吐槽里面又直又憨的谢珉宇。

所以，简老夫人很期待自己的小乖乖在节目里的表现。

至于那个莫诗韵，简老夫人觉得不是什么问题，因为在这档节目里，嘉宾可以选择单独行动，和其他人的交流与冲突并不多。

而且他们又没有理亏，没必要特地去避着莫诗韵。

简一凌答应后，简宇珉嘚瑟了好久。

接着，简宇珉给简一凌详细地讲解了节目的规则和他们要做的事情。

第十一章
走 红

真人秀的第二期节目开始了。

这一次嘉宾们会被工作人员送到一座荒岛上去。

嘉宾们的集合地点是码头。

岸边停靠着的轮船是送他们去荒岛的。

简宇珉和简一凌是最后到场的。

他们到的时候,其他的七组人已经到了。

其中包括莫诗韵和她的母亲莫慧琴。

莫诗韵能带莫慧琴出场还得感谢何燕。何燕帮她解决了莫慧琴盗窃一事。

莫诗韵很惊诧。何燕竟然有办法毁掉简允丞手里关于莫慧琴盗窃的证据。

这是莫诗韵找何燕合作的时候没有想到的事情。

莫诗韵没有想明白,如果何燕有这样的本事,为什么这么多年她在简家还处于被简家大房压着的状态?

看到简一凌的一瞬间,莫慧琴瑟缩了一下。

莫诗韵握住莫慧琴的手安抚她。

"没事的。"莫诗韵用眼神告诉莫慧琴。她们现在已经没有把柄在简家人的手里了,也不是简家的用人了,完全不需要再害怕简家的人。

莫慧琴点了点头。她没事，这次她是陪着女儿来的，不能给女儿丢人。

女儿说过这档节目需要用到很多生活方面的技巧，这一点刚好是一路摸爬滚打过来的她们的强项。

简宇珉牵着简一凌的手，安安静静地站在最边上。

其他嘉宾里有不少年轻男人，他得将妹妹看好了。

简允陌警告过他。妹妹还小，要是敢让狼崽子靠近妹妹，他回去后就得先跟简允陌打一架。

虽然打架这种事情简宇珉不怕，他不一定会输给简允陌。但是简宇珉怕失去以后带妹妹出来玩的机会。

在出海前，工作人员给每个嘉宾准备了一个背包。众人在海边自行挑选装备。

每个人可以挑选任何装备，只要背包能塞下就行。

"妹妹，我们多拿点儿吃的。"简宇珉很实际，别的可以不要，但吃的不能不准备。

简一凌摇头，跳过了食物区，选择拿工具。

简宇珉当然听妹妹的，妹妹拿什么他就拿什么。

简一凌选了一堆小工具，还有一些很琐碎的东西，比如布、干净的塑料纸、火柴。

莫诗韵和莫慧琴挑选的东西就比较平均了，工具、食物、生活用品她们各选了一些，以备不时之需。

从嘉宾们挑选装备开始，网络直播就已经开始了。

弹幕上，观众们都在议论。

其中属莫诗韵和谢珉宇的人气高。

莫诗韵主演的那部网剧还在热播，她的人气居高不下。

谢珉宇作为人气偶像男团的成员，红了好些年了，人气一直这么高。

这一期节目因为嘉宾们都带了家属，所以观众的注意力也被家属吸引了一些过去。

"莫诗韵带的这个人是她妈妈吗？她妈妈看起来很温柔、贤惠啊。"

"莫妈妈真的好接地气，看起来和普通人的妈妈一样，没有距离感。"

"莫诗韵这么能干，她的妈妈一定也很能干。期待莫妈妈今天的表现。"

谢珉宇的粉丝则对简一凌充满了好奇。

刚才节目组的工作人员采访嘉宾的时候，谢珉宇说简一凌是自己的妹妹，没具体说是亲妹、堂妹还是表妹。

"哇，谢珉宇的妹妹颜值好高啊。"

"我的天，所以上次新歌 MV 的女主角是谢珉宇的妹妹？这是一对拥有神仙颜值的兄妹！"

"我忌妒了。我也想要这样的妹妹。"

"我比较想要这样的哥哥。"

"妹妹怎么一点儿食物都不带？一会儿上岛后要挨饿了。"

"对啊，宇哥不会做饭。上岛后要是没吃的，兄妹俩就要饿肚子了，至少带点儿饼干啊！"

时间到，所有人停止挑选装备，然后上船。

到了船上，简宇珉带着简一凌到甲板上。兄妹俩在甲板上看风景。

有一个男嘉宾走了过来，对简宇珉说道："宇哥，这次我们俩合作吧。"

其他嘉宾带的家属看起来自理能力不错，应该会给嘉宾带来帮助。

唯独简宇珉带的家属，看起来不仅不能成为简宇珉的帮手，还需要人照顾。

在上一期节目中，大家已经知道简宇珉是个连自己都照顾不好的人，再带个妹妹，大家真为他们兄妹俩在荒岛上的表现担忧。

男人一靠近，简宇珉就换了个姿势，让自己的身体挡在了简一凌的前面。

接着，他礼貌地拒绝了对方的好意："谢谢你的好意，但是不用了，我能照顾好我妹妹的。"

简宇珉护犊子的行为很明显，观众们都看不下去了，纷纷刷起了弹幕。

"宇哥，你这站位还能再明显一点儿吗？你挡你妹妹的动作还能再明显一点儿吗？"

"今天的宇哥反应格外快，太护着妹妹了！"

"我的天哪，我的直男宇哥居然有这么护犊子的时候。我突然对宇哥将来找对象的事情抱有一丝希望了！"

"嘤嘤嘤，我突然发现这样的宇哥好可爱啊！宇哥以后应该是个'女儿奴'！"

被简宇珉拒绝的男嘉宾也没有生气，而是笑着继续对简宇珉说："要是宇哥考虑找人'结盟'的话，记得优先考虑我。我和我兄弟两个糙汉子，有力气能干活儿。"

这位男嘉宾带的家属是他的堂哥。他的堂哥孔武有力，是个干体力活儿的好手。

"嗯,好的,谢谢。"简宇珉表面上答应得好好的,实际上一点儿要跟对方合作的意思都没有。

就算他要找人合作,也不可能找这两个男人。

观众们开始在弹幕上调侃简宇珉:"赌一包辣条,我们宇哥也就是嘴上答应一下。"

"哈哈哈,宇哥,你还是答应吧,到了岛上妹妹干不了活儿的时候,有两个劳动力也挺不错的。"

有人喜欢简宇珉也就有人不喜欢他。这时候不喜欢他的人就出来发表相反的言论了。

"明知道这档节目是考验嘉宾各方面能力的,谢珉宇还带一个柔弱的妹子来,摆明了是对节目本身的不尊重,还试图靠妹妹的颜值和'妹控'的人设拉一些粉丝。"

"没错,怕自己过气就开始卖人设了,知道有摄像头在拍,就故意摆出一副'妹控'的样子来,真是恶心。"

"还是我们诗韵真实,不管妈妈什么样子都带到镜头前,要多真实就有多真实。"

船靠了岸。

众人下了船,出现在他们面前的是一座荒无人烟的小岛。

节目组的人事先对这座荒岛进行过调查、清查,也提前在此安装了很多摄像头。那些摄像头可以全方位地拍摄到嘉宾们的行为。

同时,节目组的人在荒岛上设置了谜题,等待着嘉宾们进行探索。

众人上岛后需要解决的第一个问题就是吃饭。

刚才在选择装备的时候有些人选择了食物,这些人不需要担心第一顿饭,可以先找地方搭建他们今晚的住所。

简宇珉和简一凌没有食物,所以他们首先要解决的就是吃饭问题。

简宇珉正发愁应该去哪里给妹妹找吃的。

按照节目组工作人员的行事风格,岛上肯定藏着可以吃的东西。

但他怕不能及时找到食物,这要是在岛上兜兜转转浪费个把小时,让妹妹饿了肚子就不好了。

简宇珉还在发愁。简一凌却走到了刚退潮的沙滩上,开始在上面找蛏子和其他贝类。

一开始,简宇珉以为简一凌是在乱挖。但是等看到简一凌挖出了一个接一个的蛏子之后,简宇珉才发现,他妹妹挖蛏子是有技巧的。

简宇珉连忙帮简一凌挖,简一凌指哪儿他就挖哪儿。

兄妹俩在海滩上忙活了一圈,收获了小半袋蛏子。

然后兄妹俩回到了远离海水的陆地,一起在地上挖了两个互通的地洞,在其中一个洞里放上柴火开始烧火。

这种在野外挖的灶叫"避光散烟灶",可以让柴火燃烧得更加充分,也可以减少烟的产生。

然后简一凌把背包里的迷你铁锅架在了火上,开始用清水煮蛏子。因为蛏子是海鲜,所以用清水煮能保留它的原汁原味,即使没有其他的作料也不会难吃。

"我的天哪,我怎么觉得宇哥的妹妹有点儿心灵手巧啊?"

"对啊对啊,我刚才查了一下那个灶台,好像部队里的人在野外生存时才会用到,一般人只挖一个坑。"

"谢珉宇的粉丝别高兴得太早,就用清水煮蛏子而已,不用这么夸吧?你们看看莫诗韵那边。她和她妈妈已经搭好今天晚上要睡的帐篷了!她们才是真正的心灵手巧之人呢!"

节目组的人没有给嘉宾们提供专门的帐篷,所以晚上睡觉用的帐篷需要嘉宾自己利用有限的材料进行搭建,很考验嘉宾们的动手能力。

在其他嘉宾尝试探索的时候,莫诗韵和她的母亲已经搭好了帐篷。而且这个帐篷看起来既牢固又美观,似乎晚上就算刮风下雨也不用担心。

"诗韵真的太棒了!莫妈妈也是超级温柔超级棒,心灵手巧母女组,简直太厉害了!"

"呜呜呜,我也想要这样温柔的妈妈,诗韵真棒,冲冲冲!"

"诗韵,这一期也要拿到第一名!"

另外一边,简一凌和简宇珉简单地解决了一顿饭后,就一起进入荒岛开始探索了。

如果想赢,简一凌他们就得找到比其他人更多隐藏在荒岛上的谜题和宝箱。

但是简一凌他们现在就进岛找宝箱,很可能会导致他们赶不及在天黑前搭建好自己的帐篷。

简宇珉也有这样的担忧,于是对妹妹说道:"小凌,我们还是先搭帐篷吧?哥哥晚上吹点儿风完全不碍事,但是你不行。"

"先找箱子,我研究过上一期节目,箱子里有生活必需品。"简一凌回答道。

"这个我知道,可是那些箱子都是有密码的。"

箱子会分布在整个场地上,找到箱子的难度不是很大,难的是怎么破解箱子的密码。

每个箱子上都有题目,参赛者解出题目就能得到密码。

题目的类型很多,其中百分之八十的题目很难。

没有密码就打不开箱子,打不开箱子嘉宾们就只能干瞪眼。

只有百分之二十的箱子,上面的条件是要求找到箱子的人对着镜头完成相应的动作或者任务,相对简单一些。

"没事,找箱子。"简一凌安慰简宇珉,话不多,但是语气坚定。

"好吧。"简宇珉没有那么足的底气。但因为妹妹要找,他只能陪她找。

大概十分钟后,简宇珉和简一凌找到了第一个箱子。

箱子上面贴着的题目是一道数学题。

"为什么又是这种复杂的题目?我觉得节目组的人是在故意为难我!"简宇珉一看到这道题目就开始哀号。

观众们开始在弹幕里无情地嘲笑简宇珉:"哈哈哈哈,宇哥上一期就被一道数学题折磨得痛苦不堪。"

"可怜的宇哥,箱子近在眼前却打不开,这种感觉太难受了,哈哈哈哈。"

简一凌看了一眼那道数学题,拿出笔和纸,在纸上计算起来。

这道题其实不难,不属于高等数学的范畴,只是绕了几个弯,看起来很复杂而已。

简一凌只用了一分钟的时间就把题目解了出来。

然后她按照要求填写答案打开了箱子。

正在看直播的观众们都惊呆了。

"我的天哪,宇哥的妹妹好厉害啊!这种题目一分钟就解出来了,智商甩了宇哥几条街。她是宇哥的亲妹妹吗?"

"哈哈哈,说亲妹妹的那个,我怀疑你在嘲笑宇哥,并且我有证据。"

"我现在好像有点儿明白,宇哥带他妹妹来参加节目的原因了。妹妹智商在线啊!"

最开始质疑简宇珉带简一凌这种弱不禁风的女孩子来参加节目的人,被狠狠地打了脸。

箱子打开后,简宇珉和简一凌得到了一大包食物和一张线索卡。

简一凌并没有就此停下脚步,继续寻找别的箱子。

很快,他们找到了第二个箱子。箱子上的题目是一道侦探类的难题,题干巨长,旁边还放了一些报纸和日历,最后求密码。

简宇珉都快疯了。

"我想跟编导聊聊人生。"简宇珉说道。

这是什么鬼题目啊,这是给人做的吗?

简宇珉正在哀号。简一凌已经在开锁了。

这一次的题目她解得比上一次还要快,连笔和纸都省了,直接开锁。

简宇珉和直播间里的观众都看傻眼了。

"妹妹,你是怎么知道答案的?"简宇珉问出了大家想问的问题。

简一凌道:"推理。"

简一凌跟简宇珉讲了她的推理过程。简宇珉听得目瞪口呆。

反正结果妹妹肯定对了,因为箱子被打开了。

这次的箱子里放的东西,除了一张线索卡之外还有一顶帐篷。

这下简宇珉高兴坏了,刚才还担心晚上会让妹妹吹风受冻呢。

现在有了帐篷,而且是绝对牢靠的帐篷。

观众们又刷起了弹幕。

"妹妹的智商甩宇哥好几条街啊,哈哈哈哈。"

"我本以为是宇哥带妹妹,没想到是妹妹带宇哥。妹妹辛苦了,宇哥这孩子不好带吧?"

"我宣布,从现在开始我从妹妹的颜值粉转为妹妹的智商粉。"

"确认过眼神,妹妹拥有我一生都得不到的智商。"

"不仅我得不到,宇哥也得不到,我心理平衡了,哈哈哈哈。"

简一凌还没有停下动作,带着简宇珉继续寻找箱子。

简一凌知道简宇珉很想赢,要确保自己能赢,就一定要打开足够多的箱子。

研究过上一期节目的简一凌知道,箱子上的题目不外乎侦探类、数学类、科学类、历史知识类,这些题目对她来说难度不大。

唯一可能出意外的是其他人在她之前找到并打开了箱子。

为了避免这种情况发生,简一凌选择在第一天抢占先机。

又过了大约十五分钟,简一凌和简宇珉找到了第三个箱子。

这一次他们的运气比较好。他们找到了那百分之二十让嘉宾完成任务的箱子之一。

任务内容:"对着话筒清唱《青藏高原》,匹配度达到百分之九十即可。"

这项任务要求两个人一起完成。

所以，光是简宇珉自己唱还不够，得要简一凌和他一起唱。

观众们很期待，又开始刷弹幕了。

"哇哇哇，要听宇哥飙高音了，期待期待。"

"宇哥的高音超级赞的。"

"期待兄妹合唱，一定超级棒！"

简宇珉看了简一凌一眼，然后信心满满地起调。

简一凌张了张嘴巴，艰难地跟着唱了一句。

然后气氛凝固了，因为简一凌唱得完全不在调上！

简宇珉尝试了好多次，也没能成功地把简一凌带到调上，还一不小心被带跑偏了。

弹幕上的画风变了，全是"哈哈哈"。

兄妹俩虽然唱歌没成功，但是画面很美。

因为简一凌一直唱不好，导致系统要求的百分之九十的匹配度一直达不到。

最终，他们不得不放弃这个只要完成唱歌任务就能打开的箱子。

弹幕上再度出现一片"哈哈哈"。

"宇哥怎么也没有想到，自己有一天会败在唱歌上吧。"

"宇哥占了音乐细胞，妹妹占了智商。"

"可是我觉得高智商妹妹唱歌跑调的样子好可爱啊。"

简宇珉一边安慰简一凌，一边陪简一凌找剩下的箱子。

一下午的时间，兄妹俩成功斩获了五个箱子，获得了里面的大量物资。

接着，兄妹俩回到海边开始搭现成的帐篷。

其他几组嘉宾看到简宇珉和简一凌的战利品后都惊呆了。

这么多物资？这兄妹俩也太神速了吧？

"这一期的箱子难道是没有密码的吗？"

有一个嘉宾不禁发出了疑问。

按照他们上次遇到的开箱子的题目的难度，简宇珉兄妹俩怎么都不可能这么快打开这么多的箱子！

"不是啊，我刚才去海边溜达的时候看到一个箱子，那上面的题目难得我怀疑人生，所以果断放弃了。"又一名嘉宾说。

所以，题目的难易程度与上一期的相同，只是简宇珉不是上一期的简宇珉了。

再看简宇珉和简一凌兄妹俩现在的情况，那是妥妥的"富豪"啊。

他们要帐篷有帐篷，要食物有食物，各种物资应有尽有。

其他嘉宾看得口水都要流下来了。

他们是真的要流口水了，中午只吃了饼干、面包，现在看到简宇珉他们手里各种香喷喷的熟食时，想不流口水都不行。

莫诗韵和莫慧琴也看到了简宇珉和简一凌那边的情况。

他们拿到了这么多物资，也就意味着开了不少箱子，也得到了那些箱子里的线索卡。

这对想要赢得比赛的莫诗韵来说并不是什么好消息。

"刚才说莫诗韵的帐篷牢固的人出来，看看我们宇哥的帐篷。"

"在高智商面前，心灵手巧不值一提。"

"前面说我们宇哥的妹妹是来拖累宇哥的人出来道歉！我们宇哥这不是带妹妹，而是被妹妹带！除了唱歌，妹妹啥也不怕！"

"有些人辛苦大半天搭个帐篷，不及宇哥妹妹两分钟答一道题。"

因为刚才莫诗韵的粉丝嘲讽了简宇珉，所以现在简宇珉的粉丝也开始嘲讽莫诗韵。

莫诗韵的粉丝不干了，又刷起了弹幕。

"智商高了不起啊？我们诗韵是靠自己的努力一步一步走上来的！虽然比不过智商，但是我们诗韵够努力！你们知道她付出了多少吗？你们知道她一路走来有多辛苦吗？什么都不知道的你们根本没有资格评论她！"

"就是啊，不就是答对了几道题目吗？我们诗韵也不一定答不对，等着吧，等我们诗韵开箱子给你们看！"

"就是就是，上一期的时候我们诗韵也开了好几个箱子，别说得好像别人不会开，就你们宇哥的妹妹会开似的！"

简允卓这会儿也在电脑前看直播。

看到有些人说简一凌的坏话时，他生气；看到简一凌和简宇珉一起冒险开箱子的画面时，他忌妒；看到简一凌聪明又乖巧的样子时，他心酸。

反正不管怎么样他心里都不舒坦。

看直播等于自虐，偏偏他还坐在电脑前不肯离开。

他还真是生命不息，自虐不止呢。

看到弹幕上有骂战，简允卓果断加入，开始打字为简宇珉和简一凌说话。

别人骂得起劲，他就回得起劲，积极得像简宇珉的死忠粉，明明还有一只手在敲打键盘时并不灵活。

简允丞在工作之余也会瞄两眼简允卓的电脑屏幕。

温暖在隔壁的房间里看节目中的女儿，一会儿欣慰一会儿难过。

简书泻看着直播里的女儿，心里酸得像是被淋了柠檬汁。女儿现在跟他侄子的关系都比跟他们的关系好。

夜幕降临。

荒岛上的星空格外美丽。

但是今天在荒岛上的绝大多数嘉宾，并没有心情欣赏这星空。

因为夜里起风了。

海风吹倒了他们白天辛辛苦苦搭建好的"帐篷"。

除了简一凌他们的帐篷是开箱子得到的高级帐篷，其他人的都是用一些材料拼凑出来的，抗风能力很一般。

就连被观众们吹捧的看起来十分牢固的莫诗韵她们的帐篷，也没能抗住这场大风。

他们不得不在大风中进行补救。

简一凌和简宇珉一人拥有一顶小帐篷，两顶小帐篷里还都有一个睡袋。

两个人往各自的睡袋里一躺，别提多舒服了。外面的风再怎么吹，他俩都睡姿稳如山。

鲜明的对比，巨大的伤害。

别家粉丝都在心疼自家偶像，简宇珉的粉丝都在弹幕上写"哈哈哈"。

第二天一早，简宇珉和简一凌起床后神清气爽，其他人都顶着一双硕大的黑眼圈。

昨天晚上妖风大作，大家光是抢救帐篷就忙活了大半夜，后来听着风声也睡不踏实，一夜没睡好，想没有黑眼圈都难。

莫诗韵和莫慧琴也不例外。

莫诗韵用了好多遮瑕膏才将她的黑眼圈遮住。

然后大家开始吃早餐。简宇珉和简一凌的早餐很丰盛，一人一个三明治、一瓶酸奶，都是昨天开箱子拿到的。

别人只能眼馋。

吃完早餐，简宇珉就和简一凌开始今天的找箱子之旅了。

之前来找过简宇珉，说想要和他组队的男嘉宾又来找他了。

男嘉宾再一次提出了那个结盟的建议。只不过这一次男嘉宾的心态不一样了。

"宇哥啊,求抱大腿,我不求能够赢得比赛,只求今天晚上能够安安稳稳地睡上一觉!"

"是啊是啊,宇哥,我们给你们打下手。"男嘉宾那个身强体壮、人高马大的堂哥附议。

他俩空有一身力气,但像昨天晚上的这种情况,光有力气没用!

简宇珉还没回答,观众们就已经在弹幕上预告答案了。

"放弃吧,我们宇哥是不会和别人分享妹妹的。"

"妹妹带宇哥就已经够累的了,不能再给妹妹增加负担了。"

"宇哥:妹妹是我的,你们谁也不能和我抢。"

果然,简宇珉如大家猜测的那样,果断地拒绝了:"不好意思,我和妹妹还是喜欢两个人行动。"

说完,他就拉着简一凌走了。

今天,宝箱没有那么好找了。因为比较容易找到的宝箱昨天都被大家找到了。

简一凌和简宇珉找了好一会儿,才找到了一个还没被打开的宝箱。

巧的是,宝箱前站着莫诗韵和莫慧琴,两个人正在尝试开宝箱。

这个宝箱上的题目很难,她们只有将题目解开后才能得到开箱密码。

简宇珉和莫诗韵相遇了,观众们炸窝了。

"啊啊啊,居然撞上了,宝箱最后会花落谁家啊?是谢珉宇和他妹妹还是莫诗韵和她妈妈啊?"

"某家粉丝能不能有点儿素质?先来后到懂不懂?这个宝箱是我们诗韵先看到的,自觉的就让开一点儿。"

看到这句话后,简宇珉的粉丝立马反驳。

"宝箱还没被打开呢。节目组的人只规定谁打开宝箱里面的东西就归谁,又没有说谁先看到宝箱里面的东西就归谁。"

"就是就是,宝箱是不是你家的,还得看你家莫诗韵能否先将它打开!"

"她们都站在那儿有一会儿了吧?打不开就让开,给打得开的人打。"

莫诗韵的粉丝继续维护莫诗韵。

"我们诗韵当然能打开,就怕某人不要脸直接抢。"

"上一期只有一个嘉宾解开了推理题,那个人就是诗韵。大家可都还记得呢!"

两家的粉丝们争论不已。

而简宇珉和简一凌并没有上前争夺的意思，在旁边的石头上坐了下来。

简宇珉拿出出发前带的橙子，给简一凌剥来吃。

这可是他们开箱子开出来的水果，别人都没有。

兄妹俩悠闲地等着。

见此情景，简宇珉的粉丝连忙在弹幕上写道："某家粉丝看到没有？我们宇哥根本就不屑去抢！"

"宇哥给妹妹剥橙子的样子太帅了。谁说宇哥找不到女朋友的？"

"抱走宇哥，抱走宇哥的妹妹。"

现在，莫诗韵的脸上虽然没有什么表情，心里面却很着急。

这道题是一道推理题。

题干中给出的信息很多，需要根据自己的推理，在这一堆乱七八糟的信息中找到有用的信息，确定最后的密码。

上一期节目中，莫诗韵成功地破解过一道推理题。

当时，观众们都被她的智商折服了，认为她颜值与智商并存。

但是这一次，莫诗韵看完题目之后，想了许久没有想到正确的答案。

她的脑子里一团乱麻。

莫慧琴是完全看不懂这种题目的，只能耐心地等待女儿解出答案。

时间一分一秒地过去，观众们变得不耐烦了。

"莫诗韵到底行不行啊？要是不行的话就让开。让别人来试，一直霸占着箱子，节目还要不要继续了？"

"就是啊，都这么久了，还站在那里一动不动，解不出来就算了，不用硬撑。"

"上一期的时候，她不是号称'高智商女神'吗？怎么现在不行了？不行了就不行了吧，也没必要硬撑吧？"

又过了大约五分钟，莫诗韵依旧没有解开题目，几次尝试着输入密码，也都提示密码错误。

莫诗韵不得不放弃。

她不能继续把时间浪费在这个箱子上，那样不仅这个箱子打不开，还会错过其他的箱子。

莫诗韵更不想让观众看到她与一个箱子死磕的样子。

莫诗韵离开了，从简宇珉、简一凌身旁经过的时候，视线在简一凌的身上停留了一会儿。

简一凌没有太过注意她。

见莫诗韵走了，简一凌就起身走向了箱子。

简一凌看了看题干中提供的所有信息，然后迅速输入密码，打开了箱子，前后用时七十五秒钟。

这是粉丝们计算出来的时间，误差不超过三秒钟。

从简一凌开始看题目，到她开箱子，满打满算也就七十五秒钟。

再对比一下刚才莫诗韵在箱子前犹犹豫豫地站了快半个小时，这七十五秒钟简直快到让人难以置信。

观众们都看呆了，有对比就有伤害！

很多观众昨天就觉得简一凌的智商很高了，今天和莫诗韵这么一对比，就更加明显了！

简宇珉的粉丝这下高兴坏了。

"事实证明，有些人的高智商是偶然，我们宇哥妹妹的高智商是常态，昨天开箱子的时候她就已经向我们证明了。"

莫诗韵的粉丝们继续维护莫诗韵。

智商比不过，还有其他的，莫诗韵的优点那么多，没道理因为一道推理题就被人比下去。

这个时间，莫诗韵和她妈妈都还没有走远。

莫诗韵是眼睁睁地看着简一凌打开箱子的。

那道题目她刚才试过了。她没有破解的题目，简一凌却轻而易举地破解了！

她看了简一凌好久。莫慧琴拉了她几下她才离开。

简一凌打开箱子后，拿到了箱子里面的物资和线索卡，然后继续前进找下一个箱子。

算上这个，他们一共打开了六个宝箱。

岛上的宝箱总共是十二个，也就是说，其他嘉宾最多能和简一凌他们拿到的线索卡持平。

简宇珉美滋滋地拿着手上的线索卡，觉得胜利在望。

人气是什么？不重要，赢得比赛才是最重要的！

八组嘉宾在岛上忙活了一个下午。最终其他七组嘉宾加起来开了五个箱子，其余的七个箱子是简宇珉、简一凌兄妹俩开的。

观众们表示，决定宇哥兄妹俩开箱子的速度的，不是箱子上题目的难易程度，而是他们步行的速度！

要不是因为他们走得不够快，那五个箱子里头至少还能被他们兄妹俩开走两个。

大家都知道简宇珉在上一期里的表现，知道他不太会解节目组的人准备的题目。

所以，这一期他能有这么优秀的表现，毫无疑问是他妹妹的功劳。

说好的累赘呢？说好的空有颜值呢？说好的软萌妹子呢？

简一凌的表现和大家之前想的有点儿不一样……

其他嘉宾忌妒简宇珉有这样一个高智商的妹妹！

有一个男嘉宾对着简宇珉发出了满含忌妒的哀号："宇哥，请问这样强大的妹妹上哪儿能领到？排队等分配还是抽签？"

这位男嘉宾一向比较幽默。他一哀号，他的粉丝就在弹幕上"哈哈哈"起来了，现场的其他嘉宾也一起调侃他。

就是这么一个看起来没什么"危险"的男人靠近，简宇珉还是十分警惕地把简一凌护在了身后。

"哪儿都领不到，仅此一个！"

简宇珉说这话的时候，语气里的得意劲儿都溢出来了。

"哈哈哈哈，瞧把我们宇哥得意的。"

"我宣布，从现在开始我不是宇哥的粉丝了，我是凌妹的粉丝了！"

"其他嘉宾放弃吧！我们宇哥的妹妹是你们排队加抽签都得不到的，宇哥专属。"

"宇哥：只要是男的，就不许靠近我妹妹！"

男嘉宾直接被简宇珉赶跑了。

玩笑归玩笑，嘉宾们现在还有一个重要的问题需要解决——怎么离开这座荒岛。

本来，这个环节还没有这么快来到。

因为按照节目组的设定，嘉宾们开箱子的速度不会这么快。

上一期中，有几个箱子上的题目难度也很大，实在解答不出来，节目组就开启观众求助环节。嘉宾靠表演节目换提示。

但是这些环节在这一期直接被跳过了……

被迫跳过……

有个天才把所有难题解决了，不给嘉宾们半点儿求助的机会。

现在他们要提前进入通过线索卡上的线索，寻找离开荒岛的方法的环节了。

由于半数以上的线索卡在简宇珉、简一凌兄妹手上，所以观众们已经开始猜测接下来的剧情走向了。

"按照谢珉宇的小气劲儿,他肯定会捏着那七张线索卡不放,然后自己赢。"

其他嘉宾这会儿也拿不准简宇珉和简一凌的想法。

这时候,拥有两张线索卡的莫诗韵站出来说话了。

她声音柔和,用的是商量的语气,对简宇珉说道:"要不我们交换一下线索卡吧?为了公平起见一换一,我们这边只有五张,你们用五张换我们的五张,剩下的两张你们自己留着。这样你们就可以看到全部的线索卡了。不然大家只能在原地发呆。"

莫诗韵的提议得到了其他人的支持。

一换一很公平。

关键得看简宇珉兄妹是否同意。他们俩是线索卡"资产阶级"。

简宇珉没有马上回复莫诗韵。

莫诗韵提议的时候他正弯着腰,靠在简一凌的跟前,认真地听简一凌说话。

其他人只能等着兄妹俩先把悄悄话说完。

大约五分钟之后,简一凌说完话了。

简宇珉冲简一凌点了点头,对妹妹的决定百分之一百地支持。

他走到其他嘉宾的面前,将自己手里的七张线索卡全部拿了出来,分发给了大家。

其他嘉宾都愣住了。

"宇哥,你这是在干吗?直接分享啦?"

"哇!宇哥,这不是你啊,你不想赢了?"

拿到线索卡的嘉宾们觉得简宇珉的表现很反常。

"没关系,陪妹妹来参加节目,主要是玩得开心,我喜欢的是玩游戏的过程。"简宇珉对大家说道。

一个举动、一番话,直接打了刚才对他进行恶意猜测的观众的脸。

简宇珉的粉丝这个时候连忙出来刷弹幕了。

"呜呜呜,我们宇哥长大了,终于不是那个一心只想赢的宇哥了。"

"我太感动了,宇哥长大了。"

"感谢妹妹,妹妹养大了宇哥,妹妹太不容易了。"

简宇珉的粉丝都流出了一把辛酸泪,都是操碎了心的。

简宇珉把他们的线索卡都分享了出去,理论上大家可以看到所有的线索了。

但是按照节目组工作人员的行事作风,就算他们把所有的线索找到了,想要离开荒岛也没有那么简单。

节目组的人一开始会把最后的难题出得很难,让嘉宾们发愁、走弯路。

他们故意将嘉宾们思考、犯傻的过程呈现到观众的面前,制造看点和节目效果。

上一期,简宇珉就提供了不少犯傻的片段。

然后随着时间的推移,节目组的人会慢慢放出更多的线索和提示,降低难度,让嘉宾们可以破解难题。

在大家结合所有的线索卡开始思索、讨论的时候,简一凌拉着简宇珉走了。

"咦,宇哥和妹妹要去哪里啊?"

"宇哥和妹妹怎么不去看其他人的那五张线索卡呢?"

观众和其他嘉宾都很不解。

简宇珉和他妹妹的行为让人摸不着头脑。

观众通过简宇珉、简一凌身上的摄像头,视线跟着他们到了荒岛最东边的岸边。

穿过一片遮挡视线的植物丛后,一艘游船出现在了大家的视线里。

游船上面还有节目组的工作人员。

所以这就是最终的答案——他们离开荒岛的方法!

简一凌找到了最终的答案!

简宇珉有点儿蒙,赢得太快、太容易了,感觉有点儿不真实。

工作人员在看到简宇珉和简一凌时,心里满是挫败感。

他们绞尽脑汁设定好的要玩两天两夜的游戏,这两个人一天一夜就玩通关了!

他们还直播什么啊?!

节目的点击率、播放量还怎么提高啊?

直播间里的观众更是惊叹不已。

"这反应速度也太快了吧?我完全没有掌握要点,她就已经思考完了?"

"可是十二张线索卡妹妹只看了七张啊!刚才宇哥把他们的线索卡给了其他人,但是没拿其他人的线索卡啊!"

"我心态崩了,感觉智商被碾压了!"

"我的天哪,妹妹就这么直接找到了最终的答案?"

"宇哥的妹妹威武！其他人都还蒙着呢！妹妹就找到答案了！"

"节目组的工作人员都蒙了，哈哈哈哈！"

简宇珉发了好一会儿呆后终于反应过来了，然后兴奋地把简一凌抱了起来。

"妹妹你太棒了！"简宇珉抱着简一凌转起了圈圈。

突如其来的拥抱，让简一凌手足无措。

她僵硬的身体被简宇珉抱着，这种感觉虽陌生但她并不抵触。

她的眼前一阵天旋地转，她能看清的只有抱着她的宇珉哥哥。

"宇哥冷静，宇哥冷静，当心我们的妹妹啊！"

"宇哥，别把妹妹吓坏了！"

观众比简一凌还紧张。

简宇珉转够了，才把简一凌放了下来。

简一凌的脸不知道何时红了，从两颊一直红到了脖子。

简宇珉没有注意到他妹妹的脸红了，但是观众都看到了。

"妹妹脸红了！"

简宇珉成功地找到了离开荒岛的船，游戏也就结束了。

毫无疑问，简宇珉和他的妹妹赢得了最后的胜利。

节目组的工作人员找到了还在苦心研究线索卡的其他嘉宾，将他们一并请到了游船旁边，跟他们宣布了最后的结果。

接着，节目组的工作人员给简宇珉和简一凌颁发了纪念品作为获胜的奖励。

大家鼓掌，恭喜获胜者。

莫诗韵看着获胜的简一凌，心口像被什么东西堵住了一样。

简宇珉很高兴，赢得比赛高兴，和妹妹一起玩了两天游戏更高兴。

现在他希望下一期节目还让他们带家属，那样他就又可以光明正大地和妹妹出来冒险、玩游戏了！

然而他的这个想法实现不了了，因为节目组的人不会再给简宇珉这样的机会了。

就算再让嘉宾们带家属，节目组的人也不可能再让简一凌来了。

简一凌就是一个怪物，她在的话游戏都玩不下去了！

碾压啊！

原本节目还有一天才能结束，硬是被简一凌玩得提前一天就结束了！

节目组工作人员的奖金都要被扣光了！

一期节目下来，简一凌出名了。

简宇珉的粉丝们纷纷去简宇珉的微博下面留言求简一凌的微博。

"宇哥，求妹妹的微博！我们要做妹妹的粉丝。"

"宇哥，不要这么小气嘛，妹妹是你的，可妹妹的智商是大家的啊！"

"宇哥，你再不把妹妹的微博告诉我们，我们就脱粉了！"

对于这样的粉丝，简宇珉无惧脱粉威胁，表示妹妹没有微博。

他更是直接在自己的微博上声明，妹妹不是艺人，希望大家不要打扰她。

但就算如此，大家依旧不死心，还直接建立了"凌妹后援会"。

同时，有人把她和莫诗韵放到一起做对比。

现在，上网搜索"莫诗韵"三个字，十条信息里至少有五条和简一凌有关。大家都在议论那期节目。

莫诗韵的高智商人设只撑了一期，第二期的时候就被简一凌破坏得彻彻底底。

本来就看不惯莫诗韵突然爆红的人，这会儿逮住了机会拼命地笑话她。

莫诗韵看着手机上面的信息，看着看着把手机摔了出去。

"诗韵，你怎么了？怎么生气了？"莫慧琴见莫诗韵在发脾气，连忙上前安慰。

"没什么。"莫诗韵咬着牙说。

"是不是因为简一凌阴魂不散？"莫慧琴猜想。

那期节目还没结束的时候，莫慧琴就知道女儿会生气了。

"没事。"莫诗韵冷静下来，说道，"妈，你别担心，我会处理好的。"

莫诗韵虽然说了"没事"，但是没否定莫慧琴的猜想。莫慧琴便知道，简一凌就是导致女儿如此发脾气的人。

"诗韵，你想怎么处理？"

"没什么，迟早有一天，我会把简家人对我们做的那些事都还到他们的身上。"

莫慧琴微微蹙眉，看着这样的女儿突然有些担心。

她一直不希望女儿接触太多的算计，想让女儿简单快乐地活着。

唉，莫慧琴暗自叹息：都怪我不好，是我没有本事，才让女儿经历这些。

酒店的房间里，光线有些昏暗。

桌上的电脑屏幕上正播放着简一凌参与的那期真人秀节目，是之前直播的视频。

电脑上刚播放到简宇珉和简一凌拥抱的画面。

房间里，简宇博独自坐在棋盘前，自己跟自己下棋。

最后一枚棋子落下，成了一个死局。

女助理按门铃进来，先是汇报了最近的情况，包括他们最近会给莫诗韵的资源，还有简家所有生意的动态。

莫诗韵现在拥有的资源绝对是艺人里最好的。

接着，简宇博的私人管家送来了熨烫好的衣服。

简宇博换了衣服，换衣服的时候，后背上的烫伤伤疤又一次露了出来。

其实，以现在的整形技术，这样的伤疤可以进行一定程度的修复，至少可以让它看起来不那么狰狞。但是简宇博没有去做，他保留了这块疤痕。

简宇博换好了衣服，下楼。

他有司机，但是他没有用，而是选择了自己打车。

他来到简家老宅的门口后，没有马上进门。

他深沉的眸光望向里面的庭院。

这里面的大部分草木还保持着以前的样子，包括庭院里那棵枝繁叶茂的榕树。

没一会儿，用人就将简宇博请了进去。

看到简宇博后，屋内的简老爷子和简老夫人都露出了惊讶的表情。

"宇博，你回来了怎么也不提前跟我们说一声？"简老爷子问。

他们还以为这个时候简宇博在国外潜心学棋呢。

他虽然已经斩获多项大奖，但依旧会不定期地"闭关"——找一个安静的地方，一住就是大半个月，跟出家人的修行很相似。

"有点儿事情，提前回来了。"简宇博回答道。

简宇博说话时态度很冷淡，这让简老夫人颇为无奈。

这孩子小时候也挺活泼的，后来不知怎么就变得安静了。

一个原先闹腾的孩子，如果不是遇到了什么不好的事情，又怎么会突然安静下来呢？

"有些事情，想和您谈谈。"简宇博对简老爷子说。

一般情况下，家里的男人们想要单独谈的事情，多半是公事。

简老爷子便和简宇博去了书房。

简老夫人一开始没当回事，只以为二人要谈论普通的公事。

可过了一会儿，书房里传来了摔东西的声音。

简老夫人连忙跑到楼上，打开书房的门，发现地上有一堆陶瓷碎片——简老爷子刚才摔坏了房间里的一件摆件。

简老夫人又发现简老爷子的脸色很不好看。

"怎么了这是？"简老夫人连忙担忧地问。

"我先走了。"简宇博没多说，神色如常，一如他刚进来时的样子。

简宇博缓步走出书房，在客厅里和刚回来的简一凌相遇了。

两个人同时停下脚步，看向对方。

简一凌在简宇捷、简宇珉那里看到过简宇博的照片，所以认得他。

简一凌对简宇博没有什么了解。

曾经直到简一凌死为止，简宇博都没有怎么出过场，他似乎是个无关紧要的人。

唯一跟他有关的一句描写是从翟昀晟的口中说出来的。

"简家最危险的男人"这是曾经的翟昀晟对简宇博的评价。

但翟昀晟究竟为什么会这样评价他，简一凌并不知道。

简一凌和简宇博四目相对，二人都没有说一句话。

两个人的目光一个清澈明亮，一个幽深阴沉。

半分钟后，简宇博先有了动作。他以原来的速度走出了客厅，离开了简家老宅。

楼上的书房里，简老夫人问简老爷子："老头子，这是怎么了？你和宇博说了什么？怎么发这么大的火？"

简老爷子好半晌没说话，缓过神后只说："没事，孩子说的几句话比较冲，我脾气上来了，一时没控制住。"

简老爷子轻描淡写地将这个话题揭过去了。

但简老夫人不是很相信简老爷子的这个说法。他们做了这么多年的夫妻，她了解老头子。

如果孙子只是说了几句不好听的话，他最多骂两句，不太可能发展到摔东西的地步。

这事不仅简老夫人不信，简一凌也不信。

从房子里出来后，简宇博没有马上离开。

他走到了那棵榕树下，背靠着树干坐了下来。

微风拂面，他闭上了眼睛，安静得好像睡着了。

他的右手轻轻地拨动着左手手腕上的手钏，眼前浮现出来的是刚才与他碰面的简一凌的模样。

他的神情渐渐变得平和。

然而，何燕在他面前撕碎棋谱的画面又冒了出来。

接着是沸水落到他后背上的疼痛感，已经过去了那么多年，后背上那块地方仿佛还有疼痛的感觉。

简宇博猛地睁开了眼睛，然后起身离开了简家老宅。

简老爷子当天晚上就把简书汧和简允丞叫到了他的书房里。

三代人在书房里谈论了许久。

简家的生意在简书汧、简书泓兄弟二人的手上出了一些问题，但到目前为止问题还不是太大。

直到简宇博今天来找简老爷子，他才知道，这些问题背后潜藏的问题是多么巨大，也知道了这些问题是怎么来的。

这不是一两天之内造成的，而是经过数年时间的部署，内部蚕食加上外部侵袭才造成的。

这幕后之人不是别人，正是简宇博。

简宇博花了好几年的时间做了这些危害简家企业的事情，然后将简家企业的掌权人接下来可以选择的几条路尽数列在了简老爷子的面前。

很显然，他在来之前已经把所有的可能性演算了一遍，把简家企业所有可能走的路堵死了。

而每一种可能性，对简家的企业来说都不是好事，最轻的也会使简家的企业元气大伤。

最后，他跟简老爷子提了要求。让简老爷子将简家的企业交到他的手上，这样他就会停手。

否则，他告诉简老爷子的那些危机将会全部变成现实。

简老爷子第一次遇到这样的威胁，这威胁还是来自自己的孙子。

简老爷子气得当场摔了面前的所有东西。

而简宇博只是冷静地看着简老爷子。他面无表情，似乎早就料到了简老爷子会是这样的反应。

他还很冷漠地告诉简老爷子，就算简老爷子现在打死他，也不能改变他的部署。

"宇博为什么要这么做？"简书汧不明白，"他想要简家企业的话，没有必要这么做啊。简家的家业至少有一半他可以名正言顺地继承，难道他想要全部？"

简宇珉和简宇捷都不想继承简家的家业。

在今天之前，简书泓甚至已经做好了日后将他管理的那部分简家的企业交到侄子简允丞手上的打算。

如果简宇博想要，简书泓现在管理的那部分就是他的。他不需要争抢。

简老爷子摇头，说道："他能做到这个地步，说明这些年他在外面的事业不见得比简家的小。"

虽然很难相信，但事实摆在眼前，简老爷子不得不相信。

简宇博现在所拥有的东西，可能已经超过了简家的，至少也能与简家匹敌，要不然他做不到那些事情。

"那他就更没有理由这么做了，不是吗？"简书泓更糊涂了。

简宇博拥有这样的实力，能够凭借自己的能力，在短短数年间建立属于自己的商业帝国，为什么又要回来逼着简老爷子把简家的企业交到他的手上？

"我不知道。我想了一个下午也没有想明白。我们简家是怎么养出来这样一只狼的。"简老爷子承认自己看走眼了。

简宇博一直以来很沉默，沉默得在简家众多男孩当中都没有了存在感。

简允丞沉默了许久后说："只要他愿意好好经营简家的企业，我不介意将简家的企业都给他。"

简老爷子神情凝重地说道："我现在完全弄不懂他，更不敢将简家的企业交到他的手上。但如果不交，那么简家的企业可能会元气大伤。"

他们发现得太晚了，就算现在立刻补救，简家的企业也将面临一次大损伤。

这一下午，简老爷子看起来苍老了许多。

他这一辈子经历过无数大风大浪，没有一次像这次一样让他觉得疲惫。

房间里，简家三代三个男人的神情都凝重且悲痛。

最后，简老爷子心情沉重地告诉简允丞："你好好管理你的环游科技公司，简家的企业交给我和你爸爸。实在不行我们就破釜沉舟，简家的企业即使破产了，也不能这样不明不白地交出去！"

于希现在是既疑惑、好奇，又惊叹、羡慕。

最近两天里，晟爷享受到了帝王般的待遇。

凌神这两天追着晟爷投食，变着花样做好吃的，然后追着晟爷跟她提要求。

这待遇，不是帝王般的是什么？

晟爷这待遇确实是好，但是起因不明。

于希想了半天也没想明白凌神会有这些举动的原因。

难道真的是晟爷的魅力不可当吗？晟爷男女老少通吃，就连凌神也没能幸免？

翟昀晟看着简一凌，咬着牙说道："你到底说不说？"

他咬着牙，声音不敢太大，但气愤的情绪已经表达出来了一些。

翟昀晟知道她是有事情需要他帮忙了。

但是她脾气倔，因为前几次欠了他的人情，所以这次说什么也不肯直接说她的需求，非得追着他，问他有什么需要她做的。他提了要求，她才肯告诉他她有什么需要麻烦他的事。

翟昀晟的脾气也倔。他偏不想跟简一凌算得这么清楚，所以他就是不肯提要求。

然后，简一凌就每天过来给他送饭，变着花样给他做好吃的。

小丫头在厨房里忙上忙下，用那双白白嫩嫩的小手给他做了一堆好吃的，然后用双手捧着，送到他的面前来，再用一双圆圆的眼睛盯着他看，等着他吃下去。

翟昀晟差一点儿就松口了。

"你不需要我，我就不麻烦你了。"

简一凌思索之后放弃了。

那天简宇博和简老爷子在书房里到底谈了什么，简老爷子不肯说。简一凌也不能直接去问简宇博。

简一凌想到了翟昀晟。因为曾经的翟昀晟对简宇博的评价，让简一凌相信翟昀晟对简宇博的事情知道一些。

但是简一凌实在不想一而再，再而三地麻烦翟昀晟，之前欠他的人情她还没有还上。

所以，简一凌希望他能对她提点儿要求，一桩换一桩，这样才公平。

要不然她会觉得⋯⋯

简一凌也说不上来，总觉得不还上的话，心里会有点儿奇怪。

翟昀晟已经知道她和慧灵医学研究所的关系了。应该知道她可以做到的事情不少，他可以提价值更高的要求。

翟昀晟看着眼前的小丫头倔强的模样，气不打一处来，偏偏她还骂不得、打不得。

"那就拿到这次线下赛的第一名!"这句话是翟昀晟从牙缝里面挤出来的。

若他提的要求难度太低,小丫头肯定不认,还会说他在敷衍她,不能算数;要求提得高了,他会被她折腾得累死。

她一天天的就知道熬夜,还要上赶着帮别人做事。

她是不想长高了,还是想没长大就先衰老?

他也不知道这蠢丫头的脑袋是怎么长的!

听到翟昀晟提的这个要求后,旁边的于希眼睛亮了!

晟爷这是说真的吗?

要拿冠军?

哇哇哇!

这么刺激吗?

他的目标是前二十名啊!进入前二十名他就已经很满足了!

简一凌凝视着翟昀晟的眼睛,像是在探究他提的这个要求的真实性。

"你之前不太在意排名。"简一凌质疑翟昀晟提这个要求的真实性。

翟昀晟喜欢玩游戏,但又不是那么沉迷。

好像他对待什么事情都不会太用心。

"爷帮于希提的。"翟昀晟直接将锅甩给于希。

于希有这个需求,作为好兄弟翟昀晟帮他提要求合情合理。

旁边的于希感动得差点儿当场落下眼泪。

原先凌神说过她不会参加线下赛,所以他们战队可能要直接弃权了。现在晟爷竟然帮他提了这个要求,他真是太感动了!

呜呜呜,晟爷果然是他的好兄弟。他这辈子值了!

哪怕下次举办交谊舞会的时候,晟爷再拉着他跳舞他也认了!

简一凌又转头看于希,见于希满眼希冀。

于希连忙求着简一凌答应:"凌神,你就答应吧!我和晟爷是好兄弟,你帮我实现愿望就是帮晟爷了!"

于希白捡了一个大便宜,高兴得嘴巴都快合不拢了。

简一凌想了想后答应了。

"你的需求呢?"翟昀晟问简一凌。

小丫头到底想要干什么,是遇到什么难题了吗?

简一凌问了关于简宇博的事情。

翟昀晟听完，脸色就阴沉下来了。

就这？

搞了半天，她需要用到他的就这么点儿破事？

翟昀晟看着眼前的这颗小脑袋，想狠狠地敲上一下。

"你知道吗？"简一凌见翟昀晟好一会儿没回答，便问道。

"你连爷是否知道都不确定，就先想着帮爷做事了？"

这丫头笨死了，以后被人骗了都不知道！

"你若不知道，我也不亏。"简一凌回答道。

简一凌是觉得反正她之前欠了他不少人情，就算他不知道，她也不亏。

翟昀晟觉得这话听着怪顺耳的。

算是她今天说的最动听的一句话。

"简宇博的事情爷还真知道。你知道一些他的事情也好，以后离他远一点儿。"

听完了翟昀晟的描述，简一凌觉得简宇博确实当得起"危险"二字。

之前简家的人应该都不知道简宇博在外面做了这么多事情。

"怎么样？都听清楚了？"翟昀晟看着眼前的这颗小脑袋，还是忍住了没敲它。

简一凌点了一下头。

但是简一凌还是不知道简宇博那天来找简老爷子的目的。

"谢谢。"简一凌跟翟昀晟道谢。

简一凌说"谢谢"时声音很甜美，但是翟昀晟不喜欢听。

"你烦死了。"翟昀晟说罢，移开了视线。

夜里，简一凌又做了梦。

一个新的梦，这一次的视角很奇怪，她像是飘浮在空中的。

从这个角度俯视下去，她可以看到翟昀晟和他的手下。

他们在处理简一凌的后事。

翟昀晟履行了对简一凌的承诺。

"晟爷，我们发现了一件奇怪的事情。简一凌的名下有巨额财产。"手下向翟昀晟汇报。

"简书泞转给她的吗？"翟昀晟问。

"不是，她名下的财产比现在整个简家的财产还要多。"

"那是谁转给她的？"

"是简宇博。而且不是最近才转到她名下的,是前几年里,分很多次转的。最早的一笔可以追溯到四年前,简一凌满十八周岁的那一天。"

这次的梦很短,简一凌很快就醒了。

有过之前的经历,简一凌隐约知道,她的梦不一定是梦。

最近,何燕的心情格外好。

宇博回来之后,事情都变好了。

她所有的麻烦他会帮她处理。

她想要的东西他会帮她去争取,就连她投资的科技公司现在也有了起色。

何燕现在将自己手里所有的房产、地产和积蓄都交到了简宇博的手里,让他帮她管理。

温暖那个女人再在她眼前晃悠的时候,她也不会被气到了。

她唯一不满的大概就是莫诗韵那个蠢货了。

何燕将这么多的好资源给她了,结果她还是只能被人打压。参加真人秀节目,她还被来客串的简一凌抢尽了风头。

亏莫诗韵以前还是盛华高中的校园女神,看来她之前真是错看莫诗韵了,还以为莫诗韵比她的爸妈要聪明,结果都是半斤八两。

不过,现在何燕还有很多用得着莫诗韵的地方。

虽然何燕对莫诗韵有诸多的不满,但又不得不承认她的人气上涨得很快,如今热度很高。

莫诗韵虽然有些负面新闻,但总体来说发展得还是很不错的。

有黑才有红,有时候故意招点儿黑也不是什么太大的坏事。

今天何燕要陪简书泓去参加梁烁老先生科技公司的新产品发布会。

简家人最近在跟梁老先生谈一笔生意。这笔生意对简家的企业来说很重要,所以今天不光她老公简书泓去,简书洐也会出现在发布会的现场。

何燕今天去除了陪自己的老公,还有她自己的小算盘。

据说,那位被梁老先生请来的,帮助梁老先生解决最后的产品材料难题的专家今天也会到场。

何燕打听过了,那位专家并不是梁烁公司里的常驻员工,而是被临时请来的,只负责这一个项目,项目结束后他和梁老先生公司的合作关系也就结束了。

这让何燕动起了心思。

这一轮产品竞争是她投资的那家公司输了，但是后面还有更多的产品需要研发。

将这样的人才拉到自己的旗下，不管是对自己投资的这家科技公司，还是对未来其他方面的发展，都是有极大好处的。

梁烁公司的新科技产品的发布会现场十分热闹，各界人士都来捧场了，就连现在暂时在恒远市的秦家人也到了。

他们之所以会来，并不是因为发布会本身吸引人，而是因为梁老先生的地位不一般。

即便是秦家人和翟家人，也不得不给梁老先生几分面子。

一个家族要保持长久兴盛，就必须紧跟时代的步伐，紧跟科技的步伐，不然到时候怎么死的都不知道。

秦瑜凡和秦川都到了现场，见到梁老先生后，秦瑜凡向梁老先生问好。

"梁老，没想到我们在这里见面了。"秦瑜凡对待梁老先生的态度颇为尊敬。

"我也没想到能在这里见到秦小姐。"梁老先生笑得慈祥。

对于这位秦家大小姐，梁老先生印象不错。她干练、直爽，虽然年纪不大，但已经初现锋芒。

"我之前都不知道，原来'飞越'是您老名下的公司。"

"小公司而已。因为想转型研发其他方向的产品，所以不好意思弄得大张旗鼓。"梁老先生浅笑着回答道。

秦瑜凡很清楚这是谦虚话。

以梁老先生的身份、背景和地位，只要将他的名号摆出来，就会有很多人愿意送上资金。

梁老先生的目光很快又落到了秦川的身上。

因为秦川是刚被秦家的现任家主认回来的私生子，所以外界对他的关注度很高。

但是梁老先生更为关注的是，他被认回秦家之前，自己创立的那家互联网公司。

在梁老先生看来，秦川是个人才。即便没有被秦家的现任家主认回，凭借他自己的本事，也是能做出一番事业的。

"梁老先生好。"秦川有礼有度，对于与自己初次见面的老前辈，没有表现得过分殷勤。

梁老先生点点头，说道："小伙子长得真英俊。如果我有孙女，我倒是想要将她介绍给你。只可惜我没那命。"

秦川只是笑了笑。

他不是不适应这种场合，而是不想借秦家的名头出席这种场合。

而且秦川也知道秦瑜凡对他有敌意，更不想抢她的风头。

梁老先生和秦家兄妹说了一会儿话，简家人就到了。

简书洐夫妇和简书泓夫妇是一前一后到的。他们各自从自己的家里出发，约好了时间在举行发布会的地方碰面。

两位夫人气质不同，各有风韵。

简书洐的眉宇间有着之前所没有的凝重。

简宇博的事情，是如今悬在简家人头顶的一把利剑。

而这件事情他们还没有告诉家里的其他人，包括他的二弟简书泓。

因为他们暂时还不清楚简宇博的想法，无法猜测他的做法是否得到简书泓和何燕的同意。

今天来见梁老先生，要谈的生意对简家的企业来说也十分重要。

如果能谈成，或许可以缓解简家企业可能面临的危机。

但简家人并不了解梁老先生的想法。

这位老先生在业内有着十分崇高的地位。一般人、一般企业很难入他的眼。

简家人想和他谈生意，实属不易。

简书洐知道这位老先生曾经送过贵重的钻石给他的女儿。但是他还没有卑鄙到利用女儿的私人关系的地步。

何燕笑着问温暖："大嫂怎么没把小凌带过来？"

何燕的眼睛里透着光。她可没忘记那日在慈善晚会上，梁老先生拍下粉钻送给简一凌的事情。

温暖回答道："今天我们来是为了正事。"

不是社交场合，她带女儿做什么？

"可是，小凌好像和梁老先生关系不错，有她在，这笔生意或许可以好谈许多。"

"二弟妹，我们还没到要靠孩子来维持生意的地步。"温暖正色说道。

温暖没有何燕那么好的语气，板着脸，语气也严肃。

意识到对话内容不对的简书泓连忙代妻子道歉："不好意思大嫂，阿燕在说这话前没想清楚，小凌的事情和我们的生意没有关系。"

如果是以前,二弟这么一说温暖就不会再说什么了。现在不一样,温暖不留情面地说道:"有些事情二弟回去后得好好跟二弟妹说说,别让人看了笑话还不知道笑话出在哪里。"

这话让何燕觉得难堪。

简书泓没想太多,说道:"我知道了大嫂,我会跟她慢慢说的。"

简书泓是个性格温和的人,待人接物都比较和善,对待妻子和家人也很温柔。

进了会场,四个人与梁老先生见了面。

"简先生、简夫人。"

让人没有想到的是,梁老先生主动跟简书洐和温暖打了招呼。

这让简书洐和温暖觉得有些受宠若惊。

他们没有想到梁老先生会认识他们俩。

而旁边与他们一同过来的简书泓和何燕就显得尴尬了。

大家是一起来的,而且都是简家人,却只有简书洐和温暖被梁老先生认出来了。

梁老先生的那句"简先生、简夫人",叫的是简书洐和温暖。他把旁边的简书泓和何燕忽略了个彻底。

何燕顿时气愤不已。大家都是"简先生、简夫人",却遭到了如此之大的区别对待。

简书泓倒是觉得没什么。在他看来梁老先生既然认识他的小侄女,那认识他的大哥大嫂就在情理之中。

至于不认识他也正常,今天到场的人里梁老先生不认识的多了去了。

简书洐和梁老先生交谈了几句。梁老先生便让身边的助理招呼他们,还叮嘱助理等发布会结束后,带简先生和简夫人去他的办公室里详谈。

接着,梁老先生就没再陪简书洐和温暖,转而忙其他的事情去了。

即便如此,他对他们也已经十分关照了。

何燕忍不住说道:"大嫂刚才还说我说得不对,现在看来,我们小凌的面子还是很好用的。我们简家的生意说不定还得指望她呢。"

何燕已经不隐藏自己话里的酸味了。

反正不管她怎么隐藏,温暖都不会给她留面子,那还不如自己痛快一下。

温暖把脸一沉,直接回道:"要是生意得指望小凌才能谈成,那不如把简家的生意都交给小凌来打理,你说对吗?"

这下何燕接不上话了。

她最惦记的就是简家的财产了，怎么可能舍得把简家的企业都交出去？更别说还是全部交给简一凌了。

何燕笑着解释道："大嫂这是曲解我的意思了。小凌有这样的造化是她的本事，她能帮衬家里的企业是好事。"

温暖冷冷地看了何燕一眼，懒得再跟何燕争辩，反正她的女儿是不会被牵扯到利益当中的。

发布会现场来的人很多，秦家来的人不光有秦川和秦瑜凡，还有秦世轩。

他管理的机构是做化学材料研究的，该机构和梁老先生的公司有一些交集。

他对梁老先生公司的新产品很好奇，同时也对之前提到过的为该新产品提供了材料支持的那位专家很好奇。

科技进步的原因除了掌握核心技术之外，硬件的进步也是十分重要的。

如果没有硬件设备的升级换代，光有概念型的算法程序升级，是不可能支撑起一件产品的。

之前，该新产品在研发时就卡在了硬件这个环节上。

"堂叔。"秦瑜凡看到秦世轩后，主动过来跟秦世轩说话。

"瑜凡，没想到你对这个发布会也有兴趣。"

秦瑜凡有才能、有威信，在秦家的影响力比他的大多了。

"梁老先生公司的发布会，我没有不来的道理。堂叔呢？是为了梁老先生公司的新产品来的吗？"

"我虽然对梁老先生公司的新产品有兴趣，但是对那位给梁老先生公司的新产品提供了技术支持的专家更有兴趣。"

"也是，堂叔就是做这方面的。"秦瑜凡很理解。

"此前梁老先生公司的负责人曾和我们洽谈过，想让我们给他们提供相关的技术支持。但是我们分析之后，确定没法达到梁老先生的要求，不得不拒绝了。"

秦世轩也想跟梁老先生合作，奈何条件不允许，这才不得不放弃。

"经你这么一说，我对这个人也产生了浓厚的兴趣。"秦瑜凡被秦世轩的话勾起了兴趣。

简一凌到的时候已经有点儿晚了，发布会现场已经人满为患了。

因为是梁老先生亲自邀请她的，所以她不能拒绝。

她刚进门，就遇到了正在聊天儿的秦世轩和秦瑜凡。

秦世轩一见到简一凌，便主动跟她打了招呼："简小姐。"

秦世轩面带笑容，眉目慈祥。

"嗯。"简一凌点了一下头。她和秦世轩并不熟，所以反应比较冷淡。

"简小姐也对今天的新品发布会有兴趣吗？"秦世轩比简一凌热情得多。

"嗯。"简一凌回答道，稚嫩的脸上没有任何表情。

她看起来对什么都不太在意，面对秦世轩这个来自京城秦家的大人物，没有表现出半点儿攀附之意。

那天秦瑜凡在家遇到简一凌的时候简一凌就是这个样子。

要不是那天她的手里还拿着给翟昀晟的"爱心饭盒"，秦瑜凡差点儿以为她是一个没心机的小姑娘。

她多半不是对从京城来的大人物没兴趣，而是秦世轩这尊小佛她看不上眼。她看上的是翟少那尊大佛。

"刚才我看到你爸妈了，你怎么没和他们一起来呢？"秦世轩关心地说道。

简一凌并不知道简书洐和温暖也会来。

简一凌望向里面，果然看到了简书洐和温暖。

夫妻俩正在和认识的人交谈。

简一凌正想着要不要过去呢，梁老先生就过来了。

梁老先生对会场门口的工作人员交代过了，简一凌一来就通知他。

"梁老。"看到梁老过来，秦世轩客客气气地向他问好。

梁老先生地位崇高，就算是秦世轩的堂哥也要礼让他三分。

梁老先生却越过了秦世轩和秦瑜凡，直奔简一凌而去。

"你可算来了。"梁老先生微笑着说道，语气里有埋怨也有无奈。

"嗯。"简一凌应了一声，接着补充了一句，"有点儿忙。"

简一凌说"有点儿忙"，旁边的人听着着实觉得这孩子不识好歹。

秦瑜凡在心中嗤笑。她忙什么？忙着给住在她家隔壁的翟少送爱心餐？

就连秦世轩都忍不住皱起了眉。

他虽然听说过简小姐和梁老先生早就认识，但不管他们的关系怎样，这样跟梁老先生说话都是不太合适的。

她这未免太不识抬举了。

旁边正看着这一幕的人都觉得简一凌太目中无人了。

此前，她对其他人无礼也就算了，但现在在她面前的人是梁老先生，就连她的爸妈见到了梁老先生都要恭恭敬敬的。她竟然这样无礼，真是被简家人惯坏了。

梁老先生却没有不高兴。他那看向简一凌的目光依旧慈祥、和蔼。

这时，简书泎他们也注意到了这边的情况。温暖一路小跑着过来。

"小凌？"看到简一凌后，温暖目光温柔。

现在女儿不跟她一起住了。她想要见女儿一面还得每个星期找理由往老宅跑，就算到了老宅，能与女儿待在一起的时间也屈指可数。

"嗯。"简一凌轻声回应。

简书泎看着面无表情的女儿，心里控制不住地疼。

小丫头不再与他们亲近了。

紧随而来的何燕看到简一凌后，笑着问她："小凌怎么也过来了？是自己过来的吗？"

"是我邀请她来的。"

不等简一凌开口，梁老先生就先一步回答了。

梁老先生这护犊子一般的态度，着实让周围的人觉得意外。

这简家的小姐看起来脾气不小，梁老先生怎么待她这般和善、宽容？

"多谢梁老邀请小女！小女幸得梁老厚爱，实属她的荣幸。"简书泎代女儿致谢。

女儿受到德高望重的梁老先生的厚爱，简书泎自然是高兴的。

他只怕这份厚爱的背后有什么隐藏的条件。

他不想让女儿小小年纪就被卷入商业竞争中。

梁老先生笑了笑，说道："简先生客气了。简小姐值得。"接着，他低头问简一凌："里面有座位，进去坐坐吧？"

在二人合作的这段时间里，梁老先生已经掌握了简一凌的一些习惯。

她不喜欢很多人围着她。

大家可以围着她问学术上的问题，但是不要围着她闲聊。闲聊她不在行。

简一凌点了一下头，便往里面走去，找了一个角落坐了下来。

温暖陪着简一凌进去。她也不希望女儿被一群人围着。

梁老先生也和简一凌一起到了会场里面，还陪她说了一会儿话，然后将自己的助理留在了简一凌的身边。

这待遇绝对是别的人没有的。

哪怕是京城秦家的大小姐秦瑜凡，都没能在梁老这里得到这样的待遇。

看着会场角落里的简一凌，大家都忍不住开始猜测简一凌和梁老先生的关系了。

一个是没有礼貌的骄纵大小姐，一个是德高望重的业内泰斗。

他们怎么看都不像一个世界的人。

何燕看着，在心中冷笑，想道：真是搞笑，就这么一个贱丫头，还一个两个的争着上来护着。梁老先生到底有什么毛病，为什么要护着这么一个骄纵的丫头？

秦瑜凡颇为纳闷儿，问秦世轩："堂叔可知梁老为何待简一凌这般特殊？"

梁老和简家人非亲非故，为何要对一个晚辈这样厚爱？

他可是梁老啊！他向来连他们秦家人的面子都不一定给的！

秦世轩轻轻摇头，若有所思地说道："我也不清楚。我之前听说过梁老送钻石给简小姐的事情，但是今天这种情况……我也没有想到。"

长辈送了一份贵重的礼物给一个晚辈，这事能有很多种说法。

有时候不见得是这个晚辈有什么过人之处。

有时候明着是给晚辈送礼物，实际上可能是两家人生意上的一些交集。

所以，之前听说梁老送礼物给简一凌的时候，秦世轩只以为是梁老和简家人有了什么生意上的往来。

但是今天看到梁老对简一凌的态度后，秦世轩觉得自己之前的想法有误。

梁老对简一凌的父母都没有那么好的态度。

"对了，那个专家呢？"秦瑜凡又问。

发布会快要开始了，她却还没有见到那个让她期待的人。

秦世轩看看现场，摇摇头。他也不清楚。

"可能是要压轴出场吧。"秦世轩猜测道。

也可能是梁老临时变卦，不将专家放出来了。

如果是他的话，他肯定不会轻易将专家放出来的。

这种技术型人才，是技术公司、研发机构都会争抢的对象。

他相信今天参加发布会的人中，有不少是抱着挖人的想法来的。

何燕也在会场里寻找着那名专家的身影，但是找来找去也没有找到那名专家。

接着，何燕走到了简一凌现在坐着的位置旁。

简书沣、温暖和简书泓都在旁边。

何燕问简一凌："小凌，你爸爸和二叔最近在和梁老先生谈生意，你跟我们说说梁老先生这个人吧？他有什么兴趣爱好和习惯？"

温暖不许她利用简一凌跟梁老拉近关系,那她问问梁老的喜好总不会碍着温暖什么事吧?

"不知道。"简一凌回答道,对待何燕的态度比对待其他人时更冷。

她确实不知道。

她和梁老是工作上的合作关系。她只管做好自己分内的事情,不会接触也不会过问梁老的私事。

简一凌对梁老的了解仅限于最初联系的时候,在确定他的身份、人品时调查到的那些信息。

然而何燕不信,又说道:"小凌,这事可不是二婶的事,是整个简家的事情。你如果知道什么,就告诉你爸爸和二叔,这说不定对简家的生意会有帮助。"

何燕说这话时面带微笑,看起来很亲切。

"二弟妹这习惯什么时候能改改?"温暖厉声说道,"不要一说到生意就先想着讨好别人,生意能成功最重要的一点是自己的条件够好,做得出成绩,而不是靠讨好那一套。"

何燕委屈地说道:"我是没有大嫂那么懂生意上的事情,可我是为了我们简家着想,古语道,知己知彼百战不殆。我问一下,这还有错了?"

简书泓连忙在旁边打圆场:"好了好了,都是自家人,阿燕不懂生意场上的事情,但是心是好的,问问也好。如果小凌不想说,二叔二婶绝不勉强。"

简书泓反应再怎么迟钝,也察觉了大嫂和妻子之间剑拔弩张的氛围。

他也不知道两个人怎么突然变得这么不对付了。

何燕像是跟温暖杠上了一般。温暖不想让她问简一凌,她偏要问东问西:"那小凌知道今天梁老要向大家介绍的那位高科技人才是谁吗?"

"知道。"

简一凌突然回了个"知道",何燕反倒惊讶了。

"你真的知道?"

"不告诉你。"简一凌回答道。

何燕一口气差点儿哽住。她还不如像前面一样说她不知道呢!

简书泓连忙对何燕说:"好了,一会儿不就见到了吗?别惹小凌不高兴了。"

他知道侄女一向不喜欢别人烦她,烦多了要闹脾气的。

就是不知道为什么,侄女之前和阿燕关系很好,两个人每次见面都有说有笑的,今天却很不对付。

简书泓忙于工作，已经很久没有看见简一凌和何燕私下相处了。

对于近来发生的事情，他一概不知情。

何燕心里憋着气，但终究不敢在明面上与温暖母女闹僵。

她选择忍下。想着宇博现在在帮她，她迟早能给温暖母女俩颜色看。

发布会正式开始，梁老先生亲自上台，为大家介绍了这款由他名下的飞跃科技公司研发的高科技产品。

梁老亲自上场介绍，这样的场景已经很多年没有出现了。

由此可见，这次的产品是梁老非常满意的。

产品介绍结束后，梁老就开始介绍他的技术团队了。

他们团队里的成员都是行业内的精英。

团队里每一个人的付出成就了这个新产品。

梁老很惜才，不算一个完全的商人。比起赚钱，他更在乎产品本身。

这也是他如此受人尊敬的一个原因。

梁老将团队里的人介绍完后，又对众人说："其实，这次除了技术本身的难题，我们公司还遇到了一个难题。那个难题就是能够匹配我们这次产品的硬件材料。

"我们这次生产的设备，是要放置到人体内作为医用生命支持使用的，所以所用的材料必须与人的血液相容，满足生物相容性，同时要满足我们产品所需的各种特性……"

梁老用了一大段话来描述这个难题，让大家知道研发过程艰难的同时，也为后面的话题进行了铺垫。

几个知情的人都知道，梁老这是要跟大家介绍，他这次请到的那位高科技人才了。

"我特别向大家介绍，为我们团队解决了这次难题的生物学专家——简允陌先生。"

梁老此言一出，众人鼓掌，万分期待。

除简一凌外的简家人都蒙了。

"这是怎么回事？那个专家怎么是允陌？"简书泓一脸惊讶地看向自己的大哥大嫂。

"我也不是很清楚……"简书沨和温暖此前从未听说过，简允陌参与梁老公司新项目研发的事情。

当然，他们也没有机会听说。因为二儿子这次回来后直接住进了老宅陪小凌。

允陌因为生气他们没有照顾好小凌，更是不愿意跟他们多说话。

简家的四位长辈转头看向简一凌。

简一凌还是那副表情。从她的脸上看不出一丝一毫的惊讶和意外。

何燕一开始是震惊，震惊过后是气愤。

那个专家为什么会是简允陌？为什么偏偏是简允陌？

简允陌从后台出来，穿着一身浅色的衣服，看起来温文尔雅。

他身高一米八六，双腿修长，眉目间带着浅浅的微笑，从容又优雅。

他一出来，现场就响起了雷鸣般的掌声。

简允陌微微一笑，走到了台上，站到了梁老的身旁。

梁老对众人介绍了简允陌的过往经历。

接着，台下又响起了一片掌声。

简允陌是国际知名生物学家的学生，国际知名大学的硕士，参与过多项业内知名的实验，履历华丽，令人惊艳。

秦世轩很激动，想着演讲结束后，一定要跟简允陌单独聊聊。

现场有很多和秦世轩抱有同样想法的人。

这样的高科技人才，是他们都想收到自己旗下的。

接着，梁老让简允陌讲几句话。

简允陌开口了，声音依旧很有磁性。

他讲了一些与产品相关的事情，快要结束发言的时候，提了一句自己的妹妹。

"我这次回来是因为小妹，并且会长期在国内待下去，之后也会继续在生物科学方面做研究。因为这是很久之前我和小妹一起立下的志愿。"

现场有很多人听说过发生在简一凌身上的抄袭事件。那件事情暴露出了简一凌在医学方面的一些才能。

国内已经有不少知名大学向简一凌抛出了橄榄枝。

看来，这兄妹二人是要在生物医学领域共创佳绩了。

简允陌结束发言后没有回后台，而是径直走到了简一凌的身边。

刚才在台上的时候，他就已经在一众观众当中锁定了简一凌。

"小凌。"简允陌眉眼间的笑容比他在台上的时候温柔得多。

他顺手从大衣的口袋里，掏出一个用透明塑料盒子装着的小甜点。

温暖一看是甜食，就没好气地瞪了他一眼。

简一凌小时候温暖怕她吃多了甜食不好，就规定每周只能摄入二百克。

偏偏她的两个大一点儿的儿子，天天惯着小凌吃甜食。

每次发现儿子们给小凌偷带甜食后,温暖是既生气又无奈,只能狠狠地瞪不听话的儿子们一眼。

她现在瞪的这一眼,都是习惯性的了。

"允陌,那位专家怎么是你?"简书沅询问道。这事谁都好奇。

简家的四位长辈都看着简允陌,期待着他的回答和解释。

何燕忌妒极了。

简允陌笑着说道:"梁老联系我。我看项目合适,我又在国内,就答应了。不过梁老说的那些技术难题不都是我解决的。在我接手项目之前,大部分难题已经被解决了。"

简允陌也疑惑过,既然那么多的难题已经解决了,相应的技术人员没道理留下那一点点的收尾工作。

可是梁老解释说,最后的工作只有他能做。梁老已经找不到其他的技术人员了。

旁边座位上的简一凌,正在小口小口地吃简允陌带给她的甜品,模样乖巧,好像跟这件事情一点儿关系都没有。

突然,她的手机振动了一下。简一凌看了一眼信息,是梁老发来的:"满意否?"

"满意。"

"那下次合作?"

"下次再说。"

她还是一样的冷漠,还是一样的言简意赅。

梁老看着手机笑了笑。

哥哥毫无疑问是个天才,只不过妹妹也是。

发布会结束了,散场的时候秦世轩过来找简允陌。秦瑜凡也过来了。

"简允陌先生,请问你对接下来的工作有什么打算?"

很明显,秦世轩对简允陌有着浓厚的兴趣。

如果说他对简一凌还只是看好她的前程,那么在他看来简允陌就是一个现成的人才。

"抱歉,我暂时还没有什么打算。我妹妹最近可能要出一趟远门,我要陪她,所以暂时不安排工作。"

简书沅和温暖还是刚知道简一凌最近要出远门的。

小凌除了跟他们出去旅游,还没有去过别的地方。

这次她要和允陌去哪里？

秦瑜凡听到这话后，脸色变了变。

因为她最近刚知道，翟昀晟也要出一趟远门。

翟昀晟每次要去别的地方，翟家人就会将动静弄得特别大，所以秦瑜凡能够知道。

有这么巧吗？翟昀晟要出远门的时候，简一凌也要出远门？

接着，更多的人过来跟简允陌打招呼了。

"简允陌先生，这是我的名片，如果你接下来还有其他工作方面的打算，可以考虑一下我们公司。"

"不知道简允陌先生对新型生物医药有没有兴趣？我们公司最近在做这方面的探索。"

"简允陌先生……"

简允陌低下头，在简一凌的耳边轻声说："哥哥嫌烦，我们跑路好不好？"

"嗯。"简一凌也不喜欢这种场合。

然后不等其他人反应过来，兄妹俩就冲了出去，一路小跑着离开了会场。

"小凌！允陌！"

简书洐和温暖都来不及喊住两个人，眼睁睁地看着兄妹俩跑得没了踪影。

"这俩孩子，怎么还是这样？"

温暖都不知道该生气还是该高兴了。

允陌和小凌还和以前一样，是好事。

他们的女儿还没走远。

简允陌和简一凌一直跑出去了好几百米才停下。

兄妹俩都不擅长运动，跑了一段路后，两个人体力有所不支。

简一凌的小脸红扑扑的。简允陌笑着说道："跑都跑了，今天就在外面玩一天吧？"

这种情况要是发生在以前，简允陌肯定是要挨骂的。

虽然会挨骂，但简允陌以前也没少干。

那时候简一凌还小，简书洐和温暖不许她去人多的地方，尤其小吃街、游乐场和路边摊。

但是简一凌好奇心重，喜欢玩，于是求她二哥带着去。

简允陌架不住小妹的撒娇卖萌加眼泪攻势。她说什么就是什么。她想去哪里吃什么，他就立马带她去。

每次回来被爸妈一顿骂，简允陌就帮简一凌背锅，说是他拉着妹妹去的。

结果就是他挨老妈的一顿说教,严重时还有老妈的眼泪攻击。

简允陌也是难啊。小妹的眼泪他受不了,老妈的眼泪也是说来就来的。

"去吃小街口的画糖。"简一凌说。

她有了不少原来的简一凌的记忆。

"不知道那个卖画糖的老婆婆还在不在。"

那个卖画糖的老婆婆卖一块画糖要五块钱。但是她具体要做什么样子的画糖,就靠买家的运气抽奖了。

有一次简一凌抽到了最难被抽中的双龙戏珠。老婆婆给她做了大半天。

简一凌拿到那块超大的画糖后高兴了好久。

简允陌带着简一凌去了两个人以前偷偷去过的地方,玩了大半天。

二人回到老宅后,简允陌不出意外地被简老夫人教训了。

但是她只开了个头,就在简一凌的注视下,把后面训斥的话都咽了回去。

算了,把大的骂了,小的那个还不乐意呢!

何燕回家后,脸上的笑容顷刻间消失了,取而代之的是愤怒。

那个被大家吹捧上天的什么狗屁专家,竟然是温暖的儿子简允陌!

这个简允陌,搞科研还搞出来了这么多靠山!

梁老对简一凌厚爱的谜题被解开了。但这个答案并不是何燕希望看到的。

她以为简家大房的人中需要警惕的只有简允丞,没想到简允陌也不是省油的灯。

何燕想了很久,然后给简宇博打了电话。

电话里,她说了今天发生的所有事情。

她说完后,简宇博只冷冷地回了一句"知道了"。

"宇博,这事不是小事,简允陌有这样的背景,对我们很不利的。"何燕越想越觉得这是一件麻烦事。

"他无法影响你拿到简家的财产。"简宇博语气平静地回答道。

"真的吗?"

"真的。"

得到肯定的回答后何燕安下心来,按照这些天里她所看到的简宇博的能力和办事效率,他的话的可信度很高。

简宇博第二次去了简家老宅,找了简老爷子。

他第一次来的时候就说过他会来三次,给简老爷子三次选择的机会。

这一次，简书泓也在。可就算简书泓在场，简宇博还是说了和上次一样的话。

简书泓不敢相信，这样的话竟然是从他儿子的口中说出来的。

"宇博，这是为什么啊？"简书泓表情痛苦地质问简宇博。他想不通。

要不是他亲耳听见，他一定会觉得是有人在骗他。他的儿子是不可能做出这样的事情的。

简宇博冷漠地看着他愤怒的父亲，将父亲的全部表情收入眼底，却没有做出任何回应。

他平静得像个局外人。

简老爷子严厉且愤怒地告诉简宇博："我不会把简家的企业交到你的手上，你想摧毁它你就动手吧！我们不怕从头开始！"

面对简老爷子和简书泓的怒火，简宇博平静地对两个人说："我下次再来。"

"不用来了！你来多少次都是一样的！这个答案是不会变的！"

简老爷子怒火攻心，气得又一次摔烂了桌上的所有东西，闹出了不小的动静。

简宇博走出门后，却在楼梯口遇到了早就等在那里的简一凌。

上一次二人相遇是巧合，这一次是简一凌有意地等他。

不同于上一次二人的沉默。这一次简一凌问了简宇博一句话："都给你，你就还是哥哥吗？是的话，给你。"

简一凌也不知道现在简宇博的心里是怎么想的。

但如果现在的他只是想要继承简家的所有家业，那就都给他。简一凌不希望他和简家人的关系发生改变。

简一凌的话让简宇博愣在了原地。

他眼中的寒霜，有一瞬间变淡了。

可是愣了一会儿后，简宇博还是坚定地走了。

简宇博离开时，背影于决绝中透着萧瑟。

时光回转到很多年前。

简家的一栋别墅内。

"你想要这本棋谱对吧？"

女人的手里拿着一本绝版的旧棋谱。她问自己面前的十岁男孩。

男孩伸手去拿。

然而，就在他的手碰到棋谱前，女人把手收了回去。

"简宇博！你是不是听不懂人话？妈跟你说了多少遍了？下棋是没有前途的！你现在不好好把心思用在学习上，以后我们家的企业谁来接管？妈这么做是为了你好!等你长大了就会明白妈妈的用心良苦了!"

男孩是女人的第二个孩子。她的第一个孩子没有按照她的期待成长为一个有能力的人。

所以,她现在对自己的第二个孩子格外严厉,对第一个孩子没有用过的打骂手段,现在统统用到了第二个孩子的身上。

男孩不说话。他无法认同女人的说法。

他的沉默让女人更加生气了。女人指着手里的棋谱继续说:"你不说话是吧?好!这本棋谱,你费尽心思,花了几个月找它,现在它就在妈妈的手上。但是妈妈告诉你,妈妈不允许你做的事情你就不能做!好好念书才是你唯一的选择!"

说完,女人当着男孩的面,狠狠地撕烂了那本对男孩来说很珍贵的棋谱。

发黄的书页碎成一片一片,飘落在男孩的脚下。

男孩呆呆地看着,看着那破碎的纸张,看着面目狰狞的母亲。

最后一片纸片落地时,男孩突然不知道从哪里来的力气,狠狠地推了眼前的女人一下,像是在用这个动作反抗他母亲的这种行为。

女人因此更加生气了。她的儿子怎么可以对她动手?

女人伸手去打男孩,一下一下地打到男孩的身上。

女人不断地质问男孩,知不知错。

男孩一直不回答。

女人又一次抬手,桌上那装有滚烫开水的水壶被她的手意外打翻。

滚烫的水从桌子边缘流下,落在了男孩的背上。

痛感从男孩的神经末梢传到大脑,化作他记忆里一道挥之不去的疤痕。

飘落的纸片、后背上灼烧的痛感,成了刻在男孩心里的记忆。

看着眼前的这一幕,女人知道自己闯祸了。

她慌了。她不能让她的公公婆婆知道这件事情,也不能让她的丈夫知道这件事情。

如果公公婆婆知道了这件事情,会对她更加不满。

她本来就不被婆婆喜欢,如果再让婆婆知道她打孩子,还把孩子烫伤了,她的处境会更加艰难。

丈夫肯定也会生气。他不认同打骂孩子的管教方式。

女人犹豫了好一会儿后才打电话叫了救护车,将男孩送去了医院。

在她犹豫的时候,她没有看到,倒在地上的男孩没有哭、没有喊、没有出声。

后来救护车来了,把男孩接走了。

女人骗家里人说她将男孩送去参加夏令营了,没有让家里的任何人知道孩子被烫伤的事情。

为了不被人发现这件事,她没有去过医院,而是聘请了一个护工照顾男孩。男孩在医院里住了一个星期。家里的其他人因为女人的隐瞒都不知情。

事后,男孩回到家,家里没有人发现他的异样。

他的父亲依旧每天忙着工作上的事情,对妻子全身心地信任。

只有一个两岁的小丫头,歪着脑袋问他:"痛不痛?"

因为他摸后腰的动作被她看到了。

他没说话。

她说:"我给你呼呼,呼呼就不痛了。"

后来,他满十七岁了,借着去外面念大学的机会要离开家。

可是他看起来并不高兴。

已经九岁的小女孩问他为什么不高兴。他回答,没有自由。

她问他,要怎么样才有自由?

他随口回答,要有钱。

然后,他在出发去念大学的前一天,收到了她送给他的临别礼物——一个箱子。

箱子里装着一笔巨款。

的的确确是巨款。

作为被简家人富养的女儿,就算只有九岁,她也有不少钱。

她妈妈买给她的头饰,有些是货真价实的珠宝。

而且,长辈们每年都会给她压岁钱。

她翻箱倒柜,将她能找到的钱全部给了他。

后来他发信息问她,为什么都给他?

她说她用不到,但是他用得到。

那一天,男孩知道,他在这个家里,唯一的亲人就是这个妹妹。

第十二章
因　果

《虫族入侵》线下赛拉开序幕的第一天，相关内容就登上了热搜第一。

庞大的玩家数量，让这款游戏拥有了超高的人气和热度。

玩家都很期待前二十名战队在线下赛中的精彩表现。

"二十强战队中居然只有三支是国内的！这三支战队可千万要挺住啊！"

"首届比赛，我希望在决赛中看到我们国内的战队！"

"国内的三支战队——'追云逐胜''晟气凌人'还有'无桨靠浪'，不知道哪支最有希望战到最后，期待啊。"

"我很好奇这些战队里面有没有女选手。"

"女选手可能有，但肯定不多，毕竟这种射击战略游戏，还是我们男人的天下。"

这话也没毛病，从玩家的性别比例上来看，这种类型的游戏，玩得好的还是男性居多。

莫诗韵主演的新电影开拍的消息被挤到了热搜第二名。

这个热搜是莫诗韵的经纪人专门为莫诗韵买的，为的就是给她刷一下热度。

只是电影开拍，经纪人就给她买了热搜，这要是以后开播了还得了？

莫诗韵在经纪公司里所享有的资源和待遇，是同公司的其他艺人都十分忌妒的。

而且莫诗韵出道的时间还这么短,她就要在投资巨大的电影里演女一号,着实让人羡慕。

有知情的圈内人士透露,投资方点名让莫诗韵来演女一号。

所以,是有人要捧莫诗韵,什么名导演、知名男演员、老戏骨,都是去给她当绿叶的。

但不管怎么样,这个热搜就是稳稳地站在了第二的位置。要不是《虫族入侵》的玩家太多,热度太高,它还会是第一。

《虫族入侵》线下赛的比赛地点——通海市某五星级酒店的楼下。

秦瑜凡在此遇到了简一凌和翟昀晟。

秦瑜凡是与自己出资的战队成员一起来的。

这家五星级酒店是官方给参赛选手提供的。

秦瑜凡怎么都没有想到,自己会在这种场合偶遇翟昀晟。

翟昀晟和简一凌也看到秦瑜凡了,只是两个人都没有主动和她说话,而是径直往酒店里走去。

秦瑜凡望着二人的背影,心里很不是滋味。

接着,秦瑜凡就打起了电话。她要弄清楚翟昀晟来通海市的原因。

翟昀晟带着简一凌出现在酒店,这到底是怎么一回事?她一定要弄清楚!

刚才秦瑜凡只看到了翟昀晟和简一凌,但实际上与他们二人一起来的还有三个人:于希、简允陌和简宇捷。

简允陌忙完梁老先生那边的事情后,就跟着简一凌来了通海市。

现在他的病情稳定多了,他陪简一凌的时间也就多了起来。

简宇捷本来以为这次来的只有他们战队中的四个人。他想着"霸占"妹妹的好时机来了。

结果简允陌来了,他瞬间失去了和妹妹在一起的优先权。

不过,简宇捷还是很开心的。因为这次轮到他和妹妹一起上直播了。

上一次简宇珉和简一凌一起参加真人秀节目,简宇珉堂而皇之地"霸占"了妹妹两天。

简宇珉回去后看了直播的回放,发现原来自己在抱妹妹的时候妹妹的小脸红了。

于是,简宇珉把这幅画面截图下来做自己电脑的屏保和桌面了。

简宇捷看了之后很想跟简宇珉打上一架,但是因为打不过,所以只能想想。

　　大哥真是太坏了，骗妹妹去参加节目，靠妹妹的智商赢得比赛还不算，竟然还独占了妹妹两天。

　　卑鄙！

　　无耻！

　　浑蛋！

　　简宇捷立志这一次和妹妹一起来参加比赛，一定要录下和妹妹的欢乐瞬间，回去后循环播放给简宇珉看，忌妒死简宇珉！

　　酒店里，大家已经办理好了入住手续。

　　主办方给参赛选手们安排的是普通房间，而翟昀晟他们的房间已经被换成了总统套房。

　　房间里准备好了高性能的台式电脑，方便大家在酒店里面进行训练。

　　于希还给队友们准备了"队服"。

　　于希满怀期待地等着队友们穿上队服，然后……

　　翟昀晟嫌弃；简宇捷嫌弃；简一凌没说话，但是没接，用实际行动表示嫌弃。

　　于希苦苦哀求了一番，才让他们三个人都点头答应了。

　　晚上，四个人去熟悉了一下比赛场地。

　　接着，他们的照片就被放到了网上。

　　紧随而至的就是大量的负面新闻和负面报道。

　　"有钱人的游戏：参赛名额被有钱人家的少爷、小姐买下，竞技精神荡然无存"。

　　爆料人爆出了比赛场地上和简一凌一行人的照片。

　　照片只拍到了简一凌、简宇捷和于希，翟昀晟没有入镜。

　　其中，长着一张白嫩小脸的简一凌尤其惹人注目。

　　爆料人称，恒远市简家的少爷、小姐花钱买下了战队赛的名额，顶替了原本取得比赛资格的四人，参加了这次的线下赛，并讽刺地称，有钱真的可以为所欲为。

　　因为这款游戏本身受关注度很高，此爆料一出，立刻引发了玩家们的热议，话题的热度直线飙升。

　　网上骂声一片。

　　网友们愤怒的原因主要是，一群没有游戏技术的有钱人破坏了原本的游戏规则。他们喜欢的电子竞技变了味道。

秦瑜凡看到了网上的爆料，又看了网友们的评论，脸上露出了讽刺的笑。

她将她花了很多时间和精力组建的，战绩优异的战队捧到翟昀晟的面前他不要，一转头他却陪着简家那个小丫头买一支参赛战队来闹着玩，这算什么？

秦瑜凡生气的当然不是买战队这件事，而是翟昀晟竟然愿意陪一个小丫头这样闹着玩。

从来没有人能让翟少这样，这是秦瑜凡最为气愤也最无法理解的地方。

秦瑜凡并不知道是谁把这个消息放到网上去的，也不知道是谁花了钱让这个消息在这么短的时间内被刷上热搜的。

但是她看得出来，放出这个消息的人还是挺聪明的，知道翟少是不能惹的，所以将照片放出去的时候把翟少截掉了。

看舆论的导向，做这件事情的人应该是将矛头指向简一凌的。

也就是说，这件事多半是和简一凌有矛盾的人干的。

秦瑜凡只当看笑话，只要不把翟昀晟牵扯进去，和她的关系就不大。

至于这种爆料，秦瑜凡是不屑做的。

就算不把翟昀晟爆出来又如何？翟昀晟就在那支队伍里，网友们把这支队伍里的人都骂了，还能不把翟昀晟算在内吗？

而且秦瑜凡要的也不是简一凌出什么事情，她要的是翟昀晟的人和心。

出这种岔子，对她一点儿好处都没有。因为在这件事情里，简一凌和翟昀晟是一条船上的。

网络上的风言风语并没有影响简一凌他们的心情。

网友们的猜测没有真凭实据。只是因为简一凌的形象和身份，他们就妄下定论。

想要在比赛开始前让简一凌他们失去参赛资格，至少也得先拿出他们买名额的证据才行。

线下赛开始后，简一凌他们真人上场，不怕网友们的恶意揣测。

安洋在看到网上的消息后，给简一凌打了个电话："大姐大，网上的那些浑蛋老子帮你骂回去。你别被他们影响心情！"

安洋比简一凌还激动。

知道简一凌要去参加线下赛的时候，安洋就已经激动过一次了。

要不是他家里人不允许他请假，他也想去通海市看现场直播，在现场为他的大姐大加油助威。

现在，他喊简一凌"大姐大"喊得特别顺口，毫无心理障碍。

"没事。"简一凌声音柔和，但是语气足够平静。

"那些人什么证据都没有就在那里乱说。"安洋生气地骂道。

旁边的一名小弟小声嘀咕道："洋哥，你之前好像也只是听别人说了几句，就找大姐大下战书了……"

安洋狠狠地踹了这个小弟一脚，然后继续跟简一凌说："大姐大，你要是有什么搞不定的事，记得跟我说啊！论打架，兄弟们就没怕过。"

"好。"

安洋又跟个老妈子似的絮絮叨叨地跟简一凌念叨了一堆，又是让简一凌注意身体、注意饮食，又是让简一凌别太紧张，上台后别慌正常发挥就行了。

不知道的人还以为他是去给简一凌当老妈子的。

简允陌接到了简允丞打来的电话。

"你在通海市？"简允丞问。

电话里，简允丞的声音有些压抑，说不出来是气愤还是郁闷。

"对。"

"小凌也在？"网上的消息简允丞都看到了。

"对。"

"你应该提前跟我说一下的。"

自己妹妹所在的战队打进了自己游戏公司官方比赛的前二十名，他居然是看到热搜后才知道的。

简允丞虽然是公司的CEO，但也不可能盯着公司举办的游戏比赛参赛名单去看。

倒是霍钰，既然监视着出现在网络上的"简一凌"三个字，就应该知道简一凌参赛的事情。

而他竟然没有提前告诉简允丞。

简允丞有空后是一定会找霍钰算账的。

"我最近事情多，比较忙，想不起来。"简允陌回答道。

"我现在也在通海市。"简允丞说。

作为公司的CEO，公司在这里举办大型比赛，他自然是要过来的。

"想过来是不？"简允陌一下子就明白了简允丞的言外之意。

简允丞既没有承认，也没有否认。

接着，简允陌说："我听说通海市的海鲜很好吃。晚上我们都饿了，要是有人给我们送点儿消夜过来就好了。"

"有空再说，我有点儿忙。"

简允丞说完，就挂了电话。

半个小时后，简允陌房门的门铃响了。

简允陌开门，门外站的人是简允丞。他穿着一身深色的衣裤，神情严肃，眼神明亮。

他的身后还跟着一个助手，助手拎着大包小包。

简允陌转过头对房间里的其他人说："消夜来了。"

看清送消夜的人后，于希和简宇捷笑不出来了。

他俩有些怕简允丞，也不是简允丞对他俩做过什么，就是单纯地有点儿怕他。

简允陌最先动手，从一大堆海鲜里面挑选出简一凌偏爱的那几种，拿到简一凌的面前。

"多吃点儿肉，要长高高。"简允陌哄简一凌吃东西。

简允陌很清楚妹妹的心愿，知道她还想再长高一点儿。

简一凌认真地吃起了海鲜。

简允陌不着急吃，而是在旁边帮简一凌挑海螺里面的肉，去掉海螺肉中不能吃的部分。

简允丞看着，插不上手。

于希和简宇捷一开始没好意思动手，等吃起来的时候，就他俩吃得欢。

皮皮虾、大虾、梭子蟹、花蛤、象拔蚌、海瓜子、生蚝、海螺……都是刚从海里捞上来的。

厨师的烹饪手艺也不错。看来简允丞是花了心思的。

简允丞在旁边看着弟弟妹妹吃东西。

等简一凌吃得差不多了，简允丞才开口问简一凌："小凌喜欢玩这款游戏？"

简允丞还是今天才知道简一凌不仅在玩这款游戏，而且玩得这么好。

"于希喜欢。"简一凌回答道。

这个答案和简允丞期望的不一样。

他以为，至少自己公司开发的游戏小妹是喜欢的。

简允丞转头看向于希。于希吃海鲜的动作当即停住。

他觉得丞少看他的眼神不是那么友善。

于希心想：我拉着一凌妹妹玩游戏，可是通过了简奶奶的许可的。你要是找我算账，我就去找简奶奶撑腰！

开赛的前一天，二十支战队的人全部到场。主办方的工作人员给大家讲解比赛的流程，以及线下赛的各种注意事项。

因为是公开的线下赛，所以比赛当天场馆里会有观众，而且按照现在的售票情况来看，开赛后场馆内应该会座无虚席。

当所有选手汇聚一堂之后，大家发现全场只有一个女性，那就是简一凌。

不过，简一凌并不是年纪最小的选手，在其他战队里有年纪比她还小的男生。

她看起来却是最小的，长得不如人家十四岁的男生高。

工作人员进行讲解的时候，仅有的三支国内战队"晟气凌人""追云逐胜""无桨靠浪"被安排坐到了一起。

这三支战队的画风差距挺大的。

"追云逐胜"从一开始就是由幕后老板投资组建的，比大部分的战队专业不少。

"追云逐胜"战队的成员们在组战队之前是各自大区的顶尖玩家或者游戏主播，看起来很专业，也很有底气。

"无桨靠浪"战队是四个人自己组建的，性质和简一凌他们的战队是一样的，相对而言就没有那么专业了。

"晟气凌人"战队成员的衣着打扮与众不同。别人穿着运动衫，他们倒好，男士穿着衬衫与西装，女士穿着衬衫与百褶短裙。

这也就是一开始大家拒绝穿这套"队服"的原因。

为什么要给简一凌准备裙子？！

虽然后来于希拿出了肤色打底裤，但大家还是有些不乐意。

简一凌平时都是穿长袖上衣和长裤的。这次是于希死皮赖脸地求着她，她才同意穿一次短裙的。

简一凌虽然身高不高，但身材比例好，短裙一穿，两条腿看起来又直又长。

简一凌坐在座位上的时候，膝盖、上半身多了好几件外套，一件是翟昀晟的，一件是于希的，还有一件是简宇捷的。

一支战队里一共四个人，所有人的西装外套在简一凌一个人的身上了。

两件盖在了她的腿上，还有一件套在了她的上半身。

三个人的外套对简一凌来说都大，衬得她更加娇小了。

他们将她盖得严严实实的，明明她裙子下面穿了不薄的肤色打底裤。

他们旁边的"追云逐胜"战队的一名队员往简一凌他们这边瞟了一眼，然后摇了摇头，表情有些难以言说。

他想："晟气凌人"战队的人看起来像是来走秀的，他们应该是想花钱给自己买一个出名的机会吧。

《虫族入侵》线下赛的人气这么高，比赛的时候各大直播平台都会同步直播。他们这些人一上台，就会被无数观众看到。

台上，工作人员还在做着讲解。

听到"追云逐胜"这个名字的时候，简一凌看了翟昀晟一眼。

接着，她又朝着"追云逐胜"战队的四名队员看了两眼。

翟昀晟问："你在看什么？"

"看哪四个人要追你。"

追云逐胜等于追逐云胜，"云胜"和"昀晟"同音。

翟昀晟说："别理他们。他们战队的老板无聊。"

工作人员很快就结束了讲解。众人离场，于希不小心被椅子绊了一下，跟旁边的人发生了一些肢体上的冲撞。

于希连忙向被他撞到的人道歉："不好意思，我不小心被绊了一下，撞到你了。"

被于希撞到的男人是一个二十岁左右的青年，身高不高，身形偏瘦，两颊瘦削，三角眼，薄唇。

男人没什么好脸色，说道："要是真知道不好意思，就不该来。"

说完，他转头就走，好像和于希多说一句话都是对他的侮辱。

于希不傻。这话里的讥讽意味他听得明白，于是上前拦住那人。

"我不小心撞了你一下是我不好，我道歉。但是你无凭无据地说一些意有所指的讽刺的话，是你不对，你得向我道歉。"

"我讽刺你什么了？我刚才哪里说错了？是你自己想得太多或者心虚了，才会觉得别人是意有所指地讥讽你。"

男人并不承认自己刚才说的话里有对于希的讽刺。

接着，男人开始喊保安："保安，有其他战队的选手私下对别人进行挑衅，麻烦管一下。"

保安赶了过来，其他正准备离场的选手也纷纷停下了脚步。

国外战队的人不清楚，但是国内战队的选手都知道这两天网友们热议的事情，对于"晟气凌人"战队花钱买名额的事情，大家心里都是有点儿不满的。

大家都是凭自己的能力走到这一步的。现在来了一队破坏规则的人，用钱轻而易举地拿到了在他们看来十分重要的比赛荣耀。

有人认出了和于希发生争吵的男人。男人是"无桨靠浪"战队的。

据说"无桨靠浪"战队的队员们和另外一个名叫"光棍联盟"的战队的队员们关系很不错。但是海选的时候，"光棍联盟"战队以第二十一名的成绩无缘线下赛。

有人猜测，"无桨靠浪"的队员在为自己的好朋友们鸣不平。

于希要求男人给自己一个明确的说法："那你把话说清楚，说我们要是知道不好意思就不应该来是什么意思？"

"没什么意思，有些人自己心里应该清楚自己是怎么弄来的资格，怎么进的赛场。要是心里没有鬼，就不会在意别人怎么说，心里有鬼的人就喜欢捕风捉影，别人随便说两个字，就要上纲上线。"

于希恼火了。虽然他的技术没那么好，但最近一段时间里，为了跟上队伍，他没少练习。

他们是凭真本事打上来的。眼前这个男人凭什么说他们不该来？

网上的那些言论于希忍了，他也不能一个个地辩驳过去。

但是其他的参赛选手这么说，于希就忍不了了。

"什么心里有鬼，你说谁心里有鬼呢？还不是你狗嘴吐不出象牙！"于希气愤地要上去跟他打架。

简宇捷连忙拉住于希，说道："别冲动，别冲动，打了人是要被取消参赛资格的。"

真因为打了人而被取消参赛资格，那可真的就得不偿失了。

于希正在气头上，简宇捷的劝说他听不进去，还是一副想要打人的架势。

简一凌上前一步，拦在于希跟前，阻止了于希的行动。

同时，她冷冷地对男人说："比赛场上见高低，输了的公开道歉、低头认错。"

这话没毛病，就是说这话的人一点儿气势都没有！

简一凌那奶声奶气的样子，哪里像是来吓唬人的？

甚至有人笑了。

翟昀晟眯了一下眼睛，走上前来，站在简一凌的身旁，问面前的众人："谁对刚才的话有意见？"翟昀晟的目光扫过眼前脸上带着笑意的众人。

而他的保镖也已经从原本站着的地方走上前来。

小姑娘说的话听着像是开玩笑的，但是这个男人不是。他的眼神很冷。

众人的神情明显变了，没人接翟昀晟的话。

翟昀晟转头对身旁的简一凌说："他们都答应了，等比赛完再找他们算账。"

虽然那些人没有回答，但翟昀晟已经替他们答应了。

"嗯。"简一凌应了一声，接着对身后的于希说："不跟他们吵，不值得，回去。"

她的语气里带着几分命令的意味。

于希甚至还从里面感觉到了几分慑力。

于希现在也冷静下来了，觉得确实不值得。

于是四个人离开了比赛场馆，不再理会那些人。

等简一凌他们都走得没影了，刚才被震慑住的男人又低声说道："有几个钱了不起啊，请得起保镖了不起啊？"

他的队友劝他："算了算了，别跟他们一般见识了，'比赛场上见高低'这话没错。到时候咱们跟他们打的时候，打得他们心服口服，不就什么仇都报了吗？"

线下赛开赛的第一天，"晟气凌人"战队的对手就是来自国外的战队。

之前该战队在线上赛的时候，有选手是一边打比赛一边进行直播，所以有很多网友已经知道该国外战队的实力了。并且还有不少网友认为该战队有拿冠军的潜质。

靠花钱买下参赛名额的战队遇到真材实料的勇猛战队，这场对决不一定好看，但一定够爽。

直播平台上，赌"晟气凌人"战队获胜的赔率已经高达一赔十了。

两支战队的成员还没有出场，直播平台上的观众就已经炸了窝。

"第一天'晟气凌人'就和强队比，这么刺激吗？"

"期待他们被屠杀。"

两支战队的成员正式入场。

"晟气凌人"战队的四人——出现在观众的面前。

他们穿着类似韩式校服的队服。简一凌还是穿着昨天穿过的百褶短裙。

翟昀晟、简一凌、简宇捷和于希四个人的颜值都很高,他们往台前一站,十分抢眼。

现场观众中有一部分人反应热烈,有女生直接发出了惊叹声。

直播平台上的观众反应也很热烈,纷纷刷起了弹幕。

"最前面的那个男人是谁?好冷好酷!这脸,我的天哪!"

"哇,之前看照片的时候,我觉得可能是开美颜了。现在看视频发现,那几个男生是真的帅啊!"

"这个小女孩好可爱啊!怎么看着还有点儿眼熟呢?"

"我也觉得有点儿眼熟。之前的照片只能看到她的侧脸没觉得,今天看正脸觉得她很像谢珉宇的妹妹。"

直播间飘过一堆赞美四人颜值的弹幕,这引起了更多人的不满。

莫诗韵也在电脑前看直播。当她看到画面中心的简一凌时,轻蔑的眼神中透着嘲讽。

真人秀节目上,简一凌出尽了风头。

现在简一凌又想在《虫族入侵》的比赛中表现一番了?

莫诗韵打开聊天软件,前面的聊天记录显示她在和一个人商议爆料"晟气凌人"战队的成员们花钱买名额的事。

莫诗韵又给那人转过去了一笔钱,备注:"直播间里的节奏带一带,重点在简一凌身上。"

"没问题,包君满意。"

接着,莫诗韵又将电脑界面切换到了直播上。

直播平台的弹幕里很快就出现了很多针对简一凌的骂声。

在众人的谩骂中,主办方的工作人员将两支战队的参赛选手介绍完毕了。

在现场裁判和观众的注视下,两支战队的参赛选手入座登录游戏账号。

简一凌将座位调了好一会儿才坐上去。

比赛正式开始。

两支战队的成员进入游戏地图。

大屏幕上也出现了游戏界面。

除了比赛的大地图,还有八个小屏幕,展示着每一个参赛选手的第一视角。

这时候大家最关注的是简一凌的界面。

弹幕上热闹起来了。

"来了来了，朋友们，好戏要开始了，今日份的快乐马上就要到账了。"

"感觉今天可以出一个搞笑集锦了，我都已经做好录屏的准备了。"

"来看看小可爱玩家的'精彩'操作吧，我大概也就能知道玩这款游戏的下限在哪里了。"

"不是我说，这种小女生根本就不会玩。她们只知道什么衣服好看。"

众人一边发弹幕，一边看直播。

操作界面上，简一凌操控着小女孩形象的人物在游戏地图上行走着。

她的走位十分激进。游戏刚开局，她就往充斥着未知危险的密林深处走去。

而她的队友们在离她很远的地方。

"快看，她开始往虫堆里走了。哈哈哈哈，连最基本的安全走位都不会，我觉得用不了两分钟她就会挂掉！"

"这意识真的是没谁了，就这样的人还好意思来参加比赛？我的老天爷啊，真的没眼看。"

"我都比她强。"

"哈哈哈哈，就这水平还打比赛？"

很快大家就觉得有点儿不对劲儿了。

"不是啊，我怎么觉得她的走位还不错啊？"

"好像真的还不错，不会是我的错觉吧？"

大家正疑惑着，屏幕上突然弹出来一条击杀消息。

最被人质疑的简一凌完成了击杀。

"她杀了一名虫族成员！"

"不对，是双杀，两名一起被杀的，间隔时间不超过十秒钟，算双杀！"

双杀积分翻倍。

不小心杀了一名可以说是巧合，那一次性杀两名，总不能说是巧合了吧？

这可和网友们的预测差得太多了。

"谁能告诉我，这是怎么回事？"

"这个小姑娘的枪法好准啊！刚才的击杀是爆头击杀！"

"我的天哪，走位也可以啊，我怎么觉得她杀虫族成员跟玩似的？"

"不对不对，不是说他们战队的名额是花钱买来的吗？这剧情不太对啊。"

简一凌的上一次击杀，使众人震惊了许久。

屏幕上又弹出了简一凌的队友的击杀情况。

翟昀晟完成了三杀。

三杀积分再翻倍。

然后简一凌又完成了一次双杀。

这两个人各自为战，看起来不像是他们俩跟别人比赛，更像是他们两个人之间的竞争。

"晟气凌人"战队的另外两名成员也各自完成了一次击杀。

屏幕上不断地弹出"晟气凌人"战队四名成员的击杀消息。整支队伍的总积分上涨的速度之快，是对手和观众们都没有想到的。

被众人看好的国外战队的积分还不到"晟气凌人"战队的一半！

"什么情况啊？谁能来解释一下？"

"说好的国外强队呢？说好的虐杀呢？"

"是虐杀啊，施虐方和被虐方反了！"

"哈哈哈哈，解释什么解释？说人家买名额的那些人，脸疼不？"

"所以剧情反转了？前面的爆料是谣言？"

"我的天，哪个浑蛋说这支战队是买的名额？给老子站出来挨打！"

"啊啊啊，我爱上这支战队了！这支战队也太棒了吧？成员们要颜值有颜值，要实力有实力，还是我们国内的战队！冲啊！"

弹幕上的风向彻底变了。

在事实面前，谣言不堪一击。

那些营销号先前黑得再狠，请的水军再多，捏造的谣言再逼真，在简一凌他们展露出真正实力的时候，这些都会被彻底击碎。

他们不是什么用钱买名额来玩的人。他们是有真实本领的！他们是凭自己的本事打上来的！

他们要操作有操作，要意识有意识！

他们所属的战队是打进海选前二十名的三支国内战队之一！

网友们开始维护他们，称赞他们，并且开始批评之前诬蔑他们的人。

还有网友直接跑到那条诬蔑"晟气凌人"是买的名额的微博下面留言抨击，要求博主出来道歉。

但是很快，爆料人就将那条微博删除了。

而之前那些吐槽简一凌，甚至预言简一凌会变成大家的笑柄的人也彻底没了声音。

更有女生在这个时候站出来，为唯一的女性选手简一凌发声："是谁说女生玩不好这款游戏的？"

"那些一看参赛选手是女生，就说人家不行的人睁大眼睛给姐看清楚了！我们女生要是玩得好，就没有你们男生什么事情了！知道不？"

"人家打扮得再粉嫩也是大佬！"

现场观众的热情更是被这支战队的超强表现点燃了。

有些本来是来给别的战队应援的观众，临时改了自己手机上的应援字幕，纷纷改成支持"晟气凌人"战队了。

随着大屏幕上出现简一凌和翟昀晟他们的精彩操作越来越多，现场响起了一阵又一阵的呐喊声和助威声。

秦瑜凡就在现场。

今天是翟昀晟参加比赛的日子，她不可能不来。

翟昀晟有这样的表现，她一点儿都不意外。

她一直知道他很强。只要是他用心去对待的事情都能做得很好，只不过他对大部分的事情提不起任何兴趣。

但是简一凌的表现是她完全没有想到的。

简一凌居然玩这款游戏玩得这么好！她居然能和翟少平分秋色？

看她本人的形象完全看不出来。

秦瑜凡发现自己之前真的小看简一凌了。

原来翟少拒绝她赠予战队的根本原因是，他们自己的战队打进了二十强，不需要别人再送战队给他。

知道这个答案后，秦瑜凡反而松了一口气。

如果翟少是因为简一凌有着和他一样的游戏操作才对她特殊对待的话，那么秦瑜凡也就能够理解、能够接受了。

莫诗韵看着直播，脸色渐渐变得阴沉。

这时，刚才与她联系过的那个人发了消息给她："你这钱不好赚，现在风向变了，强行带节奏没什么用了。"

之前简一凌他们有黑料，那节奏可以带，现在人家被洗白了，再在直播间里发那些有的没的，就显得太刻意了。

强行带节奏不仅没用，反而会被其他观众发现是水军，起到与预期相反的结果。

莫诗韵在演艺圈里混了这么久，自然知道这样的道理。

"先停下。"

"行，那等下次有机会了再合作。"

比赛还在继续。

战局火热，观众们的关注重心在简一凌和翟昀晟那边。

这两个人一开始是各打各的，但是打到后面，随着难度的升级，两个人开始配合了。

他们之间几乎没有语言上的交流，但是默契十足。二人相互打掩护，共同杀敌，在短短两分钟内，击杀了十名虫族成员，看得现场的观众热血沸腾。

他们的操作实在是太厉害了！

"天哪！"正在看直播的安洋激动得猛拍桌子，"大姐大这也太帅了吧！"

安洋的小弟也跟着欢呼："对对对，大姐大超级厉害！那个和大姐大一起的男人是谁？居然和大姐大一样厉害！"

"你那不是废话吗？"安洋嫌弃地瞪了小弟一眼，说道，"大姐大的队友能不厉害吗？"

"是是是，洋哥说得对！"

"那你还愣着干吗？组织大家给大姐大应援去啊！"

"是是是。"

小弟腹诽：洋哥现在的身份真的有点儿迷，一会儿给人当老妈子，一会儿给人当粉丝。回头我得跟大姐大说说，以后粉丝后援团团长的位置就给洋哥坐好了。

盛华高中有不少同学和安洋一样在观看这场直播。

看到自己学校的同学有如此出色的表现，他们也纷纷上线发弹幕支持。

"凌神威武！"

"大姐大，我们都是你的小弟啊！"

"凌神闪爆他们啊！"

大家激动万分，看着简一凌他们战队的人大杀四方，就好像在场上比赛的人是他们。

第一场比赛结束，赛前被大家看好的国外战队被"晟气凌人"战队以高比分战胜了。

比赛结束的时候，现场的观众纷纷围到台前，向简一凌他们四个人索要签名。

但是他们还没有靠近简一凌等人，就被一群人高马大、气势吓人的保镖吓退了。

不同于普通的保镖，这些保镖一个个壮得跟牛似的，往人前一挡，就像是一座座越不过去的高山。

简一凌他们四个人在保镖的保护下，顺利地离开了比赛场馆。

比赛结果出来后，"晟气凌人"战队获胜的话题，以及唯一的女选手简一凌的话题都被刷上了热搜。

更有人找出了之前简一凌参加真人秀节目时的视频。

然后大家发现，这次比赛中唯一的女选手，就是Juptiter成员谢珉宇那拥有高智商的妹妹。

"之前看真人秀节目的时候我就觉得凌妹超级厉害。她很有头脑，动手能力也强。没想到她玩游戏也这么厉害！"

"真的爱了，我凌妹真的太厉害了！"

众人还不知道简一凌的全名。

她参加真人秀节目，谢珉宇介绍她的时候只说她是"凌妹"。

现在她参加《虫族入侵》的官方比赛，对外用的也是游戏昵称"晟气凌人J10"。

就算众人不知道简一凌的全名，也不妨碍他们成为简一凌的粉丝。

但是简一凌没有微博，于是大家都跑到了简宇珉的微博下面。

简宇珉被气得发微博让他的粉丝们赶紧脱粉。

简一凌走出场馆时，手机里收到了备注名为"漂亮女老板"的人给她发来的信息。

"Dr.F.S，你要我帮你查的东西我都查好了，资料都发给你了。"

几天前简一凌拜托这个人帮她找了一些资料。这个人现在给简一凌回复了。

"谢谢。"

"你跟我客气什么？有什么需要的，尽管说就是了。再跟你说一件事，上次和你有过冲突的莫诗韵，最近要拍一部高成本电影，这部电影的幕后投资人是何燕。如果我没有记错的话，何燕应该是你的二婶吧？三十年前她嫁给你二叔的时候，媒体还大肆报道过。"

现在的年轻人很少有知道何燕的了，但在当年，何燕也是红极一时的一线演员。

"嗯。"

"唉，虽然早就知道无情的你不会对这件事情有什么兴趣了，但我依旧感觉到了伤心。对了，你比赛时的样子很帅。我好爱。"

简一凌自动无视了后面那句话，点开了对方给自己发来的资料。

这些资料是和简宇博有关的内容。

简一凌需要弄清楚简宇博行为的动机和目的，这样才能知道怎么做才是最有效的解决问题的办法。

目前简一凌已经从翟昀晟的口中知道了简宇博近几年在外面做的事情。

他在外面已经有了自己的事业，虽然目前还不敌整个简家的企业，但是以他的能力，超过简家只是时间问题。

这也就从侧面印证了她梦境中的内容。

但是在以前，简家人并没有在简一凌十五岁这一年将简家的企业转交到简宇博的手上。

简家的企业具体如何变动，她只知道，简一凌并不知道，简允丞在管理简家的企业。

简一凌收起手机的时候，旁边与她同行的于希刚好瞥见了"漂亮女老板"这个备注名。

于是，于希好奇地问简一凌："凌神，你给我的备注名是什么？"

简一凌打开自己的通讯录，让于希自己看。

于希看到了硕大的六个字："刚枪界扛把子"。

于希要哭了，说道："凌神，我改游戏昵称了，求你也给我改一下备注吧！'于希哥哥''希哥哥''邻家哥哥'这些名字都比那个好听太多了！"

旁边的简宇捷无情地嘲笑道："谁让你当初起昵称的时候这么中二呢？"

被简宇捷嘲讽的于希连忙瞄了一眼简一凌通讯录里面简宇捷的备注名，结果失望地发现，简一凌给简宇捷的备注是"宇捷哥哥"。

毫无新意！

于希又好奇地问简一凌："凌神，晟爷的备注是哪个？"

简一凌用手指指了指。

于希顺着她指的方向看了过去，只看到了四个字："好多太阳"。

于希费解了，问："凌神，为什么晟爷的备注是'好多太阳'？"

翟昀晟在旁边听着，嘴角勾了勾，问于希："你这是在吐槽爷的名字？"

简宇捷哼了一声，挤开翟昀晟，拉开简一凌，说道："妹妹，我们去吃东西。"

看到翟昀晟对妹妹露出坏笑，简宇捷就觉得不舒服。

这种人除了一起玩游戏，其他时候就没有必要待在一起了。

于希还是蒙的，说道："晟爷，你这就懂了吗？为什么我还在状况外？

我怎么感觉我和你们不在一个频道上呢？"

晚上回到酒店，大家回各自的房间休息。明天还要和别的战队进行比赛。

翟昀晟的房间里，保镖向他汇报道："晟爷，最近有一群国际组织里的人跟我们同时到了通海市。之前他们在恒远市的时候，我们还可以怀疑是巧合，但现在他们又跟着我们到了通海市，很难让人不怀疑他们是冲着您来的。"

翟家人树敌不少，想要对翟家人下手的人并不在少数。

翟昀晟眯着眼睛，没有什么反应，连话都懒得说一句。

这样的事情在他过往的人生当中不知道发生过多少次了。

他一向无所谓，要是有人真的想对他动手，那就来吧。

保镖也习惯了翟昀晟无所谓的反应。

翟昀晟不重视，但他们不能不重视，所以他们已经在第一时间通知了翟二爷。

翟二爷已经调动了更多的安保人员来通海市了。

直到电影开机了，何燕才知道自己竟然是电影的幕后投资人，而且是抵押贷款投进去了两亿元！抵押的是他们现在住的房子，以及她在简家企业里的所有股份。

何燕都蒙了。

她把自己的财产交给了简宇博打理，是想让他帮她多赚点儿钱的。

投资拍电影确实是一条不错的赚钱途径，但是风险太大了，一不小心就可能血本无归，尤其这种高成本、高投入、高片酬的电影。

更让何燕不放心的是这部电影的剧本和演员。

剧本居然是古代战争题材的，动不动就是两支军队成百上千人大战的场景。

演员全是高身价演员，片酬高得要死，投入的成本一多半花在演员的片酬上面了。

曾经是演员的何燕一看剧本和演员名单就觉得不靠谱儿。

何燕越想越觉得不对劲儿，于是找到了简宇博住的酒店。

她想要见他，却被人拦在了门外。

"你们在干什么？我是他妈！"

何燕本来就着急，被几个没有眼力见儿的保镖拦住了去路，更是气不打一处来。

她来见自己的儿子，居然有人敢拦着不让她进去！

"不好意思女士，我们老板有交代，他现在不见客。"

"我不是客！你分不分得清？"何燕都要被气疯了。

宇博怎么请了这样的保镖？

保镖不为所动，依旧拦在门口，一点儿要让开的意思都没有。

何燕拿出手机拨打简宇博的手机号码，好半天没有人接。

何燕心中的火气更盛了。

何燕直接找来酒店的工作人员，要求他们帮她开门。

工作人员却表示，他们要尊重客人的意愿，就算是客人的母亲也没有权利要求他们强行开门。

就在何燕气得要砸门的时候，房门开了。

门开后，何燕气呼呼地冲了进去。

她看到了在房间里落地窗前端坐着的简宇博。

他穿着一身休闲装，面无表情，整个人散发着冷漠的气息。

他的面前摆放着棋盘，棋盘上黑子、白子已经放了不少。

但在下棋的人只有他自己。

他并没有受到何燕的影响，头都没有抬，一眼都没有看何燕。

"你到底怎么回事？我打你电话不接，喊门不应！"何燕气呼呼地质问简宇博。

"我下棋的时候不喜欢被别人打扰。"简宇博回答道。

"你……我是你妈！"

"你有什么事？"简宇博淡淡地询问道。

他的视线依旧在棋盘上，食指和中指夹着一枚黑子，正准备落子。

简宇博这样冷漠的态度让何燕的一团火气堵在了胸口，吐不出来咽不下去。

"宇博，妈问你，你拿我所有的资产，去拍一部很有可能会赔钱的电影是什么意思？还有，你为什么要找莫诗韵来担任这部电影的女主角？"

"她是你看好的人。"简宇博回答道。

"你……我……我什么时候说过我看好她了？"

"你让我把资源都给她。"

"那……那是两码事！"何燕又着急又生气，说道，"妈是让你给她足够的资源，帮助她红起来，可没说她……"

"没有看好，为何要投入？"简宇博说话时像是一个没有感情的机器人。

"这是妈的事情！"何燕的表情极其难看。她说，"总之，你说过要帮妈拿到简家的财产！你不能这样赔掉我的钱。你快点儿停止这部电影的拍摄！"

"为时已晚。"简宇博淡淡地说了四个字。

听到这四个字，何燕觉得自己的血压都升高了，大声说道："宇博，你这一步棋走的，你快要害死妈妈了！你这样还怎么跟简允丞比？"

他这样的投资眼光，跟简允丞是完全不能比的。

何燕顿时后悔起来。她就不应该因为刚开始的蝇头小利，就把自己的资产全部交到他的手上。

他有心帮她拿到简家的财产是好事。

她该早点儿意识到，宇博一直就是一个下棋的！投资的事情他根本就不懂！

他之前运作得好只是运气好！

何燕深吸一口气，说道："我不管，这件事情必须挽救。那是妈这么多年的心血，绝对不能丢！"

"房产，结婚时父亲给你的；股份，结婚后祖父给你的。何谈心血？"

何燕哽住了。

她现在拥有的资产，确实大部分是简家人给她的。

而她以前做演员时赚的那些钱，这些年早就被她挥霍得差不多了，要不然她也不会挪用家族慈善基金会里的钱了。

何燕反问简宇博："你现在是什么意思？你是在嘲讽我吗？你挥霍掉妈妈的资产，你还有理了？"

简宇博慢慢地落下一子，接着终于转过头来看向何燕。

"我答应过你，会帮你拿到简家的所有资产，就不会食言。"

这句话让何燕消了不少气。但她依旧无法释怀，于是说道："宇博，你肯帮妈，妈很高兴，但是你用的这个方法真的不靠谱儿！这部电影真的很容易亏本！"

"你没有选择。"简宇博说。

无论何燕是否愿意，事情都已经发生了。

开弓没有回头箭，她的固定资产已经全部被抵押出去了。

如果电影赔了，那么她的资产也会被银行的人收走。

"好，好，那你最好祈祷电影能够赚钱，要不然你从小住到大的房子、妈的股票就都没有了!妈的钱以后都是你们的。你现在挥霍的是你自己的钱,知不知道?"

何燕发了一通脾气后,又红着眼睛对简宇博说:"妈是多么希望你们几个能有出息,能够撑起家业啊。所以当初妈逼着你们去学金融,如果当初你愿意听妈的,现在也就不会胡乱投资,弄成这个样子了。"

简宇博一言未发。

何燕的话没有引起他一丝一毫的情绪。他就这么平静地听着,就好像是一个看客,人在戏中,心在戏外。

简宇博的态度让何燕发了半天的脾气,不仅半点儿气没消,而且心里更加堵得慌了。

可是她又知道现在逮着简宇博问也不会改变什么。

眼下,她只能想办法保证那部电影能够顺利拍完,顺利上映了。

想到这里,何燕离开了简宇博的房间,去联络自己在演艺圈内的好友。

她要尽可能地挽回损失。

简一凌参加游戏比赛,这么激动人心的事情,如果发生在平时,简老爷子和简老夫人一定会蹲守在电脑前,并且兴致勃勃地看完整场比赛。搞不好两个人还会亲自跑去通海市,在比赛现场为孙女加油助威。

但是最近简家发生了那样的事情,简老爷子实在是没有心情。

"老头子,你别太担心了。你看允丞的游戏公司现在被他经营得有声有色的,这次游戏比赛好像办得也挺热闹的。咱俩年纪也大了,顾不了那么多了。即使简家的企业没了,咱俩还有不动产呢,饿不死的。"简老夫人劝道。

简老爷子叹息一声,说道:"今时今日,若是一个外人让我简家的企业陷入如此危险的境地,我没话可说,可是这人是宇博⋯⋯"

自己的孙子要毁掉自家的企业,简老爷子心里的痛无法言说。

他们都这把年纪了,别的不图,就图家人之间和和睦睦。

二老正说着话,简老夫人的手机响了,是简一凌打了电话过来。

简老夫人连忙接起电话:"小乖乖,怎么了?是不是想奶奶了?要不要奶奶明天过去陪你?"

她的小乖乖很少出远门,虽然这次有允陌陪在身边,但她还是不太放心。

"不,不是这个。"简一凌不知道该怎么跟简老夫人开口,顿了顿才说道,"我给爷爷发了资料,有用。"

一触及这种跟家人有关的话题，简一凌说话就有点儿结结巴巴了。

简老夫人连忙跟简老爷子说："小乖乖说她给你发了点儿资料，你快打开看看！"

简老爷子一直在书房里为简家企业的事情发愁，没有看信息。

经简老夫人提醒后，他才打开了手机，看到了乖孙女给他发来的信息。

简老爷子看完那些资料后震惊了。

简老夫人见状也凑了过来，跟简老爷子一起看了那些资料，接着也露出了惊讶的表情。

简老夫人按了"免提"键，问简一凌："小乖乖，这些资料你是从哪里弄来的？"

"朋友。"

"你好好谢谢那位朋友。"

"嗯。"简一凌应了一声，停顿了一下继续说，"我们把钱都给宇博好不好？"

简一凌的要求让二老都愣住了。

他们看着那些资料，认真地思考起了简一凌的提议。

这件事情简老夫人无法做决定，只能等着简老爷子做决定。

简老爷子沉思良久。

他不肯将简家的企业给简宇博，是因为赌一口气。

他就是这脾气，宁可将简家的企业毁掉，也不愿意在被威胁、被强迫的情况下交出去。

但是如果宇博是恨……

那或许，他可以将家产交给宇博。

简老爷子对简一凌说："爷爷会认真地思考这个问题的。小乖乖别担心，爷爷会守好这个家的。"

"嗯。"简一凌应了一声。

随后，简老爷子挂断了电话，跟简老夫人进行了一番商讨，最后做出了一个艰难的决定。

简老爷子把简宇博叫到了老宅。

简宇博一来就问简老爷子："你决定了吗？"

"决定了。"这一回，简老爷子的语气平和了许多。他说，"不过在这之前，我想跟你讲讲，我为什么做出这个决定。"

简宇博没说话，静静地看着简老爷子，等着他的回答。

"是你妹妹,她找了一堆关于你的资料来,还求我把家产都给你。"

简老爷子的话让简宇博的表情有了一丝变化。

简老爷子的话,简宇博不应该感到惊讶。

因为那一天,她幼小的身体拦住他的时候,她就问过他这个问题。

简老爷子继续跟简宇博说:"不知道她找了什么人,花了多长时间,找到了你的围棋老师,并让你的围棋老师说出了那些话……"

简宇博只和自己的围棋老师袒露过自己的想法。

老师问他为何戾气如此之重。

简宇博的戾气从表面上是看不出来的,但和他下棋的老师能够从他的布局走法上感觉出来。

老师说,如果他一直这么戾气外露,是无法成为一名顶尖棋手的。

想做一名优秀的棋手,就必须学会心平气和。

老师让他说出自己戾气如此之重的原因。

也就是那一次,简宇博说出了自己最真实的想法。那些在他童年时期刻在他心里的恨。

而简一凌让人找到了简宇博的围棋老师,并从他的口中得到了这些信息。

这也成了现在他们了解简宇博的一系列举动的唯一途径。

简老爷子凝望着简宇博,说道:"你妹妹让我把家产都给你。我和你奶奶商量后选择支持她的决定,我想她一定是希望留住你的。"

听了简老爷子的话,简宇博的神情终于有了一些变化。简宇博再度开口:"她还是和以前一样。"

简一凌还是那个简一凌,一个会因为他的一句话,就毫不犹豫地把自己所有的钱给他的小傻瓜。

被简家人娇养长大的她,看重的从来不是金钱,而是家人。

对她来说,家人是无价的。

然而,简宇博还是迅速地恢复了冷漠的表情。

他要简老爷子签股份转让书,将简老爷子、简老夫人名下的所有股份都转到他的名下。

简家企业的股份一开始都在简老爷子和简老夫人的手上,后来他们慢慢地分了一些给家里的人。

只要家里添人,不管是新出生的孩子,还是新进门的媳妇,老两口都会分给他们股份。但大部分还在简老爷子和简老夫人的手里。

简书沥和简书泓目前只有公司的管理权和一小部分股份。

简老爷子签了。

转让书一签，简宇博就是简家企业的最大股东了。

旁边的简老夫人说："还有你妹妹的那一份，她现在不在这里，等过两天她打完比赛回来后你再过来一趟。她的那份她说了要给你的。"

简宇博停顿了一下。

"我不要她的。"简宇博拒绝了。

接着，他拿着简老爷子的那份股份转让书，径直离开了简老爷子的书房。

看着简宇博离去的背影，简老夫人满是担心地说："希望我们这次的决定是对的……"

简一凌虽然没有进演艺圈，但还是出名了，并且人气直追当下最红的新生代女演员莫诗韵。

"晟气凌人"战队在参加第二天的比赛时，人气比第一天涨了数十倍。

他们还拥有了属于自己战队的应援牌，而且四个队员还有各自的应援牌。

个人应援牌属简一凌和翟昀晟的多，简宇捷和于希的少一点儿。

没办法，他俩不管是颜值还是技术，都被简一凌和翟昀晟压了一头。

今天"晟气凌人"战队的对手是"无桨靠浪"战队。

比赛开始后，简一凌和翟昀晟一改昨天的战术，两个人从一开始就一起行动，并且并不执着于杀虫了。

在观众们看来，他们两个像是在逛街。

一路上，还是他们的另外两个队友在尽心尽力地杀虫。

这让现场的观众和直播平台里的观众都纳闷儿了。

"这是怎么了？'J10'和'ZYS'今天的表现和昨天的表现怎么完全不一样啊？"

"对啊对啊，他们好奇怪啊。这个时候不赶紧杀虫挣积分却在闲逛，这是图什么呀？"

"这是什么新战略吗？我蒙了。"

简一凌和翟昀晟沿着地图的边缘绕了半个圈，绕到了对手的地盘上。

这款游戏的比赛模式里，两支战队会被带到对称地图的两端。一般只有游戏进入后半段的时候，两支战队才会有相遇的可能。

而现在,"晟气凌人"战队的成员放弃了杀虫的最佳时机,绕过大半幅地图,先来到了对手的地盘上。

看到"晟气凌人"战队的四名队员出现的时候,"无桨靠浪"战队的成员都惊了。

这局游戏才开始,他们怎么跑到这边来了?

这款游戏是要杀虫的,不能杀人,人只能被虫子杀死。

就算他们冲过来了,双方也不能互相厮杀。

那他们绕过半幅地图过来图什么呢?这不是浪费时间吗?

"无桨靠浪"战队的四名队员正发愣呢,就见简一凌和翟昀晟开始疯狂地击杀虫族成员了。

屏幕上接二连三地弹出二人的击杀信息。

等到"无桨靠浪"战队的人想要进行击杀的时候,才发现眼前根本就没有可以击杀的虫族成员了。

他们连忙前进,却发现"晟气凌人"战队的人阴魂不散地跟在他们的身旁。他们到哪儿,"晟气凌人"战队的人就到哪儿。

关键是这几个人的枪法还比他们的准,意识也比他们的强,总能在他们动手之前击杀掉出现的虫族成员。

即便是两队人同时发现了虫族成员,"无桨靠浪"战队的队员也会因为枪法不够准,而只能眼睁睁地看着"晟气凌人"战队的人把虫族成员击杀掉,进而拿到积分。

"无桨靠浪"战队的四名成员和观众们后知后觉地反应过来了。"晟气凌人"战队的人绕了这么大的圈子过来,是来抢对手的虫击杀的,杀对手的虫,让对手无虫可杀!

直播间里这下热闹了。

"哈哈哈哈,'晟气凌人'的这种操作也太坏了吧?问题是坏得我好爱!"

"快要笑死我了,如果我是'无桨靠浪'的队员,这会儿心态都已经崩了!"

"刚才说他们瞎玩的人赶紧出来道歉。这不是瞎玩,这是杀人诛心好不好?看看两队现在的积分差!"

"我的天哪,这两队的积分比都快要到十比一了啊!这太考验对手的心理素质了吧?"

昨天和国外的战队比赛的时候,"晟气凌人"战队的积分和对方拉开了一倍,这已经十分了不起了。

但是今天，两队的积分整整差了十倍啊！

如果两队的人各自行动，是绝对不可能有这样大的比分差的。

毕竟两支战队都是打入线下赛的战队，选手们的枪法都很准，一开始虫的数量多的时候，能够造成积分差的关键还是连杀。

但连杀的次数再多，两队的积分也不可能差十倍之多。

然而现在情况不一样了。

"无桨靠浪"战队的队员根本杀不到虫。杀不到虫他们自然没有积分可拿。

于是，两队的积分差距就比一般情况下大了很多。

关键是还不能说"晟气凌人"战队的人要赖，因为在比赛时要拿积分还是要各凭本事的。

只要"无桨靠浪"战队的人实力够硬，那"晟气凌人"战队的人跑过来不仅是白跑，还会浪费跑图的那点儿时间。

"这样一对比，实力差距就更加明显了！"

"我的天哪，我凌神真的太帅了！"

"凌凌，妈妈爱你！"

"啊，'ZYS'太帅了！"

虽然比赛还没结束，但是结果已经出来了。

这比分差实在是太大了。

开赛至今一共进行了七场比赛，这是第七场，也是战况最惨烈的一场。

"无桨靠浪"战队输了，输得彻彻底底，颜面扫地。

"无桨靠浪"战队的队长彭杰的脸惨白。

他今天真的是尽力了，连吃奶的劲儿都使出来了。

他不拼命都不行，输了的话，他家人的工作就保不住了！

可是结果就摆在他的面前。他们被"晟气凌人"战队的人碾压得体无完肤。

整场比赛刺激、过瘾，观众们的欢呼声一阵高过一阵。

简一凌他们在台上比赛的时候，观众席里有几个人的神色和旁边的人不太一样。

其他人的注意力一般是在大屏幕上。

但是这几个人时刻关注着台上"晟气凌人"战队的队员。

"确定了吗？"其中一人问。

"应该不会错。"另外一个人回答道。

二人神神秘秘地说了一会儿话，视线一直在简一凌他们的身上来回转。

战队赛进行了半个月，"晟气凌人"战队队员们的人气就暴涨了半个月。

最后，"晟气凌人"战队杀出重围，成功进入决赛。

他们在决赛中的对手是一支来自国外的战队。

决赛的时间定在了一个星期之后。主办方将决赛的地点定在了S市的中心体育馆。

到时候到场的观众会更多，场面会更加盛大。

全国的观众十分期待这场决赛，决赛的门票更是在发售的第一时间就被抢光了。

因为有一个星期的空闲时间，所以简一凌他们回了恒远市。

在这半个月里，简家的企业表面上没有波澜，实际上已经完成了股权变更。简宇博成了简家企业的最大股东。

不出意外的话，他还会是简家企业的下一任董事长。

在成为简家企业最大股东的这半个月里，简宇博没有任何动作，一切看起来风平浪静，平静得让大家都以为这件事情不会对简家的企业造成任何影响。

何燕甚至都不知道这件事情。

然而，就在简一凌他们回到恒远市的这一天，简宇博通知简家企业的各位股东召开股东大会。

简家企业的大部分股份在简家人的手上，但也有一小部分在其他股东的手上。

所以，股东大会需要简家的所有人，以及一部分持有较少股份的外人到场。

何燕得知这个消息的第一时间是蒙的。

她这段时间一直忙着制作那部电影，正被那件事情烦着，这么一个超级大的好消息突然从天而降，砸得她有些反应不过来。

"宇博召开股东大会？宇博现在是简家企业中拥有股份最多的人？这怎么么可能？"

何燕疑惑的声音中透着惊喜。

这太不可思议了！

她以为他做不到的!

现在他做到了!

简书泓的脸色却一点儿都不好看。他说:"这不是什么值得高兴的事情!"

何燕不解地说道:"这怎么不值得高兴了?我们的儿子马上就要成为董事长了呀!"

"董事长"三个字说出来时,何燕有一种不真实感。

她多年的愿望竟然真的实现了!

简书泓是真的高兴不起来,说道:"阿燕,你不知道,宇博拿到爸爸手里的股份是用了手段的!不是爸爸心甘愿给他的!"

听到这些话,何燕一点儿都不在意,说道:"书泓,就算宇博用了点儿手段,那也是他的本事啊!儿子有本事,我们应该高兴才是。"

"这不是一般的有本事!"简书泓很生气,性格温和的他很难得地发了脾气。

"书泓,你别这样。"见老公生气了,何燕连忙放柔语气,温柔地安抚道,"宇博是我们的孩子,是简家的孩子,不管怎么样,简家的企业交给他打理也是正常的。你别动那么大的肝火,孩子要是有什么做得不对的地方,我们说说他就是了。"

简书泓沉痛地闭上了眼睛,沉思了一会儿说:"你先跟我去公司。既然他要召开股东大会,我们就都要到场。"

在公司门口,何燕遇到了温暖。

何燕今天衣着光鲜,妆容精致,神情比之以往更显神清气爽。

她觉得多年以来憋在心里的那股闷气,今天终于吐出来了。

从前还知道收敛的她,现在已经没有任何需要收敛的理由了。

"大嫂好啊。"何燕微笑着主动跟温暖问好。

温暖冷冷地看了何燕一眼,问道:"你现在很高兴?"

温暖丝毫不觉得这是一件值得高兴的事情。

如果是她三个儿子之中的一个做出这种事情,她绝对高兴不起来。

"大嫂这话说的。虽说这事我事先也没有料到,但大家都是简家的人,老爷子愿意把股份交给宇博,我这个做母亲的难道还要哭丧着脸吗?"

温暖被何燕的这副嘴脸气到了。

何燕见温暖的表情凝固了,心中颇为痛快。

温暖这个贱人这么多年来一直压在她的头上,前阵子更是一个劲儿地找她的麻烦,这个贱人现在只能干生气,拿她没有一点儿办法,真是解气。

简书洐、简书泓兄弟二人皆是愁眉不展。

他们都在担心,担心接下来要发生的事情。

他们害怕,害怕简宇博做出什么危害家族利益的事情。

他们现在什么也做不了,即便简宇博要把简家的企业卖给别人,他们也只能看着。

一行人到了大会议室,里面已经有不少人了。简宇博还没有来。

其他股东追问简书洐、简书泓两兄弟:"这到底是怎么回事?董事长怎么突然间把股份都给了宇博少爷?"

"对啊,到底怎么回事?公司是遇到什么事情了吗?这对公司未来的发展规划会不会有影响?"

"这是你们家的人商量之后的决定吗?还是有什么突发情况?"

"为什么老爷子会突然越过两位先生,直接将股份交到宇博少爷的手上?"

大家都追着问问题。简书洐和简书泓无法回答。

反倒是何燕笑盈盈地对股东们解释道:"诸位请放心,虽然发生了股权变更一事,但是股权依旧在我们简家人的手上,所以绝大部分东西是不会变的,更不会影响我们简家企业未来的发展和前途。"

"二夫人说的是真的吗?"

股东们看着何燕,有些不敢确定。

"当然是真的,你们尽管放心。宇博是我的孩子,也是简家的一分子,以后会打理好简家的企业的,未来只会让我们简家的企业更上一层楼,还请你们放心。"何燕耐心地跟股东们解释道。

股东们对何燕的话将信将疑。

简宇珉和简宇捷是同时到的,两个人的神情都很焦急。

一进门看到简书泓和何燕后,简宇珉就追着问:"这是怎么回事?宇博怎么会拿到爷爷手中的股份,成了简家企业最大的股东?发生了什么事情?"

简书泓沉着一张脸,一言不发。

何燕解释道:"没什么事情,就是你爷爷把股份都给你二弟了。"

"妈,你别瞒我。"简宇珉虽然对管理家族企业没兴趣,但是他不傻。

"妈没什么瞒着你们的。你们两个别瞎想了,又不是什么坏事情,别弄得这么紧张,都高兴点儿。"何燕面带微笑,语气轻松地说道。

简宇珉和简宇捷看着这样的何燕，心里并不好受。

他们的妈妈所希望的是什么？他们当然知道。

所以现在简宇博成了简家企业最大的股东，妈妈自然是最高兴的人。

可是妈妈不知道，简宇博在他们完全不知情的情况下，做了这样的事情，就意味着他和他们疏远了，意味着这个家出现了一条巨大的裂缝。

过了一会儿，大家所期待的，今天最重要的人——简宇博终于出现在了会议室里。

他穿着一身黑色的西装，脸上没有什么表情，眼眸深沉，让人无从得知他的想法和情绪。

看到简宇博后，简宇珉第一时间冲了上去。

兄弟俩已经有好几个月没有见面了，再次见面，竟然是在这样的场合。

而简宇博明明已经在恒远市待了这么长时间，居然没有跟他讲过。

简宇珉不知道自己是应该生气还是应该难过。

"宇博，告诉我，你为什么要这么做？"简宇珉的眼睛红了。他双拳紧握，手背上青筋暴起。

他凝视着眼前的弟弟，想要将弟弟的想法一并看透。

兄弟俩的年龄只差三岁。他们小时候是一起玩的，没少一起捣乱，那时候兄弟俩的感情很好。

虽然他们在长大后都有了自己的事业，见面的时间也不如以前多了。

尤其简宇珉进入演艺圈后，刚开始的那几年十分忙碌。他没有用家里的背景和何燕的资源，做练习生的时候十分辛苦，大半年回不了家。

但是简宇珉一直以为他们兄弟之间的感情是没有变化的。

"没有为什么。"简宇博淡淡地回答道。

"什么没有为什么？没有为什么你要做这样的事情？你从前不是跟我说过，你喜欢做的事情是下棋，你说你的梦想是当世界一流的棋手，你说你要拿那个什么几连冠的吗？"

"大概吧。"简宇博确实说过。

简宇捷也走了过来，哽咽着说道："二哥，如果，如果这是你想要的，我支持你。可是如果你并不开心，你就说出来好不好？"

简宇捷和简宇珉一样，不相信简宇博会突然改变自己的理想。

他们更不相信，他会为了权、钱去逼迫他们的爷爷奶奶，去做伤害家人的事情。

"我没有不开心。"简宇博回答道。

他的语气平静中透着冷漠。

简一凌刚回到恒远市，就接到了简宇博要开股东大会的通知。

简一凌直接坐上了家人派来接她的车，去往公司总部。

简一凌到的时候，大会议室里已经坐满了人。

以往坐在会议桌最上位的人是简老爷子。而今天，这个位置上坐着的人是简宇博。

简宇博穿着深色的西装，脸上没有任何表情，和之前的时候没有区别，好像拿到简老爷子手中的股份对他来说没有任何影响。

除了何燕，会议室里的众人神色都很凝重，没有人认为这次股权变更是什么好事情。

简一凌是和简允陌一起来的。兄妹俩到了以后，很安静地找到了自己的位置坐下。

简书洐和温暖就坐在他们的旁边。温暖小声地问简一凌："小凌累不累啊？累的话就去休息好了，这边有爸爸妈妈在。"

简一凌轻轻地摇了摇头。

简允陌对温暖说："妈，没事的，在车上的时候小凌靠在我的肩上睡着了，一路睡过来的，这会儿刚醒。"

被二哥揭了短，简一凌脸红了一下。

旁边的简允陌见了，轻声笑了起来。

看着眼前关系亲密的兄妹俩，温暖的目光变得柔和了许多，脸色也好了一些。

虽然简家的企业发生了这样的事情，但至少她的家人如今都还安好。

除了人在外地短时间内无法到场的简家三房，其他的简家人和简家企业的持股人都到了。

简宇博问众人："从现在开始，我就是董事长，有人有意见吗？"

外姓股东占有的股份极少，所以这个时候他们虽然心有疑虑，却没有发言。因为他们知道，这一场简家内部的斗争他们干预不了。

最先开口的人是简书洐。他说："你爷爷把他手里的股份都交给了你，加上你原本持有的股份，现在你手里的股份超过了百分之五十。你想要做董事长，我们无权反对。"

连简书洐都这么说了，其他人也就没有意见了。

简宇博的视线落到了简允丞的身上。

在场的人中，最有可能有意见的就是他了。

"随便你。"简允丞直接回答道。

他的脸色虽然不好看，但是他在回答简宇博提出的问题时很干脆。

爷爷已经提前告知他们股份转让的事情了。简书洐和简允丞都已经有了心理准备。

没有人有意见，按照公司的章程，简宇博会顶替简老爷子，成为简家企业的新一任董事长。

尘埃落定，何燕的心中升起了一股巨大的喜悦感。

梦想成真，这一瞬间，何燕激动得几乎要落下泪来。

然而，简宇博的脸上没有任何喜悦的表情。

他平静地看着眼前的众人，在确定该到场的人都已经到了之后，徐徐开口："我有一项人事变动要宣布。"

听到这话，何燕的心中已经有了几个选项，都和削减简家大房的人在简家企业里的权力有关。

他们既然已经拿到了简家企业的主导权，就不能让简家大房的人继续在简家的企业里发号施令，培养自己的势力。

众人的心都提到了嗓子眼儿。简宇博接下来提出来的人事变动关系着他们每个人的切身利益。

"解除简书泓的副总裁一职。"

简宇博的声音很清晰，却让会议室里的人都听蒙了。

他说的是简书泓，而不是简书洐。

他要开除的人，是他的父亲而不是他的大伯！

何燕脸上的笑容突然僵住了。

她怀疑自己听错了。但是看到简书泓露出同样惊讶的表情后，她知道她没有听错。

"宇博，你是不是说错了？你要开除你爸爸？"何燕着急地问简宇博。

"没有错，开除他。"简宇博很冷静地回答道。

简宇博要开除简书泓，这和大家原先想的不一样。

简家的人都惊了，完全不明白简宇博这是要干什么。

"为什么？"何燕诧异地问道。

"没有为什么。"简宇博回答道。

"什么没有为什么？"何燕有些激动地说道，"他是你爸！你当上了董事长，却要把你爸开除？你还跟我说没有为什么？"

简书泓怔怔地看着简宇博，艰难地说道："你恨我？"

"谈不上。"

简宇博对简书泓谈不上恨，只是没有多少父子亲情。

在简宇博被何燕打骂的时候，在他期待父亲来拯救他的时候，他的父亲没有出现。

简书泓对简宇博做过什么不好的事情吗？

没有。

简书泓对自己的三个儿子都没有做过不好的事情。

在三个儿子的成长过程中，但凡他能多参与一点儿，他们也不会被母亲逼迫着做那么多他们原本不愿意做的事情。

所以简宇博不恨他的父亲，只是对他的父亲没有感情。

听到儿子如此冷漠的回答，简书泓心里一下凉透了。

简书泓性格温和，全身心信任家人。

在简老爷子把打理公司的担子交到他和他大哥的手上后，他便一心扑在了工作上。

他将教导三个孩子的事情都交给了妻子。

他从来不知道，自己的所作所为是对何燕的纵容，是对孩子们的进一步伤害。

何燕气急了，说道："宇博，你到底想干什么？你明明答应过我……你说过你……"

他说过，要帮她把简家的企业拿到手！

现在他已经做到了，可为什么做的第一件事情却和她预期的截然相反？

"我只说过帮你拿到你想要的东西，没有说过在拿到之后，会把它交到你的手上。"简宇博回答道。

"什么？"何燕一脸错愕地问道。

他这是什么意思？！

"正如你从前做的那样。"简宇博说。

从前？

何燕蒙了，问道："你在胡言乱语些什么？什么从前？我从前对你做了什么？"

发蒙的不仅仅是何燕，还有会议室里的其他人。

简宇博到底在做什么？他似乎将矛头对准了他的父母。

简宇珉和简宇捷神情茫然，可是心里面隐约有一个答案浮现出来了。

何燕思索了好一会儿，也不知道简宇博今天是在闹什么脾气。

她尝试着将态度放缓和，又说道："宇博，你有什么生爸爸妈妈气的地方，我们回家再说好不好？这里是公司，妈妈求你，你不要把对爸爸妈妈的不满带到公司里来好不好？"

何燕认为，不管从前他们之间发生过什么不开心的事，那都是小事情。

现在简宇博把这件事情带到公司来，就是小题大做，把小事情弄严重了。

但是因为现在简家企业的掌权人是简宇博。何燕便不敢对他大呼小叫，只想通过柔和一点儿的方式来化解他们之间的矛盾。

"不是生气。"简宇博否定了何燕的说法，"你想要的我拿到了，但是我不会将它给你，一如你曾经所做的那样。"

"你……"何燕望着简宇博，过了好一会儿才想起那一天发生的事情。

她将他找了很久的那本棋谱找到了，并将那本棋谱拿到了他的面前，然后将它撕碎了！

想起来的何燕惊恐地瞪大了眼睛，难以置信，起因竟然是那样一件小事！

"简宇博，你疯了？那只是一本棋谱而已！"

当年只是一本棋谱，如今他手上拿着的可是简家的公司啊！

这能一样吗？

这二者的价值能对等吗？

"都一样。"简宇博淡淡地说道。

他的情绪始终平静。

他看着激动的何燕，眼中没有恨也没有怒，甚至没有报复后的快感。

他更像是机械地重演着曾经铭刻在他记忆深处的伤痛。

铭刻在他回忆里的那本泛黄的棋谱，那是他找了很久都没找到的珍贵物品。

那不仅仅是一本棋谱，还是他曾经拥有的纯真的梦想，更是他对自己父母的依赖和信任。

何燕帮他找到了，还将它拿到了他的面前，但最终将它撕碎了。

有些东西，沉重的不是它本身的价值，而是它很可能是压死骆驼的最后一根稻草。

那件事是压在简宇博常年被何燕逼迫、约束、打骂所积累的绝望、痛苦之上的最后一根稻草。

何燕真的要被气疯了。

她怎么也没有想到，简宇博竟然是为了那件事情在报复她！

他把她最珍视的东西拿到她的面前，让她以为她唾手可得，却生生卡在了最后一步。

不等何燕回过神，简宇博又拿出一份早就拟好的协议书，让他身边的助理将它拿到了简书泓和何燕的面前。

当助理走向他们二人的时候，两个人的心里已经有了不好的预感。

今天的简宇博，就像拿着一把刚开锋的刀。

何燕原以为那把刀是指向简家大房的人的，却没有想到，是指向他们夫妻的！

简书泓和何燕一脸茫然，等到看清楚协议书上的内容时，夫妻俩的脸色变得惨白了。

这是简宇博给他们夫妻俩拟好的离婚协议书。

"宇博，你这是要做什么？"何燕控制不住地拔高了嗓音，愤怒的火焰已经烧得很旺了。

何燕此时气得发抖。

刚才她有多高兴，现在就有多愤怒。

"让你们离婚。"简宇博说。

平静的一句话，却如同一枚炸弹，让会议室里的人瞠目结舌。

何燕气得嘶吼："你疯了？天底下哪有儿子给自己的爸妈拟离婚协议书的？"

这份离婚协议书上还标注了很多条款，对何燕进行限制。

就连财产问题，简宇博也已经帮他们处理好了。

何燕只要签下这份协议书，就分不走简书泓的一分钱。

这一刻，会议室里的人都被惊住了，众人一言不发看着简书泓一家人。

这是简书泓一家人的私事，其他人包括简书泹都无法插手。

简允丞、简允陌甚至简一凌，都只是看着。

他们无权插手这件事情。

简宇珉和简宇捷望着简宇博，表情都很痛苦，他们却一句话也说不出来。

他们的家变成了这个样子，他们的心里是极其难受的。

正常情况下，没有哪个孩子希望自己的家庭破裂，他们也一样。

可是他们没有出声反对简宇博，因为他们明白简宇博这么做的原因，也明白他的心情。

他们知道在母亲和简宇博之间，应该是发生了他们所不知道的事情。

虽然他们不知道具体是什么事情，但他们知道他当时一定很痛苦。

那种痛苦，他们也曾品尝过，但或许没有简宇博那么痛。

简宇博没有回答何燕的话，而是看向简书泓，用十分平静的语气对他说："给你两个选择，一，签下这份离婚协议书，和她解除法律上的夫妻关系；二，我将我手上简家企业的所有股份售出，买家已经联系好了。简家的企业随时可以换主人。"

听到后面的话，简书泓几欲昏厥。

简宇博是他们的儿子！

他轻描淡写地说出了要卖掉简家企业的话！

他用简家的企业来威胁他的父亲！他要他的父母离婚！

那是简家的企业啊！他要毁了简家的百年基业！

"你不能卖掉简家的股份！这是简家的企业！这是从简家祖辈的手里传下来的！"简书泓又急又气。

简书泓不明白，他乖巧懂事的儿子，怎么会变成这个样子？

可他转念一想，儿子变成这样他却到这一刻才知道，这无疑是他失职！

自责和痛苦让他喘不过气来。

"不想让我卖掉，就签下协议书。"简宇博说。

他在说这样的话的时候，神情和语气依旧是冷漠的。

简书泓问他："宇博，你到底想要做什么？"

"想要你们离婚。"简宇博的目的很明确。

何燕激动地冲着简宇博咆哮："你疯了！你真的疯了！你拿到了简家的企业，居然是为了毁掉自己的家！毁了自己的父母！我们是你的父母啊！我们生你养你，你就是这样回报我们的？"

简宇博没有因为何燕的话而有一丝丝的情绪起伏。

他告诉何燕："你名下的所有资产还处在抵押贷款的状态，你如果想要拿回那些钱，就签下这份协议书。"

何燕脸色煞白。她不敢相信自己被儿子算计到了这样的地步！

他从头到尾就没有想过要帮她！

从一开始，他就计划着要毁掉她的所有！

何燕想过害自己的人会是简书泞，会是温暖，会是简允丞，甚至可能是简一凌，唯独没有想到，最后做出这些事的人是简宇博！她的亲儿子！

简宇捷看着眼前闹成这个样子的家人，心中一片悲凉。

简宇捷想起了自己和母亲争吵的那一天。

他想起了那本就存在于他们家的矛盾。

他还想起了那时候自己选择背叛妹妹时的痛苦和绝望。

如果不是妹妹及时拉了他一把，原谅了他的背叛和隐瞒，或许他到现在都在自责。

他可以想象，他二哥把事情做到这一步，背后可能遭遇的痛苦和绝望。

"离婚吧。"

轻轻的声音，在这个无比静谧的瞬间显得格外清晰。

众人望向说出这句话的简宇捷。

何燕扭头看向简宇捷，问道："你在说什么？"

简宇捷的心中很痛苦。可他还是坚定地重复了那句话："你们离婚吧……"

他的声音不大，语气中饱含着痛苦。

说出这句话，对一个孩子来说很困难。

可是，这一回简宇捷选择了站在他二哥这边。

他这样做不仅仅是为了二哥，也是因为他想要保护这个家，保护其他的家人。

众人都震惊了。

何燕一共有三个儿子，现在有两个儿子在劝她和简书泓离婚。

如果只有一个孩子这么做，还可能是孩子的问题，那现在两个孩子做了同样的事情，那这个做母亲的当真是很失败。

简宇珉看着自己的三弟，很惊讶三兄弟当中最软弱的他，会率先站出来支持父母离婚。

简宇珉忽然明白了，他虽然是三兄弟中最年长的，但也可能是最幸福的。

是他这个失败品在先，才使得母亲对弟弟们更加严厉。

简宇珉看着眼前这一幕，眼眶中的泪水也不自觉地流了出来。

何燕真的被气疯了。简宇博逼她，简宇捷也来逼她。她说道："简宇捷，你二哥疯了，你也跟着他疯是不是？你们都中了什么毒？我是你们的妈妈。是我养大了你们！我是缺你们吃了还是缺你们穿了，你们要这样对我？你们的眼里还有我这个妈妈吗？"

何燕咆哮起来，全然不见最开始踏入会议室时的那种优雅。

"妈,我眼里有你,我心里也有你!我爱你,你是我的妈妈啊!我怎么能不爱你?我怎么会不希望我们一家人开开心心地在一起?"简宇捷眼睛泛红,泪水在他的眼眶中转动。

"那你现在在做什么?你陪你二哥疯什么?"

"妈!"简宇捷抽噎着说道,"如果不是妹妹为了我们兄弟几个,隐瞒下整件事情,你做的那件事情爷爷奶奶早就知道了!"

"简宇捷!你给我闭嘴!你现在是在跟谁说话?我是你妈!"何燕厉声呵斥简宇捷。

"妈,你还要我把话说得再明白一点儿吗?允卓哥摔下楼梯的真相的监控视频你藏了多久?你想做什么?你还要我说得多明白?"

简宇捷喊完便哭了起来。

"宇捷,你在说什么?"简书泓问道。

"还是我来说吧。"简允丞站了出来,冷冷地说道,"当初妹妹把监控视频交到我们手上的时候,没有让我们知道监控视频是从哪里来的。可是后来我们通过调查我们家里有问题的用人,查到了何燕的身上,知道一直是她在暗中给我们家的人使绊子。"

"允丞……你……"简书泓难以置信地看着自己的大侄子。

"二叔,今天我所说的每一句话都是真的。你的妻子一直在背地里给我们家的人下套,试图毁掉小凌,然后毁掉小卓,让我们家的人崩溃、绝望,好让她分到更多的家产。"

"不,不会的,不会的……"简书泓表情痛苦,几乎要崩溃了。

他和何燕做了三十年的夫妻。现在他们告诉他,他的枕边人一直在算计他们家的人?

简书泓转头看向何燕,双目紧紧地望向这张他本已经熟悉得不能再熟悉的脸庞。

他的妻子,与他共同生活了三十年的妻子……

"书泓……"何燕这下彻底慌了。

丈夫质疑的眼神,宛若一把利刃,直接戳进了她的胸口。

"告诉我,宇捷和允丞说的不是真的!告诉我,你没有做那些伤害家人的事情!"简书泓双目猩红,胸口剧烈地起伏着。

"不是的,不是的……"何燕连连否认。

简允丞毫不留情地斩断了何燕的最后一丝希冀:"我们的手里有足够多的证据证明那些事情都是你做的。如果二叔想要看,我现在就可以将所有的证据放出来。"

何燕脸色煞白。她知道简允丞说的不是假话。

简书泓很想相信自己的妻子。可是现实摆在面前，他连相信她的借口都找不出来了。

何燕无法狡辩，看着简书泓，看着他的表情一点点变冷。

她怕极了，结结巴巴地说道："我……我……我这么做也是为了我们好啊……书泓，你相信我！我是爱你的！"

简书泓痛苦地反问何燕："你爱我为什么要做这些事情？你爱我你就应该知道我和大哥感情很好，我们是一家人啊！你为什么要这么做！阿燕啊！我们有一个很美满的家庭。我们有三个可爱的儿子，我一直以为，我一直以为……"

简书泓转头看向自己的三个儿子，绝望立刻袭上心头。

他以为他的家庭很美满，儿子们都很乖。

原来不是的。

儿子们的心里都是恨。

他们恨他们的母亲，也恨他。

妻子有错，他又何尝没有错？他竟然一点儿都没有发现。他竟然一直以为他们的家庭很完美！

简书泓一句接着一句的质问，将何燕逼到了绝境。

何燕伸手拉住简书泓的手臂，说道："书泓，我真的是爱你的。我这么做也是为了我们家好啊！"

"所以，你真的做了那些事情？你真的在大哥大嫂的身边安插了人？你真的试图破坏他们的家庭关系？你真的故意藏匿了允卓摔下楼梯的真相视频？你真的试图伤害小凌和允卓？"

"不是的，不是的……"何燕连连摇头。

她只能重复地说着"不是的"，却无法做出更多的辩解。

"吵完了没有？"简宇博出声打断。

面对自己血亲的争吵，他冷漠得像个和他们没有一点儿关系的外人。

"如果吵够了，就签字吧。"简宇博对简书泓和何燕说道。

简宇博很清楚，他们两个都会签字的。

尤其简书泓，拿简家企业的股份威胁他，他绝对不会不管的。

简允丞也冷漠地劝自己的二叔："二叔，签吧，简家不可能留这样一个危害简家人的女人继续在家里的。"

事情都到这一步了,简允丞也不再顾及他二叔的心情了,倒不如一次性把事情做个了断。

"不要啊,书泓,不要……"何燕拉着简书泓的手臂,苦苦地哀求道。

她不能离婚。

她不能离婚!

"不可以的,书泓,我求你了!我们做了三十年的夫妻!这三十年里,我操持家里,一心一意为你和孩子们,你真的忍心让我们三十年的感情就这样算了吗?"

简书泓看着眼前满脸泪水的妻子,于心不忍。

他的心在被两股巨大的力量猛烈地撕拉着。

三十年的夫妻情分,哪里是说放下就能放下的?

今天之前,他没有觉得自己的妻子有什么问题。

可是另外一边,是他的儿子们,是他的大哥、大嫂、侄子、侄女。

更重要的是,宇博在用简家企业的股份威胁他。

"我倒数十秒钟。"简宇博看了一眼手表,然后开始数数,"十、九……"

简宇博知道想要让简书泓做出决定,就得将他逼到绝境。

"八、七、六……"

"我签!"简书泓如简宇博预料的那样,在离婚协议书上签了字。

何燕看着那个名字,脸色惨白。

接着,这份协议书便被推到了何燕的面前。

简宇博面无表情地说:"也给你十秒钟做决定,如果你不签,就会失去你的那些资产。我还会针对你投资的公司账目造假问题提起诉讼。"

"简宇博,你可真行!"何燕浑身无力,瘫软在地。

而简宇博的助理弯下腰,依旧把那份协议书放在了她的面前。

"十、九、八……"

简宇博面无表情地开始数数。

不管何燕说什么,都无法影响他的心情和决定。

何燕艰难地握住笔,颤抖着在协议书上签下了自己的名字。

简宇博继续说:"我的助理会陪你们去把后续的离婚手续办好的。"

他会一直看到他们领离婚证为止。

他真的一点儿后路都没有给简书泓和何燕留。

"宇博。"简宇珉艰难地开口,问道,"我们还是你的家人吗?"

父母离婚的事情已成定局。

其实简宇珉也不是没有预料过会有这样的结局。

他没有像宇博那样恨母亲。但是他也明白，父母离婚对他们来说未必是坏事。

现在他担心的是他的二弟。他的二弟好像离他们很远。

宇博做的这些事情，看起来是在报复。可是他没有从宇博的脸上看到一点点报复成功后的快感。

宇博好像只是在机械地实施着自己设定好的剧情，让人感觉不到恨，也感觉不到爱。

简宇博看向简宇珉，没有回答这个问题。

而简宇珉从简宇博的眼睛里看到了答案，一个他不想看到的答案。

宇博没有把他们当成家人。

他不恨他们，却也没有办法爱他们了。

因为他们缺席了他最需要关爱的时刻。

他或许想爱他们，可是爱不起来。

这一刻，简宇珉的眼泪也涌了出来。

他们这个家真的要碎了。

简宇博又对简允丞说："我需要和你达成一个协议。"

"什么协议？"简允丞看向他，问道。

"我要你顶替你的父亲成为简家企业的新一任总裁。只要你管理好公司，三年后，我就会将我所持有的简家企业股份的百分之三十给你，剩下的也会按照一定的比例，给简家除了简书泓和何燕以外的其他人。"

简宇博的话再度让众人感到震惊。

他费尽心思逼迫简老爷子得到的一切，结果现在又要将公司的管理权和股份拱手让给他人？

瘫软在地的何燕此刻早已没了生气，连震惊的力气都没有了。

她这个儿子就是一个疯子！一个彻头彻尾的疯子！

"为什么？"简允丞问。

"你比你的父亲心狠。"

简宇博知道，简书泓是个心软、讲情义的人，如果把简家企业的股份交到简书泓的手上，最后他一定会分一部分给他的二弟。

但是简允丞比他的父亲以及两位叔叔都要心狠。他是更像简老爷子的人。

"你自己也可以，不是吗？"简允丞看着自己这个让人无法看透的堂弟，问道。

简宇博笃定地说:"你会接受的。"

简允丞确实会接受。无论如何,他都没有理由拒绝简宇博的提议。

而这应该也是简宇博已经计算好了的。

"好,我答应你。"简允丞说,"但是我也给你随时反悔的机会。你依旧是简家的一分子,你有权持有这些股份。这三年里,你随时可以反悔。"

会议结束,所有人怀着沉重的心情离开了会议室。

没有人觉得高兴。

哪怕是简书沥、温暖他们也都没有高兴起来。何燕得到了报应固然是好事,可是看到简书沥和三个侄子这个样子,他们是无论如何都高兴不起来的。

简一凌和简允陌在众人离开会议室后才离开。

离开前,简一凌走到了坐在主席位上的简宇博跟前。

简一凌从她的小包包里拿出一个包装好的礼品盒子,放到了简宇博跟前的桌上,然后转头离开。

简允陌没有马上走,而是对简宇博说道:"这是妹妹这两天在比赛闲暇时间做的。她做得很用心。"

简一凌不知道自己做什么才能让简宇博不那么心痛。

除了说服爷爷把股份交给他,简一凌不懂其他的。

最后,她做了这样一份代表着她对他的美好期望的礼物。

简允陌不忍心自己妹妹用心做的礼物被别人随便糟蹋,所以提前跟简宇博说清楚了。

简宇博看向桌上,良久无言,只有目光像是定在了上面,久久不能移开。

简允陌离开了会议室。

空荡荡的会议室里只剩下简宇博一个人了。

简宇博看着桌上的礼物盒,迟疑了好一会儿,才缓缓地拆开了包装纸。

包装纸里是一个玻璃盒子,盒子里面装着一幅美丽的画卷。

它是简一凌用糖艺做出来的栩栩如生的一幅画:榕树下,青涩的少年身着浅色的休闲装,背靠着树干坐在郁郁葱葱的草地上。

那棵榕树就是简家老宅庭院里的那一棵。

所有的细节做得很精致,整个场景的还原度很高。

这一幕真实地出现过。

在简宇博的记忆里,他坐在树下,手里拿着书,远处的小一凌在和其他人一起玩耍。

她曾两次跑过来问他要不要跟她一起玩。

他拒绝了,还偷偷地藏起了她掉落的头绳。然而这幅用糖艺制作的画卷和他记忆里的那幅画面又有不同的地方。

在他的记忆里,他的手里拿着的是一本书。

简一凌做的画卷里,他却是手执棋子,面前还有一个棋盘。他端坐在那里,目光在棋盘上面,神情专注,眼中没有忧伤,也没有冷漠。

玻璃罩中,那个被简一凌用糖果制造出来的简宇博正在做自己想做的事情,没有母亲的压迫、打骂、训斥。

在礼物盒的下面,还有一份文件,是股权转让书。

转让书中写明了,被转让的是简一凌手中的那部分股份,上面有简一凌自己的签字,也有她的监护人的签字。

简宇博的手摸向自己左手上的那串珠子。

他仔细地摸着那颗根本不值钱的塑料珠子。

"宇博哥哥,来陪凌凌玩好不好?书不好看。"

"宇博哥哥,凌凌学会下棋了。凌凌陪你下好不好?五个连在一起凌凌就赢了!二哥哥都下不过凌凌!"

"宇博哥哥,你为什么不开心?"

"这些钱我用不着,但是你用得着。"

离开公司后,简宇珉和简宇捷跟随简一凌他们回了简家老宅,是简老夫人要求的。

简老夫人希望两个孩子能够尽快从家庭的不幸中走出来。

当然,还有一个宇博,如果他也能回到他们的身边就更好了。

简宇珉和简宇捷确实难过,但情况也没有那么糟糕。

他们都不小了,很多事情他们心里明白。

再加上母亲的事情本有预兆,父母离婚虽然事发突然,但其实事情的种子早就被种下了。

罗秀恩给简一凌打来了电话,语气既严肃又担忧:"大宝贝,你最近别来研究所了。"

"发生什么事情了？"

罗秀恩的语气有些沉重。她说："研究所里遭贼了。"

慧灵医学研究所的安保系统素来是很严密的。

对方既然能够突破研究所的安保系统进入研究所内，就肯定不是普通的小偷。

罗秀恩又骂骂咧咧地说道："研究所安保严密，这伙人竟然和住在我们研究所里的病人里应外合！但就算这样，我们也不知道他们是怎么进入工作区的！"

研究所的住院区和研究人员的工作区之间有门，到了晚上更是卡得死死的。

一般的小偷越不过去。

"丢了什么？"简一凌问。

"这事有点儿奇怪，我们研究所里的各种资料是分开保存的，但是目前来看，他们只闯进了我们的内部员工资料库。"

慧灵医学研究所里的很多资料是不存到互联网上的，这样能避免外部的攻击。

而且，研究所里的研究人员平时使用的都是局域网，不直接和外网相连。

而研究所里最值钱的，就是他们的研究数据。

有人费尽心思潜进来，却没有进入他们存放研究数据的库房，而是打开了他们的员工资料库。这让人有些费解。

而他们研究所的所有员工中，目前为止对外界来说身份最神秘的，就是简一凌了。

Dr.F.S 的名号在业内已经打响了，最近找她做手术的人不少。

但研究所的人都拒绝了，被拒绝的人里面有不少来头不小的。

难保他们不会做出一些可能会惹恼研究所的人的事情。

所以大家都有点儿担心简一凌的安危。

"一凌宝贝，总之你最近别来研究所了，等我们把这事查清楚了再说。"罗秀恩叮嘱道，"要是让姐知道是谁干的，姐保证剥了他的皮！"

其实，罗秀恩心里也清楚，这皮也没那么好剥。

能做出这种事情的人，一定不是什么普通的小蟊贼，肯定是有组织有预谋，背后有强大势力做支撑的团体。

"好。"简一凌答应道。

因为比赛的事情,简一凌请了很长时间的假。

今天有空,简一凌就回了学校。

她一进校门,安洋就率领一众小弟热情地迎接了她。

"大姐大,你真的太棒了!你是我们的偶像!"

"对,大姐大,你参加的比赛我们洋哥一场都没落下,全看了,还偷偷印了好多张你的海报!"

安洋的小弟们一点儿面子都没给安洋留。

安洋恨恨地瞪了小弟们一眼,然后转头对简一凌说:"你怎么回学校了?这段时间应该好好休息。学习多累啊,你就应该在家里好好睡觉、好好吃饭,怎么舒坦怎么来。"

安洋一路上嘀嘀咕咕个没完,一直送简一凌回了教室。

简一凌的座位上,摆放着同学们送来的贺卡和礼物。

她的桌上放不下,同学们就将贺卡放到她的桌子底下。

那些贺卡、礼物都快把她同桌胡娇娇的位置挤没了。

班里的同学看到简一凌后都很欢喜。

"一凌!你回来了!"胡娇娇一脸激动地说道。

接着,胡娇娇又跟简一凌告密:"一凌,你不在的这段时间里,洋哥每天都过来一趟,帮你整理桌上的贺卡、礼物,帮你擦桌子、打扫卫生,帮你整理老师发下来的成堆的作业。"

高中生一个星期不上课,桌上的试卷、作业就会堆得像小山一样高。

安洋就定期过来给简一凌收拾,还要求胡娇娇帮简一凌抄笔记。

胡娇娇一开始挺怕安洋的,因为安洋威名在外。但是渐渐地不怕了,胡娇娇告诉安洋,一凌根本不需要他们的笔记!

"你个胡椒少胡说八道。"安洋把头转向窗外。

中午吃饭的时候,安洋都跟着简一凌和胡娇娇。

安洋说了,学校里人多眼杂,避免有奇奇怪怪的人来骚扰简一凌,他要贴身保护简一凌,确保简一凌耳根清净。

要不是简一凌嫌人多吵,安洋还打算连他的小弟们都带上呢。

安洋在简一凌的身边站着效果也确实好,其他人看见安洋后,也就不敢过来找简一凌要签名,打扰简一凌了。

简一凌他们在学校食堂的角落里用餐,忽然进来了几个衣着整齐的男人。他们动作敏捷地坐到了简一凌他们的周围,将简一凌他们的去路都堵住了。

其中一个男人直接坐到了简一凌的对面。

他们一坐下,安洋就意识到了不对劲儿。

安洋立马起身,质问这些人:"你们是什么人?你们想要做什么?"

几个男人没有理会气势汹汹的安洋,而是神情专注地看着简一凌。

"我们是来请简小姐跟我们走一趟的。"

说话的人是坐在简一凌对面的中年男人。他模样普通,但是看起来训练有素,并不像是普通人。

"请我做什么?"简一凌反应沉着,面色平静。

"简小姐不必绕弯子了,我们已经确定简小姐的身份了。"中年男人十分笃定地说道。

简一凌想起了罗秀恩给她打过的电话,研究所遭人入侵,员工的资料遭人翻阅。

听男人这样说,那件事情多半是他们所为。

这些人既然能够不留痕迹地潜入慧灵医学研究所,能力就不容小觑。

"如果我拒绝呢?"

"那我们可能就要对不住简小姐了。"

听了这句话,安洋来气了,说道:"你们什么意思?难道她不同意,你们还打算强迫吗?"

安洋刚有动作,旁边的男人就将他按到了座位上。

安洋不服气,挣扎着要起来。

然而他用多大的力气,按住他的人就用更大的力气。

安洋挣扎得脖子上青筋暴起。

"别动他。你要找的人是我。"简一凌厉声说,声音虽柔和,但震慑力不小。

"简小姐请放心,只要简小姐答应和我们合作,我们就不会伤害你的朋友。"中年男人面带微笑同简一凌讲,"简小姐也不希望你的两位小伙伴受到伤害吧?简小姐是聪明人,应该知道什么才是最安全的做法。"

他们已经跟踪简一凌很久了,从恒远市跟到通海市,又从通海市回到恒远市。

直到今天他们才找到了对简一凌下手的好时机。

此前,简一凌一直跟一伙很厉害的人在一起,他们不敢轻举妄动。

那些人他们不敢招惹。

如果那些人是简家的人,他们早就动手了。

"要我做什么?"简一凌问。她的神情、语气依旧十分冷静。

"我们想要简小姐做的事情暂时不方便说,等简小姐随我们离开就知道了。"中年男人说,"其实简小姐应该明白,我现在耐心地与你讲这些,只是为了不把事情弄得太难看。不到万不得已,我们也不想逼迫简小姐。"

"你不能和他们去!"安洋急忙对简一凌说。

安洋虽然不知道发生了什么事,也不知道这些人到底是什么人,但是他清楚地知道这些人很危险,简一凌不能跟这么危险的一群人走!

安洋为了挣脱身旁男人的钳制,憋得脸通红。

简一凌看了一眼拼了命想要反抗的安洋,和旁边胆小不知道该怎么办的胡娇娇。

"我会处理。"简一凌镇定地对二人说道。

接着,她又对眼前的男人说道:"走吧。"

"简小姐果然是聪明人。我就喜欢和聪明人打交道,这样不会浪费时间。"男人笑着评价道。

安洋眼睁睁地看着简一凌被人带走,又急又气。

早知道他就该带着小弟们跟着的!不然也不至于在这些人出现的时候,一点儿还手之力都没有!

安洋不知道,就算他的小弟们都在,在这些专业人士面前,他们依旧很难帮上简一凌的忙。

但是他帮简一凌的这份心意,简一凌明白。

简一凌跟随这些人到了校门口后就坐上了他们的车。

留下来看住安洋和胡娇娇的人确定简一凌已经被带走了之后,才解除了对这两个人的控制。

一恢复自由,安洋就打电话找人帮忙。

然而他的通讯录里,就没有帮得上忙的人。

安洋气得把手机摔了。

胡娇娇想起来自己存了罗秀恩的联系方式,于是连忙打电话给罗秀恩,将简一凌刚才被人带走的事情告诉了罗秀恩。

之后,胡娇娇也不忘跑去找校领导,将事情向校领导报告,让校领导尽快联系简一凌的家长。

校领导知道这件事情后既震惊又害怕。

有学生在他们学校里被人劫走了可不是小事情,于是连忙把能联系的人都联系了一遍。

半个小时前。
于家。
翟昀晟的保镖来跟翟昀晟汇报："晟爷，之前跟着我们去了通海市的那些人，又跟着我们回到恒远市了。"
在通海市的时候，翟昀晟的人就已经发现了那些人的踪迹，并且对其进行了反监视。
"嗯。"翟昀晟没什么兴趣。
"不过，有一件事情我们好像弄错了。之前，我们一直以为他们是跟踪我们的，但是刚才我们才知道他们的目标不是我们。只是他们的目标刚好和我们在一起。"
翟昀晟抬头看了保镖一眼。
"跟谁的？"翟昀晟问。
"就是您的队友，简一凌小姐。"保镖回答道，"刚才我们的人来汇报，他们去了盛华高中。"
"你再说一遍！"
"那个……他们去了盛华高中……"
保镖被翟昀晟突然而来的气势吓着了。
他们的晟爷向来都是漫不经心的。
"去盛华高中！"
翟昀晟直接起身。
保镖们连忙追了上去。
翟昀晟带人赶到盛华高中的时候，简一凌已经被带走了。
安洋和胡娇娇翘课在找简一凌。
翟昀晟一把揪住了安洋胸口处的衣服，问他："人在哪儿？"
安洋一开始被翟昀晟的气势吓到了，可在看清翟昀晟的长相后，认出来他是简一凌的队友——那个大神"ZYS"！
他知道翟昀晟是简一凌的朋友，于是连忙告诉翟昀晟："大姐大刚才被一伙人带走了！就在五分钟前！"
翟昀晟来晚了一步。简一凌刚被带走！
翟昀晟松了手，回头给自己的人下达命令："给我派人下去，在那些人离开恒远市之前，把人找出来！"

翟昀晟已经知道，这些人是某国际组织的成员。

如果他们抓走了简一凌，就肯定不会在恒远市久留。

所以，一定不能让他们带简一凌离开。

如果这些人带着简一凌出了国……

翟昀晟猛地皱了一下眉头，心口处传来一阵痛感。

"晟爷，您怎么了？"保镖看到翟昀晟的表情后很紧张。

他们怕晟爷的身体出问题。

晟爷不能紧张也不能激动，紧张和激动都会让他的心脏出现问题。

"去办事！"

翟昀晟的目光里透着冷意，同时嘴唇有些发紫。

保镖不敢再问。

翟昀晟知道，在这个时刻，他们的行动必须快。

为了确保不出问题，翟昀晟给他的二叔打了电话。

翟昀晟拿出了一部特殊的手机，一部只能拨打一个电话号码的手机。

很快，电话被接通了。

"二叔。"

电话里，翟二爷的声音很低沉："你终于肯用这部手机了。"

翟二爷跟翟昀晟说过，如果翟昀晟遇到什么事情处理不了了，需要他帮忙的时候就打这个电话。

但是翟昀晟从来没有用过。

翟昀晟对什么事情都不上心，所以根本就没有出现过他处理不了的事情。

"需要你帮我一个忙。"

"尽管说，二叔说过，二叔的东西都是你的。"

翟昀晟跟翟二爷讲了自己的要求。

"好，我现在就给你派过去，我也会帮你联络。"翟二爷果断地答应了，"不过，二叔可以问你一个问题吗？那个小姑娘是什么人？是我未来的侄媳妇吗？"

"不是。"翟昀晟说，"我还有事，回头再跟你联系。"

翟昀晟说完，就把电话挂断了。

简一凌从学校消失的事情很快传到了简家。

是学校里的老师打电话给简老夫人的。

简老夫人接到电话的时候，简宇珉、简宇博兄弟俩就在她面前。

简老爷子在花房里。

简允陌今天因为工作上的事情出门了。

接完电话,简老夫人被吓得不轻,脸都白了,连忙喊旁边的用人:"快去喊老爷过来!快点儿!我的小乖乖出事了!"

用人连忙跑去花房。

"奶奶怎么了?妹妹出事了?什么事情?严不严重?要不要紧?妹妹现在人在哪里?"

简老夫人声音微颤,说道:"小乖乖不知道被什么人带走了。据她的同学说,对方人很多,是威胁小乖乖跟他们走的。"

听到这话,简宇珉又急又气。

"我现在就去学校!"

简宇珉转身就往车库的方向去。他要赶到妹妹他们学校去。

妹妹千万不要有事啊!

简宇博拉住了简宇珉,说道:"没有用,他们既然已经离开了学校,就不会再回去。"

简宇博比简宇珉冷静得多。但是和之前在会议室里的时候相比,此刻的他又有了些许不同。

接着,简宇博拿出手机打了几个电话。

电话里,他吩咐人盯住离开恒远市的几条交通要道,同时让人调取盛华高中校门口以及那伙人可能去的路线上的监控录像,从而获取带走简一凌的车辆的去向。

简老爷子匆匆从花房里跑过来。

"怎么了?谁动了我的小乖乖?"

简老爷子一路跑过来,手上还全是泥巴。

"不知道!你赶紧让人去找呀!我的小乖乖不能有事!她要是有事,我也不活了!"简老夫人急得哭了。

她就这么一个宝贝疙瘩,这要是弄丢了,她还怎么活?!

简老爷子也急得不行,想到自己娇滴滴的孙女现在在坏人的手里,一颗心就揪出了几千道褶。

简老爷子心知事情的严重性。

一般人是不可能跑到学校里面把人带走的。

而在恒远市,是没有人敢这样明目张胆地对他们简家的孙女下手的。

所以动这个手的人,绝不是简单的人。

简老爷子连忙联系自己的人,利用自己的人脉,做一切他现在能够做的事情。

在简老爷子做这些事情的时候，简宇博和简宇珉驱车离开了简家老宅。

他们不能待在老宅里干等。

他们得行动起来！

这是兄弟俩时隔多年后再次一起行动。

如果今天不是妹妹有事，简宇珉或许还会有些高兴，但是现在，没有人有心情去想这个。

简老夫人哭了一会儿后给简书洐、简允丞打了电话。

得到消息后，简允丞脸色惨白。

简允丞第一时间通知霍钰，让他调查。

爷爷已经行动了，简家的资源和人脉都已经被调动起来了。

简允丞需要调查的是简家人没能触及的领域。

他们必须在最短的时间里找到妹妹，确保妹妹的安全。

霍钰一听说简一凌出事了，就把其他工作放到了一边，全身心地在网上搜寻线索。

为了加快速度，霍钰还叫上了自己的圈内好友，帮着自己一起寻找简一凌的下落。

车上，简一凌很安静。

她的左右两边各坐了一位身穿西装的女士。她们一左一右监视着简一凌。简一凌的一举一动都在她们的注视下。

上车的时候，她们已经收走了简一凌的手机，将其放到了信号被屏蔽的箱子里，确保别人不能够通过简一凌的手机信号追踪到简一凌所在的位置。

最开始和简一凌交流的那个中年男人就坐在副驾驶位上。

后座的前方有一个小屏幕，屏幕在车开出一段路后亮了起来。

屏幕里出现了一个头发花白的女人。

这个女人通过电子屏幕对简一凌说："傅拾医生真的很不好请呢。我们曾经多次向你所在的研究所发送请求，但都被拒绝了。不得已，我们只能出此下策了。"

简一凌目光平静地看着屏幕里的女人，脸上的表情依旧很淡定，看不出任何情绪。

女人继续笑着说道："我知道，用这种方法可能会引起傅拾医生的反感，但是只要傅拾医生好好配合，我保证傅拾医生能够拿到不菲的报酬。"

"拒绝。"简一凌回答。

老女人说:"如果傅拾医生孑然一身,你拒绝的话我们就拿你一点儿办法都没有。可是据我所知,傅拾医生有家人,而且还不少呢。"

老女人派人跟踪了简一凌这么长时间,对简一凌家庭成员的情况已经摸得很透了。

光是比赛的那段时间,老女人就可以知道简一凌和她其中的两个哥哥的关系很不错。

说着,老女人就把屏幕切换了。

屏幕上出现的是简一凌家人们的照片和一些日常信息。他们的工作地点、学习地点,以及他们日常喜欢去的地方。

老女人十分肯定简一凌在看了这些信息之后会更加配合他们的行动。

屏幕再度被切换。

上面出现了一堆化学符号和一些一般人看不太明白的文字。

老女人还在说:"这个项目我希望傅拾医生帮我完成。只要傅拾医生和我们合作,前面照片上的那些人不仅不会有事,我还会给傅拾医生一笔高额的报酬。"

简一凌的视线扫过屏幕上的内容,然后她很快就确定了,这是一个不可以完成的危险项目。

项目所研究的内容并不是为了解决什么疾病的,如果真的完成了,会有一定的危害性。

"拒绝。"简一凌的回答没有变。

不管对方是威胁还是利诱,这样的项目简一凌都是不会接的。

"傅拾医生别这么急着回答我。难道你真的不管你那些哥哥的死活了?傅拾医生以为就凭你们简家人那点儿本事,能护你周全吗?你应该明白,我们敢对你出手,就意味着区区恒远市的一个简家我们还不会放在眼里。"

从他们能从慧灵医学研究所获取简一凌的资料开始,简一凌就知道他们的实力有多强大了。

"我会先杀了我自己。"简一凌言简意赅地说道。

"傅拾医生这话是什么意思?你要是死了,你的哥哥们我一个都不会放过。"

"下辈子再做兄妹。"简一凌面无表情地回答道。

"你这是敬酒不吃吃罚酒?你真以为我不敢对你动手?"老女人的声音变冷,接着她命令旁边的女手下:"给我扇她两个耳光,让她清楚她现在是什么处境。"

女手下得了命令，抬手在简一凌的脸上扇了两个耳光。

女手下是受过专业训练的，手的力道可想而知。

啪啪两声后，简一凌那白嫩的脸颊上瞬间显现出了两道鲜红的印子。

简一凌那本来就不大的脸上，现在几乎被鲜红的手掌印覆盖住了。

"你们走不出恒远市。"简一凌说。

"都到这个时候了，傅拾医生还在嘴硬？"老女人说。

老女人不知道，简一凌是在故意激怒她，在拖延她们的视频通话时间。

不管老女人现在在什么地方，她和这辆车里的视频通话都是通过网络进行的。

老女人的图像和简一凌的图像都在网络上传输着。

只要通话时间足够长，简一凌的联络人里就一定会有一个能检测到。

果不其然，简一凌的视频通话被检测到了。

几乎是同一时间，梁老先生手底下的一名电脑高手和远在国外的霍钰都检测到了这一视频通信。

于是，梁老先生得知了简一凌的情况。

看着屏幕上的那个老女人，梁老先生眉头紧皱。

"这下麻烦大了，这个妖婆不是好惹的。她背后的势力是国外的……"

这是一个让梁老先生都觉得头痛的人。

简一凌落在她的手上，真的很危险！

梁老先生连忙对自己的人说："绝对不能让她把一凌带上飞机！"

一旦简一凌被带出国，他们再想把她带回来就难了！

"去查今天所有的航班，还有获批的私人航线！无论是大型客机、小型客机还是直升机，只要是能飞出去的，都要查！"

要是能够让所有的航班暂停起飞就好了。

这样就能给他们争取到足够多的时间了。

只可惜梁烁一时半会儿也没办法控制各大航空公司的飞机起飞时间。

劫走简一凌的一行人在没有监控的地方里换了车。新车继续往前行驶，他们的目的地是恒远国际机场。

老女人如翟昀晟预料的那样，要带简一凌离开恒远市。

当老女人的手下带着简一凌赶到机场的时候，震惊地发现，他们申请的私人航线因为航空管制而被通知限飞了，什么时候放行需要等待通知。

除了他们的私人航线，机场的大屏幕上一片红。

所有的国际航班延误了。

虽然航班延误是经常会发生的事情，但是今天的延误有些不凑巧了，严重影响了老女人的计划。

他们咨询过航空公司的工作人员，工作人员表示无法准确地给出新的起飞时间。

不得已，老女人只能命令手下将简一凌先带到机场旁边的闲置工厂里等待。

于是，车被开到了闲置工厂里面。

在等待的时候，老女人再度联系了简一凌。

"傅拾医生可以趁着这个时间再好好考虑一下。我希望当我见到你本人的时候，你的态度已经变了。"

车子里的中年男人也对简一凌进行劝说："简小姐，刚才在学校里的时候你明明表现得挺聪明，为何现在却犯起了糊涂？好好跟我们老板合作，对你有百利而无一害！"

中年男人刚和简一凌说完，厂房里面就走出来一个又一个训练有素、身材魁伟的男人。

他们就像凭空出现的一般，从闲置厂房的各个地方钻了出来。

中年男人和他的手下，无比震惊地看着这一幕。

"怎么回事？我们是临时决定转移到这里来的，这里怎么会有这么多人埋伏着？"

不多时，原本空空荡荡的厂房里就站了上百名身体强壮的保镖。

他们每一个人都孔武有力，是国际顶尖的专业保镖。

这样的阵仗，让只有七八个人的绑架简一凌的团伙感觉到了巨大的压力。

毫无疑问，硬碰硬的话，他们绝对不是这些人的对手。

中年男人从车上下来，客气地对着众人说："不好意思各位，我们是路过的，不小心闯入了你们的地盘。打扰了你们，实属抱歉，我们现在就走，还请各位行个方便。"

因为这些人在他们到达此地之前就已经到了此地，所以中年男人推测他们可能误打误撞地到了这些人的地盘。

然而中年男人说完，他面前的众保镖不仅没有挪开，反而将他们的两辆车子团团围住，不给他们离开的机会。

同时，地面上也放满了铁钉。

两辆车根本没法启动。

中年男人的脸色顿时沉了下来。他说："各位朋友，我们无冤无仇，这样不好吧？你们如果动手，事情可能比你们想象的要严重。虽然我们现在只有两车人,但是我们的老板你们是招惹不起的。"

眼前的一百名保镖都不说话。

中年男人知道,这些人里没有人能做主。

于是,中年男人拔高了声音说道:"这位朋友,我们真的只是路过,不是来找麻烦的,希望你不要为难我们。"

中年男人喊完,等了一会儿,保镖们动了起来,他们让出了一条路。

翟昀晟从人群里走了出来。

他穿着一身深色的衣裤,神情不似平日的散漫桀骜,神情和脸色都不太好看。

看到翟昀晟的一刹那,中年男人就认出了他。他是简一凌的队友,他们在跟踪简一凌时见过这个男人。

而且也是因为这个男人,他们才迟迟没有对简一凌动手。

让中年男人没有想到的是,在他们带走简一凌之后,这个男人的反应这么迅速。

所以,这些人现在是为了拦截简一凌而来的?

想到这里,中年男人感觉自己的额头在冒汗。

因为这意味着这些人是在他们躲到闲置工厂之前就做好了埋伏的。

这怎么可能?

中年男人猛地想到了所有航班延误这件事!

难道……

翟昀晟的目光没有在中年男人和他手下的身上停留。

他看向车后座上被两个女人看管着的简一凌。

从这个角度,他能看到简一凌的侧脸。

而那张原本白皙、娇嫩的侧脸上,现在有一个十分明显的血红掌印。

简一凌透过车窗也看到了外面的翟昀晟。

这是她没有预料到的。

她知道会有人来,也知道这些人无法离开恒远市。但是她没有料到翟昀晟会是最早到的那个人。

简一凌还注意到翟昀晟的嘴唇有些发紫。

当人的心肌缺血时,嘴唇就会发紫。

他不舒服。简一凌几乎可以断定。

他应该马上去医院,而不是站在这里!

"放人。"翟昀晟开口,命令中年男人和他的手下。

翟昀晟说话时没有平时那么有中气了。

这下简一凌更加肯定他的情况不好了。

他这样做很危险。他的身体情况不能按照常人的去推断。他这样可能会没命的!

刚才一直坐在车上不动的简一凌忽然猛地扑向车门。

在她左边监视她的女人见状一把将她推了回去。

她右边的女人更是直接将她的双手反锁在了她的身后。

两个女人对待简一凌的动作有些粗暴。简一凌娇小的身体在两个强壮的女人手上一顿折腾。

"放开!"翟昀晟猛地拔高嗓音喊道。

他在大声呵斥后呼吸变得急促,心口处又一阵更加剧烈的痛感袭来。

翟昀晟的医生不止一次地告诫过他不能心急,不能激动,不能动肝火。任何情绪上的剧烈起伏都可能引起他心脏的不适,甚至引发更危险的情况发生。

翟昀晟从来没有在意过医生的叮嘱。

他也从来没有因为什么事情而着急过。

然而现在,当他看到简一凌被人用暴力对待时,心里有一团火在烧,随之而来的是心脏的不良反应。

翟昀晟的保镖们被他吓到了。

不是被翟昀晟的气势和嗓音吓到了,而是被他的身体状况吓到了!

"少爷!"

翟昀晟旁边的保镖连忙过来,扶住翟昀晟。

"快,扶少爷去医院!"

保镖们意识到翟昀晟的身体状况不好。

其实,在路上的时候,翟昀晟的身体状况就不是很好了,心口处不时有痛感袭来。

但是他一直没有说,一直跟着来了这里。

"滚开!"翟昀晟用冰冷的眼神逼退了保镖们。

保镖们不敢再靠近,以免翟昀晟再受刺激。

保镖们只能小心翼翼地劝说:"少爷,您必须马上去医院!这边交给我们处理就可以了,我们保证一定会将简小姐平安地带回去!"

他们少爷的心脏先天畸形,随时会有生命危险!这样下去太危险了!

翟昀晟根本不理会,继续看向简一凌所在的方向,下达命令:"动手,一个都不要放过。"

中年男人此时也意识到了问题的严重性,连忙让两名女手下把简一凌从车子里拉了出来,接着用简一凌威胁翟昀晟:"这位先生如果不让我们走的话,就不要怪我们对简小姐做出点儿什么事情了。"

"你敢动她一根手指头,爷就要你跟你的老板拿命来赔!"

翟昀晟的气息明显不稳。他的身体状况真的很不妙。

中年男人被翟昀晟的话震撼到了。他还是第一次遇到敢威胁他老板的人。

"你去看医生。"双手被钳制在身后的简一凌没有在意自己的处境,而是让翟昀晟去医院。

翟昀晟自动忽略了简一凌的话。

"你现在就去,会有其他人来救我的。"简一凌重复这个要求。

简一凌的话并不能让翟昀晟改变主意。

翟昀晟看着简一凌,笑了一声,说道:"爷今天既然来了,不把你完完整整地带走,爷就不会走。"

简一凌凝望着眼前这个脸色难看,但还带着笑的男人。

这是她人生当中第一次有人不因为她能做什么,不因为她能提供什么,不以条件交换为目的,不顾自己的生命安全,坚定地要救她。

简一凌不懂,只是感觉到心口的某一处有一种暖暖的感觉……

中年男人见状有一丝紧张,但形势不容他退缩。

况且他也不信。他面前这个看起来身体状况并不是很好的年轻男人,有能威胁到他们老板的本事。

"你们不要废话,反正人现在在我们手上。你要么放我们走,要么我们今天谁都别想好过!"

他打算和翟昀晟死磕到底,有人质在他们的手上,就算对方人多也不敢对他们动手。

这时候,男人的手机响了起来。

男人一看是他老板打来的视频电话,便立马接通了电话。

"把人放了!还给你面前的那个男人!"

电话一被接通,老女人就给中年男人下了命令。

中年男人不解地说道:"老板,现在放人,他们可能不会放我们走……"

"我说放人!"老女人拔高了嗓音说道,"立刻把人放了!"

中年男人很惊讶,老板的反应太反常了。

"可是老板,这件事情……我……我不明白……"

"没有什么不明白的!这些人你惹不起!现在放人你还有一条活路!"

老女人没有了之前的自信和从容。

接着，中年男人又听到视频里传来了一个男人浑厚、低沉的声音。

"快点儿，我没什么耐心。"男人的声音不怒自威。

视频里虽然没有出现男人的样子，但中年男人能够从老女人的脸上看到男人对她的威慑力。

中年男人顿时明白了事情的严重性——他们的老板那边出了事情。

有人直接找到他们的老板，对他们的老板进行了威胁。

在他的印象当中，能让他们老板这样惊慌失措的人屈指可数！

中年男人再看向眼前的翟昀晟时，目光和神情都变了。

他沉思片刻，连忙让人放人。

钳制着简一凌的两个女人松了手。

周围的保镖立刻行动。

简一凌立刻跑向翟昀晟。

翟昀晟也跟着上前。

但他只走了两步，就发觉身体不对劲儿，于是停下脚步，在原地等着简一凌过来。

简一凌跑到了他的面前，抬着头，一双眼睛一眨不眨地看着他。

翟昀晟刚要伸手，但伸了一半就停住了。

接着，翟昀晟对自己的保镖说："扇她们耳光。"

空荡荡的厂房内顿时响起了接连不断的啪啪声。

翟昀晟再回头看向简一凌的小脸，正要开口，一股更为强烈的不适感便袭来了。

接着他的眼前一片黑暗。

翟昀晟的身体倒了下去……

简一凌本能地张开双臂抱住了翟昀晟倒下的身体……

这一刻，她忘记了，以她的气力是抱不住翟昀晟的。

不过，还好翟昀晟的身边是他手疾眼快的保镖。

在简一凌张开双臂抱住翟昀晟的腰的一刹那，保镖们已经扶住了他。

一间病房里放着两张病床。

靠窗的病床上躺着翟昀晟。

翟昀晟的身上还连接着很多医疗仪器，记录着他身体的各项指标数据。

靠门的病床上躺着简一凌。

简一凌没受什么严重的伤，身上都是一些瘀青、红肿，但还是被翟昀晟的人带着在医院里做了全身检查。

病房门口有很多保镖,还有试图进来的简家人。

保镖们不敢让简一凌离开。因为他们担心翟昀晟醒来见不到简一凌会生气、担心、发脾气。

他们也不敢放其他人进来,太多人挤在病房里会吵到翟昀晟。

所以,病房里只有躺在病床上的两个人。

简一凌醒着,侧着身体,看着昏迷的翟昀晟。

他的嘴唇已经不紫了,而是有些发白。

这样的他看起来很虚弱,完全不似他平时给人盛气凌人的感觉。

旁边的医疗仪器也显示他现在的心跳正常。

又过了一会儿,翟昀晟恢复了意识,缓缓地睁开了双眼。

他睁开眼后看到的第一个人,就是正在看着他的简一凌。

简一凌那张白皙的小脸上,两个红印还没完全消退,一双明亮的眼睛清澈见底。

她的神情似乎有些担忧,眉头微微蹙起。

四目相对,两个人都安静地看着对方。

不知道过了多久,简一凌打破了沉默,问翟昀晟:"你好点儿了吗?"

"没事。"翟昀晟的声音比以往更低沉,语气更认真。

而他的眼神,也比以往更温柔。

"简一凌,我要回去了。"翟昀晟忽然说。

"还需再观察一晚。"简一凌说。

"我要回京城了。"翟昀晟对简一凌说。

他不是要离开医院,而是要离开恒远市。

简一凌愣了一下。

这件事发生得有点儿突然,但好像又合情合理。

他本就不该在恒远市久留,所以他要回去也很正常。

只是他在这个时间提出来,又好像有点儿……

简一凌的心中有一种奇怪的感觉。

"嗯。"

简一凌说不清楚那是一种什么感觉,只能用"嗯"来回应。

"答应我一件事情。"翟昀晟又说。

"好。"她没有问是什么事情,就先答应了下来。好像不管他提什么要求,她都会答应。

"以后不要去京城。世界很大,你可以随便去哪个地方,只有这一个地方你不能去。"翟昀晟的语气很严肃、认真,没有半点儿开玩笑的成分。

他看向简一凌的眼神是悲伤的,那里面有简一凌读不懂的悲伤。

"为什么?"简一凌问。

"没有为什么,你只要答应我不要去就好了。"

翟昀晟凝望着简一凌的眼睛。

他知道,他这一辈子不能爱别人,不能结婚。

他的先天性心脏畸形疾病是遗传自他的妈妈。他的妈妈就死于这种疾病。

他的病有一定的概率会遗传给他以后的孩子。

这样的他如何去爱一个人?如何去组建一个家庭?如何去让他未来的妻子承受丈夫和孩子都随时可能离世的痛苦?

但他是个自私的人,只可以说服自己放手这一次。

所以,简一凌以后都不能再出现在他的面前。

不然,他可能无法再次放手。

他可能会自私地选择将她软禁在自己的身边,自私地让她陪着他一起承受痛苦,承受没有未来的绝望,不给她半点儿后悔、逃脱的机会。

简一凌望着眼前的翟昀晟,想要读懂他深沉的眼眸里藏着的信息。

但是她失败了。这对她来说,比解任何一道数学题或者化学题都要困难。

简家人在病房外焦急地等了许久,终于等到了病房门被打开。

简一凌从病房里走了出来。

"小凌!"

简书洐和温暖冲了上去。温暖一把将简一凌抱在了怀里。

"小凌,你吓死妈妈了!"温暖这会儿声音还是抖的。

简书洐将妻子和女儿一起拥入了怀里,眼眶泛红。

简一凌被温暖抱着,抬眼看向周围。

门口站满了人。

除了简书洐和温暖,还有简允丞、简允陌、简允卓、简宇珉、简宇博和简宇捷。

旁边还站着梁老先生和慧灵医学研究所的众人。

除了简老爷子和简老夫人留在家里等消息,其他人都来了医院。

今天不仅仅是翟昀晟,眼前的众人也都去找她了。

他们都关心着简一凌的安危,都用了最大的力气去救她。

简允陌走上前来，伸手轻轻抚过简一凌的头发。
一个轻柔的动作，试图抚平的是妹妹今天受到的惊吓。
简宇捷吸了吸鼻子。他是刚赶过来的，直到放学时他才知道妹妹被人绑架了。
妹妹的小脸都被人打红了。医生还说妹妹身上的好几个地方被人打了。
简宇珉刚才已经跑去揍了那几个人了，但是依旧不解恨，尤其当他亲眼看到妹妹的小脸被打得红肿了的时候。
简宇博依旧沉默，看起来是全场最平静也是最冷漠的人。
但是他和简宇珉是紧随翟昀晟之后赶到闲置工厂的。
简允丞的脸色很沉、很暗。
从他比平时更阴沉的脸色和凝重的眼神可以看出来，他很担心简一凌。
只是他一向不会将自己的情绪显露出来。
简允卓在旁边看着，眼睛红红的。看着妹妹，他很难过。
这个时候应该上去安慰妹妹，给妹妹一个拥抱的他，却只能站在旁边看着，连一句安慰的话都说不出口。
罗秀恩、程易等人一脸歉意，是他们研究所的资料保管不到位，才导致简一凌的身份被泄露，招来这样的麻烦。

第二天，简一凌早起做了饭。
她准备的菜里面有肉和蘑菇。
她将饭菜用一个粉色的保温饭盒装好，拿到了医院。
她快到病房的时候，发现门口没有了昨天的保镖。
简一凌走到病房门口，推开了门。
病房里面空荡荡的。
简一凌又去了于家。
于宅里和翟昀晟有关的东西都被带走了。
于家的人告诉简一凌，翟昀晟的保镖昨天晚上过来收拾东西了。
他走了。
真的如他说的那样。
他走了，离开了恒远市。
他们还有《虫族入侵》的决赛没有参加，可他已经提前走了。

番外一

这一年,小一凌四岁。

夏天,她穿着小裙子,白白嫩嫩的,谁看了都想亲一口。

简家三房的人还都住在简家老宅里。

简一凌在简家老宅的院子里养了一窝垂耳长毛兔。

兔子是简允陌给她买的,买来没多久就生了八只小兔子。

小兔子断奶后都很可爱。

"二哥哥,凌凌要把小兔子送给哥哥们!"简一凌说道。

"为什么要送给哥哥们?凌凌不是很喜欢它们吗?"

"喜欢的东西要分享给家人呀!二哥哥你说的!家人不是别人!"

"那好吧,你去问问哥哥们,愿不愿意领养你的小兔兔。"

"嗯嗯!"简一凌重重地点头。

然后,简一凌拎着刚断奶的小兔子到处送人。

简一凌找到了沉默寡言的简宇博。

"宇博哥哥,宇博哥哥,凌凌要送你礼物!可爱的小兔子!"

白白嫩嫩的小姑娘,拎着和她一样白白嫩嫩的小兔子。

小姑娘神情骄傲,小嘴咧着。

"不需要。"简宇博面无表情地说道。

他的冷漠让周围的人都开始疏远他,只有这个妹妹一直不怕他,总是跑来找他。

"为什么不要？"简一凌撇嘴，有些难过地说道，"小兔子这么可爱！宇博哥哥为什么不喜欢？"

简宇博皱眉，解释了一句："不会养。"

"凌凌教你呀！宇博哥哥你不要担心，凌凌可会养了。凌凌教你你就会了，不用怕！"

简一凌会养吗？

其实，都是简允陌在帮她养。

如果真的是她养的话，那么这窝兔子早就死了。

简宇博皱着眉头，看了眼前笑嘻嘻的小姑娘好一会儿才说："你养就行。"

"宇博哥哥不喜欢？"简一凌撇着嘴问道。

"没有。"

"那为什么不要？"

"和你的一起养。"简宇博说话的时候移开了视线，没有和简一凌对视。

"这样啊，那好吧！"简一凌妥协了，说道，"那宇博哥哥给你的小兔子起个名字吧！凌凌养的那两只叫'阿大'和'阿二'！"

简一凌的起名方式一向这么简单粗暴。

"阿三。"简宇博说。

"好耶！"简一凌从头上取下一根小皮筋，捏起一撮兔子毛，给阿三扎了一个小辫子。

"以后这个就是阿三的标志了，这样凌凌就能认出它了。"

简宇博已经把视线收回去了。他低着头，看着自己手里的书籍，不再说话。

搞定了简宇博，简一凌又去给别的哥哥送小兔子。

简允丞一回家，她就扑上去了。

她的手里还提着一只刚断奶的小兔子。

"大哥哥！给你！"

"你自己养吧。"

"凌凌有了，凌凌分你一只！"

"我不要。"

"为什么？"简一凌的小脸又垮下来了。

小兔子这么可爱，为什么大哥哥不喜欢，是她养的小兔子不好吗？

"简允丞，你要是把你妹妹弄哭了，今晚就别吃晚饭了！"

坐在旁边的简书沔狠狠地瞪了大儿子一眼。

自打有了闺女，三个儿子就不香了。

简允丞也不想惹妹妹哭，但是兔子……他真的养不好。

简允丞觉得无奈，只能收下小妹送的小兔子。

问题是，这玩意儿他也没有时间养啊。要不塞到二弟和小妹的兔子窝里去吧。

简允丞想现在就塞过去，但是看到他老爸的眼神后，拎着兔子回了自己的书房。

接着，简一凌又找到了简宇珉。

"宇珉哥哥，兔兔送你！"

"不要。"简宇珉有些嫌弃地看了一眼简一凌手里的兔子，说道，"这东西会到处拉屎，太麻烦了。"

前一刻还高高兴兴的简一凌，下一秒眼泪就决了堤。

"宇珉哥哥是大坏蛋！宇珉哥哥讨厌！"

简一凌抱着自己的小兔子，哭着跑掉了。

简宇珉一脸茫然。

过了一会儿，简老夫人过来了。

"你个混账小子，多大年纪了，居然还欺负你妹妹！"简老夫人对着简宇珉骂道。

"奶奶，我没有欺负她啊。"简宇珉觉得自己被冤枉了。

"还说没有欺负她？小乖乖都被你欺负哭了！"简老夫人气呼呼地说道。

简宇珉挨了简老夫人的一顿训，还不知道自己错在哪儿了。

他说的是那只小兔子，又不是他妹妹。妹妹干吗哭啊？

看到隔壁的于希回来了，简一凌拎着兔子就跑去找他了。

"于希哥哥，于希哥哥，兔兔送给你！"简一凌兴奋地说道。

于希喜欢这个邻家妹妹，但是对于养兔子一点儿都不期待。

哎呀，一凌妹妹真可爱，这小脸胖乎乎的，真想捏。

她手里的小兔子也和她一样，雪白柔软，可爱得不行。

面对这样可爱的邻家妹妹送的礼物，于希自然没法拒绝。

"谢谢一凌妹妹。"

于希看着手里的小白兔，不知道该怎么处理。

男孩子养兔子好像不太好，会被别人说"娘"的吧？

"于希，你这孩子怎么回事？这么慢吞吞的，快上车，要出发了。"于思邈在车上喊于希。

今天他们要出门，送于希去京城。

"不是，爸，我……"于希看看自己手里的小兔子，再看看眼前的小一凌。

他最终没把兔子还给她。

他要是拒绝了一凌妹妹的一番好意，回头会被简家那群可怕的哥哥追着捶的，光是想想就觉得可怕。

于是，于希抱着兔子上了车。

还好于希这回去京城坐的是他外祖父派过来的私人飞机，不然这兔子还得办理托运手续。

于希抱着兔子到了京城，住到了他外祖父的家里。

于希想起了他去年来这里的时候认识的翟家少爷。

翟家少爷和他同岁，长相俊朗，但是性格古怪。

"听说他最近在养宠物，要不把这兔子送给他？"

于希觉得可行，反正他也不会养，而翟家有专人帮翟少爷养宠物。小兔子在翟家少爷那里应该会比在他这里过得好。

于是，在下一次去翟家找翟昀晟玩的时候，于希把小兔子带了过去。

后来，于希自己也忘记了送给过翟昀晟兔子，只是在某一天，突然看到翟家的花园里有一只硕大的兔子，又肥又壮，超出了一般宠物兔子应该有的体形。

再后来，兔子被翟昀晟宰了，做了整整两大盘肉。

一盘红烧的，一盘香辣的。

番外二

失去了何燕的帮助，莫诗韵的资源一落千丈。

受到简宇博惩治何燕的波及，那部由她担任女主角的电影没能上映，原本定好的由她担任形象代言人的几个品牌也都和别人签了约。

一时，莫诗韵在演艺圈里处境尴尬。

她只能选择向钱少夫人求助。

钱少夫人却给了她一个让她近乎绝望的回答："你不是已经攀上其他的高枝了吗？我就不操这个心了。"

不知道是不是因为她和何燕合作的事情被钱少夫人知道了，让钱少夫人对她的态度一下子冷了很多。

"夫人，我……"莫诗韵还想解释一下。

"我还有别的事情要忙，先挂了。"钱少夫人先一步挂断了电话。

莫诗韵的心凉了半截。

她最后的救命稻草没有了。

"诗韵，要不，我们放弃这条路，你回去继续念书吧？"

莫慧琴有些怕了，想着女儿如果现在回去读书，以女儿的聪慧，以后还能有别的路可以走。

莫诗韵犹豫过后答应了。

而此时，莫诗韵已经有半年多没有好好学习了。

在这段时间里，她把所有的精力用在了演戏、参加综艺节目、为自己积累人气和与简一凌斗争上面了。

高考在即，她开始疯狂地翻阅复习资料、做习题。

然而她惊恐地发现，那些她以前解起来轻轻松松的题目，现在变得晦涩难懂了。

看到题目的时候她觉得很熟悉，解题方式呼之欲出，但就是无法清楚地想起来。

莫诗韵抱了几天佛脚后，进了考场。

分数出来的那天，莫嫂和莫诗韵皆是脸色惨白。

本是盛华高中尖子生的莫诗韵，却连学校的平均分都没有考到，连一本线都没有过，勉勉强强够得上二本线。

原本她是打算考取全国最好的大学——京城大学的。

现在别说是京城大学了，国内的普通一本大学都与她无缘了。

莫诗韵仿佛看到了同学们对她的嘲笑。

他们笑她去拍戏却很快就过气了，回过头来参加高考，却连一本线都过不了。

她打开学校的论坛，从被置顶的喜报上看到了简允卓的名字。他考上了京城大学。

而她自己，则排在了整个重点班的最末尾。

她往下看评论，果然看到了同学们的留言里有嘲讽她的。

莫诗韵不知道，曾经的她在高中时期认真学习，成功地考上了京城大学。

她在上了大学后，被星探发现，成功地进入了演艺圈，进入演艺圈后从小配角开始演，慢慢地积累起了人气和人脉。

虽然她一路走得坎坷，但一步一个脚印，走得很稳。

高考失利的莫诗韵又听到了关于秦川的消息。

秦川自己创办的互联网公司已经完成了C轮融资，离上市又近了一步。

在财经杂志上看到秦川的照片和采访报道的时候，莫诗韵的心里无比酸涩。

她和他的距离越发遥远了。

番外三

我叫简一凌，做过很多坏事，在最极端的时候，我甚至想要杀了那个女人一了百了。

现在，我得到了惩罚。

我被家族除名，和他们断绝了关系，还得了肺癌，在医院里依靠着止痛药度过自己人生的最后一段时光。

我失去了原本属于我的东西，又妄想得到那些不属于我的东西，最后变得一无所有。

是报应，也是罪有应得。

我不知道自己该不该后悔，后悔变成现在的我。

有时候我甚至想，那一天，在楼梯口，如果我抓不住三哥的手，我应该和他一起从楼梯上滚下去。

不管是死还是残，去承受他承受的那些，或许就不用纠结那天在楼梯上错的人是他还是我了。

又或者，那天被毁掉手的人是我，那也就不会有后面的那些事情了。

反正我的手也没有什么用。

护士又来了我的病房，照例询问我今天的情况。

其实都是多此一举，她们比我更清楚我的身体状况。

癌细胞已经遍布我的肺部。我变得呼吸困难，止痛药的频次从一天两次变成了现在的三个小时一次，死亡只是时间的问题了。

我问护士,我还有几天时间。

护士告诉我要好好休息,还说翟家少爷给我付了医药费,让我不用担心。

翟家少爷,前几天我们见过一次面。他答应了帮我处理后事。

传闻当中桀骜不驯的男人给了我生命当中最后一点儿温柔。

不过这一次,我不会多想了。我知道他对我的态度只是单纯的同情。

就如当初的秦川,也只是领了我大哥付的工资在尽他应尽的责任罢了。

是我自以为是地觉得,他对我的态度是温柔,是关心,是信任。

是我自作多情、一厢情愿地把他当成了我生命里的一束光,然后盲目地去追寻。

我还是很感谢翟家少爷的。但是我已经没有什么可以报答他的了。我只是一个一无所有的累赘。

如果有来世的话,我再慢慢地偿还欠他的这份恩情吧。

如果,我能成为那个对他有用的人的话。

我费力地从枕头下面抽出我的手机,翻开了通讯录,划过上面的一个个名字,能回想起来的只有他们厌恶的眼神。

"你真的太让我们失望了!"

"你怎么可以这样呢?"

"从今天开始,你不再是我们简家的人了。"

"简一凌,你好自为之吧。"

我的脑海里回荡起他们的声音。

字字句句无比清晰。

我知道不是他们的错,是我做错了事情,是我让他们失望透顶。

我无力地退出了通讯录。

接着,我打开了微博,看到了热搜上的秦家现任家主秦川和当红女演员莫诗韵订婚的消息。

他们郎才女貌,天造地设。

看到他们订婚的照片时,我发现我并不难过了。

我的心从未如此平静过。

我不爱了,也不恨了。原来,这种不爱不恨的感觉这么好。

我的意识开始变得模糊,所有的记忆开始散去。

最后留在我脑海里的人影,竟然是那个与我仅仅见过两次面的男人……

翟……昀晟……谢谢……你……